LE CHÂTEAU

Déjà paru dans Presses Pocket :

LE PROCÈS
traduction nouvelle de Georges-Arthur Goldschmidt.

FRANZ KAFKA

LE CHÂTEAU

Traduction nouvelle
et présentation de Georges-Arthur Goldschmidt

PRESSES POCKET

Titre original :
DAS SCHLOSS

ISBN 2-266-01451-X

Georges-Arthur Goldschmidt, né en 1928 à Hambourg, émigre en France en 1939. Professeur d'allemand, il collabore à Allemagnes d'aujourd'hui, *à* la Quinzaine littéraire, *en Allemagne au* Merkur, *à la* Frankfurter Rundschau *et divers autres ouvrages collectifs. Il a traduit la plupart des œuvres de Peter Handke. Il est l'auteur de trois romans :* Un corps dérisoire, le Fidibus *(Julliard) et* le Miroir quotidien *(Le Seuil), ce dernier traduit en allemand par Peter Handke (*Der Spiegeltag, *chez Suhrkamp), et de deux essais :* Molière ou la liberté mise à nu *(Julliard) et* Rousseau ou l'esprit de solitude *(Phébus). Il est aussi l'auteur de la traduction de* Ainsi parlait Zarathoustra *de Nietzsche (Le Livre de Poche) et de la traduction du* Procès *de Kafka (Presses Pocket).*

UNE PATIENCE SANS ISSUE

Le sens d'un roman

« LES visions romanesques de Kafka nous parlent du monde sans mémoire, du monde après le temps historique », *écrit Kundera dans* « Un Occident kidnappé ou la tragédie de l'Europe centrale » *(*le Débat, *n° 27, nov. 1983). Les grands romans de Kafka, en effet, qu'on le veuille ou non, parlent aussi de la grande mort de l'Europe, de l'éradication définitive et par l'intérieur de la pensée de liberté. Tout se passe comme si Kafka puis Musil ou Broch, Stefan Zweig ou Gombrowicz avaient d'avance senti déferler la barbarie sur l'Europe, sous sa forme hitlérienne d'abord, sous celle de l'occupation bureaucratique ensuite.*

La dimension « politique » de l'œuvre de Kafka est, en effet, indéniable : mais le mot politique est à prendre dans un sens général comme description des structures de la société contemporaine, glissant peut-être vers une barbarie impalpable, incernable. Kundera dans cet article pose une question dont la formulation restitue déjà le déroulement même de ce dont parle Kafka : « La disparition du foyer culturel centre-européen fut certainement un des plus grands événements du siècle pour toute la civilisation occidentale. Je répète donc ma question : comment est-il possible qu'il soit resté inaperçu et innommé ? » (le Débat, *n° 27, p. 16*). *L'inaperçu et l'innommé sont au centre de tout ce qu'écrit Kafka ; il y a dans sa voix, comme un pressentiment, une anticipation ; non pas une vision, mais cette sensation indéterminée et étrange qui précède les grands anéantissements.*

Ceci est une lecture immédiate, indispensable, mais qui pourtant ne va pas jusqu'au fond de ce qu'écrit Kafka. Il n'est pas suffisant de dire que son œuvre n'est que la description d'un certain fonctionnement social, d'un univers bureaucratique ; le génie de Kafka, c'est justement de se dérober à toute interprétation, d'aller toujours au-delà de ce qu'on en dit.

Le Château, son intrigue

Tout comme le Procès, le Château *raconte une histoire extrêmement simple et cette fois particulièrement dérisoire : celle d'un arpenteur (mais l'est-il, même ?) convoqué dans un village pour un travail qu'il ne fera jamais. Il ne parviendra jamais au château qui domine le village, dont l'administration, à la fois lointaine et inaccessible, lui demeure insaisissable. L'Arpenteur K. — un homonyme de Josef K. du* Procès *— qui les siens, fait un long voyage à travers la campagne enneigée et debout sur le pont de bois regarde le village devant lui, enfoui sous la neige.*

Or, dès l'instant où ce pont est franchi K. est pris dans un réseau inextricable de fausses manœuvres, d'incidents sans importance dans lesquels il s'enchevêtre et qui ne se déroulent qu'en sa présence ou de son fait. K. est là, pendant toute la durée du roman, d'un bout à l'autre et cette présence de K. est précisément ce qui l'empêche d'accéder à ce qui sera bientôt son seul but : parvenir au château, être reconnu ou du moins être admis par lui ; mais K. est toujours sur son propre chemin : s'il n'existait pas, lui K., il y a longtemps qu'il aurait accédé au château (1). *C'est un peu la situation de l'enfant se deman-*

(1) Tous les noms communs prenant en allemand une majuscule, le mot château ne se différencie pas des autres. C'est pourquoi il est écrit, selon l'usage français, avec une minuscule dans la présente traduction.

dant comment est l'arbre quand il ne le voit pas ; pour le savoir il n'a qu'une solution, se retourner et le regarder.

Avec une opiniâtreté aussi têtue que déplacée K. ne cesse de se tromper ; à chaque instant le moindre de ses propos est infirmé par la réalité ; tout ce qu'il fait débouche sur le vide mais il n'en persiste pas moins, incorrigible et pédant tout à la fois, comme s'il ne pouvait pas faire autrement. La femme de l'aubergiste ne le lui envoie pas dire : il est à la fois entêté et infantile (p. 82) ; au cours de cette conversation K., d'ailleurs, prend tout avec la superbe de l'ignorant et c'est l'aubergiste encore qui lui montrera, un peu plus loin, à quel point il ignore tout de la vie du village. Il trouve tout facile, mais dès le Ve chapitre le maire est obligé de démentir toutes ses conceptions, tous ses points de vue. Jamais K. ne progresse dans ses tentatives pour être admis au château, il est toujours au mauvais endroit au mauvais moment, mais si lui-même constate quelque erreur flagrante dans le fonctionnement de l'administration du château, celle-ci aussitôt s'avère à la fois insignifiante et impénétrable : à son arrivée par exemple (p. 26) le château d'abord confirme les soupçons du fils de l'intendant : K. n'est qu'un vagabond, pour rappeler aussitôt et dire que K. est bien arpenteur et qu'il a été engagé par le château ; par le maire du village (p. 94) il apprendra ensuite que son engagement n'est qu'une erreur administrative.

Une marche sans issue

Pourtant par une lettre remise par un haut fonctionnaire nommé Klamm, K. apprend que c'est de ce fonctionnaire qu'il dépend, mais cette lettre lui a été remise par un messager qui n'en est pas un et dont la belle apparence (p. 47) le trompe. Il n'a pas même été engagé. Il n'y a aucun travail d'arpentage à faire, il est là par erreur, comme le maire le lui démontre clairement (ch. V) ; sa présence est aussi inutile que dérisoire, il ne dérange même pas ; sa présence est tolérée, simplement ce qu'il voit n'est pas ce qui existe.

Un peu après son arrivée, K. attend ses aides qui le suivent, dit-il, avec les instruments de mesure (p. 26) ; alors qu'il tente péniblement de se frayer un chemin dans la neige haute, deux personnages le dépassent et vont où il veut aller : ce sont non ses aides mais ceux que lui alloue le château qui le reconnaît donc comme arpenteur mais ne le charge d'aucun travail.

Ces deux aides, Arthur et Jeremias, sont des figures clés : ils sont comme la preuve manifeste du désarroi de K., ils figurent les obstacles qu'à chaque pas fait naître sa marche en avant. Ils rentrent littéralement par la fenêtre quand on les chasse par la porte, toujours présents et toujours inutiles, ils ne cessent d'encombrer K. au point qu'on peut se demander s'ils ne sont pas là pour cela.

Peut-être Arthur et Jeremias, les deux aides, rappellent-ils Franz et Willem, les deux gardiens du Procès*; ils paraissent, en tout cas, issus d'une note du* Journal *de Kafka en date du 6 octobre 1911, où deux personnages du théâtre juif de Prague, dont Kafka était un spectateur assidu, leur ressemblent déjà sur bien des points. Peu importe ce qu'ils signifient ou représentent, seule compte leur cocasse et irritante présence : ils sont ce dont on ne peut se défaire ; un écheveau — Kafka le dit explicitement (p. 74) ; ce passage rappelle de près un court récit de Kafka intitulé :* le Souci du père de famille, *tel le Golem, l'écheveau Odradek survit à tout et à tous, cocasse et grotesque, il déboule l'escalier sous les pieds des enfants et survivra au père de famille comme la honte survit à K. à la fin du* Procès.

Arthur et Jeremias ne sont pas sans ressembler non plus aux balles de ping-pong qui ne cessent de poursuivre Blumfeld, un célibataire d'un certain âge : *dans l'atelier de couture dont celui-ci a la charge on lui alloue deux stagiaires aussi inutiles et envahissants qu'Arthur et Jeremias.*

Mais K. est à l'égard de ceux-ci aussi inconscient et cruel qu'ils sont, eux-mêmes, indiscrets et encombrants. En somme, tout s'équilibre, tout s'annule, tout est toujours à portée de la main et pourtant insaisissable.

L'explication du *Château*

Tout comme le Procès, le Château *contient des chapitres-paraboles où le livre s'élucide en somme lui-même : ce sont peut-être d'une part le chapitre V, où le maire du village explique à K. que sa nomination est bien réelle mais qu'elle est une erreur, et les chapitres XVIII et XIX. K. convoqué enfin par un fonctionnaire du château, mais qui ne le convoque que pour l'humilier et le congédier, se trompe de porte et, ivre de fatigue, entre dans la chambre d'un fonctionnaire nommé Bürgel, qui ne l'attend pas du tout. Or, surprendre un fonctionnaire du château en pleine nuit est une occasion exceptionnelle dont n'osent rêver ni le fonctionnaire ni l'administré ; tout est alors possible, l'administré peut tout demander et le fonctionnaire ne peut rien refuser, mais cette occasion inespérée et qui permettrait à K. d'accéder peut-être enfin au château ne se présente qu'à l'instant même où sa fatigue est telle qu'il ne peut en profiter et Bürgel le lui dit :* « Ce n'est la faute de personne si cette limite est elle aussi significative » *et il continue un peu plus bas en ces termes (p. 321) :* « Les occasions ne manquent pas, trop grandes, pour ainsi dire, pour être utilisées, il y a des choses qui n'échouent que de leur fait. »

Le Château *est ainsi le développement d'un motif qui revient toujours chez Kafka : poursuivre un but c'est le manquer ; l'agitation des personnages, leur mouvement en avant est cela même qui les tient éloignés de ce qu'ils cherchent : K. voit la route qui mène au château ne jamais y aboutir (p. 35) et s'en éloigner au fur et à mesure qu'il l'emprunte. Tout est trompeur : le cognac à l'odeur délicieuse est une boisson râpeuse dès qu'il y goûte (p. 140). Il voit au chapitre XIX la distribution des dossiers aux fonctionnaires se faire sans se rendre compte qu'elle ne se déroule pas normalement, du fait de sa seule présence dans le couloir, et reste bloquée à cause de lui.*

Tout tourne autour de Klamm : c'est le fonctionnaire du château qui a signé la lettre d'engagement de K., lettre qui d'ailleurs n'a aucune valeur (p. 105). K. dépend entièrement de lui ou du moins se l'imagine-t-il (1). *Accéder auprès de lui est essentiel pour K. Frieda, l'une de ces jeunes femmes qui dès son arrivée se jettent littéralement dans ses bras, le laisse regarder Klamm par un œilleton ménagé à cet effet mais c'est uniquement parce qu'il dort (p. 64). Personne ne sait si Klamm est réellement Klamm, on ne sait si c'est lui que Barnabas rencontre au chapitre XV; pour les gens du village, autant que pour K., Klamm est présent — on le montre — et absent; personne ne sait si celui qu'on voit est vraiment lui. Les bureaux sont-ils même les bureaux? Personne ne pose de questions et personne n'empêche d'en poser.*

Au chapitre VIII, l'un des plus importants du livre, il tente de surprendre Klamm à l'Auberge des Messieurs où il est descendu. Dans la cour il voit le traîneau de Klamm dans lequel il monte. Au bout d'un certain temps un monsieur lui demande d'en sortir en lui disant : « Vous le manquerez de toute façon, que vous attendiez ou que vous vous en alliez », *et devant le refus de K. de s'en aller il fait dételer les chevaux. On ne le chasse pas, simplement, en sa présence, rien ne se passe, il fait le vide devant lui. Dès qu'il survient tout s'infléchit et s'annule. En somme, K. ne saura jamais comment les choses se déroulent hors de sa présence.*

Tout ce que K. imagine est démenti par la réalité (par exemple la conversation avec la patronne de l'auberge au chapitre VI). Il édifie une interprétation toujours très logique et très plausible des faits — le lecteur ne peut à son tour que la trouver parfaitement fondée — mais elle est tout de suite démentie par la femme de l'aubergiste (ce n'est pas le maire, par exemple, qui importe, c'est sa femme à laquelle K. n'a pas prêté la moindre attention). Jamais rien n'apparaît à K. comme les autres le voient. Tout le monde ne cesse de prendre K. en défaut et de démentir à tout instant tout ce qu'il dit : Olga, la sœur

(1) Klamm, qui signifie « gourd » en allemand, a peut-être été inspiré à Kafka par le comte de Clam Galas qui possédait le château de Friedland (Cf. Klaus Wagenbach, *Kafka* (trad. J. Legrand), Belfond, Paris 1983, p. 112).

d'Amalia, ou Pepi, la petite serveuse, réfutent toutes les affirmations de K. dès qu'elles ouvrent la bouche (ce qui leur arrive souvent).

L'humour

K. passe ainsi d'une petite vexation à une autre, il n'arrive rien d'important, rien de dangereux, rien de grave. On ne se moque pas vraiment de lui, on l'éconduit simplement, or, les autres en sont au même point : la femme de l'aubergiste par exemple, qui ne vit que du souvenir de la rencontre avec Klamm et de son exclusion. K. lui dit : « La bénédiction était au-dessus de vous mais on ne sut pas la faire descendre » *(p. 118). Tout est à portée de main et tout est inaccessible, non seulement pour K. mais pour tous les personnages du livre. Chacun s'engage dans des actions aussi spectaculaires que vaines. Il suffit de penser aux deux aides qui dans la chambre du maire couchent l'armoire aux dossiers sur le sol et s'asseyent dessus pour en fermer les portes* (1). *C'est là un humour qui prend les devants : je me moque de moi avant vous et mieux que vous. L'humour juif c'est cela : je sais d'avance tout ce que vous direz de moi ; alors autant que ce soit moi qui le dise. Que l'on songe simplement à l'extraordinaire chapitre XV et au récit d'Olga dont le père, tel K. lui-même, espère du château un pardon qu'il ne peut pas obtenir puisqu'on ignore sa faute (p. 258). Sa fille Amalia a simplement repoussé les avances écrites d'un fonctionnaire du château, elle a déchiré la lettre devant le messager, et aussitôt le village entier s'éloigne d'eux, la clientèle s'en va, tout le monde les fuit et le père passera ses journées assis sur un muret à attendre le passage d'un fonctionnaire à qui demander son pardon (p. 264). En réalité il ne s'est rien passé et si la famille Barnabas avait surmonté l'incident (p. 257) tout le village l'aurait surmonté avec elle. Rien, strictement rien ne*

(1) On pense ici aux aventures des « bourgeois de Schilda » que Kafka ne pouvait pas ne pas connaître.

forçait, et surtout pas le château, à grossir démesurément un incident aussi mineur.

Il ne se passe rien qui ne se passe dans l'âme des protagonistes : K., le père de Barnabas et tous les autres habitants du village en toute liberté *construisent eux-mêmes leur emprisonnement ; c'est eux qui rendent impossible l'accès à Klamm « ce dieu buveur de bière » (Gerald Stieg* (1)*) en faisant de lui cette figure mythique construite par eux de toutes pièces. C'est la famille Barnabas qui, minutieusement, se fait l'instrument de sa propre exclusion.*

En fait, si l'on peut oser une formule aussi plate, « tout le monde est logé à la même enseigne ». K. n'est que de façon plus accentuée ce que consentent à être tous les habitants du village.

K. ne cesse de se fourvoyer ; docte et solennel il donne des leçons à chacun, sachant tout mieux que tout le monde. La dérision est, si l'on veut, l'un des motifs essentiels du livre mais une dérision inhérente au déroulement des faits bien plus qu'elle ne s'exprime par la langue elle-même. Sur le rire de Kafka il faut lire le beau texte d'Elie Wiesel dans le Siècle de Kafka *(Centre G. Pompidou, 1984, pp. 24-25). Cet humour, ce « Witz » c'est le « Galgenhumor », l'humour du condamné sous la potence.*

Tout ce que K. fait annule ce qu'il fait, tout ce qu'il dit ne cesse d'être démenti, c'est cela l'humour de Kafka : on ne sait jamais ce qu'on doit savoir et ce qu'on sait est à tout instant démenti par la réalité. C'est Jeremias, l'un de ses aides qui a le mot de la fin. « Tu ne comprends pas la plaisanterie », *dit-il à K.*

Le Château dans l'œuvre de Kafka

Toute l'importance de l'œuvre de Kafka, toute sa force ne vient pas d'un message qu'elle serait censée délivrer mais de sa cohérence, de son extraordinaire unité, de son

(1) In *Austriaca*, Rouen, nov. 1983, n° 17.

timbre très particulier. C'est sans cesse une même voix qui parle, on la reconnaît, on n'entend qu'elle, on la comprend aussitôt et on ne saurait pourtant dire ce qu'elle exprime. Les récits de Kafka, que ce soient les romans ou de toutes petites « anecdotes », disent avec une exactitude absolue ce qu'ils veulent dire ; ils coïncident si parfaitement avec eux-mêmes qu'il est impossible de les dire autrement.

Les nombreux petits textes de Kafka, ses petits récits, fables ou réflexions, comme le Procès *ou* le Château *parlent de ce but que sa poursuite empêche d'atteindre mais qu'on ne peut que poursuivre. Dans l'un des* Fragments *(éd. Fischer, Hochzeitsvorbereitungen auf dem Lande, Préparatifs de noce à la campagne, p. 347) on peut lire :* « Non que tu sois toi enseveli dans la mine séparé, faible et isolé du monde et de sa lumière par les masses de pierre, mais tu es dehors au contraire, et tu veux parvenir jusqu'à celui qui est enseveli et tu es impuissant contre les pierres et le monde et sa lumière te rendent plus impuissant encore. Et à chaque instant, celui que tu veux sauver étouffe, de sorte qu'il te faut travailler comme un fou et jamais il n'étouffera complètement de sorte que jamais tu n'auras le droit de cesser ton travail. » *Il n'est rien qui viendra abolir la distance, non que tout soit à mi-chemin, mais aussi vite, aussi loin que l'on aille, la distance renaîtra sous les pas de celui qui la parcourt. Cela est décrit par un récit intitulé* le Pont : *le pont s'est fixé sur les deux rives, encastré des dents dans l'une ; en dessous, très loin, le torrent déchaîné, nul voyageur pour le traverser :* « J'étais étendu là et j'attendais ; il me fallait attendre. A moins de s'effondrer aucun pont une fois construit ne peut cesser d'être pont. » *Et voici que le voyageur arrive et pour le voir, le pont se retourne et s'abîme dans les flots et se déchire sur les cailloux du fond. On n'existe que tant que le but n'est pas atteint ; l'atteinte du but coïncide avec l'anéantissement. « Pas encore », tel est le lot de l'existence kafkaïenne. De nombreux récits courts de Kafka l'expriment :* les Armes de la ville, Renonce, le Vautour, le Chasseur Gracchus, Poséidon, le Terrier, *etc., vont dans le même sens.*

En 1920 Kafka écrit sous le titre Il *un certain nombre*

d'aphorismes où ce même thème revient (voir l'introduction du Procès, « *La preuve et l'adversité* »*)* « Il se serait accommodé d'une prison. Finir en tant que prisonnier — cela serait un but de vie. Mais c'était une cage à barreaux. Indifférent, souverain, comme si on était chez soi, le bruit du monde entre à flots par les barreaux ; au fond, le prisonnier était libre, il pouvait prendre part à tout, rien ne lui échappait dehors, il aurait pu quitter la cage lui-même, les barreaux étaient à des mètres les uns des autres, il n'était pas même prisonnier. »

De même il n'y a pas pour l'animal du Terrier *de bruit autre que celui qu'il entend. Invariable, identique à lui-même, le bruit est là où est l'animal, et l'animal est là où est le bruit. Il ne peut y échapper. Le danger, de même, est toujours présent : lui-même n'est à la fois que présence du bruit et conscience du danger : il est à l'origine de ce qui le poursuit.*

Je suis l'obstacle sur ma propre route. Au sein du mouvement le plus rapide, comme le dit un autre aphorisme, je suis pour moi-même immobile. Le but, donc, m'échappe toujours. Le message, s'il y en a un et viendrait-il de l'empereur, n'atteint jamais son destinataire (cf. le récit de Kafka intitulé : Un message impérial*) et s'il l'atteint c'est qu'il est dérisoire (cf. les messages apportés par Barnabas, dans* le Château*).*

Une histoire pour chacun

Il n'y a donc pas de sens *ni d'interprétation du monde, de « Weltanschauung » chez Kafka. Kafka ne donne pas de leçons et n'édifie pas de théories, il ne prétend nullement au rôle de thaumaturge ou de grand gourou, il est simplement chacun comme l'a dit Peter Handke dans un discours lors de l'attribution du Prix Kafka :* « sa silhouette anonyme ne cesse de redevenir vivante ; il est peintre en bâtiment en train de repeindre la pièce d'à côté, il est grutier dans une cabine jaune, il est écolier assis au bord du chemin. Oui, Kafka a rendu tous ces anonymes perceptibles à l'aide de sa langue affectueuse et, désormais, il fait route à jamais avec eux » *(in* le Siècle de Kafka, *déjà cité, p. 248).*

C'est pourquoi il ne saurait y avoir de « spécialistes » de Kafka. On ne peut prétendre faire autorité, vouloir se réserver Kafka. Comme le dit si bien Peter Handke, il est peu d'auteurs qui soient à ce point devenus le bien commun de tous et de chacun. C'est précisément parce qu'il échappe à toute interprétation que chacun a le droit d'en parler sans jamais pouvoir imposer sa « lecture » aux autres.

Il est peu d'œuvres qui contiennent autant une leçon de liberté, précisément parce qu'elle n'impose rien, ne proclame rien.

Comment lire Kafka

S'il est un auteur, en effet, dont on a beaucoup parlé et dont on parlera encore beaucoup, c'est Kafka. Il est peut-être l'un de ceux sur lesquels on a le plus écrit : ce n'est pas par hasard puisque la simplicité extraordinaire de ce qui est raconté le rend ininterprétable. On a beau se concentrer ou même parvenir à dire sur Kafka les choses les plus profondes qui puissent être, on n'en sent pas moins le texte se dérober. *Car on ne peut parler sans intelligence de Kafka. Tous ceux — et ils sont innombrables — qui ont écrit sur Kafka ont tous dit des choses exactes mais toujours partiellement exactes. Il n'est aucun terme (désespoir, absurde, quête, etc.) qui* épuise *l'œuvre de Kafka ; ensemble ils ne l'épuisent pas davantage.*

Quand tout a été dit de Kafka, et tout en a été dit — les livres et articles se chiffrent à plus de dix mille —, il faut recommencer encore. Rien n'a été dit. Peut-être est-ce cela que nous dit Kafka, avec des mots, il est vrai. Le seul message de Kafka c'est peut-être qu'il n'en délivre pas, qu'il y a un « dire » (un besoin de parler) mais pas de « dit » (on ne trouvera jamais le commentaire indépassable). C'est pourquoi il faut lire un livre sur Kafka (ceux de

Marthe Robert sont parmi les plus profonds et les plus émouvants qu'on puisse lire) car on y apprend nécessairement que l'œuvre de cet écrivain échappe à ce qu'on en dit. Elle n'a aucun sens *qu'on puisse lui ajouter ou tirer d'elle, mais elle ne s'en impose que plus fortement et Kafka lui-même, précisément, ne cesse de redevenir cette silhouette anonyme et précise à la fois dont parlait Peter Handke.*

*Kafka est, dans l'intimité même de son être, juif, c'est-à-dire qu'il se sait à la fois révocable et indéfinissable, révocable puisque, en tant que juif, sa situation est « incertaine en soi, incertaine parmi les hommes », comme il l'écrit à Milena, à tout instant les juifs sont menacés dans leur survie ; indéfinissable parce que toute définition qu'on en donne est toujours à la fois fausse et insuffisante. La condition juive est la condition humaine en soi ; nécessaire et insuffisante, irréductible et fragile, comme l'écrit Gombrowicz : « Les juifs étaient notre trait d'union avec les problèmes les plus profonds et les plus ardus de l'univers » (*Souvenirs de Pologne, *p. 252).*

Le texte et les problèmes de traduction

Kafka a écrit le Château *huit ans après* le Procès. *Klaus Wagenbach et Malcolm Pasley ont établi qu'il ne l'a pas commencé avant 1920. Une lettre écrite vers le 20 juillet 1922 à Max Brod indique que les neuf premiers chapitres au moins étaient écrits à cette date. Dans une lettre du 10 septembre 1922, il écrit à Max Brod qu'il a* « selon toute vraisemblance abandonné l'histoire du château pour toujours ».

Le texte, tel qu'il a été publié après la mort de Kafka, est celui que Max Brod, son ami et son exécuteur testamentaire, a recopié sur les manuscrits de Kafka. On sait que Kafka, au moment de mourir, avait demandé à Max Brod de brûler l'ensemble de ses manuscrits, ce que celui-ci, heureusement, ne fit pas.

Bien au contraire il fit publier tous les grands inédits de

Kafka, c'est-à-dire le Procès, le Château, l'Amérique, le Journal *et de nombreux récits. Brod fut un éditeur à la fois attentif et soigneux.*

Dans sa postface à la première édition du Château, *en 1926, Max Brod écrit que Kafka lui a dit que le prétendu arpenteur obtient à la fin, au moins en partie, satisfaction. Il n'abandonne pas la lutte, mais meurt d'épuisement. Tous les habitants du village se rassemblent autour de son lit de mort et c'est à ce moment qu'arrive du château la décision que K. n'a aucun droit à résider au village mais qu'on l'autorise néanmoins, vu certaines circonstances particulières, à y vivre et à y travailler.*

La nouvelle édition du Château, *publiée en 1982 par Malcolm Pasley, n'apporte à cet égard rien de bien nouveau. Des années, sinon des dizaines d'années de travail ont eu pour effet de montrer que là où le texte de Brod parlait d'une ouverture (Lücke) il fallait lire lucarne (Luke) et que parfois les virgules ne se trouvaient pas exactement là où on le croyait. Certains verbes que Max Brod a mis au prétérit (celui-ci est souvent marqué en allemand par un simple e à la fin du mot et l'écriture de Kafka, très rapide, les néglige) doivent être lus au présent. Max Brod avait d'ailleurs signalé dans sa postface de 1946 que le manuscrit du* Château *n'avait pas été amené par Kafka à un stade aussi proche de la publication que celui du* Procès. *Kafka, sans modifier le déroulement, avait aussi envisagé une autre numérotation des chapitres. Cette nouvelle édition du* Château, *qui conserve très exactement le texte de l'ancienne, à quelques détails près, pose de nouveau le problème de toute cette « science » de l'édition des textes. Dans un très bel article consacré à ce problème et intitulé* « A quoi sert l'édition critique du *Château* » *(*Etudes germaniques, *n° 2, 1984), Bernard Lortholary montre très bien que ces « variantes » sont à ce point minimes que le traducteur ne peut rien en faire. Or, deux gros volumes de plus de cinq cents pages sont destinés à se substituer au texte lui-même ; comme l'écrit Lortholary :* « L'objet n'est plus l'œuvre et n'est même plus l'écriture mais l'édition critique elle-même, fonctionnant comme une sorte de machine célibataire dans une autosatisfaction narcissique qui bascule vers l'autisme. »

Il est à craindre que tant de « science » et tant d'éditions critiques ne finissent par masquer les textes. En l'occurrence une telle édition est d'autant moins justifiée que personne ne sait ce que Kafka aurait fait de son texte, comment il l'aurait publié ou s'il l'aurait même publié.

La langue de Kafka, nous l'avons déjà vu à propos du Procès, *est absolument cristalline, d'une précision chirurgicale ; elle est exacte et décrit toujours des faits, des déroulements précis dont elle rend exactement compte et qui coïncident avec elle : tout déplacement de la langue déplace aussi les faits, infléchit donc légèrement ou fortement le récit. Il n'y a que peu de jeux de mots, la langue n'est jamais employée pour « faire de l'effet » ni pour accumuler du vocabulaire, elle est toujours destinée à être le « véhicule » de faits, de situations, de sentiments très précis et très marqués. Il peut y avoir des variations de détail mais ce sont des variations à l'intérieur d'un même film.*

Comme pour le Procès, *la traduction a tenté d'être aussi fidèle que possible à ce qui est exactement dit, jusqu'à tenter de conserver la respiration particulière des textes de Kafka ; les phrases respectent la plupart du temps l'articulation de celles de Kafka : leur déroulement, la manière dont elles se mettent en place.*

Kafka a une façon à lui de « prendre » les choses qu'il décrit, c'est l'accent de cette relation au monde qu'il fallait conserver. Chaque phrase du texte français devrait, retraduite en allemand, redonner dans la mesure du possible un texte qui soit le plus près possible de celui de Kafka.

Le texte utilisé pour la présente traduction est celui de l'édition courante.

BIOGRAPHIE DE FRANZ KAFKA

Kafka est né le 3 juillet 1883 à Prague ; fils aîné des enfants de Hermann (1852-1931) et de sa femme, née Löwy (1856-1934), il eut cinq autres frères et sœurs ; ne survécurent que les trois sœurs, toutes trois mortes en déportation en 1941, 1942 et 1943.

La famille de sa mère était de langue allemande depuis deux générations.

Elevé dans la tradition juive Kafka fait sa Barmizvah à treize ans ; cette éducation sera purement formelle et extérieure ; Kafka en parle longuement dans la Lettre au Père *qui, avec le* Journal *et ses* Lettres, *forment un tissu autobiographique d'un intérêt universel.*

Dès 1889 Kafka est mis à l'école allemande ; il vit dans la crainte de son père autoritaire et inaccessible à la fois. A partir de 1893 il fait ses études au lycée allemand. Attiré par le socialisme, Kafka, le seul de sa classe, fait partie d'un club de jeunes.

En 1901 il passe son baccalauréat et commence ses études de droit ; c'est aussi à l'époque des premiers voyages (Norderney, Heligoland). De cette époque datent ses premiers écrits (détruits).

En 1906 Kafka devient docteur en droit et travaille à partir de 1907 jusqu'en 1920 dans une société d'assurances où il occupe progressivement des fonctions de plus en plus importantes.

A partir de 1917 il prend de nombreux et longs congés, étant donné que la tuberculose sera officiellement diagnostiquée. Il écrira de plus en plus mais déjà, dès 1909, il avait publié un certain nombre de textes, comme Description d'un combat. *En 1910 il commence son* Journal, *qui se terminera avec sa mort en 1924. Le théâtre juif et le sionisme joueront un rôle désormais considérable dans sa réflexion.*

En 1912 avait paru Betrachtung *(« Contemplation »), un recueil d'une vingtaine de récits. Il rencontre Felice Bauer avec laquelle il se fiance en 1914, commence* le

Procès. *En 1915 paraît* la Métamorphose, *année aussi où le dramaturge Carl Sternheim verse le montant de son prix Fontane à Kafka.*

En 1917 Kafka rompt ses fiançailles, il fait la connaissance de Julie Wohryzek, avec laquelle il se fiance en 1919.

Il écrit la Colonie pénitentiaire *et le premier chapitre d'*Amérique *sous le titre* le Disparu, Der Verschollene.

A cette époque il écrit les récits regroupés sous le titre Un médecin de campagne. *Il passe trois mois à Merano : il entretient une correspondance avec Milena Jesenska-Polik qui voulait traduire certains de ses textes en tchèque. En 1920 il rompt ses fiançailles avec Julie Wohryzek.*

En 1922 Kafka (de janvier à septembre) rédige le Château. *L'année suivante, il se rend au bord de la Baltique où il fait la connaissance d'une jeune fille appelée Dora Diamant. Et l'hiver de 1923 Kafka retourne à Prague, mais il part en septembre pour Berlin où il vivra désormais avec Dora Diamant. La tuberculose gagne le larynx, la guérison est exclue. Il écrit* Josefine la cantatrice. *Il sera emmené au sanatorium de Kierling, près de Vienne, où il mourra le 3 juin 1924. Il est enterré à Prague, cette ville qu'il cherchait sans cesse à fuir pour y revenir tout le temps et qui, on le sait, est présente dans tant de ses récits.*

Chapitre premier

IL était tard lorsque K. arriva. Le village était enfoui sous la neige. On ne voyait rien de la colline, pas la plus faible lueur qui indiquât le grand château. Longtemps K. resta debout sur le pont de bois qui menait de la route au village regardant l'espace là-haut, apparemment vide.

Puis, il alla chercher un endroit pour la nuit. A l'auberge on ne dormait pas encore. L'aubergiste n'avait pas de chambre à louer mais, extrêmement surpris et troublé par ce client tardif, il voulut le faire coucher sur un sac de paille dans la salle d'auberge. K. s'en trouva d'accord. Il y avait encore quelques paysans à boire de la bière mais il ne voulait s'entretenir avec personne, alla lui-même chercher la paillasse au grenier et se coucha à proximité du poêle. Il faisait chaud, les paysans gardaient le silence, il les examina encore un peu de ses yeux fatigués, puis il s'endormit.

Mais peu de temps après on le réveilla. Un jeune homme, en costume de ville avec un visage d'acteur, les yeux étroits, les sourcils fournis se tenait debout à côté de lui en compagnie de l'aubergiste. Les paysans étaient encore là eux aussi, quelques-uns avaient retourné leurs chaises pour mieux voir et mieux entendre. Le jeune homme s'excusa très poliment d'avoir réveillé K., se présenta comme le fils du régisseur du château et dit :

— Ce village est propriété du château, quiconque vit ou passe la nuit ici, habite ou passe en quelque sorte la nuit au château. Personne n'en a le droit sans l'autorisation comtale. Mais vous, vous n'avez pas une telle autorisation ou du moins vous ne l'avez pas montrée.

K. s'était à demi redressé, s'était lissé les cheveux, il leva les yeux vers ces gens et dit :

— Dans quel village suis-je venu m'égarer ? Y a-t-il donc un château ici ?

— En effet, dit le jeune homme lentement, pendant que çà et là quelqu'un secouait la tête, le château de Monsieur le Comte Westwest.

— Et il faut avoir l'autorisation de passer la nuit ? demanda K. comme s'il voulait se convaincre de n'avoir pas rêvé ce qu'on venait de lui communiquer.

— L'autorisation, il la faut, fut la réponse pleine d'un grand dédain pour K. Le jeune homme, bras étendu, interrogea aubergiste et clients : — Ou bien pourrait-on par hasard ne pas l'avoir, cette autorisation ?

— Donc, il va falloir que j'aille la chercher cette autorisation, dit K. en bâillant, et il repoussa sa couverture comme pour se lever.

— Et chez qui donc ? demanda le jeune homme.

— Chez Monsieur le Comte, dit K., il ne me reste rien d'autre à faire.

— Maintenant à minuit, aller chercher l'autorisation chez Monsieur le Comte ? s'écria le jeune homme en reculant d'un pas.

— N'est-ce pas possible ? demanda K. tranquillement. Alors pourquoi m'avez-vous réveillé ?

Cette fois, le jeune homme fut hors de lui :

— Voilà des manières de vagabond ! s'écria-t-il. J'exige le respect pour l'administration comtale ! Je vous ai réveillé pour vous faire savoir que vous devez quitter le territoire du comté.

— Ça suffit cette comédie, fit K. à voix étonnamment basse, il se coucha et ramena la couverture sur lui. — Vous allez un peu trop loin jeune homme et demain j'aurai l'occasion de revenir sur votre comportement. L'aubergiste et ces messieurs sont témoins pour autant que j'aie besoin de témoins. Mais pour le reste, sachez que je suis l'arpenteur que le comte a fait venir. Mes aides arrivent demain en voiture avec le matériel. Je ne voulais pas manquer le trajet à travers la neige, mais malheureusement j'ai perdu mon chemin à plusieurs reprises, c'est pourquoi je suis arrivé si tard, trop tard pour m'annoncer au château, je le savais déjà avant que vous ne me l'appreniez. Je me suis donc contenté de cette botte de paille pour mon repos que vous avez eu l'impolitesse — pour ne pas dire plus — de troubler. Voilà pour les explications. Bonne nuit messieurs.

Et K. se tourna vers le poêle.

— Arpenteur ? entendit-il encore demander de façon hésitante derrière son dos, puis tout le monde se tut. Mais le jeune homme se ressaisit bientôt et dit à l'aubergiste assez bas pour que cela puisse être pris pour une marque d'égards quant au sommeil de K. et assez haut pour être compréhensible. — Je vais demander par téléphone.

Comment, il y avait aussi un téléphone dans cette auberge de village ? On était excellemment équipé. Dans les détails cela surprenait K., dans l'ensemble, il s'y était attendu. Il s'avéra que le téléphone était installé presque au-dessus de sa tête ; dans son envie de dormir il ne l'avait pas vu.

Si le jeune homme voulait téléphoner, même avec la meilleure volonté il ne pouvait pas respecter le sommeil de K., il s'agissait seulement de savoir si K. le laisserait téléphoner, il décida de le laisser faire. Jouer celui qui dormait n'avait donc plus aucun sens.

La porte de la cuisine s'était ouverte, la silhouette puissante de la femme de l'aubergiste y apparut la remplissant tout entière, l'aubergiste, sur la pointe des pieds, s'approcha d'elle pour l'informer. La conversation téléphonique s'engagea alors et c'est pourquoi il se recoucha sur le dos. Il vit les paysans se rapprocher timidement les uns des autres et se concerter, l'arrivée d'un arpenteur n'était pas rien. Le régisseur dormait, mais un sous-régisseur, l'un des sous-régisseurs, un certain monsieur Fritz, était là. Le jeune homme, qui se présenta comme étant Schwarzer, raconta avoir trouvé K., un homme dans la trentaine, passablement en haillons, dormant tranquillement sur une paillasse, avec un minuscule sac à dos comme oreiller, un bâton noueux à portée de la main. Naturellement, il lui avait tout de suite été suspect et comme l'aubergiste avait de toute évidence négligé son devoir, cela avait été le sien, à lui Schwarzer, d'aller au fond des choses. Le réveil, l'interrogatoire, la menace de l'expulsion hors du comté, K. avait pris tout cela de fort mauvaise grâce, et peut-être à bon droit, car il affirmait être un arpenteur convoqué par Monsieur le Comte. Bien sûr, au moins pour la forme, il fallait vérifier cette affirmation et c'est pourquoi Schwarzer demandait à M. Fritz de se renseigner au secrétariat central pour savoir si on attendait un arpenteur et de téléphoner tout de suite la réponse.

Puis, ce fut le silence, Fritz se renseignait là-bas et ici on attendait la réponse. K. resta comme il était, il ne se retourna pas, il ne semblait pas même curieux et regardait droit devant lui. Le récit de Schwarzer dans son mélange de méchanceté et de prudence lui donnait un aperçu du savoir diplomatique dont au château même de petites gens comme Schwarzer disposaient avec aisance. Et on n'y manquait même pas de zèle ; le secrétariat central avait un service de nuit. Et de toute évidence, il faisait réponse très vite car Fritz rappelait déjà. Ce rapport lui sembla, il est vrai, très bref car aussitôt Schwarzer furieux rejeta l'écouteur.

— Je le disais bien ! criait-il. Pas de trace d'arpenteur, un vulgaire vagabond menteur, vraisemblablement quelque chose de pire encore.

Un instant K. pensa que tous, Schwarzer, les paysans, l'aubergiste et sa femme allaient se jeter sur lui. Pour au moins éviter le premier assaut, K. se blottit complètement sous sa couverture. A cet instant le téléphone sonna une nouvelle fois et à ce qu'il parut à K. particulièrement fort. Il ressortit lentement la tête. Bien qu'il fût invraisemblable que cela le concernât encore, tout le monde resta en arrêt et Schwarzer retourna à l'appareil. Il y écouta une assez longue explication et puis il dit doucement :

— Donc une erreur ? Cela m'est fort désagréable. Le chef de bureau a téléphoné lui-même ? Etrange, étrange. Comment dois-je expliquer cela à Monsieur l'Arpenteur ?

K. dressa l'oreille. Le château l'avait donc nommé

arpenteur. D'un côté cela lui était défavorable car cela montrait qu'au château on savait de lui tout ce qu'il fallait savoir, qu'on avait estimé les forces en présence et qu'on acceptait le combat en souriant. Mais d'un autre côté c'était favorable aussi, car à son avis cela prouvait qu'on le sous-estimait et qu'il aurait davantage de liberté qu'il n'aurait pu l'espérer dès l'abord. Et si on s'imaginait le maintenir dans la crainte en lui reconnaissant la qualité d'arpenteur avec cet air de condescendance intellectuelle, alors on se trompait ; cela le faisait légèrement frissonner, mais c'était tout.

A Schwarzer qui s'approchait timidement, K. fit de la main signe de s'éloigner. Il refusa de déménager dans la chambre de l'aubergiste comme on l'y invitait, il accepta seulement une boisson de l'aubergiste et de la femme de l'aubergiste, une cuvette avec du savon et une serviette et il n'eut pas même à exiger que l'on évacuât la salle, car tout le monde se précipita dehors, le visage détourné pour ne pas éventuellement être reconnu par lui demain. On éteignit la lampe et il eut enfin la paix. Il dormit profondément jusqu'au matin, à peine dérangé une fois ou deux par le passage des rats.

Après le petit déjeuner qui, comme d'ailleurs tout l'entretien de K., devait, selon les dires de l'aubergiste, être payé par le château, il voulut tout de suite aller au village. Mais comme l'aubergiste avec lequel, vu son comportement de la veille, il n'avait échangé que les propos indispensables ne cessait de tourner autour de lui avec un air de supplication muette, il eut pitié de lui et lui permit de s'asseoir à côté de lui pour un instant.

— Je ne connais pas encore le comte, dit K., il paraît qu'il paie bien le travail bien fait, est-ce vrai ? Quand, comme moi, on s'en va si loin de sa femme et de son enfant, on veut aussi rapporter quelque chose à la maison.

— A cet égard Monsieur n'a pas à se faire de souci, on n'entend personne se plaindre d'avoir été mal payé.

— En effet, dit K., je ne fais pas partie des timides et je peux même dire ma façon de penser à un comte, mais s'arranger à l'amiable avec ce monsieur est naturellement beaucoup mieux.

L'aubergiste était assis en face de K. au bord du banc sous la fenêtre. Il n'osait pas s'asseoir plus confortablement et regardait tout le temps K. avec de grands yeux bruns apeurés. D'abord, il s'était serré contre K. et maintenant, eût-on dit, il aurait aimé s'enfuir en courant. Avait-il peur qu'on lui pose des questions sur le comte ? Craignait-il qu'on ne puisse se fier à ce « monsieur » pour lequel il prenait K. ? Il fallait que K. le fasse penser à autre chose. Il regarda sa montre et dit :

— Mes aides vont venir bientôt, pourras-tu les loger ici ?

— Certes, Maître, dit-il, mais ne vont-ils pas habiter avec toi au château ?

Renonçait-il donc si facilement et si volontiers aux clients et à K. surtout pour absolument vouloir l'envoyer au château ?

— Ce n'est pas encore certain, dit K., il faut d'abord que je sache quel genre de travail on a pour moi. Si je devais par exemple travailler ici en bas, il serait plus raisonnable d'habiter ici. De plus je crains que la vie en haut au château ne me convienne guère. Je veux toujours être libre.

— Tu ne connais pas le château, fit doucement l'aubergiste.

— Certes, fit K., il ne faut pas porter de jugement prématuré. Provisoirement la seule chose que je sache du château c'est que l'on sait y choisir l'arpenteur qu'il faut. Peut-être y trouve-t-on encore d'autres avantages.

Et pour délivrer de sa présence l'aubergiste qui se mordait les lèvres avec angoisse, il se leva. Il n'était pas facile de gagner la confiance de cet homme.

En partant, K. remarqua au mur un portrait sombre dans un cadre sombre. Il l'avait déjà vu depuis sa couche, mais n'avait pas à distance distingué les détails et cru que la vraie toile avait été enlevée du cadre et qu'il n'y restait plus qu'un fond noir. Mais c'était bien un tableau, c'était le portrait en buste d'un homme d'une cinquantaine d'années. Il tenait la tête à ce point inclinée sur la poitrine qu'on voyait à peine les yeux ; le grand front pesant soulignait l'inclinaison ainsi que le nez incurvé vers le bas. La barbe, écrasée contre la poitrine par la position de la tête, dépassait plus loin en bas. La main gauche prenait les cheveux, des doigts écartés, mais ne parvenait plus à relever la tête.

— Qui est-ce ? demanda K. Le comte ?

K. se tenait devant le tableau sans même se retourner vers l'aubergiste.

— Non, dit l'aubergiste, le régisseur.

— Ils en ont un beau régisseur, vraiment, dit K., dommage qu'il ait un fils à ce point dévoyé.

— Non, dit l'aubergiste en attirant un peu K. vers lui et en lui chuchotant à l'oreille : — Schwarzer a exagéré hier soir, son père n'est qu'un sous-régisseur et même l'un des derniers.

A cet instant l'aubergiste fit à K. l'effet d'un enfant.

— Le vaurien ! dit K. en riant ; l'aubergiste, lui, ne riait pas, mais il dit au contraire :

— Même son père est puissant.

— Allons donc ! dit K. Tu tiens tout le monde pour puissant. Peut-être même moi ?

— Toi, dit-il timidement, je ne te tiens pas pour puissant.

— Tu observes fort bien, dit K., puissant je ne le suis vraiment pas pour te parler en toute confiance. Et en conséquence je n'ai probablement pas moins de respect pour les puissants que toi. Seulement, je ne suis pas aussi loyal que toi et je ne veux pas toujours le reconnaître.

Et pour consoler l'aubergiste et se le concilier davantage, il lui tapota légèrement la joue. Alors celui-ci sourit tout de même un peu. C'était vraiment un jeune garçon avec son visage mou, presque imberbe. Comment avait-il pu trouver cette femme large et assez âgée que l'on voyait s'agiter à la cuisine derrière un passe-plat, les coudes largement écartés du corps ? Pour l'instant K. ne voulut pas le pousser davantage dans ses retranchements ni chasser le sourire qu'il avait enfin pu faire naître, il lui fit donc seulement signe d'ouvrir la porte et sortit dans le beau matin d'hiver.

Il voyait, maintenant, le château se détacher nettement là-haut dans l'air clair souligné encore par la neige mince qui reproduisait toutes les formes. D'ailleurs en haut sur la montagne, il semblait y avoir beaucoup moins de neige qu'ici au village, où K. n'avançait pas moins péniblement qu'hier sur la route. Ici la neige allait jusqu'aux fenêtres des masures et pesait sur les toits bas, mais en haut sur la montagne tout de dressait libre et léger, tout au moins le semblait-il, vu d'ici.

Dans l'ensemble, le château, dans le lointain, répondait à ce que K. en avait attendu. Ce n'était ni un vieux château fort, ni un nouveau bâtiment d'apparat mais un ensemble étendu composé de quelques constructions à deux étages et de beaucoup d'autres basses, étroitement serrées ; si l'on n'avait pas su que c'était un château on aurait pu le tenir pour une petite ville. K. ne vit qu'une seule tour et il était impossible de savoir si elle appartenait à un bâtiment d'habitation ou à une église. Des vols de corneilles l'entouraient.

Les yeux fixés sur le château, K. continuait son chemin, rien d'autre ne l'occupait. Mais en approchant, le château le déçut, ce n'était finalement qu'un misérable village, fait d'un assemblage de maisons villageoises et remarquable uniquement parce que tout était en pierre ; le crépi était tombé depuis longtemps et la pierre semblait s'effriter. Fugitivement K. se souvint de sa petite ville natale ; elle n'avait rien à envier à ce prétendu château. S'il ne s'était agi pour K. que d'une simple visite, cela aurait été dommage d'entreprendre un si long voyage à pied et il aurait mieux fait d'aller revoir son vieux pays natal, où il ne s'était pas rendu depuis longtemps. En pensées, il comparait le clocher de sa ville natale avec la tour là-bas. Cette tour-là allait résolue, s'amincissant vers le haut, à large toit, couverte de tuiles rouges, un bâtiment terrestre — que pourrions-nous construire d'autre ? — mais visant plus haut que la masse serrée des maisons basses autour et plus nette que la grisaille quotidienne. Ici, en haut, la tour — seule visible — était celle d'une maison d'habitation, on s'en rendait compte maintenant, c'était une construction ronde, informe, en partie heureusement cachée par le lierre, avec de petites fenêtres qui brillaient au soleil et — cela avait quelque chose d'insensé — se terminait par une sorte d'échauguette dont les créneaux incertains, irréguliers, ruinés, comme dessinés par une main d'enfant malhabile ou négligente, se détachaient sur le ciel bleu. C'était comme si un triste habitant, qui aurait dû se tenir enfermé dans la pièce la plus éloignée, avait traversé le toit et s'était dressé pour se montrer au monde.

De nouveau K. se tint immobile comme si cela lui donnait davantage de forcc de jugement. Mais il fut dérangé. Derrière l'église du village, près de laquelle il s'était arrêté — ce n'était en fait qu'une chapelle, agrandie à la manière d'une grange, pour pouvoir accueillir les fidèles — se trouvait l'école. Un long bâtiment bas, réunissant curieusement les caractères du provisoire et du très ancien, qui se trouvait au fond d'un jardin clôturé, en ce moment un champ de neige. Les enfants sortaient justement en compagnie de l'instituteur. Ils formaient un groupe compact autour du maître d'école, ils levaient tous les yeux vers lui, leurs bavardages jaillissaient de tous les côtés à la fois. K. ne comprenait pas du tout leur parler rapide. L'instituteur, un jeune homme petit aux épaules étroites mais sans ridicule, très droit, avait déjà repéré K. de loin, il est vrai qu'à part son groupe, K. était le seul être humain qu'il y eût à la ronde. K. salua en premier, puisqu'il était l'étranger, ce petit homme autoritaire.

— Bonjour, Monsieur l'Instituteur ! dit-il.

Les enfants se turent d'un seul coup.

Ce silence soudain préludant à ses paroles devait plaire à l'instituteur.

— Alors, vous regardez le château ? demanda-t-il avec plus de douceur que K. ne s'y était attendu, mais comme s'il n'approuvait pas ce que K. faisait là.

— Oui, fit K. Je ne suis pas d'ici, je ne suis là que depuis hier soir.

— Le château ne vous plaît pas ? demanda l'instituteur très vite.

— Comment ? interrogea K. à son tour, un peu étonné, et il répéta la question sous une forme plus atténuée. — Si le château me plaît ? Pourquoi supposez-vous qu'il ne me plaît pas ?

— Il ne plaît à aucun étranger, dit l'instituteur.

Pour ne rien dire de désagréable K. détourna la conversation et demanda :

— Vous connaissez sûrement le comte ?

— Non, dit l'instituteur qui voulut s'écarter, mais K. ne céda pas et demanda encore une fois :

— Comment ? vous ne connaissez pas le comte ?

— Comment le connaîtrais-je ? dit l'instituteur à voix basse, et à voix haute il ajouta en français :

— Faites attention, il y a là des enfants innocents.

K. en prit prétexte pour demander :

— Est-ce que je pourrai un jour venir vous rendre visite, Monsieur l'Instituteur ? Je resterai assez longtemps ici et je me sens un peu abandonné ; je ne fais pas partie des paysans et du château sûrement non plus.

— Entre les paysans et le château il n'y a pas grande différence, dit l'instituteur.

— Cela se peut, fit K., mais cela ne change rien à ma situation. Est-ce que je pourrai vous rendre visite ?

— J'habite dans la rue aux Cygnes, chez le boucher.

C'était plus une indication d'adresse qu'une invitation, cependant K. dit :

— Bien, je viendrai.

L'instituteur hocha la tête et repartit avec sa horde d'enfants qui s'étaient aussitôt remis à crier. Ils ne tardèrent pas à disparaître dans une ruelle très en pente.

Mais cette conversation avait distrait K. et l'avait irrité. Pour la première fois depuis son arrivée, il sentit une véritable fatigue. Le long chemin ne semblait lui avoir rien fait sur le coup car avec quel calme n'avait-il pas fait route toutes ces journées durant, pas après pas ! Or maintenant, et au mauvais moment, les suites de cet effort trop grand se faisaient sentir. Un besoin irrésistible l'entraînait à faire de nouvelles connaissances, mais chaque nouvelle connaissance augmentait sa fatigue. Si, dans l'état où il était aujourd'hui, il se forçait à allonger sa promenade au moins jusqu'à l'entrée du château, il en aurait fait plus qu'assez.

Aussi continua-t-il à avancer mais le chemin était long. La route en effet, la rue principale du village, ne menait pas jusqu'à la montagne du château, elle s'en approchait seulement, mais alors, comme exprès, elle s'en écartait et même si elle ne s'éloignait pas du château, elle ne s'en approchait cependant pas. Sans cesse K. s'attendait que la route enfin s'infléchisse vers le château, et parce qu'il s'y attendait, il continuait son chemin ; c'était la fatigue de toute évidence qui l'empêchait de quitter la route, de plus, la longueur du village l'étonnait, il ne prenait pas fin, sans cesse de petites maisonnettes aux vitres recouvertes de glace, rien que la neige et nul être vivant nulle part à la ronde. Enfin, il s'arracha à cette rue qui le retenait, une ruelle étroite le recueillit, la neige y était plus profonde encore. En extraire les pieds qui s'y enfonçaient était un dur travail, la sueur lui vint ; tout à coup il resta sur place incapable de continuer.

Mais il n'était pas abandonné, à droite et à gauche il y avait des masures de paysans. Il fit une boule de neige et la lança contre une fenêtre. La porte s'ouvrit aussitôt. La première à s'ouvrir pendant tout ce chemin à travers le village. Un vieux paysan en blouson de fourrure marron, la tête inclinée sur le côté, se tenait là, aimable et faible.

— Puis-je venir un peu chez vous ? demanda K., je suis très fatigué.

Il n'écouta pas même ce que le vieux disait, il accepta avec reconnaissance qu'on glisse vers lui une planche, qui le sauva à l'instant même de la neige, et au bout de quelques pas, il fut dans la pièce.

Une grande pièce dans la pénombre. Venant du dehors il ne vit d'abord presque rien. K. vacilla, heurta un bac à lessive, une main de femme le retint. D'un coin provenaient beaucoup de cris d'enfants, d'un autre émanaient des volutes de vapeur qui transformaient la pénombre en obscurité. K. était comme au milieu de nuages.

— Mais il est ivre ! fit quelqu'un.

— Qui êtes-vous ? cria une voix autoritaire et probablement tournée vers le vieux.

— Pourquoi l'as-tu laissé entrer ? Est-ce qu'on peut laisser entrer tout ce qui traîne dans les rues ?

— Je suis l'arpenteur du comte, dit K., essayant de se justifier aux yeux de ceux qui étaient encore invisibles.

— Ah ! c'est l'arpenteur, fit une voix de femme, et le silence qui suivit fut absolu.

— Vous me connaissez ? demanda K.

— Certes, fit encore la même voix.

Le fait d'être connu ne semblait pas être une recommandation pour K.

Enfin la vapeur se dissipa un peu et K. put lentement commencer à s'y reconnaître. Ce devait être le jour de la grande lessive. A proximité de la porte on lavait du linge. Mais la vapeur était venue du coin opposé, où, dans un bac en bois — jamais K. n'en avait vu de si grand — il avait à peu près la dimension de deux lits —, deux hommes prenaient un bain. Mais plus surprenant encore était le coin de droite sans qu'on sache exactement pourquoi. Par une grande ouverture la seule dans la paroi du fond de la pièce, une blême lumière de neige provenait de la cour, certainement, et donnait à la robe d'une femme, qui fatiguée était presque couchée au fond d'un grand fauteuil, comme un éclat de soie. Elle portait un nourrisson contre son sein. Autour d'elle jouaient quelques enfants, visiblement des enfants de paysan, elle cependant ne semblait pas en être, la maladie et la fatigue, il est vrai, donnent de la finesse même aux paysans.

— Asseyez-vous, dit l'un des hommes, un barbu, qui en plus avait une moustache sous laquelle sa bouche constamment ouverte ne cessait de souffler. Par-dessus le bord du baquet, il indiqua, de la main, c'était drôle à voir, un bahut et aspergea même la figure de K. d'eau chaude. Le vieux qui avait fait entrer K. était déjà assis dessus, le regard dans le vague.

K. avait sans doute contemplé longtemps cette belle vision immuable et triste mais il s'était certainement endormi car lorsqu'il sursauta, réveillé par une voix puissante, sa tête reposait contre l'épaule du vieil homme à côté de lui. Les hommes avaient fini leur bain, où se démenaient maintenant les enfants que surveillait la femme blonde ; habillés ils se tenaient devant K. Le barbu criard était le moins important des deux. L'autre en effet, pas plus grand que le barbu et avec beaucoup moins de barbe était un homme silencieux aux gestes lents, à la silhouette massive, au visage large, il tenait la tête penchée.

— Monsieur l'Arpenteur, dit-il, vous ne pouvez pas rester ici, excusez l'impolitesse.

— Je ne voulais d'ailleurs pas rester, dit K., je voulais seulement me reposer un peu. C'est fait et maintenant, je m'en vais.

— Vous vous étonnez certainement de cette inhospitalité, dit l'homme, mais l'hospitalité n'est pas de mise chez nous, nous n'avons pas besoin d'hôtes.

Un peu revigoré par le sommeil, l'esprit un peu plus clair qu'auparavant, K. fut heureux de ces paroles franches. Il se mouvait plus librement, appuyant son bâton tantôt ici, tantôt là, il s'approcha de la femme dans son fauteuil ; le plus grand, c'était d'ailleurs lui.

— Certes, dit K., pourquoi auriez-vous besoin d'hôtes ! Mais de temps à autre, il en faut tout de même un, moi par exemple, l'arpenteur.

— Cela, je n'en sais rien, dit l'homme lentement, si on vous a appelé c'est qu'on a probablement besoin de vous, c'est sûrement une exception, mais nous, les petites gens, nous nous en tenons à la règle, vous ne pouvez pas nous en vouloir.

— Non, non, dit K., je ne peux que vous remercier, vous-même et tous ici.

Et de manière inattendue pour tout le monde, K. se retourna tout d'une pièce vers la femme. Elle regardait K. de ses yeux fatigués, bleus, un foulard de soie transparente lui descendait jusqu'au milieu du front, le nourrisson dormait contre sa poitrine.

— Qui es-tu ? demanda K.

Evasive — il n'apparaissait pas clairement si le ton de mépris était destiné à K. ou à sa propre réponse — elle dit :

— Une fille du château.

Tout cela n'avait duré qu'un instant et déjà, un homme à sa droite et un autre à sa gauche, on le traîna, comme s'il n'y avait pas d'autre moyen de se faire entendre, en silence, mais avec une grande vigueur, jusqu'à la porte. Quelque chose paraissait rendre heureux le vieillard qui battait des mains. Et la lavandière elle aussi se mit à rire en voyant les enfants tout à coup faire un chahut d'enfer.

K. se retrouva bientôt dans la rue, les hommes le surveillaient depuis le seuil. Il tombait de nouveau de la neige ; pourtant il semblait faire plus clair. Le barbu cria impatienté :

— Où voulez-vous aller ? Par là, ça va au château, par ici, ça va au village.

— Qui êtes-vous ? Qui dois-je remercier ?

— Je suis le maître tanneur Lasemann, répondit-il, vous n'avez à remercier personne.

— Bien, fit K., peut-être nous rencontrerons-nous encore.

— Je ne le crois pas, dit l'homme. A cet instant, celui qui avait une grande barbe s'écria, la main levée :

— Bonjour, Arthur, bonsoir Jeremias !

K. se retourna, il y avait donc des gens dans cette rue ! Deux jeunes gens de taille moyenne arrivaient de la direction du château, tous deux très sveltes, en vêtements étroits, et se ressemblant même de visage. La couleur du visage était brun sombre, il s'en détachait une barbe en pointe particulièrement noire. Ils allaient étonnamment vite, vu l'état de la rue et jetaient leurs jambes minces en avant en cadence.

— Qu'avez-vous ? » s'écria le barbu. On ne pouvait leur parler qu'en criant, tellement ils allaient vite, sans même s'arrêter.

— Les affaires ! répondirent-ils en riant.

— Où ?

— A l'auberge.

— J'y vais moi aussi, s'écria K., plus fort, tout à coup, que tous les autres ; il avait grande envie d'être emmené par ces deux-là ; faire leur connaissance ne lui paraissait pas très profitable, mais c'étaient sûrement de bons et de stimulants compagnons de route. Ils entendirent les paroles de K. mais hochèrent seulement la tête, déjà ils étaient passés.

K. était encore debout dans la neige, il n'avait guère envie de lever le pied pour l'y enfoncer un peu plus loin dans une profondeur nouvelle ; le maître tanneur et son compagnon, satisfaits de s'être enfin débarrassés de K., se glissèrent lentement, sans cesser de se retourner sur lui, dans la maison par la porte seulement entrebâillée, et K. resta seul avec la neige qui l'enveloppait. « Occasion pour un petit désespoir », lui vint-il à l'esprit, « si seulement j'étais debout ici par hasard et non par intention ? »

C'est alors que dans la masure à main gauche s'ouvrit une fenêtre minuscule ; fermée elle était d'un bleu profond, dû peut-être au reflet de la neige, elle était à ce point minuscule que maintenant qu'elle était ouverte on ne voyait pas le visage de celui qui regardait dehors mais seulement les yeux, des yeux âgés, marron.

— Il est là-bas, entendit-il dire une voix féminine tremblante.

— C'est l'arpenteur, fit une voix d'homme. Puis l'homme s'approcha de la fenêtre et demanda non sans amabilité mais aussi comme s'il lui importait que tout dans la rue devant sa maison soit en ordre.

— Qu'attendez-vous ?

— Un traîneau qui m'emmènerait, dit K.

— Ici, il ne passe pas de traîneau, dit l'homme, ici, il n'y a pas de circulation.

— C'est pourtant la route qui mène au château.

— N'empêche, n'empêche, dit l'homme avec une certaine inflexibilité, il n'y a pas de circulation ici.

Puis tous deux se turent. Mais l'homme était certainement en train de penser à quelque chose car il n'avait toujours pas fermé la fenêtre d'où s'échappait de la vapeur.

— Un mauvais chemin, fit K. pour lui venir en aide. Mais il dit seulement : — Oui, certes.

Mais après un moment, il ajouta tout de même : — Si vous voulez, je vous emmène avec mon traîneau.

— Faites-le s'il vous plaît, dit K. tout heureux. Combien exigez-vous pour cela ?

— Rien, fit l'homme. K. fut très étonné. — Vous êtes l'arpenteur, expliqua l'homme, et vous faites partie du château, où voulez-vous donc aller ?

— Au château, fit K. rapidement.

— Alors, je ne vous emmène pas, dit l'homme aussitôt.

— Je fais pourtant partie du château, dit K. répétant les propres paroles de l'homme.

— Ça se peut, dit l'homme pour détourner la conversation.

— Alors conduisez-moi à l'auberge, dit K.

— Bien, fit l'homme, je viens tout de suite avec le traîneau.

Tout cela ne témoignait pas d'une très grande amabilité, on eût plutôt dit un zèle égoïste et craintif, presque méticuleux à voir K. quitter cet endroit devant la maison.

Le portail sur la cour s'ouvrit et il en sortit un petit traîneau pour charges légères, tout plat, sans le moindre siège, tiré par un faible petit cheval et derrière lequel marchait l'homme, courbé, faible, boiteux, avec un visage maigre, rouge, enrhumé, que son écharpe de laine qui lui enveloppait la tête faisait paraître plus petit encore. L'homme était visiblement malade et n'était sorti que pour pouvoir éloigner K. Celui-ci tenta de dire quelque chose en ce sens que l'homme éluda. K. apprit seulement qu'il était le charretier Gerstäcker et qu'il avait pris ce traîneau inconfortable parce qu'il se trouvait prêt et qu'en prendre un autre aurait demandé trop de temps.

— Asseyez-vous, dit-il, et du fouet il montra le traîneau derrière lui.

— Je vais m'asseoir à côté de vous, dit K.

— Je vais marcher, dit Gerstäcker.

— Pourquoi donc ?

— Je vais marcher, répéta Gerstäcker, et il eut un accès de toux qui le secoua au point qu'il lui fallut caler les jambes dans la neige et se tenir des mains au bord du traîneau. K. ne dit plus rien, il s'assit derrière sur le traîneau, la toux se calma lentement et ils partirent.

Le château là-haut, déjà étrangement obscur, que K. avait espéré atteindre aujourd'hui encore, s'éloignait de nouveau ; comme en guise d'adieu provisoire une cloche se mit à y sonner joyeusement, une cloche qui, un instant au moins, faisait frissonner le cœur, comme s'il était menacé — car le son était douloureux aussi — par l'accomplissement de ce qu'il désirait de façon incertaine. Mais cette cloche puissante se tut, relayée par une clochette faible et monotone, peut-être encore là-haut, peut-être déjà au village. Cette sonnerie, certes, convenait mieux à la lenteur du traîneau, à ce charretier misérable mais inflexible.

— Eh toi ! s'écria K. tout à coup — ils étaient déjà à proximité de l'église, de là, le chemin n'était plus long jusqu'à l'auberge et K. pouvait prendre quelques risques —, je suis très étonné que tu oses me promener comme ça, sous ta propre responsabilité, tu en as le droit ?

Gerstäcker fit comme s'il n'entendait pas et continuait à marcher tranquillement à côté de son cheval.

— Hé ! s'écria K., il prit un peu de neige sur le traîneau, en fit une boule et atteignit Gerstäcker en plein dans l'oreille. Celui-ci alors s'arrêta et se retourna ; mais lorsque K. le vit ainsi près de lui — le traîneau avait continué à avancer un peu —, cette silhouette courbée, maltraitée eût-on dit, le visage rouge, fatigué et mince avec ses joues en quelque sorte différentes, l'une creuse, l'autre décharnée, la bouche ouverte, attentive, où ne restaient que quelques dents isolées, il dut répéter par pitié ce qu'il avait tout à l'heure dit par méchanceté, à savoir si Gerstäcker ne pouvait pas être puni pour avoir transporté K.

— Que veux-tu ? demanda Gerstäcker sans comprendre mais sans attendre d'autre explication ; il héla le cheval et ils continuèrent leur chemin.

Chapitre deuxième

LORSQU'ILS furent presque à l'auberge — K. s'en rendit compte à un tournant du chemin — il faisait déjà tout à fait nuit. Etait-il donc resté absent si longtemps ? Pourtant, selon ses estimations, il n'était parti que depuis une heure ou deux, le matin il n'avait pas éprouvé le besoin de manger et tout à l'heure encore, il avait fait jour, une lumière régulière, l'obscurité n'était tombée qu'à l'instant même.

— Courtes journées, courtes journées, se dit-il. Il se glissa hors du traîneau et se dirigea vers l'auberge. En haut, sur le petit perron de la maison, se tenait l'aubergiste, une lampe à la main qu'il dirigeait vers lui. Se rappelant fugitivement le charretier, K. s'arrêta, on toussait quelque part dans l'obscurité, c'était lui. Il ne tarderait pas à le revoir. C'est une fois arrivé en haut, près de l'aubergiste qui saluait humblement, qu'il remarqua un homme de chaque côté de la porte. Il prit la lanterne de la main de l'aubergiste et les éclaira tous les deux ; c'était les deux hommes qu'il avait rencontrés et qu'on avait appelés Arthur et Jeremias. Ils firent un salut militaire. Il se mit à rire en se souvenant de l'heureux temps de son service militaire.

— Qui êtes-vous ? demanda-t-il en les regardant tour à tour.

— Vos aides, répondirent-ils.

— Ce sont les aides, confirma doucement l'aubergiste.

— Comment ? fit K.

— Vous êtes mes anciens aides que j'ai fait venir et que j'attends ?

Ils le lui confirmèrent.

— C'est bien, fit K., après un moment. C'est bien que vous soyez venus. D'ailleurs, dit K., après un autre petit moment, vous vous êtes beaucoup attardés, vous êtes très négligents.

— La route était longue, dit l'un d'eux.

— Une longue route, répéta K., mais je vous ai rencontrés alors que vous arriviez du château.

— Oui, dirent-ils sans autre explication.

— Où sont donc les appareils ? demanda K.

— Nous n'en avons pas, dirent-ils.

— Les appareils que je vous ai confiés, dit K.

— Nous n'en avons pas, répétèrent-ils.

— Vous en êtes de drôles de gens ! dit K. Entendez-vous quelque chose à l'arpentage ?

— Non, dirent-ils.

— Mais si vous êtes mes anciens aides, il faut bien que vous y entendiez quelque chose ? fit K. Ils se turent.

— Eh ! bien venez donc, dit K., et il les fit entrer dans la maison en les poussant devant lui.

Ils se trouvèrent tous assis plutôt silencieux dans la salle d'auberge, à boire de la bière à une petite table. K., au milieu, à droite et à gauche les aides. Seule une autre table était occupée par des paysans, comme la veille au soir.

— Avec vous ce n'est pas facile, dit K., et il compara leurs visages comme il l'avait déjà fait à plusieurs reprises. Comment voulez-vous que je vous distingue ? Seuls vos noms vous différencient, sinon vous vous ressemblez comme... il hésita, puis comme sans le vouloir : — Sinon, vous vous ressemblez comme des serpents.

Ils sourirent.

— D'habitude on nous distingue très bien, dirent-ils pour se justifier.

— Je vous crois, dit K., j'en fus moi-même témoin, mais je ne vois que par mes yeux à moi et ils ne me permettent pas de vous distinguer. C'est pourquoi je vais vous traiter comme un seul homme et vous appeler tous deux Arthur. Si j'envoie Arthur quelque part, vous y allez tous les deux, si je donne un travail à Arthur, vous le faites tous les deux. Ça a pour moi le grand inconvénient que je ne puis vous utiliser à des tâches différentes, mais l'avantage que vous portez ensemble la responsabilité indivise de tout ce dont je vous charge. Comment vous répartissez le travail entre vous m'est égal, seulement vous n'avez pas le droit de vous renvoyer la responsabilité, pour moi, vous êtes un seul homme.

Ils réfléchirent et dirent :

— Cela nous serait fort désagréable.

— Comment cela ne le serait-il pas, fit K. Naturellement cela ne peut que vous être désagréable, mais ce sera comme ça.

Depuis un moment déjà K. avait vu un des paysans rôder autour de la table, enfin il se décida, se dirigea vers l'un des aides et voulut lui chuchoter quelque chose.

— Excusez, dit K., il frappa de la main sur la table et se leva : — Ce sont mes aides et nous avons à parler. Personne n'a le droit de nous déranger.

— Oh ! je vous en prie, je vous en prie, dit le paysan craintivement et il retourna à reculons vers les gens qui étaient avec lui.

— Il faut surtout que vous fassiez bien attention à ceci, dit encore K. qui s'était rassis. Vous n'avez le droit de parler à personne sans ma permission. Je suis ici un étranger et si vous êtes mes anciens aides, vous êtes vous aussi des étrangers. C'est pourquoi nous trois nous devons être solidaires, aussi tendez-moi vos mains.

Ils tendirent de bon gré leurs mains vers K.

— Bas les pattes, dit-il, mais mon ordre demeure. Maintenant, je vais dormir et je vous conseille d'en faire autant. Aujourd'hui, nous avons manqué une journée de travail, demain il faut que le travail commence de très bonne heure. Vous devez me procurer un traîneau pour aller au château et vous tenir prêts à six heures, ici, devant la maison.

— Bien, dit l'un. Mais l'autre l'interrompit :

— Tu dis bien et tu sais pourtant que cela n'est pas possible.

— La paix, dit K., vous voulez peut-être commencer à vous distinguer l'un de l'autre.

Mais alors le premier se mit à dire lui aussi :

— Il a raison, c'est impossible, sans autorisation, aucun étranger n'a le droit de pénétrer au château.

— Où doit-on se procurer l'autorisation ?

— Je ne sais pas, peut-être, chez le régisseur.

— Eh bien, alors, nous allons demander par téléphone, téléphonez immédiatement au régisseur !

Ils coururent jusqu'à l'appareil, obtinrent la communication — comme ils se bousculaient ! Extérieurement ils étaient d'une docilité ridicule — et ils demandèrent si K. pouvait venir avec eux demain au château. Le « non ! » de la réponse, K. l'entendit jusqu'à sa table. Mais la réponse était plus complète encore, elle disait : « Ni demain ni une autre fois. »

— Je vais téléphoner moi-même, dit K., et il se leva.

Si jusque-là on n'avait prêté que peu d'attention à K. et aux aides, l'incident avec le paysan mis à part, sa dernière remarque quant à elle attira l'attention générale. Tous se levèrent en même temps que K. et bien que l'aubergiste cherchât à les repousser, ils se groupèrent près de l'appareil en un étroit demi-cercle. L'opinion prévalut parmi eux que K. n'obtiendrait pas même de réponse. K. dut les prier de se tenir tranquilles, peu lui importaient leurs opinions.

De l'écouteur sortait un bourdonnement comme K. n'en avait jamais entendu au téléphone. On eût dit que venant frapper l'oreille, comme si elle exigeait de pénétrer plus avant que dans le misérable sens auditif, une voix se formait à partir de ce bourdonnement comme faite d'innombrables voix d'enfants, mais ce bourdonnement lui-même n'en était pas un, c'était le chant de voix lointaines, indiciblement lointaines. K. écouta sans téléphoner, il avait appuyé le bras gauche à la console du téléphone et il restait ainsi à écouter. Il ne sut pas combien de temps ; mais il écoutait encore lorsque l'aubergiste le tira par la veste pour lui dire qu'un messager était arrivé pour lui.

— Va-t'en, cria K. incapable de se dominer, peut-être même, l'entendit-on au bout du fil car quelqu'un s'annonça :

— Ici Oswald, qui est à l'appareil ? s'écria-t-on, une voix sévère, orgueilleuse avec un petit défaut d'élocution, comme K. crut le remarquer, qu'elle tentait de compenser en accentuant encore sa sévérité. K. hésita à se nommer, au téléphone, il était sans défense, l'autre pouvait gronder comme le tonnerre et l'agonir, ou raccrocher et K. s'était barré un chemin qui peut-être n'était pas sans importance. Les hésitations de K. rendirent l'homme impatient.

— Qui est au bout du fil ? répéta-t-il et ajouta : — J'aimerais beaucoup qu'on ne téléphone pas tant là-bas, on vient de téléphoner, il y a un instant à peine.

K. ne tint pas compte de cette remarque et annonça sous le coup d'une résolution soudaine :

— Ici l'aide de Monsieur l'Arpenteur.

— Quel aide ? Quel monsieur ? Quel arpenteur ? K. se rappela la conversation téléphonique de la veille : demandez à Fritz, dit-il, très bref.

Cela fit de l'effet, à son grand étonnement. Mais ce qui l'étonna plus encore, c'était la cohésion des services là-bas. La réponse fut :

— Oui, je sais. Le sempiternel arpenteur, alors quoi encore ? Quel aide ?

— Joseph, dit K.

Le murmure des paysans derrière son dos le dérangeait un peu ; visiblement ils n'approuvaient pas qu'il ne se présente pas correctement. Mais K. n'avait pas le temps de s'occuper d'eux, car la conversation l'absorbait beaucoup.

— Joseph ? interrogea-t-on en réponse. Les aides se nomment — une petite pause, visiblement il se faisait dire les noms par quelqu'un d'autre — Arthur et Jeremias.

— Ça, ce sont les nouveaux aides, dit K.

— Non, ce sont les anciens.

— Ce sont les nouveaux, moi je suis l'ancien, arrivé aujourd'hui à la suite de Monsieur l'Arpenteur.

— Non ! criait-on maintenant.

— Qui suis-je alors ? demanda K. calmement comme tout à l'heure.

Après une pause la même voix dit avec le même défaut d'élocution, et c'était pourtant comme une autre voix plus profonde, plus digne d'attention.

— Tu es l'ancien aide.

K. écoutait le son de la voix et en oublia presque la question.

— Que veux-tu ?

Il avait fort envie de raccrocher. Il n'attendait plus rien de cette conversation. Ce n'est pas parce qu'il y était en somme forcé que K. posa rapidement la question suivante :

— Quand mon maître pourra-t-il venir au château ?

— Jamais, fut la réponse.

— Bien, fit K., et il raccrocha.

Les paysans derrière lui s'étaient déjà approchés tout près. Les aides, tout en regardant sans cesse vers lui, s'occupaient de tenir les paysans à l'écart. Ceux-ci faisaient seulement semblant d'ailleurs, satisfaits du tour qu'avait pris la conversation, ils s'écartaient peu à peu. C'est alors que le groupe autour d'eux se trouva coupé de derrière par le pas rapide d'un homme qui s'inclina devant K. et lui tendit une lettre. K. garda la lettre dans sa main et regarda l'homme qui pour l'instant lui paraissait plus important. Il y avait une grande ressemblance entre lui et les aides, il était aussi svelte qu'eux, vêtu de façon aussi ajustée, et tout aussi agile et souple, mais pourtant tout à fait autre. Si au moins K. avait pu l'avoir lui plutôt que les aides ! Il lui rappelait un peu la femme au nourrisson qu'il avait vue chez le maître tanneur. Il était presque vêtu de blanc, son costume ne devait pas être en soie, c'était un vêtement d'hiver comme tous les autres mais il avait toute la finesse, toute la délicatesse d'un vêtement de soie. Son visage était lumineux et franc, les yeux gigantesques, son sourire extraordinairement engageant ; il se passa la main sur la figure comme s'il voulait chasser ce sourire mais n'y parvint pas.

— Qui es-tu ? demanda K.

— Je m'appelle Barnabas, dit-il. Je suis un messager.

Ses lèvres en parlant s'ouvraient et se fermaient de manière virile et pourtant douce.

— Tu te plais ici? demanda K. en montrant les paysans, aux yeux desquels il n'avait pas encore perdu son intérêt et qui le regardaient de leurs visages littéralement torturés — leurs crânes, eût-on dit, avaient été aplatis à force de taper dessus — et leurs teints s'étaient formés dans la souffrance des coups — leurs lèvres étaient boudinées, leurs bouches ouvertes, et ils le regardaient et ne le regardaient pas, car leur regard parfois s'égarait et restait un instant attaché à quelque objet tout à fait quelconque, avant de revenir sur lui. K. alors montra les aides qui se tenaient enlacés, s'appuyaient joue contre joue et souriaient, on ne pouvait savoir si c'était par humilité ou par ironie, il les montra à Barnabas, comme s'il lui présentait une suite qu'on lui avait imposée vu les circonstances particulières et comme s'il attendait — c'était cela la confiance, et elle seule importait à K. — que Barnabas fasse constamment la différence entre lui et eux. Mais Barnabas — en toute innocence c'était visible — ne releva pas la question, laissa passer comme le fait un serviteur stylé pour une parole de son maître qui ne lui est destinée qu'en apparence ; il se contenta de regarder autour de lui, salua des connaissances parmi les paysans d'un geste de la main, échangea quelques mots avec les aides, tout cela avec aisance et naturel, sans se mêler à eux. K. repoussé, mais non pas honteux, en revint à la lettre dans sa main et l'ouvrit. Elle était rédigée en ces termes : « Cher monsieur ! vous êtes, comme vous le savez, engagé dans les services seigneuriaux. Votre supérieur immédiat est le maire du village qui vous donnera toutes précisions sur votre travail et votre salaire et à qui vous devez également rendre compte. Cependant je ne vous perdrai pas moi-même de vue.

» Barnabas le porteur de cette lettre vous demandera de temps à autre vos vœux et me les communiquera. Vous me trouverez toujours prêt à vous satisfaire dans la mesure du possible. Il m'importe d'avoir des ouvriers satisfaits. »

La signature était illisible mais il y avait imprimé à côté : « Le Chef du secrétariat. »

— Attends ! dit K. à Barnabas qui s'inclinait devant lui, puis il appela l'aubergiste pour qu'il lui donne une chambre, il voulait rester quelque temps seul avec la lettre. Il se souvint que Barnabas, malgré toute l'inclination qu'il avait pour lui, n'était rien d'autre qu'un domestique et il lui fit donner de la bière, il prêta attention à la façon dont il allait prendre cela, il l'accepta apparemment très volontiers et se mit tout de suite à boire. Puis K. s'en alla avec l'aubergiste. Dans la petite maison on n'avait rien pu préparer d'autre pour lui qu'une petite mansarde et même cela avait créé des difficultés car il avait fallu caser ailleurs deux bonnes qui y avaient couché jusque-là. En fait, on s'était contenté d'expulser les deux bonnes, la chambre pour le reste était restée inchangée, pas de draps pour le seul lit qu'il y avait, rien que quelques coussins et une couverture de cheval et tout cela dans l'état de la nuit d'avant. Au mur quelques images de saints et des photos de soldats. On n'avait pas même aéré, visiblement on espérait que le nouveau client ne resterait pas longtemps et on ne faisait rien pour le retenir. Mais K. était d'accord avec tout, il s'enroula dans la couverture, s'assit à la table et à la lumière d'une bougie se remit à lire la lettre une fois encore.

Elle n'était pas cohérente, il y avait des endroits où on lui parlait en homme libre dont on reconnaissait le libre arbitre, c'était le cas pour l'intitulé et pour le passage concernant ses desiderata. Mais il y avait d'autres endroits où, soit ouvertement, soit de manière voilée on le traitait comme un petit ouvrier qu'on avait peine à désigner depuis le siège de la direction et celle-ci devait faire des efforts « pour ne pas le perdre de vue », son supérieur n'était que le maire du village à qui il devait des comptes, son seul collègue c'était peut-être le garde-champêtre. C'étaient indiscutablement là des contradictions, si visibles qu'elles ne pouvaient avoir été qu'intentionnelles. C'est à peine si K. se laissa effleurer par l'idée tout à fait folle à l'égard d'une administration pareille que l'indécision y avait eu sa part. Il y voyait bien plutôt un choix ouvertement offert, on le laissait comme il l'entendait disposer des ordres formulés dans la lettre, soit il voulait être ouvrier du village avec des rapports excellents mais uniquement apparents avec le château, soit il serait apparemment ouvrier du village et il laisserait tout son travail dépendre des nouvelles que lui apporterait Barnabas. K. n'hésita pas dans son choix, il n'aurait même pas hésité sans les expériences qu'il avait déjà faites. C'est seulement comme ouvrier du village, aussi loin que possible de ces messieurs du château qu'il était capable d'obtenir quelque chose au château, ces gens du village, encore si méfiants à son égard, se mettraient à parler une fois qu'il serait devenu sinon leur ami, du moins leur concitoyen, et une fois qu'il ne se distinguerait plus de Gerstäcker ou de Lasemann — et il fallait que cela vienne vite, c'est de cela que tout dépendait — d'un coup tous les chemins s'ouvriraient à lui, qui lui seraient restés pour toujours non seulement inaccessibles mais aussi invisibles si les choses n'avaient dépendu que de ces messieurs là-haut et de leur bienveillance. Certes, un danger subsistait, et il était suffisamment souligné dans la lettre, il était même décrit avec un certain plaisir comme s'il devait être inéluctable. C'était la condition d'ouvrier. Service, supérieur hiérarchique, travail, conditions de salaire, comptes à rendre, ouvrier, la lettre fourmillait de ces termes. Quand on y disait autre chose de plus personnel, c'était tout de même dit sous cet angle. Si K. voulait devenir ouvrier, il le pouvait, mais alors dans tout le terrible sérieux du mot, sans nulle perspective vers autre chose. K. savait qu'on ne le menaçait pas d'une contrainte véritable, ce n'est pas elle qu'il redoutait, et ici moins que partout ailleurs, mais ce qu'il craignait, c'était le pouvoir décourageant de l'environnement, c'était de prendre l'habitude des déceptions, la puissance des influences imperceptibles de chaque instant, mais contre ce danger-là, il lui fallait prendre le risque du combat. La lettre d'ailleurs ne cachait pas que si on devait en venir à des affrontements, c'est K. qui aurait eu l'audace de les commencer ; cela était dit avec finesse et seule une conscience inquiète — une conscience inquiète non pas une mauvaise conscience — pouvait le remarquer, il s'agissait des quatre mots « comme vous le savez » relatifs à son admission. K. s'était annoncé et depuis ce temps il savait, comme le disait la lettre, qu'il était admis.

K. retira une gravure du mur et accrocha la lettre à la place ; c'est dans cette chambre qu'il habiterait, c'est ici que la lettre serait accrochée.

Puis il descendit à la salle d'auberge. Barnabas était assis avec les aides à une petite table.

— Ah, te voilà ! fit K. sans raison, seulement parce qu'il était content de voir Barnabas. Celui-ci, aussitôt, se leva d'un bond. A peine K. était-il entré que les paysans se levèrent pour s'approcher de lui ; c'était déjà devenu leur habitude de toujours courir derrière lui.

— Mais que voulez-vous donc toujours de moi ? s'écria K. Ils ne prirent pas cela mal et retournèrent lentement à leurs places.

En s'en allant l'un d'eux, avec un sourire indéfinissable repris par les autres, dit à titre d'explication :

— On entend toujours des choses nouvelles, et il se lécha les lèvres comme si les nouveautés étaient un aliment. K. ne dit rien pour se les concilier, il fallait qu'ils aient un peu de respect pour lui, mais à peine était-il assis auprès de Barnabas qu'il sentit déjà le souffle d'un paysan dans la nuque ; il venait, comme il le disait, chercher la salière, mais K. en trépigna de colère, et le paysan s'en alla sans l'avoir prise. Il était vraiment facile de venir à bout de K., il suffisait d'exciter les paysans contre lui. Leur intérêt obstiné lui semblait pire que l'attitude renfermée des autres gens, et d'ailleurs, eux-mêmes étaient tout aussi renfermés, car si K. s'était assis à leur table, eux ils n'y seraient sûrement pas restés. Seule la présence de Barnabas le retenait de faire un esclandre. Mais il se retourna tout de même, menaçant, vers eux, eux aussi s'étaient retournés. A les voir assis là, chacun à sa place, sans rien dire, sans relations visibles entre eux, n'ayant pour seul bien que de le regarder l'œil fixe, il eut l'impression que ce n'était pas du tout par méchanceté qu'ils ne cessaient de le poursuivre ; peut-être voulaient-ils vraiment quelque chose de lui ; seulement ils ne pouvaient pas le dire et si ce n'était pas cela, ce n'était que de l'infantilisme, lequel paraissait être ici chez lui ; l'aubergiste n'était-il pas infantile lui aussi qui, tenant des deux mains un verre de bière qu'il devait apporter à un quelconque client, s'arrêta pour regarder K. sans entendre l'appel de sa femme penchée par la fenêtre de la cuisine ?

K. qui s'était calmé se tourna vers Barnabas. Les aides, il les aurait volontiers éloignés mais ne trouva pas de prétexte. D'ailleurs ils regardaient leur bière en silence.

— La lettre, commença à dire K., je l'ai lue. En connais-tu le contenu ?

— Non ! dit Barnabas, son regard paraissait en dire plus que ses paroles. Peut-être K. se trompait-il ici en bien comme il se trompait en mal pour les paysans.

— Il est aussi question de toi dans la lettre, tu dois en effet de temps à autre transmettre les nouvelles entre moi et le chef de service, c'est pourquoi j'avais pensé que tu en connaissais le contenu.

— Je n'ai reçu que la mission de remettre la lettre, dit Barnabas, et d'attendre une réponse orale ou écrite si cela te paraît nécessaire.

— Bien, dit K. Une réponse écrite n'est pas nécessaire, adresse à Monsieur le Chef de service — comment s'appelle-t-il donc ? Je n'ai pas pu lire la signature.

— Klamm, dit Barnabas.

— Adresse donc à M. Klamm mes remerciements pour mon engagement et pour son amabilité toute particulière que je sais d'autant plus apprécier que je n'ai pas encore fait ici mes preuves. Je me comporterai tout à fait selon ses intentions. Je n'ai pas pour aujourd'hui de souhaits particuliers à formuler.

Barnabas qui avait fait très attention, demanda à K. la permission de répéter ce dont il l'avait chargé. K. y consentit et Barnabas répéta tout à la lettre. Puis il se leva pour prendre congé.

Pendant tout ce temps K. avait examiné son visage, il le fit encore une dernière fois. Barnabas était à peu près aussi grand que K., pourtant son regard semblait s'abaisser vers K. de façon presque humble, il était impossible que cet homme fasse honte à quiconque. Certes il n'était qu'un messager, il ne connaissait pas le contenu des lettres qu'il avait à porter, mais même son regard, son sourire, sa démarche semblaient être un message. Et K. lui tendit la main, ce qui dut le surprendre car il avait seulement voulu s'incliner.

Dès qu'il fut parti — avant d'ouvrir la porte il était resté quelques instants appuyé de l'épaule contre la porte et d'un regard qui ne visait plus personne, il avait embrassé la pièce entière — K. dit aux aides :

— Je vais chercher mes notes dans ma chambre et puis nous parlerons du travail à faire.

Ils voulurent l'accompagner.

— Restez là !

Ils voulaient l'accompagner encore. Il fallut que K. répète son ordre encore plus sévèrement. Barnabas n'était plus dans le couloir, or il venait de partir à l'instant. Il n'était pas non plus devant la maison — il tombait de la neige — K. ne le vit pas. Il cria : « Barnabas ! » Pas de réponse. Serait-il encore dans la maison ? Il ne semblait pas y avoir d'autre possibilité. Pourtant K. cria son nom encore une fois de toutes ses forces. Le nom retentit comme le tonnerre à travers la nuit. Et, cette fois, une réponse lui parvint de loin, faiblement ; Barnabas était donc déjà tellement loin ? K. le rappela et alla au-devant de lui, là où ils se rencontrèrent on ne pouvait plus les voir de l'auberge.

— Barnabas, dit-il et il ne put dominer un tremblement de sa voix. Je voulais encore te dire quelque chose. Je constate que les choses s'arrangent mal, que je dépends seulement du hasard de ta venue, si j'ai besoin de quelque chose du château. Si par hasard je n'avais pas réussi à te rattraper — comme tu voles, je pensais que tu étais encore à l'intérieur de la maison — qui sait combien de temps il m'aurait fallu attendre pour te revoir.

— Tu peux demander au chef de service que je vienne toujours à des heures précises, fixées par toi, dit Barnabas.

— Même cela ne suffirait pas, fit K. Pendant toute une année je peux ne rien avoir à faire dire du tout et justement un quart d'heure après ton départ, j'ai quelque chose à transmettre qui ne peut souffrir de délai.

— Dois-je donc dire au chef de service qu'il faut quelqu'un d'autre que moi pour faire la liaison ?

— Non, non, dit K., en aucun cas, je ne dis cela que pour le cas où ; cette fois j'ai encore eu la chance de te rattraper.

— Veux-tu que nous retournions à l'auberge pour que tu puisses m'y charger de la nouvelle mission, demanda Barnabas.

Déjà il avait fait un pas en direction de la maison.

— Barnabas, fit K., ce n'est pas la peine. Je vais t'accompagner un bout de chemin.

— Pourquoi ne veux-tu pas aller à l'auberge ? demanda Barnabas.

— Les gens m'y dérangent, dit K., l'indiscrétion des paysans tu as pu la voir toi-même.

— Nous pouvons aller dans ta chambre, dit Barnabas.

— C'est la chambre des bonnes, dit K., elle est sale et moite ; pour ne pas être obligé d'y rester je voulais marcher un peu avec toi ; il te suffit, ajouta K. pour définitivement venir à bout de ses hésitations, de me laisser m'accrocher à ton bras, car tu marches plus sûrement que moi.

Et K. s'accrocha à son bras. Il faisait sombre, K. ne voyait pas son visage mais seulement sa silhouette indistincte. Un instant, déjà, plus tôt, il avait tenté de repérer son bras par le toucher. Barnabas y consentit, ils s'éloignèrent de l'auberge. Certes K. sentit bientôt qu'il n'était pas capable de tenir le pas de Barnabas, qu'il gênait sa liberté de mouvements ; en temps normal déjà, tout aurait été voué à l'échec, à cause de ce seul détail secondaire, et surtout dans des ruelles latérales du genre de celles où le matin même il s'était enfoncé dans la neige et dont il n'aurait pu sortir que porté par Barnabas. Pourtant, pour le moment, il écartait de lui des préoccupations de cette sorte ; de plus, le silence de Barnabas le consolait ; s'ils marchaient sans parler, c'est donc que continuer à marcher était, pour Barnabas aussi, la raison d'être ensemble.

Ils allaient, mais K. ne savait où, il ne distinguait rien. Pas même s'ils avaient déjà dépassé l'église. Le mal qu'il avait à marcher ne lui permit plus de maîtriser ses pensées. Au lieu de rester fixées au but, elles se troublèrent. Sans cesse son village remontait dans sa mémoire et les souvenirs le remplissaient. Là aussi, sur la place principale, il y avait une église, en partie entourée d'un vieux cimetière ceint d'un mur élevé. Très peu de garçons seulement avaient réussi à escalader le mur et K. n'y était pas arrivé non plus. Ce n'était pas la curiosité qui les poussait, le cimetière n'avait plus de secrets pour eux. Ils étaient souvent déjà entrés par sa petite porte grillagée. Ce qu'ils voulaient, c'était venir à bout de ce mur lisse et haut. Un matin — la place vide et silencieuse était inondée de lumière, quand K. l'avait-il vue ainsi, est-ce avant ou après ? — il y parvint avec une facilité surprenante ; à un endroit où il était souvent retombé, il escalada le mur dès son premier élan, un petit drapeau entre les dents. Des gravats roulaient encore, qu'il était déjà en haut. Il planta le drapeau, le vent tendit la toile, il regarda en bas, tout autour de lui, tout en bas, les croix plantées dans le sol ; ici et maintenant personne n'était plus grand que lui. L'instituteur passa par hasard et fit descendre K. d'un regard courroucé. En sautant en bas, K. se blessa, il ne put revenir à la maison qu'à grand-peine, mais il avait été sur le mur. Le sentiment de cette victoire semblait lui donner un appui pour toute une longue vie, idée pas si absurde que cela, car maintenant après tant d'années, dans la nuit de neige, au bras de Barnabas, cela lui vint en aide.

Il s'accrocha plus fermement, Barnabas le tirait presque, ils gardaient le silence.

La seule chose que K. savait, à en juger par l'état de la route, c'est qu'ils n'avaient pas encore obliqué dans une ruelle latérale. Aucune difficulté, même l'inquiétude du retour, se promit-il, n'arriverait à l'empêcher de continuer son chemin. Ses forces allaient bien lui permettre de se laisser traîner encore un peu. Et enfin, le chemin ne pouvait pas aller à l'infini.

En plein jour, le château se dressait devant lui comme un but facile à atteindre et le messager connaissait certainement le chemin le plus court.

Alors Barnabas s'arrêta. Où étaient-ils ? Cela n'allait-il pas plus loin ? Barnabas allait-il prendre congé de K. ? Il n'y arriverait pas. K. reprit le bras de Barnabas au point de s'en faire mal à lui-même. Ou bien l'incroyable s'était-il produit et étaient-ils déjà devant le château ou devant ses portes ? Or K. le savait, ils n'avaient pas du tout monté. Ou bien Barnabas l'avait-il conduit par un chemin qui montait de manière tout à fait insensible ?

— Où sommes-nous ? demanda K. doucement, s'adressant plus à lui-même qu'à Barnabas.

— A la maison, dit Barnabas de la même façon.

— A la maison ?

— Mais maintenant fais attention de ne pas glisser. Cela descend.

— Cela descend ?

— Ce ne sont que quelques pas à faire, ajouta-t-il et déjà il frappait à une porte.

Une jeune fille ouvrit ; ils se trouvaient sur le seuil d'une grande pièce, presque dans l'obscurité, seule une lampe à huile minuscule était accrochée au-dessus d'une table à gauche, dans le fond.

— Qui vient avec toi, Barnabas ? demanda la jeune fille.

— L'arpenteur, dit-il.

— L'arpenteur, répéta la jeune fille à voix plus haute en direction de la table. Là-dessus deux personnes âgées, un homme et une femme, et une autre jeune fille se levèrent. On salua K. Barnabas lui présenta tout le monde, ses parents et ses sœurs Amalia et Olga. K. les regarda à peine, on lui retira son manteau mouillé pour le sécher près du poêle. K. se laissa faire.

Ils n'étaient pas arrivés chez eux, Barnabas seul était chez lui. Mais pourquoi étaient-ils là ? K. prit Barnabas à part et lui demanda :

— Pourquoi es-tu rentré à la maison ? Ou bien habitez-vous déjà dans le périmètre du château ?

— Dans le périmètre du château ? répéta Barnabas comme s'il ne comprenait pas K.

— Barnabas, dit K., tu voulais pourtant aller de l'auberge au château.

— Non, Maître, dit Barnabas, je voulais rentrer à la maison ; je vais seulement le matin au château, je n'y dors jamais.

— Tiens donc, dit K., alors tu ne voulais pas aller au château mais venir ici ? — Son sourire lui parut plus terne, lui-même plus insignifiant. — Pourquoi ne me l'as-tu pas dit ?

— Tu ne me l'as pas demandé, Maître, dit Barnabas. Tu voulais seulement me charger d'une commission, mais ni à l'auberge ni dans ta chambre, j'ai alors pensé que tu pourrais m'en charger en toute tranquillité ici, chez mes parents. Ils s'éloigneront aussitôt, si tu l'ordonnes ; d'ailleurs si ça te plaît mieux, ici, chez nous, tu peux très bien y passer la nuit. N'ai-je pas bien fait ?

K. ne sut que répondre. Cela avait donc été un malentendu, un malentendu indigne et bas et K. s'y était complètement laissé aller. Il s'était laissé charmer par l'étroite veste de soie brillante de Barnabas, que celui-ci déboutonna et sous laquelle apparut une chemise grossière, d'un gris sale et très rapiécée sur la puissante poitrine anguleuse d'un valet. Et autour de lui, tout ce qu'il voyait non seulement correspondait à cette impression mais la dépassait encore, le vieux père goutteux qui avançait davantage à l'aide des mains tâtonnantes que de ses jambes raides qui se poussaient en avant ; la mère les mains croisées sur la poitrine, et qui à cause de son volume ne pouvait faire que des pas minuscules. Tous les deux, le père et la mère, allaient à la rencontre de K. depuis qu'il était entré et étaient encore loin d'être arrivés jusqu'à lui. Les sœurs, des blondes, qui se ressemblaient et ressemblaient à Barnabas, mais avec des traits plus durs que les siens, de grandes et fortes servantes, entouraient les arrivants et attendaient que K. les saluât d'un mot quelconque. Mais il ne pouvait rien dire ; il avait cru qu'ici au village chacun avait de l'importance pour lui et ces gens ici ne le préoccupaient nullement. S'il avait été en état de faire tout seul le chemin jusqu'à l'auberge, il serait parti tout de suite. La possibilité d'aller de bonne heure avec Barnabas au château ne l'attirait nullement. C'était maintenant, de nuit, sans se faire remarquer qu'il aurait voulu pénétrer au château, conduit par Barnabas mais par Barnabas, tel qu'il lui était apparu jusque-là, un homme qui lui était plus proche que tous ceux qu'il avait vus jusque-là et dont il avait cru en même temps qu'il était, loin par-delà son rang visible, en étroite liaison avec le château. Mais entrer avec le fils de cette famille, à laquelle il appartenait entièrement et en compagnie de laquelle il était déjà assis à table, entrer avec un homme qui, et c'était révélateur, n'avait pas même le droit de dormir au château, entrer donc au château, à son bras, en plein jour, c'était impossible, c'était une tentative ridiculement désespérée.

K. s'assit sur un rebord de fenêtre, décidé à y passer la nuit et à n'accepter aucun autre service de la famille. Les gens du village qui le renvoyaient ou qui avaient peur de lui lui semblaient moins dangereux, car au fond ils ne faisaient que le renvoyer à lui-même et l'aidaient à tenir ses forces rassemblées ; mais de tels aides qui, au lieu de le mener au château, le menaient, grâce à une petite mascarade, au sein de leur propre famille, le dispersaient qu'ils le veuillent ou pas, travaillaient à la destruction de ses forces. Il ne prêta pas même attention à l'invitation qu'on lui adressait depuis la table familiale ; tête penchée, il resta sur son banc.

Alors Olga se leva, la plus douce des deux sœurs, il y avait en elle un peu de cette gêne propre aux jeunes filles, elle se dirigea vers K. et le pria de venir à la table. Pain et lard disait-elle y étaient prêts, la bière, elle allait en chercher.

— Où cela ? demanda K.

— A l'auberge, dit-elle.

K. en fut très satisfait. Il lui demanda de ne pas aller chercher de la bière, mais de l'accompagner à l'auberge, où il avait encore un important travail à faire. Elle ne voulait pas aller si loin, jusqu'à son auberge à lui, mais à une autre beaucoup plus proche, l'Auberge des Messieurs. Malgré cela, K. demanda l'autorisation de l'accompagner. Peut-être, se dit-il, existe-t-il une possibilité d'y passer la nuit, en tout état de cause ce serait préférable au lit le meilleur, ici, dans cette maison. Olga ne répondit pas tout de suite, elle se tourna vers la table. Le frère s'était levé et hochait la tête en signe d'assentiment :

— Si Monsieur le désire.

Une approbation de cette sorte avait presque de quoi faire revenir K. sur sa décision, car cet homme ne pouvait donner son approbation qu'à des choses sans valeur. Mais lorsqu'on se mit à discuter pour savoir si K. allait être admis à entrer à l'auberge et que tous en doutèrent, il n'en insista pas moins, avec force, pour y aller lui aussi, mais sans pourtant se donner la peine d'inventer une raison plausible à sa demande ; cette famille devait l'accepter, tel qu'il était, il n'avait pour ainsi dire pas de pudeur devant elle. Seule Amalia le déconcerta un peu par son regard sérieux, droit, impassible et peut-être un peu atone.

Sur le court chemin jusqu'à l'auberge — K. s'était accroché au bras d'Olga et il se laissa traîner, il ne pouvait faire autrement, par elle comme tout à l'heure par son frère — il apprit que cette auberge n'était en fait destinée qu'aux messieurs du château qui y mangeaient quand ils avaient quelque chose à faire au village et y dormaient même quelquefois. Olga parla bas et comme familièrement avec K., il était presque aussi agréable de marcher avec elle qu'avec son frère. K. se défendit contre cette impression de bien-être mais elle n'en persistait pas moins.

L'auberge était extérieurement très semblable à celle où habitait K. Il ne semblait pas exister de grandes différences d'ailleurs, au village, mais les petites différences frappaient tout de suite. L'escalier d'accès avait une rampe ; au-dessus de la porte était accrochée une belle lanterne. Lorsqu'ils entrèrent, une étoffe flottait au-dessus de leur tête, c'était un drapeau aux couleurs du comte. Dans le couloir, ils rencontrèrent tout de suite l'aubergiste qui, c'était visible, faisait sa tournée de surveillance ; clignant des yeux, le regard attentif ou peut-être endormi, il regarda K. passer et dit :

— Monsieur l'Arpenteur n'a le droit d'aller que jusqu'au comptoir.

— Certes, dit Olga, qui tout de suite se mit à soutenir K., il m'accompagne seulement.

Mais K., ingrat, se détacha d'Olga et prit l'aubergiste à part. Olga pendant ce temps attendit patiemment à l'autre bout du couloir.

— J'aimerais bien passer la nuit ici, dit K.

— C'est malheureusement impossible, dit l'aubergiste. Vous ne semblez pas encore le savoir, la maison est exclusivement réservée à ces messieurs du château.

— Il se peut que tel soit le règlement, mais me laisser dormir dans un coin, c'est sûrement possible, dit K.

— J'aimerais beaucoup satisfaire votre désir, fit l'aubergiste, mais même sans tenir compte de la rigueur de la réglementation, dont vous parlez à la manière d'un étranger, c'est irréalisable pour la simple raison que ces messieurs sont extrêmement sensibles ; je suis persuadé qu'ils sont incapables de supporter, du moins sans y être préparés, la vue d'un inconnu ; si donc je vous laissais passer la nuit ici et que par hasard — les hasards sont toujours du côté de ces messieurs — vous étiez découvert, non seulement je serais perdu moi, mais vous, vous le seriez aussi. Cela a l'air ridicule mais c'est vrai.

Cet homme de haute stature, boutonné, une main appuyée au mur, l'autre sur la hanche et les jambes croisées, semblait à peine faire partie du village, même si son habit sombre avait une allure campagnarde et endimanchée.

— Je vous crois tout à fait, dit K., et je ne sous-estime pas du tout l'importance du règlement, même si je me suis exprimé de manière maladroite. Mais il y a une chose sur laquelle je voudrais attirer votre attention ; j'ai au château des relations précieuses et j'en aurai de plus précieuses encore, elles vous assurent contre tout danger qui pourrait résulter de ce que je passe la nuit ici et elles vous donnent la garantie que je suis en état de me montrer pleinement reconnaissant pour un service rendu.

— Je sais cela, dit l'aubergiste et il répéta à plusieurs reprises :

— Je sais cela.

K. aurait pu formuler son exigence avec bien plus de netteté encore. Or, cette réponse de l'aubergiste le déconcerta, aussi se contenta-t-il de demander :

— Est-ce que beaucoup de messieurs du château passent aujourd'hui la nuit ici ?

— De ce point de vue, aujourd'hui, c'est avantageux, dit l'aubergiste en quelque sorte pour l'induire en tentation. Il n'est resté qu'un seul monsieur.

K. était hors d'état d'insister encore, il espérait qu'on l'avait tout de même presque accepté et il demanda simplement quel était le nom de ce monsieur.

— Klamm, dit l'aubergiste incidemment, tout en se tournant vers sa femme qui arrivait froufroutante dans une robe vieillie, usagée, surchargée de fronces et de plis, mais fine et citadine cependant. Elle venait chercher son mari, monsieur le Directeur avait quelque souhait à formuler. Mais avant que l'aubergiste s'en aille il se tourna encore vers K. comme si ce n'était plus lui mais K. qui avait à décider où il passerait la nuit. Mais K. n'arriva pas à dire un mot ; ce qui l'ébahissait, surtout, c'était que ce soit justement son supérieur hiérarchique qui se trouvât là. Sans qu'il pût se l'expliquer tout à fait, il ne se sentait pas aussi libre à l'égard de Klamm qu'il se sentait libre à l'égard du château ; être surpris ici par lui ne serait pas pour lui un sujet d'effroi, au sens où l'aubergiste l'entendait, mais tout de même une inconvenance gênante, un peu comme s'il faisait souffrir inconsidérément quelqu'un à qui il devait de la reconnaissance ; en même temps, cela lui pesait beaucoup de voir que dans une situation aussi discutable apparemment, les conséquences redoutables de la situation de subordonné et d'ouvrier se manifestassent déjà et qu'ici, où on les voyait si nettement, il ne pourrait pas en venir à bout. Il était donc là, debout à se mordre les lèvres sans rien dire. Une fois encore, avant de disparaître par la porte, l'aubergiste se retourna vers K. Celui-ci le suivit des yeux sans bouger de place, jusqu'à l'arrivée d'Olga qui le tira par le bras.

— Que lui voulais-tu à l'aubergiste ? demanda Olga.

— Je voulais coucher ici, dit K.

— Mais tu vas dormir chez nous, dit Olga, étonnée.

— Oui, certes, dit K., et il la laissa interpréter ces mots à sa guise.

Chapitre troisième

DANS la salle d'auberge, une grande pièce complètement vide au milieu, quelques paysans étaient assis le long des murs à côté des tonneaux ou dessus. Ils n'étaient pas du tout comme les paysans que K. avait vus dans son auberge. Ils étaient vêtus plus proprement et de façon plus uniforme de drap grossier d'un gris jaune, ils portaient des vestes bouffantes, des pantalons collants. Au premier abord, ils se ressemblaient tous, petits avec des visages plats, osseux et cependant ronds. Tous étaient calmes et bougeaient à peine, ils suivaient seulement des yeux ceux qui entraient, mais lentement et avec indifférence. Malgré cela, parce qu'ils étaient si nombreux et que le calme régnait, ils firent une forte impression sur K. Il reprit le bras d'Olga pour en quelque sorte expliquer aux gens pourquoi il était là. Un homme se leva dans un coin, c'était quelqu'un qu'Olga connaissait, il voulut aller à sa rencontre, mais K. de son bras la tourna dans une autre direction. Personne, Olga mise à part, ne put le remarquer, elle le laissa faire, regardant de côté en souriant.

C'était une jeune fille nommée Frieda qui servait la bière, une jeune fille d'apparence insignifiante, petite, blonde avec des yeux tristes et des joues maigres mais dont le regard surprenait, un regard de supériorité très particulier. Lorsque ce regard tomba sur K. il lui sembla que ce regard avait déjà réglé des affaires qui le concernaient dont il ne savait pas même encore qu'elles existaient mais dont il lui révélait l'existence. K. n'arrêtait pas de jeter des coups d'œil vers Olga, même lorsqu'elle se mit à parler avec Frieda. Elles ne semblaient pas amies, elles n'échangèrent que quelques paroles froides, K. voulut venir à la rescousse et il demanda sans détours :

— Connaissez-vous M. Klamm ?

Olga se mit à rire.

— Pourquoi ris-tu ? fit K. mécontent.

— Mais je ne ris pas, dit-elle et elle continua de rire.

— Olga est encore une enfant, fit K., et il se pencha davantage au-dessus du comptoir pour attirer le regard de Frieda mais elle tenait les yeux baissés et dit doucement :

— Vous voulez voir M. Klamm ? Elle montra une porte tout de suite sur sa gauche. Il y a là un petit trou, vous pouvez regarder par là.

— Et les gens, ici ? fit K.

Elle retroussa sa lèvre supérieure et d'une main extraordinairement douce tira K. jusqu'à la porte. A travers le petit trou aménagé visiblement à des fins d'observation il pouvait voir presque toute la pièce voisine. M. Klamm était assis dans un fauteuil de bureau arrondi et confortable, sous la lumière vive d'une suspension : un monsieur de taille moyenne, gros et lourd. Le visage était lisse encore, mais déjà les joues s'affaissaient un peu sous le poids des ans. La moustache noire était très étirée. Des lorgnons mis de travers et qui miroitaient lui abritaient les yeux. Si M. Klamm avait été assis droit devant sa table, K. aurait vu son profil ; mais comme Klamm était franchement tourné vers lui, il le voyait en plein de face. Son coude gauche reposait tout entier sur la table, sa main gauche dans laquelle il tenait un cigare de Virginie était posée sur son genou. Sur la table, il y avait un verre de bière ; comme la bordure de la table était élevée, K. ne pouvait pas voir exactement s'il y avait des papiers dessus mais il avait l'impression qu'elle était vide. Pour plus de sûreté, il pria Frieda de regarder par le trou et de le renseigner. Mais comme elle était allée dans la pièce peu auparavant elle put le confirmer à K. : il n'y avait pas sur le bureau le moindre papier. K. voulut savoir s'il devait s'en aller, mais Frieda lui dit qu'il pouvait rester à regarder tout le temps qu'il voudrait. Maintenant K. était seul en compagnie de Frieda, Olga, comme il le constata fugitivement, avait trouvé le moyen d'aller auprès de l'homme qu'elle connaissait, elle était assise tout en haut d'un tonneau et agitait les pieds.

— Frieda, dit K. doucement, connaissez-vous très bien Klamm ?

— Oui, dit-elle, très bien.

Elle était accoudée à côté de K. et de façon enjouée, K. ne le remarqua qu'à cet instant, elle arrangeait son chemisier crème, léger et décolleté, qui se disposait sur son pauvre corps comme s'il lui était étranger. Puis elle dit :

— Est-ce que vous ne vous souvenez pas du rire d'Olga ?

— Si, la vilaine, dit K.

— Eh ! bien, dit-elle conciliante. Il y avait de quoi rire. Vous me demandiez si je connaissais Klamm, or je suis...

Et sur ces mots elle se redressa un peu, sans le vouloir et de nouveau son regard triomphant qui ne convenait pas du tout à ce qu'elle disait, passa au-dessus de K.

— Je suis sa maîtresse.

— La maîtresse de Klamm, dit K.

Elle hocha la tête.

— Alors vous êtes pour moi, dit K. en souriant, pour qu'il n'y ait pas trop de gravité entre eux, une personne respectable.

— Pas seulement pour vous, dit Frieda aimablement mais sans sourire.

K. avait un moyen contre son orgueil et il l'employa :

— Avez-vous déjà été au château ?

Mais cela ne prit pas, car elle répondit :

— Non, mais n'est-ce pas suffisant que je sois ici à l'auberge ?

Son orgueil était apparemment extraordinaire, et c'était justement, eût-on dit, en la personne de K. qu'elle voulait le satisfaire.

— Certes, dit K., ici, au comptoir, c'est vrai que vous connaissez bien le métier d'aubergiste.

— C'est bien cela, dit-elle, et j'ai commencé comme fille d'écurie à l'Auberge du Pont.

— Avec des mains aussi délicates, dit K. à demi interrogateur sans savoir lui-même s'il la flattait seulement ou s'il était conquis par elle. Ses mains, il est vrai, étaient petites et délicates ; mais on aurait pu aussi bien les trouver faibles et impersonnelles.

— Personne n'y a fait attention en ce temps-là, dit-elle, et maintenant même...

K. la regarda interrogateur, elle secoua la tête et ne voulut pas continuer à parler.

— Vous avez vos secrets, naturellement et vous n'en parlez pas avec quelqu'un que vous connaissez depuis une demi-heure à peine et qui n'a pas encore eu l'occasion de vous raconter ses faits et gestes.

Il se rendit bientôt compte que c'était là une remarque inconvenante par laquelle il avait tiré Frieda d'une somnolence qui lui avait pourtant été favorable. Elle tira un petit morceau de bois de la sacoche de cuir qui lui pendait à la ceinture, en boucha l'œilleton et elle dit à K., faisant visiblement des efforts pour qu'il ne voie pas son changement d'humeur :

— Pour ce qui vous concerne, je sais tout, vous êtes l'arpenteur, et elle ajouta : — Maintenant il faut que je me mette au travail, et elle alla prendre sa place derrière le comptoir pendant que l'un ou l'autre des clients se levait pour lui faire remplir son verre vide.

K. aurait voulu lui parler encore une fois, discrètement, aussi prit-il un verre vide sur une desserte et s'approcha-t-il d'elle.

— Une chose encore, mademoiselle Frieda, s'élever du rang de fille d'écurie à celui de serveuse, c'est extraordinaire, il y faut une force tout à fait exceptionnelle mais le but ultime est-il alors atteint pour quelqu'un de votre trempe ? Question absurde. On le voit dans vos yeux, et ne vous moquez pas de moi, ce n'est pas tant la lutte passée qui compte que celle à venir. Mais les résistances du monde sont grandes, elles deviennent plus grandes encore quand les buts sont plus grands et il n'y a nulle honte à s'assurer l'aide d'une petite jeune fille sans influence mais qui livre le même combat. Peut-être pourrions-nous parler un jour ensemble, à tête reposée et sans que tous ces yeux nous dévisagent.

— Je ne sais pas ce que vous voulez, dit-elle et dans son timbre de voix, cette fois, on percevait, contre sa volonté, non pas les victoires de sa vie, mais ses immenses déceptions.

— Vous voulez peut-être m'arracher à Klamm ? Dieux du ciel ! et elle joignit les mains.

— Vous m'avez percé à jour, dit K. comme fatigué de tant de méfiance. C'était justement là mon intention la plus cachée. Vous devriez quitter Klamm et devenir ma maîtresse. Et maintenant, je n'ai plus qu'à m'en aller. Olga ! cria K. Nous allons à la maison.

Docile, Olga descendit de son tonneau, mais ne se détacha pas tout de suite des amis qui l'entouraient. Alors Frieda dit à voix basse en regardant K. d'un air menaçant :

— Quand pourrai-je vous parler ?

— Est-ce que je peux passer la nuit ici ? demanda K.

— Oui, fit Frieda.

— Est-ce que je peux rester tout de suite ?

— Allez-vous-en avec Olga pour que je puisse faire partir les gens ici. Vous n'aurez qu'à revenir dans un moment.

— Bien, dit K. et il attendit Olga avec impatience. Mais les paysans ne la laissaient pas s'en aller, ils avaient inventé une danse dont Olga était le pivot, ils faisaient la ronde autour d'elle et, à un cri poussé en commun, l'un d'entre eux s'approchait d'Olga, la prenait par les hanches, fermement, d'une main, et la faisait tourner un certain nombre de fois sur elle-même, la ronde allait de plus en plus vite ; affamés, devenus des râles, les cris n'en firent bientôt plus d'un seul. Olga, qui tout à l'heure avait tenté de traverser la ronde, en riant, ne faisant plus que vaciller de l'un à l'autre, les cheveux défaits.

— C'est des gens pareils qu'on m'envoie, dit Frieda et dans sa colère elle mordit ses lèvres minces.

— Qui est-ce ? demanda K.

— La domesticité de Klamm, dit Frieda. Il ramène toujours cette sorte de gens dont la présence me démolit. C'est à peine si je sais ce que je vous ai dit, aujourd'hui, Monsieur l'Arpenteur ; si c'était quelque chose de mal, pardonnez-moi, la présence de ces gens en est la cause, ils sont ce que je connais de plus méprisable et de plus répugnant et je dois leur servir la bière. Combien de fois n'ai-je pas demandé à Klamm de les laisser à la maison ; déjà je suis obligée de supporter la domesticité des autres messieurs, il pourrait au moins avoir des égards pour moi, mais toute prière est vaine, une heure avant son arrivée déjà, ils font irruption ici, comme le bétail dans l'étable. Mais maintenant, il faut qu'ils aillent à l'étable, c'est là qu'est leur place. Si vous n'étiez pas là, j'ouvrirais la porte que voici à toute volée et Klamm en personne serait contraint de les faire partir.

— Ne vous entend-il donc pas ? demanda K.

— Non, il dort, dit Frieda.

— Comment ! fit K. Il dort ? Lorsque j'ai regardé dans la chambre il était encore réveillé et assis à la table.

— Il est encore assis comme cela, dit Frieda. Même lorsque vous l'avez vu, il dormait déjà. Sinon vous aurais-je laissé regarder à l'intérieur ? C'était sa position de sommeil, ces messieurs dorment beaucoup, c'est à ne rien y comprendre. D'ailleurs, s'il ne dormait pas tant, comment pourrait-il supporter ces gens ? Je vais donc être obligée de les chasser moi-même.

Elle prit un fouet dans un coin et d'un seul bond, très haut et pas tout à fait assuré, comme saute un agneau, elle se jeta sur les danseurs. D'abord, ils se tournèrent vers elle comme s'il venait d'arriver une nouvelle danseuse, et un instant, en effet, on eût pu croire que Frieda allait laisser tomber son fouet, mais elle le brandit de nouveau.

— Au nom de Klamm, s'écria-t-elle, à l'étable !

Ils se rendirent compte que les choses étaient graves et pris d'une peur que K. n'arriva pas à comprendre, ils commencèrent à se presser dans le fond et sous la pression des premiers une porte s'ouvrit, l'air de la nuit entra, tous disparurent à travers la cour avec Frieda, qui de toute évidence les rabattait vers l'étable.

Dans le silence qui s'était soudain fait, K. entendit des

pas venir du couloir. Pour se mettre en sécurité, en quelque sorte, il bondit derrière le comptoir : c'était le seul endroit où se cacher. Certes, il ne lui était pas interdit de rester dans l'auberge mais comme il voulait y passer la nuit, il devait éviter d'être vu. C'est pourquoi il se glissa sous la table. S'y voir découvert n'était certes pas sans danger, mais au moins l'excuse qu'il s'était caché devant les paysans devenus furieux était-elle plausible. C'était l'aubergiste. « Frieda », s'écria-t-il plusieurs fois de suite, allant et venant dans la pièce.

Heureusement Frieda arriva bientôt et ne parla pas de K. ; elle se plaignit seulement des paysans et afin de chercher K. elle alla derrière le comptoir. De là, K. pouvait toucher son pied et il se sentit dès lors en sécurité. Comme Frieda ne parlait pas de K., il fallut bien que l'aubergiste le fasse.

— Et où est l'arpenteur ? interrogea-t-il. C'était un homme d'ailleurs poli, affiné par la fréquentation constante et passablement libre de gens dans une position largement supérieure à la sienne, mais avec Frieda, il parlait avec une attention toute particulière, cela frappait d'autant plus que, dans la conversation, il n'en restait pas moins l'employeur qui s'adresse à une employée, à une employée particulièrement effrontée.

— L'arpenteur, je l'ai complètement oublié, dit Frieda et elle posa son petit pied sur la poitrine de K. Il a dû partir depuis bien longtemps.

— Mais je ne l'ai pas vu, dit l'aubergiste et je suis resté presque tout le temps dans le couloir.

— Oui, mais il n'est pas ici, dit Frieda avec froideur.

— Peut-être s'est-il caché, dit l'aubergiste. A en juger par l'impression qu'il m'a faite on peut s'attendre à pas mal de choses de lui.

— Il n'aura pas cette audace, dit Frieda et elle appuya plus fortement son pied sur K. Il y avait dans son comportement quelque chose de joyeux et de libre que K. n'avait pas remarqué du tout auparavant et qui prit le dessus de façon extraordinaire, par exemple, lorsque tout en se mettant à rire, elle se pencha vers K. en disant :

— Peut-être est-il caché ici en bas ; elle l'embrassa

furtivement, se releva d'un bond et dit attristée : — Non, il n'est pas ici.

Mais il y eut aussi de quoi être surpris à entendre l'aubergiste dire :

— Il m'est très désagréable de ne pas savoir avec certitude s'il s'est en allé. Il ne s'agit pas seulement de M. Klamm, il s'agit du règlement. Le règlement est aussi valable pour vous, mademoiselle Frieda, tout comme pour moi. La salle, c'est vous qui en êtes responsable, le reste de la maison, c'est moi qui vais le fouiller. Bonne nuit ! Reposez-vous bien !

Il ne pouvait pas encore avoir tout à fait quitté la pièce que Frieda avait déjà éteint la lumière électrique et était déjà auprès de K. sous le comptoir.

— Mon chéri ! Mon doux chéri ! chuchotait-elle, mais sans toucher K. Comme étourdie d'amour elle était couchée sur le dos et étendait les bras, le temps s'était fait éternité à force de bonheur d'amour, elle fredonnait une rengaine plus qu'elle ne la chantait. Puis, comme K. restait plongé dans ses pensées elle se redressa d'un bond et commença à le tirailler comme un enfant.

— Viens, on étouffe ici en bas !

Ils s'étreignirent, le petit corps brûlait dans les mains de K. pris d'une ivresse dont il cherchait constamment, mais en vain, à se délivrer, ils s'en vinrent rouler lourdement contre la porte de Klamm, et puis ils se trouvèrent couchés dans les petites flaques de bière et les déchets dont le sol était couvert. Là, passèrent les heures, heures de respiration, de cœurs qui battaient ensemble, heures au cours desquelles K. ne cessa d'avoir le sentiment de s'égarer loin dans des régions étrangères, plus loin que personne n'était jamais allé, où même l'air n'avait plus rien de l'air du pays natal, où l'on ne pouvait qu'étouffer à force de se sentir étranger et où on ne pouvait rien faire d'autre que continuer son chemin, et continuer à s'égarer sans pouvoir résister. Aussi ne fut-il pas tout d'abord effrayé lorsqu'il entendit de la chambre de Klamm appeler « Frieda » d'une voix profonde, pleine d'une indifférence autoritaire, mais ce fut comme s'il sortait d'une torpeur.

— Frieda, lui fit K. à l'oreille, lui transmettant ainsi

l'appel. Sous le coup d'un réflexe d'obéissance pour ainsi dire inné, Frieda voulut se lever d'un bond mais elle se reprit, se souvint de l'endroit où elle était, eut un rire silencieux et dit : — Je ne vais tout de même pas y aller, jamais je n'irai auprès de lui.

K. voulut s'y opposer, la presser d'aller auprès de Klamm. Il se mit à lui reboutonner son chemisier mais il n'arriva pas à parler, trop heureux qu'il était de tenir Frieda dans ses bras, à la fois heureux et angoissé car il lui semblait que si Frieda le quittait, tout le quitterait. Et comme si Frieda se sentait fortifiée par l'approbation de K., elle serra le poing, frappa contre la porte et dit :

— Je suis auprès de l'arpenteur, je suis auprès de l'arpenteur !

Klamm, en effet, se tut. Mais K. se redressa, s'agenouilla auprès de Frieda et la regarda dans la lumière trouble du petit matin. Qu'était-il arrivé ? Où étaient ses espérances ? Que pouvait-il maintenant attendre de Frieda, puisque tout était trahi ? Au lieu de procéder avec la plus grande prudence à la mesure de la grandeur de l'ennemi et du but poursuivi, il s'était roulé une nuit entière dans les flaques de bière dont l'odeur maintenant l'étourdissait.

— Qu'as-tu fait ! dit-il en aparté. Nous sommes perdus tous les deux !

— Non, dit Frieda, moi seule je suis perdue, mais je t'ai gagné toi. Tiens-toi tranquille ! Mais regarde-les rire tous les deux.

— Qui cela ? demanda K. en se retournant.

Sur le comptoir étaient assis ses deux aides, un peu fatigués par une nuit blanche, mais joyeux ; c'était la joie que donne le devoir fidèlement accompli.

— Que faites-vous ici ? cria K., comme si tout était de leur faute. Il chercha partout le fouet qu'avait Frieda la veille au soir.

— Mais il fallait bien qu'on te cherche, dirent les aides, puisque tu n'es pas descendu avec nous à l'auberge ; nous t'avons cherché chez Barnabas et t'avons enfin trouvé ici. Nous avons passé toute la nuit assis ici, on ne peut pas dire que le service soit facile.

— J'ai besoin de vous le jour, pas la nuit, dit K., allez-vous-en.

— Maintenant, il fait jour, dirent-ils et ils ne bronchèrent pas.

Il faisait grand jour, on ouvrit le portail de la cour, les paysans en compagnie d'Olga, que K. avait complètement oubliée, se précipitèrent dans la salle. Olga était aussi vive que la veille au soir, en si piètre état que fussent ses vêtements et ses cheveux, dès la porte elle chercha K. des yeux.

— Pourquoi n'es-tu pas revenu à la maison avec moi ? dit-elle presque en larmes. A cause d'une pareille garce ! et elle le répéta à plusieurs reprises.

Frieda qui avait disparu pour un instant revint avec un petit ballot de linge. Olga s'écarta tristement.

— Maintenant nous pouvons partir, dit Frieda ; elle voulait dire, évidemment, qu'ils allaient à l'auberge du Pont. K. et Frieda, les aides derrière, c'était cela le cortège.

Les paysans montrèrent beaucoup de mépris pour Frieda, c'était naturel, étant donné qu'elle les avait jusque-là tenus sévèrement ; l'un d'eux prit même un bâton et fit comme s'il ne voulait pas la laisser partir, avant qu'elle n'ait sauté par-dessus le bâton ; mais son regard suffit à le chasser. Dehors dans la neige, K. respira un peu. Le bonheur d'être dehors était si grand que cela rendit la difficulté du chemin supportable ; si K. avait été seul il aurait marché plus facilement encore. A l'auberge, il alla tout de suite à sa chambre et s'étendit sur le lit. Frieda s'installa une couche, à côté, à même le sol. Les aides étaient entrés eux aussi mais on les chassa, ils rentrèrent par la fenêtre. K. était trop fatigué pour les chasser encore. L'aubergiste monta en personne, elle voulait saluer Frieda et Frieda l'appela « Petite Mère » ; il y eut des embrassades et des bonjours d'une cordialité incompréhensible ; elles se tinrent longtemps serrées l'une contre l'autre. Il n'y avait guère de tranquillité dans la petite chambre, souvent les bonnes arrivaient à grand bruit chaussées de leurs bottes d'hommes pour apporter ou venir chercher quelque chose. Quand elles avaient besoin de quelque chose sur le lit encombré de toute une foule d'objets, elles le tiraient par-dessous K. allongé dessus. Elles saluèrent Frieda comme l'une d'elles. Malgré cette agitation, K. resta au lit toute la journée et toute la nuit. Les petites choses dont il avait besoin, Frieda les fit pour lui. Lorsque le matin suivant il se leva enfin, frais et dispos, c'était déjà le quatrième jour qu'il était au village.

Chapitre quatrième

Il aurait bien aimé avoir une conversation en tête à tête avec Frieda mais les aides, avec lesquels d'ailleurs il plaisantait et riait de temps à autre, l'en empêchaient par leur seule présence pesante. Ils n'étaient pas exigeants, il est vrai, ils s'étaient installés dans un coin par terre sur deux vieilles jupes de femme. Ils mettaient un point d'honneur, comme ils le disaient souvent à Frieda, à ne pas déranger Monsieur l'Arpenteur, à prendre aussi peu de place que possible ; c'est en effet ce qu'ils essayèrent de faire mais sans jamais s'arrêter de murmurer ou de pouffer. Ils croisaient les bras et les jambes, se blottissaient l'un contre l'autre, dans la pénombre on ne distinguait plus dans leur coin qu'une sorte de grosse pelote. Or, on savait malheureusement par les expériences faites en plein jour qu'ils étaient des observateurs très attentifs, qu'ils fixaient K. sans cesse, même si ce n'était que par jeu. Ils utilisaient leurs mains pour en faire une longue-vue ou faisaient d'autres sottises du même genre ou se contentaient de cligner des yeux dans sa direction. Pour l'essentiel, ils semblaient occupés du soin de leurs barbes auxquelles ils tenaient beaucoup et ils en comparaient d'innombrables fois la longueur et l'épaisseur en demandant son arbitrage à Frieda. K., de son lit, les regardait souvent, tout à fait indifférent, se démener tous les trois.

Lorsqu'il se sentit suffisamment rétabli pour quitter son lit, tous se précipitèrent pour le servir. Il n'était pas encore assez fort pour arriver à se défendre de leur empressement et remarqua qu'il tombait ainsi à certains égards sous leur dépendance, cela pouvait avoir pour lui des conséquences graves mais il fallait bien qu'il se laisse faire. D'ailleurs, il n'était pas trop désagréable de boire le bon café que Frieda était allée chercher, de se chauffer contre le poêle que Frieda avait allumé, de faire monter et descendre les escaliers aux aides qui zélés et maladroits couraient apporter eau chaude, savon, peigne et glace et qui finirent même parce que K. en avait esquissé le souhait par lui apporter un petit verre de rhum.

Pendant cet échange d'ordres et de services, K. dit, plus parce qu'il se sentait à l'aise que dans l'espoir d'être entendu :

— Allez-vous-en maintenant tous les deux, je n'ai pour l'instant plus besoin de rien et je veux parler seul à seule avec Mlle Frieda.

Et comme il ne vit guère de résistance sur leur visage, il dit encore, comme pour les dédommager :

— Tous les trois ensuite nous irons voir le maire, attendez-moi en bas, dans la salle.

C'était curieux, mais c'est ce qu'ils firent, ajoutant toutefois avant de s'en aller :

— Nous pouvons aussi bien attendre ici.

Et K. répondit :

— Je le sais, mais je ne le veux pas.

K. fut à la fois irrité et heureux que Frieda qui dès le départ des aides s'était assise sur ses genoux, lui dise :

— Qu'est-ce que tu as contre ces aides, chéri ? Ce n'est pas la peine d'avoir des secrets devant eux. Ils sont fidèles.

— Fidèles, en effet, dit K. Ils ne cessent de m'épier ; ça n'a aucun sens, mais c'est dégoûtant.

— Je crois te comprendre, dit-elle en se pendant à son cou, elle voulut encore dire quelque chose mais n'arriva plus à parler, et comme le fauteuil était tout à côté du lit, ils s'y laissèrent tomber. Ils restèrent étendus là avec moins d'abandon que la nuit précédente. Elle cherchait quelque chose et lui cherchait quelque chose, furieusement, faisant des grimaces, l'un enfonçant la tête dans la poitrine de l'autre, ils cherchaient et les étreintes et les spasmes de leurs corps ne leur faisaient rien oublier mais leur rappelaient leur obligation de chercher ; comme des chiens fouillent désespérément le sol, eux fouillaient désespérément leurs corps ; et abandonnés, déçus et cherchant encore un dernier bonheur, leurs langues, parfois, de toute leur largeur, parcouraient le visage de l'autre. Il fallut la fatigue pour les calmer et les rendre reconnaissants l'un envers l'autre. Les bonnes montèrent alors elles aussi.

— Regarde-les, étendus là, dit l'une, et par pitié, elle jeta un drap sur eux.

Lorsque K., plus tard, se dégagea du drap et regarda autour de lui, les aides — cela ne l'étonna pas — étaient revenus dans leur coin, et, montrant K. du doigt, ils se rappelèrent l'un l'autre au sérieux et firent le salut militaire ; mais en plus la femme de l'aubergiste était assise tout près du lit, elle tricotait un bas, un petit travail qui allait mal avec son immense silhouette qui obscurcissait presque la pièce.

— Cela fait déjà longtemps que j'attends, dit-elle et elle leva vers lui son visage large, parcouru de nombreuses rides, mais dans l'ensemble encore lisse, et qui jadis avait peut-être été beau. Les mots sonnaient comme un reproche, et un reproche injustifié car il ne lui avait pas demandé de venir. Il ne fit donc qu'opiner de la tête et s'assit tout droit. Frieda aussi se leva mais elle s'éloigna de K. et vint s'appuyer au fauteuil où était assise la femme de l'aubergiste.

— Ce que vous voulez me dire, Madame l'Aubergiste, dit K. de façon distante, peut certainement attendre que je revienne de chez le maire. Je dois avoir un entretien important avec lui.

— Celui-ci sera plus important, croyez-moi, Monsieur l'Arpenteur, dit l'aubergiste. Là-bas, il ne s'agira vraisemblablement que d'un travail, mais ici il s'agit d'un être humain, de Frieda, ma chère servante.

— Ah ! bon, fit K., alors oui ; seulement je ne vois pas pourquoi on ne nous laisse pas nous deux régler cette affaire.

— Par amour et par inquiétude, dit l'aubergiste et

elle attira vers elle la tête de Frieda qui, debout, n'arrivait que jusqu'à l'épaule de l'aubergiste.

— Comme Frieda a une telle confiance en vous, dit K., je ne peux rien y changer. Et comme il y a peu, Frieda a dit de mes aides qu'ils étaient fidèles, nous sommes donc amis. Je peux donc vous le dire, Madame l'Aubergiste, je crois que le mieux ce serait que Frieda et moi nous nous mariions et le plus tôt possible. Malheureusement, très malheureusement, je ne pourrai remplacer pour Frieda ce qu'elle a perdu de mon fait, sa situation à l'Auberge des Messieurs et l'amitié de Klamm.

Frieda leva la tête, ses yeux étaient pleins de larmes, on n'y voyait nulle victoire.

— Pourquoi moi? Pourquoi est-ce moi justement l'élue?

— Comment? demandèrent en même temps K. et l'aubergiste.

— Elle est troublée, la pauvre enfant, dit l'aubergiste, troublée par la rencontre de tant de bonheur et tant de malheur.

Et comme pour confirmer ces paroles, Frieda se jeta sur K. et l'embrassa fougueusement, comme s'il n'y avait personne d'autre dans la pièce et puis l'embrassant toujours elle tomba en pleurant à ses genoux. Pendant que K. des deux mains caressait la chevelure de Frieda, l'aubergiste demanda :

— Vous semblez me donner raison? Vous êtes un homme d'honneur, dit-elle. Elle aussi avait des larmes dans la voix, elle avait l'air un peu affaissée et respirait difficilement; pourtant, elle trouva encore la force de dire :

— Il va falloir penser à un certain nombre de garanties que vous devrez donner à Frieda, car quelle que soit mon estime pour vous, vous êtes tout de même un étranger et vous ne pouvez vous appuyer sur personne, votre situation familiale est inconnue. Des garanties sont donc nécessaires, vous en conviendrez, cher Monsieur l'Arpenteur, n'avez-vous pas vous-même fait état de tout ce que Frieda allait perdre du fait de ses relations avec vous?

— Certes, des garanties, oui, bien sûr, dit K., le mieux c'est de les donner au notaire, mais d'autres administrations comtales vont certainement vouloir s'en mêler. D'ailleurs j'ai encore quelque chose à régler avant le mariage. Il faut que je parle à Klamm.

— C'est impossible, dit Frieda en se redressant un peu et en s'appuyant contre K., quelle idée !

— Il le faut, dit K. Si je ne peux y arriver, il faudra que tu le fasses toi.

— Je ne peux, K. Je ne peux pas, dit Frieda. Jamais Klamm ne te parlera. Comment peux-tu seulement croire que Klamm te parlera !

— Et avec toi, il parlerait ? demanda K.

— Pas non plus, dit Frieda, ni avec toi ni avec moi, c'est une impossibilité pure et simple.

Elle se tourna vers l'aubergiste en écartant les bras :

— Voyez, Madame l'Aubergiste, ce qu'il demande !

— Vous êtes étrange, Monsieur l'Arpenteur, dit l'aubergiste et elle impressionnait assise comme elle l'était, plus droite, les jambes écartées, les genoux puissants perçant sous la jupe mince. — Vous exigez l'impossible.

— Pourquoi est-ce impossible ? demanda K.

— Je vais vous l'expliquer, dit l'aubergiste, comme si cette explication n'était pas un dernier acte de complaisance mais déjà la première punition qu'elle infligeait. — Je vous l'explique bien volontiers. Je ne fais pas partie du château, il est vrai, et je ne suis qu'une femme, une aubergiste, ici dans une auberge de dernier ordre. Elle n'est pas de dernier ordre, mais elle n'en est pas loin, et il se pourrait de ce fait que vous ne donniez pas beaucoup d'importance à mon explication, mais au cours de ma vie, j'ai toujours gardé les yeux ouverts et j'ai rencontré beaucoup de gens, j'ai porté seule tout le poids de l'auberge, car mon mari est certes un bon garçon, mais ce n'est pas un aubergiste et jamais il ne comprendra ce qu'avoir des responsabilités veut dire. Vous par exemple, c'est à sa seule négligence que vous devez — ce soir-là j'étais déjà fatiguée au point de m'écrouler — d'être ici au village, d'être assis ici, sur un lit, en paix et à votre aise.

— Comment ? fit K. s'éveillant d'une espèce de distraction, plus curieux qu'irrité.

— C'est à sa seule négligence que vous le devez ! s'écria une fois encore l'aubergiste, le doigt tendu en direction de K. Frieda tenta de l'apaiser.

— Que veux-tu ? demanda l'aubergiste d'un seul mouvement de tout le corps. Monsieur l'Arpenteur m'a posé une question, il faut que je lui réponde. Comment pourrait-il comprendre sinon, ce qui est pourtant évident, que M. Klamm ne parlera jamais avec lui, que dis-je « parlera », que jamais il ne pourrait parler avec lui. Ecoutez, Monsieur l'Arpenteur, M. Klamm est un monsieur du château, cela signifie déjà à soi seul, sans parler de la position que Klamm occupe par ailleurs, un rang très élevé. Et vous, qui êtes-vous donc, vous à qui nous adressons humblement notre demande en mariage ? Vous n'êtes pas du château, vous n'êtes pas du village, vous n'êtes rien. Or, malheureusement vous êtes tout de même quelque chose, un étranger, quelqu'un qui est de trop et toujours sur votre chemin, quelqu'un à cause de qui on a sans cesse des embêtements, à cause de qui il faut déménager les bonnes, quelqu'un dont on ne connaît pas les intentions, qui a séduit notre petite Frieda chérie et à qui il faut malheureusement la donner pour femme. A cause de tout cela, au fond, je ne vous fais pas de reproches. Vous êtes ce que vous êtes ; j'en ai trop vu dans ma vie pour que je ne puisse pas encore supporter ce spectacle. Seulement représentez-vous donc ce que vous exigez là. Un homme tel que Klamm doit parler avec vous ! J'ai appris avec tristesse que Frieda vous avait laissé regarder par l'œilleton, lorsqu'elle a fait cela, elle était déjà séduite par vous. Dites-le donc, comment avez-vous supporté la vue de Klamm ? Vous n'êtes pas tenu de répondre, je sais, vous l'avez très bien supportée. Vous n'êtes pas même en état de voir Klamm vraiment, ce n'est pas présomption de ma part, moi-même je n'en suis pas capable. Klamm doit vous parler, mais il ne parle pas même avec les gens du village, jamais encore il n'a parlé en personne à quelqu'un du village. C'était justement la grande distinction échue à Frieda, une distinction qui restera ma fierté, jusqu'à la fin de ma vie : il avait au moins coutume d'appeler Frieda, elle pouvait lui parler à volonté et avait reçu le droit de regarder par l'œilleton, mais avec elle non plus il n'a pas parlé. Il a parfois appelé Frieda, cela ne veut pas forcément dire ce qu'on aimerait y voir, il appelait simplement « Frieda » — qui connaît ses intentions ? — Et elle, elle s'est précipitée, c'est naturellement son affaire, et qu'elle ait été admise, sans objections, auprès de lui, c'était la honte de Klamm ; mais on ne saurait affirmer que c'est justement elle qu'il ait appelée. Peut-être Klamm appellera-t-il encore Frieda, c'est possible, mais elle ne sera plus admise auprès de lui, elle, une fille qui s'est donnée à vous. Et il n'y a qu'une chose, une seule chose que je ne peux comprendre, avec ma pauvre tête, c'est qu'une fille dont il a été dit qu'elle était la maîtresse de Klamm — je tiens cela d'ailleurs pour une affirmation très exagérée — se soit seulement laissée toucher par vous.

— Certes, cela est curieux, dit K., et il assit Frieda qui se laissa tout de suite faire, tête baissée, il est vrai, sur ses genoux. Mais cela prouve, je crois, que tout ne se déroule pas comme vous le croyez. Ainsi, vous avez sûrement raison de dire que par rapport à Klamm, je ne suis que néant ; et si j'exige de parler à Klamm et si même vos explications ne peuvent m'en détourner, cela ne veut pas dire que je sois capable de supporter la vue de Klamm, ni que je ne m'enfuirais pas en courant dès que je l'apercevrais. Mais une telle crainte, même si elle est justifiée, n'est pas encore une raison suffisante pour ne pas oser la chose. Mais si je devais réussir à lui résister, alors il n'est nullement besoin qu'il me parle, il me suffit de voir l'impression que mes paroles font sur lui et si elles ne lui en font aucune ou s'il ne les entend pas même, j'ai au moins gagné d'avoir parlé librement devant un puissant. Or vous, Madame l'Aubergiste, avec votre grande connaissance de la vie et des hommes, et Frieda qui hier était encore la maîtresse de Klamm — je ne vois nulle raison de m'écarter de ce terme —, vous pouvez certes, facilement, me donner l'occasion de parler avec Klamm ; s'il n'y a pas d'autre possibilité que ce soit à l'auberge des Messieurs, peut-être y est-il aujourd'hui encore.

— C'est impossible, dit l'aubergiste, et je vois qu'il vous manque la faculté de le comprendre. Mais dites-le donc, de quoi voulez-vous parler avec Klamm ?

— De Frieda, naturellement, dit K.

— De Frieda ? demanda l'aubergiste sans comprendre et elle se tourna vers Frieda : — Tu entends, Frieda, c'est de toi qu'il veut parler et avec Klamm, avec Klamm.

— Ah ! fit K., vous êtes une femme si intelligente et qui inspire tant de respect, Madame l'Aubergiste, et pourtant la moindre chose vous effraye. Eh bien oui, je veux parler avec lui de Frieda, ce n'est pas si monstrueux que cela, c'est plutôt évident. Car vous vous trompez sûrement si vous croyez que Frieda a perdu toute signification pour Klamm, dès l'instant où je suis apparu. Vous le sous-estimez, si vous croyez cela. Je sens bien que c'est de la prétention de ma part de vouloir vous donner des leçons à ce sujet, mais il le faut bien. Par moi rien ne peut être changé dans les relations de Klamm avec Frieda. Ou bien il n'existait pas de relation essentielle — c'est bien ce qu'expriment ceux qui enlèvent à Frieda la désignation honorifique de maîtresse — ; dans ce cas elle n'existe pas non plus aujourd'hui ; ou bien elle existait et alors comment pourrait-elle être troublée, oui comment pourrait-elle être troublée par moi qui suis, comme vous le disiez si justement, un néant aux yeux de Klamm. De telles choses, on les croit aux premiers instants de frayeur, mais dès qu'on y réfléchit un peu, on ne peut que ramener les choses à leurs justes proportions. Laissons plutôt Frieda dire son avis à ce sujet.

Le regard perdu dans le lointain, la joue contre la poitrine de K., Frieda dit :

— C'est comme Petite Mère le dit, c'est sûr et certain : Klamm ne veut plus entendre parler de moi. Mais ce n'est certes pas parce que tu es arrivé toi, chéri, rien de tel n'aurait pu l'ébranler. Si nous nous sommes retrouvés là-bas, sous le comptoir, je croirais plutôt que c'est son œuvre à lui. Bénie et non pas maudite soit cette heure.

— S'il en est ainsi, dit K. lentement, — car douces étaient les paroles de Frieda, il ferma les yeux quelques secondes durant pour se laisser pénétrer par ces paroles, — s'il en est ainsi, il y a moins de raisons encore de craindre une confrontation avec Klamm.

— Véritablement, dit l'aubergiste en regardant K. de haut, vous me rappelez parfois mon mari, vous êtes aussi entêté et aussi infantile que lui. Vous voilà ici depuis quelques jours seulement et déjà vous voulez tout mieux savoir que les gens nés ici, tout mieux savoir que moi, vieille femme, et que Frieda qui a vu et entendu tant de choses à l'Auberge des Messieurs. Je ne nie pas qu'il soit possible d'atteindre un beau jour quelque chose de tout à fait contraire au règlement et à la tradition ; je n'ai eu connaissance de rien de semblable ; il paraît qu'il en existe des exemples, cela se peut ; mais cela n'arrive sûrement pas de la manière dont vous, vous faites les choses, c'est-à-dire à toujours répéter « non, non et non », à n'en faire qu'à votre tête et à ne pas entendre les conseils les mieux intentionnés. Croyez-vous donc que je me fasse du souci pour vous ? Me suis-je occupée de vous aussi longtemps que vous avez été seul ? Il aurait d'ailleurs mieux valu que je le fasse, cela aurait évité bien des choses. Et ce que j'ai dit à mon mari, c'est ceci : « Tiens-toi loin de lui. » C'est ce que j'aurais encore dit aujourd'hui, si Frieda n'avait pas été désormais mêlée à votre destin. C'est à elle que vous devez — que cela vous plaise ou non — mes soins, oui, même ma considération. Et vous n'avez pas le droit de me repousser, tout simplement parce que vous me devez des comptes à moi qui suis la seule à veiller sur la petite Frieda avec un soin maternel. Il se peut que Frieda ait raison et que tout ce qui est arrivé soit la volonté de Klamm ; mais de Klamm je ne sais en ce moment rien ; jamais je ne parlerai avec lui, il m'est totalement inaccessible ; mais vous, vous êtes assis là, vous tenez ma Frieda et vous êtes — pourquoi devrais-je le taire ? — tenu par moi. Oui tenu par moi, car essayez donc, jeune homme, si je vous expulse de la maison, de trouver refuge où que ce soit au village et fût-ce dans la niche d'un chien.

— Merci, fit K., de parler franchement et je vous crois tout à fait. Ma situation est donc à ce point incertaine et, en relation avec elle, la situation de Frieda ?

— Non ! s'écria l'aubergiste furieuse. La situation de Frieda n'a rien à voir avec la vôtre. Frieda fait partie de ma maison et personne n'a le droit de dire de sa situation ici qu'elle est incertaine.

— Bien, bien, dit K., je vous donne aussi raison sur ce point, surtout parce que Frieda, pour des motifs qui me sont inconnus, semble avoir trop peur pour s'en mêler. Restons-en donc provisoirement à moi. Ma situation est très précaire, vous ne le niez pas, mais vous vous efforcez au contraire de bien le faire voir. Comme pour tout ce que vous dites, ceci n'est également exact qu'en partie mais pas entièrement. Je connais par exemple un excellent lit qu'on a mis à ma disposition.

— Où donc ? Où donc ? s'écrièrent Frieda et l'aubergiste avec tant d'avidité et avec un tel ensemble qu'elles semblaient avoir les mêmes raisons de poser la question.

— Chez Barnabas, dit K.

— Les canailles ! s'écria l'aubergiste, les fieffées canailles ! Chez Barnabas ! vous entendez ! Et elle se tourna vers le coin, mais les aides s'étaient avancés depuis longtemps déjà et se tenaient bras dessus bras dessous derrière l'aubergiste, qui comme s'il lui fallait de l'aide avait pris la main de l'un d'eux. — Vous entendez ? Où ce monsieur ne va-t-il pas traîner ? Dans la famille de Barnabas ! Certes c'est là qu'il trouve un lit pour la nuit. Ah ! si seulement il avait pu y coucher plutôt qu'à l'auberge des Messieurs. Et vous deux où étiez-vous donc ?

— Madame l'Aubergiste, dit K. avant même que les aides ne répondent, ce sont mes aides, et vous, vous les traitez comme si c'étaient vos aides à vous et mes gardiens à moi. Pour tout le reste je suis prêt, très poliment, à discuter tout au moins vos avis, mais non pas pour ce qui concerne mes aides, car ici l'affaire est tout de même par trop claire ! Aussi je vous prie de ne pas parler avec mes aides, et si ma prière ne devait pas suffire, je défends à mes aides de vous répondre.

— Donc je ne dois pas vous parler, dit l'aubergiste et tous les trois se mirent à rire, l'aubergiste de façon moqueuse mais avec bien plus de douceur que K. ne s'y était attendu, les aides à leur façon habituelle, qui voulait tout et rien dire, récusant toute espèce de responsabilité.

— Surtout ne te fâche pas, dit Frieda, il faut que tu comprennes bien notre énervement. Si l'on veut, c'est au seul Barnabas que nous devons d'être l'un à l'autre. Lorsque je te vis pour la première fois au bar — tu es entré au bras d'Olga —, je savais déjà un certain nombre de choses à ton propos, mais dans l'ensemble tu m'étais parfaitement indifférent, non seulement toi tu m'étais indifférent, tout, presque tout m'était indifférent. En ce temps-là, j'étais mécontente de bien des choses et beaucoup m'énervaient, mais qu'importait cette insatisfaction ou cette colère ! Un client du bar, par exemple, m'offensait, ils étaient, c'est vrai, sans cesse à mes trousses — tu les a vus là-bas, ces types-là, mais il en venait de bien pires, les domestiques de Klamm, ce n'étaient pas les pires —, donc s'il y en avait un qui m'offensait, qu'est-ce que ça pouvait me faire ? Il me semblait que ça c'était passé voilà des années, ou bien ce n'était pas à moi que cela était arrivé, ou bien je l'avais seulement entendu raconter, ou bien moi je l'avais déjà oublié. Mais je ne puis le décrire, je ne peux même plus me le représenter, tellement tout a changé depuis que Klamm m'a abandonnée.

Et Frieda interrompit son récit, tristement elle pencha la tête, elle tenait les mains jointes sur ses genoux.

— Regardez, s'écria l'aubergiste, et elle fit comme si ce n'était pas elle-même qui parlait, mais prêtait sa voix à Frieda, elle se rapprocha et se trouva maintenant assise tout près de Frieda. — Regardez-les, Monsieur l'Arpenteur, les conséquences de vos actes, et vos aides, auxquels je n'ai pas le droit de parler, qu'ils les regardent, eux aussi, pour leur gouverne ! Vous avez arraché Frieda à l'état le plus heureux qui lui fût échu, et vous y êtes surtout parvenu parce que Frieda dans l'exagération de sa pitié enfantine ne pouvait supporter de vous voir pendu au bras d'Olga et livré ainsi à la famille de Barnabas. Elle vous a sauvé et s'est sacrifiée par là même. Et maintenant que cela est arrivé et que Frieda a échangé tout ce qu'elle avait pour le bonheur d'être assise sur vos genoux, voilà que vous vous amenez et montez en épingle la possibilité de passer la nuit chez Barnabas, comme si c'était une grande victoire personnelle. Par là vous voulez prouver que vous êtes indépendant de moi. Certes, si vraiment vous aviez passé la nuit chez Barnabas, vous seriez à ce point indépendant de moi, qu'à l'instant même, et en vitesse encore, vous auriez été obligé de quitter ma maison.

— Je ne connais pas les péchés de la famille Barnabas, dit K. qui souleva tout doucement Frieda, laquelle paraissait sans vie, l'assit sur le lit et se leva lui-même. — Peut-être avez-vous raison en cela, mais j'avais certainement raison de vous demander de nous laisser Frieda et moi régler nos affaires nous-mêmes. Vous avez à ce moment-là parlé d'amour et des soucis que vous vous faisiez ; je n'en ai pas vu grand-chose, mais votre haine, vos sarcasmes, l'hostilité que vous me manifestez, cela oui. Si vous deviez vous être mis en tête d'éloigner Frieda de moi ou de m'éloigner, moi, de Frieda, ce ne serait pas très adroit ; mais je ne crois pas que vous y arriverez et si vous deviez y parvenir — permettez-moi, à moi aussi, une menace vague —, vous le regretteriez amèrement. Pour ce qui est du logement que vous me concédez — parlons plutôt de trou abject — il n'est pas du tout certain que vous me le concédiez de votre plein gré, en l'occurrence, vous ne faites probablement que suivre les ordres de l'administration comtale. Je vais donc annoncer que l'on m'a donné congé et lorsqu'on m'attribuera un autre logement, vous allez respirer, soulagée, mais moi bien plus encore. Je vais maintenant, pour cette affaire et d'autres choses, aller voir le maire ; s'il vous plaît, occupez-vous au moins pendant ce temps-là de Frieda, qu'avec vos discours prétendûment maternels vous avez déjà mise en assez piètre état.

Puis il se tourna vers les aides : — Venez ! dit-il, il prit la lettre de Klamm et s'apprêtait à s'en aller. L'aubergiste l'avait regardé en silence, ce n'est que lorsqu'il mettait déjà la main sur la poignée qu'elle dit : — Monsieur l'Arpenteur, permettez-moi de vous donner encore un autre viatique, car quoi que vous puissiez dire de moi, de quelque façon que vous veuilliez m'offenser, moi vieille femme, vous n'en êtes pas moins le futur mari de Frieda. C'est seulement pour cette raison que je vous le dis, vous êtes terriblement ignorant des choses d'ici, on a la tête qui tourbillonne quand on vous écoute et compare ce que vous dites et ce que vous pensez, avec la situation telle qu'elle est véritablement. Cette ignorance, on ne peut y remédier d'un coup et peut-être même pas du tout, mais beaucoup de choses pourraient s'améliorer si vous vouliez bien seulement me croire un peu et ne jamais perdre de vue cette ignorance. Vous seriez aussitôt plus juste avec moi et vous commenceriez à comprendre la peur que j'ai éprouvée — et les conséquences de cette peur durent encore — lorsque je me suis rendu compte que ma bien-aimée petite avait quitté l'aigle pour s'unir à l'orvet, mais la réalité est bien pire encore et sans cesse il me faut chercher à l'oublier sinon je ne pourrais pas parler calmement avec vous. Voilà que vous êtes de nouveau fâché. Non, ne partez pas encore, écoutez encore cette prière que je vous adresse : où que vous alliez, sachez-le bien, vous êtes ici le plus ignorant de tous et soyez prudent, ici chez nous où la présence de Frieda vous protège de tout dommage, vous pourrez bavarder et vous soulager le cœur, ici vous pourrez par exemple nous montrer comment vous envisagez de vous adresser à Klamm ; seulement dans la réalité, dans la réalité, s'il vous plaît, s'il vous plaît, ne le faites pas.

Elle se leva, chancelant un peu d'émotion, elle s'approcha de K., prit sa main et le regarda suppliante.

— Madame l'Aubergiste, dit K., je ne comprends pas que, à cause d'une chose pareille, vous vous abaissiez à me supplier. Si, comme vous le dites, il est impossible pour moi de parler à Klamm, je n'y arriverai donc pas, que l'on m'en supplie ou non. Mais si cela devait tout de même être possible, alors pourquoi ne devrais-je pas le faire, d'autant plus qu'étant donné la disparition de votre principale objection, toutes vos autres craintes deviennent discutables. Certes, je ne sais rien, la vérité en tout cas continue à exister et c'est bien triste pour moi ; cela a au moins un avantage, l'ignorant ose davantage et c'est pourquoi je suis prêt à supporter cette ignorance et ses graves conséquences, quelque temps encore, pour autant que mes forces le permettent. Mais ces conséquences, pour l'essentiel, n'atteignent que moi et c'est pourquoi je ne comprends pas vos prières. Vous ne cesserez certainement jamais de prendre soin de Frieda et si je disparaissais totalement de la vue de Frieda, cela ne peut de votre point de vue qu'être une grande chance. Que craignez-vous alors ? Ce n'est tout de même pas — tout semble possible à l'ignorant — K. déjà était en train d'ouvrir la porte — ce n'est tout de même pas pour Klamm que vous avez peur ?

L'aubergiste le suivit des yeux en silence, le regarda dévaler les escaliers et les aides le suivre.

Chapitre cinquième

A son propre étonnement l'entrevue avec le maire ne préoccupait pas beaucoup K. Il tenta de s'expliquer cela par la facilité des relations qu'il avait eues jusque-là avec l'administration comtale. Cela venait d'une part de ce qu'on avait adopté une fois pour toutes une attitude très favorable à son égard quant à la manière de traiter son affaire et d'autre part de la cohésion remarquable des services administratifs que l'on devinait particulièrement parfaite là où justement elle ne paraissait pas exister. Parfois, quand il ne pensait qu'à cela, K. n'était pas loin de considérer sa situation comme satisfaisante, mais il est vrai qu'après ces accès de bien-être il se disait bien vite que c'était là justement que résidait le danger.

La relation directe avec des administrations n'était pas par trop difficile, les administrations, en effet, n'avaient à défendre, et cela quelle que fût la qualité de leur organisation, que des choses lointaines au nom de messieurs lointains et invisibles, alors que K. luttait, lui, pour quelque chose de vivant et d'extrêmement proche, pour lui-même ; et de plus, dans un tout premier temps au moins, de par sa propre volonté, car c'était lui l'agresseur ; et il n'était pas le seul à se battre pour lui, il y en avait d'autres aussi qu'il ne connaissait pas mais en qui il pouvait croire, étant donné les mesures prises par les autorités. Mais du fait que celles-ci, pour des choses il est vrai sans importance — jusque-là il ne s'était agi de rien d'autre — se montraient pleines de prévenances à son égard, elles lui enlevaient même la possibilité de remporter de petites victoires faciles ainsi que la satisfaction correspondante et l'assurance qui pouvait en résulter pour d'autres luttes plus importantes. Au lieu de cela, elles laissaient K. glisser à travers toutes les mailles qu'il voulait, seulement, il est vrai, à l'intérieur du village, le gâtaient et l'affaiblissaient par là même, enlevaient toute possibilité de combat et le cantonnaient par contre dans une vie extra-administrative, impossible à débrouiller, grisâtre et hostile. S'il n'était pas constamment sur ses gardes, il pouvait arriver, un beau jour, et cela malgré toute l'amabilité des autorités et bien qu'il eût rempli toutes ses obligations administratives, exagérément faciles, qu'il s'effondrât, trompé qu'il serait par les faveurs qu'on lui accordait apparemment et qui l'inciteraient à mener sa vie normale de façon imprudente ; l'administration alors, toujours douce et aimable, serait obligée d'intervenir contre son gré en quelque sorte et d'en débarrasser sa route au nom d'un ordre officiel de lui inconnu. Et la vie quotidienne ici, c'était quoi au juste ?

Nulle part encore K. n'avait vu fonction officielle et vie à ce point imbriquées qu'ici, à ce point imbriquées qu'on eût pu croire parfois que fonction officielle et vie avaient interverti leurs places. Que représentait, par exemple, le pouvoir, simplement formel jusqu'ici, que Klamm exerçait sur les fonctions de K. en comparaison du pouvoir qu'il possédait jusque dans la chambre à coucher de K. ? Une façon de procéder si cavalière, une telle manière de détente étaient-elles dans ce cas précis compatibles avec l'administration alors qu'il y fallait toujours d'habitude une circonspection extrême et qu'il importait de regarder tout autour de soi à chaque pas.

K. trouva en un premier temps auprès du maire une confirmation de sa façon de voir l'administration locale. Le maire, un gros homme aimable, rasé de près, était malade, il avait une forte attaque de goutte et reçut K. dans son lit.

— Voici donc monsieur notre arpenteur ! dit-il, il voulut se redresser pour le saluer, n'y parvint pas et se rejeta dans ses coussins en découvrant ses jambes. Une femme silencieuse, presque une ombre dans la chambre sombre dont la petite fenêtre était encore obscurcie par les rideaux, apporta un fauteuil à K. et le mit auprès du lit.

— Asseyez-vous, asseyez-vous, Monsieur l'Arpenteur, dit le maire, et dites-moi quels sont vos souhaits ?

K. donna lecture de la lettre de Klamm et y ajouta quelques remarques. De nouveau il eut le sentiment de l'extraordinaire facilité des rapports avec les autorités. Elles supportaient à la lettre n'importe quelle charge, on pouvait tout leur imputer ; soi-même on restait intouché et libre. Comme si le maire sentait cela aussi, à sa façon, il se tourna, mal à l'aise, dans son lit et finit par dire :

— J'étais comme vous l'avez constaté, Monsieur l'Arpenteur, au courant de toute l'affaire. Si je n'ai encore rien entrepris moi-même, cela tient d'abord à ma maladie et ensuite au fait que vous ayez mis tant de temps à venir, j'avais déjà pensé que vous aviez renoncé. Or, puisque vous êtes assez aimable de venir me trouver vous-même, il me faut certes vous dire toute la désagréable vérité. Vous êtes engagé en tant qu'arpenteur, comme vous dites ; mais malheureusement nous n'avons pas besoin d'arpenteur. Il n'y aurait pas pour lui la moindre espèce de travail. Les limites de nos petites exploitations sont établies, tout est convenablement enregistré. Des changements de propriétaire, il ne s'en produit guère et de petites contestations de limites de parcelles nous les réglons nous-mêmes. A quoi bon donc un arpenteur ?

K., sans il est vrai y avoir pensé auparavant, était au plus profond de lui-même convaincu de s'être attendu à pareil message. C'est précisément pourquoi il put dire aussitôt :

— Cela me surprend beaucoup. Cela remet tous mes calculs en cause. Je peux seulement espérer qu'il s'agit là d'un malentendu.

— Malheureusement non, dit le maire, c'est comme je vous le dis.

— Mais comment est-ce possible ? s'écria K. Je n'ai tout de même pas fait cet interminable voyage pour être renvoyé maintenant !

— Cela est une autre question, dit le maire, dont je

n'ai pas à décider, mais comment un tel malentendu a pu être possible, cela, il est vrai, je peux vous l'expliquer. Dans une aussi grande administration, il peut arriver qu'une section ordonne une chose et une autre une autre, chacune ignore l'autre, le contrôle hiérarchiquement supérieur est, il est vrai, extrêmement rigoureux, mais de par sa nature même il arrive trop tard et c'est pourquoi il peut toujours se produire une petite confusion. Naturellement, ce ne sont jamais que d'infimes détails comme par exemple votre cas. Dans de grandes choses, je n'ai pas eu connaissance d'une erreur quelconque, mais les petits détails sont souvent assez gênants comme ça. Pour ce qui est de votre cas, je vais vous en raconter le déroulement sans pour cela avoir l'air de révéler de grands secrets professionnels : je ne suis pas assez fonctionnaire, je suis paysan et je le reste.

» Il y a longtemps, je n'étais en ce temps-là maire que depuis quelques mois, est arrivée une ordonnance, je ne sais plus de quelle section, dans laquelle il était stipulé sur ce ton catégorique propre à ces Messieurs, là-bas, que l'on devait faire appel à un arpenteur et que la commune était chargée de tenir prêts tous les plans et toutes les notes nécessaires à son travail. Cette ordonnance naturellement ne peut pas vous avoir concerné vous, car c'était il y a de nombreuses années, et je ne m'en serais pas souvenu, si je n'avais pas été malade et n'avais pas eu le temps de réfléchir dans mon lit aux choses les plus insignifiantes. — Mizzi, dit-il soudain, interrompant son récit, pour s'adresser à sa femme qui ne cessait d'aller et de venir sans bruit dans la chambre, en train de se livrer à quelque occupation incompréhensible, s'il te plaît, regarde là dans l'armoire, peut-être trouveras-tu l'ordonnance ? — Elle date de mes débuts, dit-il à K. en guise d'explication, et en ce temps-là je conservais encore tout.

La femme ouvrit l'armoire aussitôt, K. et le maire regardèrent. L'armoire était bourrée de papiers. En l'ouvrant, deux grosses liasses de dossiers tombèrent en roulant, elles étaient enroulées et attachées comme on a coutume d'attacher le bois à brûler. Effrayée la femme fit un bond de côté.

— Ça devrait être en bas, tout en bas, dit le maire dirigeant les opérations depuis son lit. Obéissante, prenant les dossiers des deux bras, sa femme sortit tout de l'armoire pour en arriver aux papiers qui étaient tout en bas. Les papiers recouvraient déjà la moitié de la pièce.

— Beaucoup de travail a été fait, dit le maire en hochant la tête, et ça, ce n'en est qu'une petite partie. La masse principale je l'ai gardée à la grange et la plus grande partie s'est, il est vrai, perdue. Qui pourrait conserver tout cela ! Mais dans la grange, il y a encore beaucoup de choses. — Pourras-tu trouver l'ordonnance ? dit-il en se tournant vers sa femme. Il faut que tu cherches un dossier sur lequel le mot « arpenteur » est souligné en bleu.

— Il fait trop sombre ici, dit la femme. Je vais aller chercher une bougie — et marchant sur les papiers, elle sortit de la pièce.

— Ma femme m'est d'un grand secours, dit le maire, pour ce lourd travail administratif qui doit être fait en plus du reste. Pour les divers travaux d'écriture j'ai encore un aide, l'instituteur, mais il n'en est pas moins impossible de tout faire, beaucoup de choses non réglées subsistent et tout cela est rassemblé là-bas dans cette armoire — et il montra une autre armoire. — C'est surtout maintenant que je suis malade que cela m'accable, dit-il et il se laissa tomber en arrière fatigué mais fier.

— Ne pourrais-je pas aider votre femme dans ses recherches ? dit K. lorsque la femme fut revenue avec la bougie et se mit à chercher l'ordonnance, agenouillée devant l'armoire. Le maire secoua la tête en souriant :

— Comme je vous l'ai dit, je n'ai pas de secrets pour vous, mais vous laisser, vous-même, fouiller dans les dossiers, je ne peux pas aller jusque-là.

Le silence se fit dans la chambre, on n'entendait que le bruit des feuilles de papier, le maire sommeilla peut-être même un peu. De légers coups frappés à la porte firent se retourner K. C'étaient naturellement les aides. Au moins étaient-ils déjà un peu éduqués, ils ne se précipitaient pas tout de suite en coup de vent dans la chambre, mais chuchotaient à travers la porte entrebâillée.

— Nous avons trop froid dehors !

— Qui est-ce ? demanda le maire en sursautant.

— Ce ne sont que mes aides, dit K. Je ne sais pas où je dois les faire attendre, dehors il fait trop froid et ici, ils sont importuns.

— Moi, ils ne me dérangent pas, dit le maire aimablement. Faites-les entrer. D'ailleurs, ce sont de vieilles connaissances.

— Oui, mais moi, ils me dérangent, dit K. avec franchise et il laissa aller son regard des aides au maire puis le ramena sur les aides et il découvrit leur sourire, identique pour tous les trois, impossible à distinguer. — Puisque vous êtes là, dit-il, pour voir, eh ! bien restez et aidez Madame le maire, là-bas, à chercher un dossier sur lequel « arpenteur » est souligné en bleu. — Le maire ne fit pas d'objection. Ce que K. n'avait pas le droit de faire, les aides en avaient le droit, ils se jetèrent aussitôt sur les papiers, mais ils les remuaient plus qu'ils ne cherchaient et pendant que l'un épelait un titre, l'autre aussitôt le lui arrachait des mains. La femme en revanche était agenouillée devant l'armoire vide, elle ne semblait plus chercher du tout, la bougie se trouvait loin d'elle.

— Les aides, dit le maire avec un sourire satisfait, comme si tout dépendait des ordres qu'il avait donnés sans que personne puisse même simplement s'en douter, les aides donc vous sont importuns, mais ce sont pourtant vos aides à vous.

— Non, dit K. avec détachement. Ils ne sont venus se coller à moi qu'ici au village.

— Comment, se coller à vous ? dit le maire. Vous voulez plutôt dire qu'ils vous ont été attribués.

— Attribués, soit, dit K., ils auraient pu tout aussi bien être tombés du ciel, tellement cette attribution s'est faite sans réflexion aucune.

— Rien ici n'arrive sans réflexion, dit le maire, il en oublia même son pied malade et s'assit tout droit.

— Rien ? fit K., alors qu'en est-il de cette proposition d'engagement qui me fut adressée ?

— Même votre engagement a été mûrement pesé, seuls des faits secondaires ont brouillé les choses, et je vais vous le prouver à l'aide des dossiers.

— Mais le dossier vous ne le trouverez pas, dit K.

— On ne le trouvera pas ? s'écria le maire. Mizzi, je t'en prie, cherche un peu plus vite ! Mais je peux aussi vous raconter l'histoire sans dossier. Cette ordonnance dont je vous ai parlé, nous y avons répondu avec nos remerciements en disant que nous n'avions pas besoin d'arpenteur. Mais cette réponse ne semble pas être revenue à la division d'origine, appelons-la A, mais par erreur elle est parvenue à une autre section, appelons-la B. La section A est donc restée sans obtenir de réponse, mais malheureusement B n'a pas reçu notre réponse tout entière ; soit le contenu du dossier est resté chez nous, soit il s'est perdu en route — pas à la section même, je m'en porte garant —, toujours est-il que seule la couverture d'un dossier est arrivée à la section B, elle ne portait aucune indication, sinon que le dossier à l'intérieur — mais celui-ci malheureusement n'y était pas — traitait de la question de l'engagement d'un arpenteur. Pendant ce temps-là, la section A attendait notre réponse, bien entendu elle possédait les données de l'affaire mais comme il arrive souvent et comme c'est le cas vu la précision avec laquelle toutes les questions sont réglées, le fonctionnaire chargé de l'affaire se fiait à notre réponse pour ou bien faire appel à un arpenteur ou bien continuer, le cas échéant, à correspondre avec nous sur cette question. Par suite de quoi, il négligea les éléments en sa possession et finit par oublier toute l'affaire. Mais la couverture du dossier arriva à la section B entre les mains d'un chargé d'études célèbre pour sa conscience professionnelle, il s'appelle Sordini, un Italien ; moi-même qui suis un initié, je n'arrive pas à comprendre pourquoi un homme avec de pareilles capacités est maintenu dans cette situation presque subalterne. Ce Sordini nous a naturellement renvoyé la couverture vide afin que nous le complétions. Or depuis cette première circulaire envoyée par la section, il s'était écoulé de nombreux mois, sinon des années ; c'est compréhensible, car si un dossier prend le bon chemin, ce qui est la règle, il parvient à la section voulue, et se trouve réglé le jour même ; mais s'il prend le mauvais — vu l'excellence même de l'organisation, il faut vraiment chercher le mauvais chemin avec beaucoup de zèle, car sinon on le manque — il lui faut très, très longtemps. C'est pourquoi lorsque nous reçûmes la note de Sordini nous ne pûmes nous souvenir que très vaguement de toute l'affaire, nous n'étions en ce temps-là que deux pour faire le travail, Mizzi et moi, l'instituteur ne nous avait pas encore été adjoint, nous ne conservions de copies que pour les affaires les plus importantes, bref, nous ne pûmes répondre que de manière très vague que nous ne savions rien d'un appel fait à un arpenteur et qu'en tout cas nous n'en avions pas besoin.

— Mais, s'interrompit ici le maire, comme si dans son ardeur à raconter, il avait trop parlé ou comme si du moins il était possible qu'il ait trop parlé, cette histoire ne vous ennuie pas ?

— Non, dit K., elle me distrait.

Là-dessus le maire :

— Je ne vous raconte pas cela pour vous distraire.

— Cela me distrait, dit K., seulement parce que cela me donne un aperçu de l'embrouillamini ridicule qui peut le cas échéant décider de l'existence d'un homme.

— Cet aperçu vous ne l'avez pas encore, dit gravement le maire, et je peux continuer mon récit. Un Sordini naturellement ne fut pas satisfait de notre réponse. J'admire cet homme quoiqu'il soit pour moi une véritable torture. Il se méfie de tout le monde et même si en d'innombrables occasions par exemple, il a appris à connaître quelqu'un comme absolument digne de confiance, il se méfiera de lui à la première occasion, comme s'il ne le connaissait pas du tout ou bien comme si ce n'était qu'un vaurien. Je trouve cela juste, c'est ainsi qu'un fonctionnaire doit procéder ; malheureusement ma nature m'empêche d'obéir à un tel principe, vous voyez bien comment je vous expose tout, à vous, un étranger. Je ne peux pas faire autrement. Notre réponse en revanche, ne fit que remplir Sordini de méfiance. Il s'en suivit une vaste correspondance. Sordini demanda pourquoi il m'était brusquement venu à l'idée qu'il ne fallait pas avoir recours à un arpenteur ; je répondis, grâce à l'excellente mémoire de Mizzi, que la première invitation était venue de l'administration (mais nous avions naturellement oublié depuis longtemps que cet appel était venu d'une tout autre section). Sordini de m'objecter : pourquoi ne faisais-je état de cette communication qu'aujourd'hui ; moi : parce que je venais seulement de me la rappeler. Sordini : c'est très curieux ; moi : il n'y a rien là de curieux pour une affaire qui a tellement traîné en longueur ; Sordini : c'est curieux malgré tout, car cette communication dont je prétends me souvenir n'existe pas ; moi : naturellement elle n'existe pas, puisque tout le dossier s'est perdu ; Sordini : mais il faut bien qu'il y ait une référence à ce premier dossier, or celle-ci n'existe pas. Du coup je devins hésitant car je n'osai ni affirmer ni croire que la section de Sordini pût avoir commis une faute. Peut-être, Monsieur l'Arpenteur, objectez-vous en pensée à Sordini qu'il aurait au moins pu tenir compte de mes affirmations et s'informer sur cette affaire auprès des autres sections. Mais cela aurait été, justement, une erreur et je ne veux pas qu'il reste la moindre tache sur cet homme, et ne fût-ce que dans votre pensée. C'est un principe de travail de l'administration de ne pas même tenir compte de possibilités d'erreurs. Ce principe est justifié par l'excellente organisation de l'ensemble et indispensable si l'on veut obtenir une extrême rapidité d'exécution. Sordini n'avait donc même pas le droit de prendre des renseignements auprès d'autres sections, d'ailleurs, elles ne lui auraient même pas répondu parce qu'elles auraient tout de suite remarqué qu'il s'agissait de repérer une possibilité d'erreur.

— Permettez-moi, Monsieur le Maire, de vous interrompre par une question, dit K. N'avez-vous pas tout à l'heure fait état d'une administration de contrôle ? A en croire votre description, c'est un tel bazar qu'on en a mal au cœur à l'idée qu'il pourrait ne pas y avoir de contrôle.

— Vous êtes très sévère, dit le maire. Mais vous pourriez multiplier votre sévérité par mille et ce ne serait encore rien en comparaison de la sévérité que l'administration manifeste à son propre égard. Seul quelqu'un de tout à fait étranger peut poser une question telle que la vôtre. S'il existe des administrations de contrôle ? Il n'existe que des administrations de contrôle. Certes, elles ne sont pas destinées à repérer les erreurs au sens grossier de ce mot, car des erreurs, il ne s'en produit pas et même si une erreur devait se produire, comme dans votre cas, qui est en droit de dire, une fois pour toutes, que c'est une erreur ?

— Voilà qui serait nouveau ! s'exclama K.

— Pour moi, c'est quelque chose de très ancien, dit le maire. Je suis convaincu qu'il y a eu une erreur et Sordini de désespoir en est tombé gravement malade. Les premières instances de contrôle à qui nous devons la découverte de l'origine de l'erreur reconnaissent elles aussi l'erreur. Mais qui est en droit de prétendre que la seconde instance de contrôle en jugera de même et la troisième aussi et ainsi de suite ?

— Cela se peut, dit K., mais je préfère ne pas me mêler de considérations de cette sorte, d'ailleurs, c'est la première fois que j'entends parler de ces instances de contrôle et naturellement, je ne peux pas encore comprendre en quoi elles consistent. Seulement, je crois qu'il faut bien distinguer deux choses : d'une part, en effet, ce qui se passe à l'intérieur des administrations et ce qu'on peut concevoir administrativement de telle ou telle manière et deuxièmement ma personne véritable, à moi, qui me tiens hors des administrations et qui suis menacé par elles d'un préjudice à ce point insensé que je n'arrive pas à croire que la menace soit sérieuse. Pour le premier point, ce que vous racontez, Monsieur le Maire, avec une compétence si stupéfiante, si extraordinaire, est certainement vrai, mais j'aimerais aussi entendre un mot à mon sujet.

— J'y viens, dit le maire, cependant, vous ne le comprendriez pas si je ne remontais pas plus avant. J'ai prématurément mentionné les offices de contrôle. J'en reviens donc aux divergences avec Sordini. Comme je le disais, ma défense se relâcha peu à peu. Mais dès que Sordini a le moindre avantage sur quelqu'un, il a d'ores et déjà vaincu, car son attention, son énergie, sa présence d'esprit ne font que croître encore ; et pour ceux qu'il attaque, il offre alors un spectacle effrayant et magnifique pour les ennemis de celui qui est ainsi attaqué. C'est seulement parce que j'ai vécu en d'autres occasions cette dernière expérience que je peux parler de lui comme je le fais. D'ailleurs, je n'ai encore jamais réussi à le voir de mes propres yeux, il ne peut descendre, il est surchargé de travail, sa chambre on me l'a décrite : les murs couverts de piles de dossiers entassés les uns sur les autres, et ce ne sont là que les dossiers sur lesquels Sordini est justement en train de travailler. Comme il faut continuellement tirer des dossiers tout en bas des piles ou en remettre d'autres et que tout cela se fait à la hâte, les piles ne cessent de s'effondrer et ce bruit de chutes qui se succèdent sans arrêt est devenu caractéristique du cabinet de travail de Sordini. Eh oui, Sordini est un travailleur et il consacre au cas le plus minime le même soin qu'au plus important.

— Monsieur le Maire, sans cesse vous appelez mon cas « l'un des plus minimes » et pourtant il a occupé beaucoup de fonctionnaires et même s'il était très modeste au début, il est devenu une affaire importante de par le zèle de fonctionnaires de l'espèce de M. Sordini, malheureusement, et tout à fait contre ma volonté, car mon ambition ne consiste pas à voir naître et s'effondrer de grandes piles de dossiers me concernant, mais de travailler tranquillement comme petit arpenteur à une petite table de dessin.

— Non, dit le maire, ce n'est pas une affaire importante. A cet égard vous n'avez pas de raisons de vous plaindre, c'est l'une des affaires les plus petites parmi les petites. L'ampleur du travail ne détermine pas le rang de l'affaire, vous êtes encore loin de comprendre l'administration, si vous croyez cela. Mais même s'il s'agissait de l'ampleur du travail, votre cas serait encore l'un des plus minimes, les cas ordinaires, c'est-à-dire ceux où il n'y a pas d'erreurs, donnent encore beaucoup plus de travail, mais il est vrai un travail plus productif aussi. D'ailleurs vous ne savez encore rien du véritable travail que votre cas a occasionné, c'est de cela que je veux maintenant vous parler. D'abord Sordini me laissa tout à fait hors de l'affaire, mais ses fonctionnaires sont venus. Tous les jours des membres importants de la commune furent soumis, à l'Auberge des Messieurs, à des interrogatoires de routine. La plupart furent solidaires de moi, mais quelques-uns devinrent méfiants ; les questions d'arpentage touchent un paysan de près, ils se mirent à flairer des ententes et des injustices secrètes, et, par-dessus le marché, ils se donnèrent un chef et la seule chose que Sordini fut bien obligé de tirer de leurs objections, c'est que si j'avais soumis la question au conseil municipal, il n'y aurait pas eu unanimité contre le recours à un arpenteur. Ainsi une évidence — qu'il ne fallait pas d'arpenteur — fut tout au moins remise en question. Dans toute cette affaire un certain Brunswick se mit tout particulièrement en avant. Vous ne le connaissez certainement pas, — il n'est peut-être pas méchant, mais bête et fantasque, c'est un beau-frère de Lasemann.

— Du maître tanneur ? demanda K. et il décrivit le barbu qu'il avait vu chez Lasemann.

— Oui, c'est lui, dit le maire.

— Je connais aussi sa femme, dit K., un petit peu au petit bonheur la chance.

— C'est possible, dit le maire qui se tut.

— Elle est belle, dit K., mais un peu pâle et maladive. Elle est certainement originaire du château ? Il dit cela d'un ton à demi interrogateur.

Le maire regarda l'heure, versa un médicament dans une cuiller et l'avala en hâte.

— Au château vous ne connaissez sûrement que les bureaux ? demanda K. grossièrement.

— Oui, dit le maire avec un sourire ironique et cependant reconnaissant. Ils sont ce qu'il y a de plus important. Et pour ce qui est de Brunswick : si nous pouvions l'exclure de la commune, nous en serions presque tous heureux et Lasemann ne le serait pas le moins. Mais à cette époque Brunswick acquit quelque influence, ce n'est pas un orateur, mais il sait crier et il en est à qui cela suffit. Et c'est ainsi que je fus contraint de soumettre l'affaire au conseil municipal, dans un premier temps ce fut là d'ailleurs le seul succès de Brunswick, car bien entendu le conseil municipal ne voulut, à une grande majorité, rien savoir d'un arpenteur. Cela aussi date d'il y a bien des années, mais pendant tout ce temps toute cette affaire ne s'est pas éteinte, d'une part à cause de la conscience professionnelle de Sordini qui cherchait à connaître avec précision tant les arguments de la majorité que ceux de l'opposition, et d'autre part à cause de la bêtise et de l'ambition de Brunswick qui a divers liens personnels avec l'administration qu'il a mise en mouvement en inventant toujours des choses nouvelles. Sordini, il est vrai, ne se laissa pas tromper par Brunswick. Comment Brunswick pourrait-il tromper Sordini ? — Mais précisément, pour ne pas se laisser tromper, de nouvelles enquêtes étaient nécessaires et avant même qu'elles ne fussent terminées Brunswick avait déjà imaginé quelque chose de nouveau, il est en effet très agile, cela fait partie de sa bêtise ; et maintenant, j'en viens à une caractéristique particulière de notre appareil administratif. S'il est très précis, il est également très sensible. Quand une question a été soupesée très longtemps, il peut se faire, sans que l'examen de la question ait été terminé, que tout à coup, une décision rapide comme la foudre intervienne en un point imprévu qu'on ne retrouve pas ensuite, qui la plupart du temps règle l'affaire de façon tout à fait juste certes mais toujours de manière arbitraire. On dirait que l'appareil administratif ne peut plus supporter la tension, l'irritation causée des années durant par la même affaire, en soi minime, et qu'il prend la décision de lui-même sans nulle intervention des fonctionnaires eux-mêmes. Bien entendu, il n'y a pas eu de miracle, c'est quelque fonctionnaire qui a rédigé la décision ou bien il l'a prise verbalement, toujours est-il que d'ici, oui, même du côté du service concerné, il ne peut être établi quel fonctionnaire en l'occurrence a pris la décision et pour quelles raisons. Seuls les services de contrôle l'établissent, mais bien plus tard ; mais nous, nous ne l'apprenons plus, d'ailleurs cela n'intéresserait plus personne. Or, comme je vous l'ai dit, ce sont justement ces décisions-là qui sont excellentes ; ce qui seul est dérangeant — et cela est propre à cette sorte de choses, — c'est que ce genre de décisions on les apprend trop tard, alors qu'on est encore en train de discuter avec passion de choses décidées depuis longtemps déjà. Je ne sais si dans votre cas une telle décision a été prise — il y a des arguments pour et des arguments contre — ; mais si cela s'était produit, on vous aurait envoyé une lettre d'engagement et vous auriez fait le grand voyage jusqu'ici, beaucoup de temps se serait écoulé et Sordini aurait continué à travailler jusqu'à l'épuisement sur cette affaire ; Brunswick aurait continué à intriguer et moi j'aurais été tourmenté par les deux à la fois. Cette possibilité je ne fais que l'esquisser, mais voici ce que je sais avec certitude : un office de contrôle a découvert entre-temps qu'il y a bien des années une question écrite au sujet d'un arpenteur est parvenue de la section A à l'adresse de la commune et jusqu'ici elle est restée sans réponse. On m'a récemment posé la question et du coup toute l'affaire s'est trouvée éclaircie, la section A s'est satisfaite de ma réponse qu'un arpenteur était inutile et Sordini dut reconnaître que cette affaire n'avait pas en l'occurrence été de son ressort et qu'il avait, bien entendu, sans y être pour rien, usé ses nerfs à un travail inutile. Si un surcroît de travail ne s'était pas sans cesse accumulé comme toujours, et si votre affaire n'avait pas été une très petite affaire — on pourrait presque dire la plus petite parmi les petites —, nous aurions tous poussé un soupir de soulagement, même je crois Sordini. Seul Brunswick grognait encore, mais ce n'était que ridicule. Or, rendez-vous compte de ma déception, Monsieur l'Arpenteur, lorsque après l'heureuse conclusion de toute l'affaire — et beaucoup de temps s'était encore écoulé —, vous voilà, tout à coup, qui faites votre apparition ; selon toutes les apparences toute l'affaire allait recommencer depuis le début. Vous comprendrez sûrement que pour ce qui est de moi, je suis décidé, dans la mesure où cela dépend de moi, à ne le tolérer en aucun cas.

— Certes, dit K., mais ce que je comprends mieux encore, c'est que l'on commet ici un effroyable abus à mon égard et peut-être à l'égard des lois. Je saurai, quant à moi, me défendre.

— Comment ferez-vous ? demanda le maire.

— Cela, je ne peux le révéler, dit K.

— Je ne veux pas être indiscret, dit le maire, seulement, je voudrais que vous sachiez que vous trouverez en moi — je ne veux pas dire un ami, nous sommes totalement étrangers l'un pour l'autre — mais en quelque sorte un allié, une relation d'affaires. Il y a une chose que je n'admets pas, c'est que vous soyez accepté comme arpenteur ; mais sinon vous pouvez toujours, en toute confiance, vous adresser à moi, dans les limites certes de mon pouvoir qui n'est pas grand.

— Vous parlez toujours de l'éventualité où je serais accepté en tant qu'arpenteur, mais je suis déjà accepté. Voici la lettre de Klamm.

— La lettre de Klamm, dit le maire. Elle est précieuse et vénérable du fait de la signature de Klamm qui semble être authentique, mais pour le reste — mais je n'ose là m'exprimer tout seul. Mizzi ! s'écria-t-il et puis : Mais que faites-vous donc ?

De toute évidence ni les aides auxquels pendant ce temps on n'avait pas prêté attention ni Mizzi n'avaient trouvé le dossier, ils avaient tout voulu remettre dans l'armoire, mais à cause de la surabondance de dossiers, ils n'y étaient pas arrivés. Alors les aides avaient dû avoir l'idée qu'ils étaient en train de mettre à exécution. Ils avaient couché l'armoire sur le sol, ils y avaient fourré tous les dossiers, puis, avec Mizzi, ils s'étaient assis sur la porte de l'armoire et maintenant ils tentaient de la fermer peu à peu.

— Donc le dossier n'a pas été trouvé, dommage, dit le maire. Mais l'histoire vous la connaissez déjà, nous n'avons plus besoin du dossier, d'ailleurs, il se trouvera bien. Il est vraisemblablement chez l'instituteur, chez lequel il y a encore beaucoup de dossiers. Mais viens donc ici avec ta bougie, Mizzi, et lis cette lettre avec moi.

Mizzi arriva, elle avait l'air encore plus grise et plus insignifiante, une fois assise sur le bord du lit et serrée contre l'homme robuste et plein de vie qui la tenait enlacée. La seule chose qui frappait à la lumière de la bougie, c'était son petit visage aux lignes nettes et sévères, adoucies seulement par le relâchement de l'âge. A peine avait-elle vu la lettre qu'elle joignit légèrement les mains.

— De Klamm, dit-elle.

Ils lurent alors la lettre ensemble, chuchotèrent un peu, et finalement, juste au moment où les aides se mirent à crier « hourrah ! » car ils étaient enfin arrivés à fermer la porte de l'armoire, Mizzi les regardait silencieuse et reconnaissante, le maire se mit à dire :

— Mizzi est tout à fait de mon avis et maintenant je peux oser le dire. Cette lettre n'est absolument pas une communication administrative, c'est une lettre purement privée. Cela se reconnaît déjà au simple intitulé : « Cher monsieur ». De plus on ne dit pas d'un mot que vous êtes accepté en tant qu'arpenteur, il est bien plutôt question de façon très générale de services seigneuriaux, et la manière dont cela est exprimé n'engage à rien, vous êtes seulement engagé « comme vous savez », cela veut dire à charge à vous de prouver que vous êtes accepté. Enfin, sur le plan administratif, vous dépendez exclusivement de moi, le maire, votre supérieur immédiat chargé de vous communiquer tout ce qui vous concerne, ce qui est déjà fait pour la plus grande partie. Pour quelqu'un qui sait lire les documents administratifs et qui par suite sait mieux lire encore des lettres non officielles, tout cela est plus que clair. Cela ne m'étonne pas que vous, un étranger, ne le voyiez pas. En tout et pour tout, la lettre ne veut rien dire d'autre que ceci : Klamm a l'intention de s'occuper personnellement de vous pour le cas où vous seriez pris par les services seigneuriaux.

— Vous interprétez si bien la lettre, Monsieur le Maire, dit K., qu'il n'en reste finalement rien de plus que la signature sur une feuille de papier blanc. Ne remarquez-vous pas à quel point vous abaissez par là le nom de Klamm que vous prétendez respecter ?

— C'est un malentendu, dit le maire. Je ne méconnais nullement la signification de la lettre, au contraire. Une lettre privée de Klamm a naturellement bien plus de signification qu'une communication officielle ; mais seulement elle n'a pas la signification que vous, vous lui attribuez.

— Vous connaissez Schwarzer ? demanda K.

— Non, dit le maire, mais toi peut-être Mizzi ? Non plus. Non, nous ne le connaissons pas.

— C'est curieux, dit K., c'est le fils d'un sous-intendant du château.

— Cher Monsieur l'Arpenteur, dit le maire. Comment pourrai-je connaître tous les fils de tous les sous-intendants ?

— Bien, dit K., alors vous êtes bien obligé de me croire sur parole, c'en est un. Avec ce Schwarzer, le jour même de mon arrivée, j'ai eu une scène désagréable. Il se renseigna auprès du sous-intendant nommé Fritz et on l'informa que j'étais engagé en tant qu'arpenteur. Comment vous expliquez-vous cela, Monsieur le Maire ?

— C'est très simple, dit le maire. Vous n'avez simplement encore jamais été en contact avec nos administrations. Tous ces contacts ne sont qu'apparents, mais vous, par suite de votre ignorance, vous les prenez pour réels. Et pour ce qui est du téléphone : voyez-vous, chez moi qui suis, on peut le dire, largement en rapport avec l'administration, il n'y a pas le téléphone. Dans les auberges et autres lieux de cette sorte, il rend certainement de grands services, comme le ferait un automate à musique, d'ailleurs ce n'est rien de plus. Avez-vous déjà téléphoné ici, oui ? Eh bien alors vous allez sûrement me comprendre. Au château, le téléphone fonctionne apparemment de façon excellente ; comme on me l'a raconté on y téléphone sans interruption ce qui évidemment accélère beaucoup le travail. Ces coups de téléphone ininterrompus, nous les entendons sous forme de bruissement et de chant, vous avez certainement aussi entendu cela. Or cette rumeur et ce chant sont la seule chose juste et fiable que les téléphones d'ici nous communiquent, tout le reste est trompeur. Il n'existe pas de communication téléphonique déterminée avec le château, pas de central pour transmettre nos communications ; quand on appelle d'ici quelqu'un au château, tous les appareils là-bas sonnent dans les bureaux subalternes ou plutôt tous sonneraient, si presque tous, comme je le sais de façon certaine, n'avaient pas débranché la sonnerie. Mais ici ou là quelque fonctionnaire surmené a besoin de se distraire un peu, surtout le soir ou la nuit et il rebranche la sonnerie ; nous obtenons alors une réponse, mais une réponse il est vrai qui n'est rien de plus qu'une plaisanterie. Cela est d'ailleurs très compréhensible. Qui donc peut prétendre, à cause de ses petits soucis personnels, venir interrompre, en faisant sonner le téléphone, les travaux les plus importants qui soient et qui se déroulent toujours à une vitesse inouïe ? Je ne comprends pas comment même un étranger peut croire que s'il appelle par exemple Sordini, ce sera vraiment Sordini qui répondra. Ce ne sera vraisemblablement qu'un petit commis d'une tout autre section. En revanche, il peut arriver par une heure exceptionnelle entre toutes que lorsqu'on appelle ce commis, ce soit Sordini lui-même qui réponde. Alors, le mieux, c'est de s'éloigner du téléphone en courant, avant même d'entendre le premier son.

— En effet, je n'ai pas vu les choses ainsi, dit K., ces détails je ne pouvais pas les connaître ; mais je n'avais guère confiance dans ces conversations téléphoniques et je me suis toujours rendu compte que seul ce qu'on apprend ou obtient au château même a quelque signification.

— Non, dit le maire en s'attardant sur l'un des mots, ces conversations téléphoniques ont une signification tout à fait véritable, comment ne l'auraient-elles pas ? Comment un renseignement donné par un fonctionnaire du château pourrait-il ne pas avoir de signification ? Je l'ai déjà dit à l'occasion de la lettre de Klamm ; tout ce qui y est dit n'a aucune signification officielle ; si vous lui attribuez une telle signification, vous vous trompez ; en revanche sa signification est grande sur le plan de l'amitié ou de l'hostilité, bien plus grande la plupart du temps que ne pourrait l'être toute signification officielle.

— Bien, dit K., supposons que tout se fasse ainsi, j'ai alors une quantité de bons amis au château ; à y regarder de près, cette idée qu'on a eue dans ce bureau, il y a dites-vous plusieurs années, de faire appel à un arpenteur, c'était donc une manifestation d'amitié à mon égard et chacun ensuite, bien sûr, de s'aligner sur l'autre pour m'attirer et m'appâter et pour à la fin me menacer de me jeter dehors.

— Il y a du vrai dans votre façon de voir les choses, dit le maire. Vous avez raison de dire qu'on ne doit pas prendre à la lettre ce qu'affirme le château. Mais la prudence est cependant nécessaire partout, pas seulement ici, et d'autant plus que ce qui a été dit est plus important. Mais quand vous dites avoir été appâté cela m'est incompréhensible. Si vous aviez mieux suivi mon exposé, vous devriez savoir que la question de votre venue ici est beaucoup trop ardue pour que nous puissions y répondre ici, pendant une petite conversation.

— Il reste alors le résultat, dit K., tout est très clair et insoluble, mon renvoi excepté.

— Qui pourrait oser vous mettre dehors, Monsieur l'Arpenteur ? dit le maire. C'est précisément le peu de clarté des premières questions qui vous garantit d'être traité avec la politesse la plus grande, seulement, selon toute apparence, vous paraissez être trop sensible. Personne ne vous retient ici, mais ce n'est pas une mise à la porte.

— Oh ! Monsieur le Maire, dit K., maintenant c'est vous qui voyez tout de façon trop claire. Je vais vous faire un peu le décompte de ce qui me retient ici : les sacrifices que j'ai faits pour partir de chez moi, le long, le difficile voyage, les espoirs justifiés que j'ai nourris quant à mon engagement ici, mon complet manque de ressources, l'impossibilité de retrouver maintenant un autre travail de même nature chez moi et enfin, ce qui n'est pas le moins, ma fiancée qui est d'ici.

— Ah, Frieda, dit le maire sans la moindre surprise. Je sais. Mais Frieda vous suivrait partout. Pour le reste, certaines questions doivent encore être examinées et j'en ferai part au château. Si une décision devait intervenir ou s'il devait être auparavant nécessaire de vous interroger une fois encore, je vous enverrais chercher. Etes-vous d'accord ?

— Non, pas du tout, dit K. Je ne veux pas de cadeaux que daignerait m'octroyer le château, mais mon bon droit.

— Mizzi, dit le maire à sa femme qui était encore assise là serrée contre lui et qui jouait, perdue dans ses rêves, avec la lettre de Klamm dont elle avait fait une cocotte, K., effrayé, la lui retira des mains. — Mizzi, ma jambe recommence à me faire très mal, il va falloir que nous refassions le pansement.

K. se leva. — Eh ! bien, alors je vais prendre congé, dit-il.

— Oui, fit Mizzi qui était déjà en train de préparer un onguent. D'ailleurs, il y a trop de courants d'air.

K. se retourna ; les aides, dès l'instant où K. avait dit vouloir s'en aller, avaient, dans leur zèle intempestif, ouvert la porte à deux battants. Pour préserver la chambre de malade du froid qui y pénétrait à flots, K. ne put que s'incliner brièvement devant le maire, puis, entraînant les aides à sa suite, il sortit de la pièce en courant et ferma vite la porte.

Chapitre sixième

L'AUBERGISTE l'attendait devant l'auberge. Il n'aurait jamais osé parler sans être interrogé. C'est pourquoi K. lui demanda ce qu'il voulait :

— As-tu déjà un nouveau logement ? demanda l'aubergiste en regardant par terre.

— C'est ta femme qui t'a chargé de me le demander, dit K. Tu es certainement très dépendant d'elle ?

— Non, dit l'aubergiste. Je ne pose pas cette question de sa part. Mais elle est très énervée et malheureuse à cause de toi, elle n'arrive pas à travailler, elle est au lit et ne cesse de se plaindre.

— Dois-je aller la voir ? demanda K.

— Je t'en supplie, dit l'aubergiste. Je voulais déjà aller te chercher chez le maire, j'ai écouté à la porte, mais vous étiez en train de parler et je ne voulais pas déranger et je me faisais du souci pour ma femme, je suis donc revenu en courant, mais elle ne m'a pas laissé entrer, aussi ne me restait-il rien d'autre à faire que t'attendre.

— Alors viens vite, dit K. J'aurai tôt fait de la rassurer.

— Si seulement tu y arrivais ! dit l'aubergiste.

Ils traversèrent la cuisine éclairée où trois ou quatre servantes, éloignées l'une de l'autre, se figèrent littéralement sur place à la vue de K. Déjà à la cuisine on entendait les gémissements de l'aubergiste. Elle était couchée dans un réduit sans fenêtres séparé de la cuisine par une légère cloison de planches. Il n'y avait place que pour un grand lit conjugal et une armoire. Le lit était disposé de manière à pouvoir de là embrasser toute la cuisine du regard et surveiller le travail. En revanche, de la cuisine on distinguait à peine l'intérieur du réduit. Il y faisait tout à fait sombre, seuls en émergeaient un peu les draps blancs et rouges. Ce n'est qu'une fois entré et quand les yeux s'étaient habitués que l'on distinguait des détails.

— Vous voilà enfin ! dit l'aubergiste d'une voix faible. Elle était couchée sur le dos ; visiblement, elle avait du mal à respirer, elle avait rejeté son édredon. Dans son lit elle avait l'air plus jeune qu'habillée, mais un bonnet de nuit de dentelle fine trop petit et qui oscillait sur ses cheveux faisait paraître son visage fané et pitoyable.

— Comment aurais-je pu venir, dit K. doucement. Vous ne m'avez pas fait appeler.

— Vous n'auriez pas dû me faire attendre si longtemps, dit l'aubergiste avec l'entêtement des malades. Asseyez-vous, dit-elle et elle montra le bord du lit, mais vous autres allez-vous-en !

Les bonnes, en plus des aides, s'étaient elles aussi faufilées à l'intérieur.

— Moi aussi je vais m'en aller, Gardena, dit l'aubergiste.

K. entendit pour la première fois le nom de la femme.

— Naturellement, dit-elle lentement, et comme si d'autres pensées l'occupaient, elle ajouta distraitement : — Pourquoi toi justement resterais-tu ?

Mais lorsque tous se furent retirés dans la cuisine — les aides eux aussi avaient obéi, il est vrai qu'ils ne cessaient de poursuivre une bonne —, Gardena était tout de même suffisamment observatrice pour se rendre compte qu'on pouvait tout entendre de la cuisine de ce qui se disait ici, car le réduit n'avait pas de porte, aussi ordonna-t-elle à tous de quitter aussi la cuisine. Ce qui fut fait aussitôt.

— S'il vous plaît, dit alors Gardena, Monsieur l'Arpenteur, là dans l'armoire pend un châle, donnez-le-moi, je vais le mettre, je ne supporte pas l'édredon, je respire mal.

Et lorsque K. le lui eut apporté, elle dit :

— Regardez, c'est de la belle étoffe, n'est-ce pas ? Il parut à K. s'agir d'un simple châle de laine, il le tâta une fois encore par politesse, mais ne dit rien.

— Oui, c'est un beau châle, dit Gardena et elle s'en enveloppa. Elle était maintenant allongée là, détendue, toute sa peine semblait l'avoir quittée. Elle songea à ses cheveux que sa position couchée avait mis en désordre, elle s'assit un instant et arrangea un peu ses mèches autour de son bonnet. Elle avait une chevelure abondante.

K. s'impatienta et dit :

— Vous m'avez fait demander, Madame l'Aubergiste, si j'avais déjà un autre logement.

— Je vous l'ai fait demander, moi ? dit l'aubergiste. Non, c'est une erreur.

— Votre mari vient de me le demander.

— Je vous crois, dit l'aubergiste. Il m'assomme. Quand je ne voulais pas vous avoir ici, il vous a retenu, et maintenant que je suis heureuse, il vous chasse. Il agit toujours ainsi.

— Vous avez donc à ce point changé d'avis à mon sujet ? En une ou deux heures ?

— Je n'ai pas changé d'avis, dit l'aubergiste, de nouveau plus faible, donnez-moi votre main. Bon. Et maintenant promettez-moi d'être tout à fait sincère et moi je le serai aussi à votre égard.

— Bien, dit K., mais qui va commencer ?

— Moi, dit l'aubergiste.

Elle ne donnait pas l'impression de vouloir se montrer prévenante à l'égard de K. mais elle paraissait désireuse de parler la première.

Elle tira une photographie de dessous le matelas et la tendit à K.

— Regardez ce portrait, dit-elle d'un ton implorant. Pour mieux le voir K. s'avança d'un pas dans la cuisine, mais même là ce n'était pas facile de distinguer quoi que ce fût sur la photo car elle était pâlie par l'âge, brisée de partout, écrasée et tachée.

— Elle n'est pas en très bon état, dit K.

— Hélas ! hélas, dit l'aubergiste, quand des années

durant on ne cesse de la porter sur soi, voilà le résultat. Mais si vous regardez bien vous verrez certainement tout. D'ailleurs, je peux vous aider, dites-moi ce que vous voyez, ça me fait plaisir d'entendre parler de cette image. Alors que voyez-vous ?

— Un jeune homme, dit K.

— C'est exact, dit l'aubergiste, et que fait-il ?

— Il est couché sur une planche, je crois, il s'étire et bâille.

L'aubergiste se mit à rire.

— C'est tout à fait faux, dit-elle.

— Mais voilà bien la planche et le voilà lui, couché là, dit K. maintenant son point de vue.

— Regardez donc mieux, dit l'aubergiste irritée. Est-il vraiment couché ?

— Non, dit K., il n'est pas couché, il plane et maintenant je le vois, ce n'est pas du tout une planche mais vraisemblablement une corde et le jeune homme fait un saut en hauteur.

— Eh bien alors ! fit la patronne de l'auberge ravie, il saute, c'est l'exercice que font les messagers officiels. Je savais bien que vous le verriez, voyez-vous aussi son visage ?

— Le visage je ne le distingue que très peu, dit K., visiblement, il fait de grands efforts, la bouche ouverte, les yeux fermés, sa chevelure plaquée par le vent.

— Très bien, dit l'aubergiste avec estime. Quelqu'un qui ne l'a pas connu personnellement ne peut en distinguer davantage. Mais c'était un beau garçon ; je ne l'ai vu qu'une seule fois, furtivement et jamais je ne l'oublierai.

— Qui était-ce donc ? demanda K.

— C'était, dit l'aubergiste, le messager par l'intermédiaire duquel Klamm me fit appeler pour la première fois.

K. n'arrivait pas bien à écouter car un tintement de verre détournait son attention. Tout de suite, il trouva l'origine de ce qui le dérangeait. Les aides étaient dehors dans la cour, ils bondissaient dans la neige d'un pied sur l'autre. Ils firent mine d'être heureux de revoir K., ils se le montraient l'un l'autre, remplis de joie et en même temps ne cessaient de taper à la fenêtre de la cuisine. Sur un geste de menace de K. ils cessèrent aussitôt, cherchant réciproquement à se repousser, mais chacun échappait aussitôt à l'autre, et déjà les voilà revenus à la fenêtre. K. se précipita dans le réduit où les aides ne pouvaient pas le voir du dehors et où lui n'était pas contraint de les voir. Mais le léger tintement, comme suppliant, au carreau de la fenêtre l'y poursuivit encore longtemps.

— Encore les aides, dit-il à la patronne de l'auberge pour s'excuser et il montra l'extérieur. Mais elle ne prêtait pas attention à lui, elle lui avait retiré la photo, elle l'avait lissée et glissée à nouveau sous le matelas. Ses mouvements étaient devenus plus lents, non de fatigue, mais sous le poids du souvenir. Elle avait voulu faire un récit à K. et le récit lui avait fait oublier K. Elle jouait avec les franges du châle. Elle ne leva les yeux qu'au bout d'un certain temps, se passa la main sur les yeux et dit :

— Ce châle lui aussi vient de Klamm. Et le bonnet aussi. L'image, le châle, le bonnet, ce sont les trois souvenirs que j'ai de lui. Je ne suis pas jeune comme Frieda, je ne suis pas ambitieuse comme elle, je ne suis pas non plus aussi sensible, oui elle est très sensible ; bref je sais m'adapter à la vie, mais je dois l'avouer, sans ces trois objets, je n'aurais pas tenu si longtemps ici, oui, je n'aurais pas même tenu une seule journée. Ces trois souvenirs vous paraissent peut-être insignifiants mais voyez-vous : Frieda qui a si longtemps fréquenté Klamm n'en possède nul souvenir. Je le lui ai demandé, elle est trop brouillonne et trop insatisfaite ; moi, en revanche, qui n'ai été que trois fois auprès de Klamm — plus tard il ne me fit plus appeler, je ne sais pas pourquoi —, j'ai, comme si je pressentais la brièveté de ce temps, rapporté ces souvenirs. Bien sûr, il faut s'en occuper, Klamm lui-même ne donne rien, mais quand on voit traîner quelque chose qui vous va, on peut le demander.

K. se sentait mal à l'aise face à ces histoires qui pourtant pouvaient le concerner lui aussi.

— Tout cela s'est passé il y a combien de temps ? demanda-t-il en soupirant.

— Il y a plus de vingt ans, dit l'aubergiste, il y a bien plus de vingt ans.

— On reste si longtemps que cela fidèle à Klamm ? dit K. Mais vous vous doutez bien, Madame l'Aubergiste, qu'avec de tels aveux vous me causez de grands soucis quand je pense à mon futur mariage.

L'aubergiste trouvait inconvenant que K. voulût mêler ici ses affaires personnelles ; irritée, elle le regarda en tournant la tête.

— Ne vous fâchez pas ainsi, Madame l'Aubergiste. Je n'ai pas dit un seul mot contre Klamm, mais par le pouvoir même des faits je suis entré en relation, d'une certaine manière, avec Klamm ; cela, même le plus grand des adorateurs de Klamm ne saurait le nier. Eh bien, alors ! Par conséquent quand on mentionne le nom de Klamm, je suis toujours obligé de penser aussi à moi, il n'y a rien à faire. D'ailleurs, Madame l'Aubergiste — ici K. prit sa main hésitante —, rappelez-vous combien notre dernier entretien s'est mal terminé : cette fois-ci nous voulons nous séparer en ayant fait la paix.

— Vous avez raison, dit l'aubergiste et elle courba la tête. Mais ménagez-moi. Je ne suis pas plus sensible que d'autres, bien au contraire, chacun a des endroits sensibles, moi je n'ai que celui-là.

— Malheureusement c'est aussi le mien, dit K., je vais prendre sur moi ; mais maintenant expliquez-moi, Madame l'Aubergiste, comment dans le mariage dois-je faire pour supporter cette effrayante fidélité à l'égard de Klamm, à supposer que Frieda vous ressemble sur ce point ?

— Fidélité effrayante ? répéta l'aubergiste en grondant. Est-ce de la fidélité ? Fidèle, je le suis à mon mari, mais Klamm ? Klamm a fait un jour de moi sa maîtresse, puis-je jamais perdre ce rang ? Et comment vous, vous allez le supporter pour ce qui concerne Frieda ? Ah ! Monsieur l'Arpenteur, qui êtes-vous donc, pour oser poser de pareilles questions ?

— Madame l'Aubergiste ! dit K.

— Je sais, dit l'aubergiste, résignée, mais mon mari

n'a jamais posé de pareilles questions. Je ne sais qui est malheureux de moi jadis ou de Frieda aujourd'hui. Frieda qui volontairement a abandonné Klamm ou moi qu'il n'a plus fait appeler. Peut-être est-ce tout de même Frieda, même si elle ne semble pas encore le mesurer dans toute son ampleur. Mais mon malheur dominait tout de même plus exclusivement mes pensées, car sans cesse il me fallait me demander, et je ne cesse pas même aujourd'hui de me le demander : pourquoi cela est-il arrivé ? Trois fois Klamm m'a fait appeler, et plus là quatrième fois et plus jamais pour la quatrième fois ! Qu'est-ce qui me préoccupait davantage en ce temps-là ? De quoi d'autre pouvais-je parler avec mon mari que j'ai épousé peu après ? Pendant la journée nous n'avions pas le temps, nous avions repris cette auberge dans un état lamentable et devions chercher à la faire repartir. Mais la nuit ? Des années durant nos conversations nocturnes ne tournèrent qu'autour de Klamm et des raisons de son changement d'attitude. Et quand mon mari s'endormait pendant ces conversations, je le réveillais et nous continuions à parler.

— Je vais maintenant, dit K., si vous le permettez, vous poser une question très grossière.

L'aubergiste se tut.

— Donc je n'ai pas le droit de la poser, dit K., cela me suffit aussi.

— Certes, dit l'aubergiste, cela aussi vous suffit et même tout particulièrement cela. Vous interprétez tout de travers, même le silence. Vous ne pouvez pas faire autrement. Je vous autorise à poser votre question.

— Si j'interprète tout de travers, dit K., j'interprète également ma propre question de travers, peut-être n'est-elle pas si grossière que cela. Je voulais seulement savoir comment vous avez fait la connaissance de votre mari et comment vous êtes devenue propriétaire de cette auberge ?

L'aubergiste plissa le front mais dit d'une voix calme :

— C'est une histoire très simple. Mon père était forgeron et Hans, mon actuel mari, qui était palefrenier chez un gros paysan venait souvent chez mon père. C'était au temps d'après ma dernière rencontre avec

Klamm, j'étais très malheureuse et au fond, je n'aurais pas dû l'être, car tout s'était déroulé très correctement. Que je n'aie plus le droit d'aller voir Klamm, c'était la décision de Klamm, c'était donc correct ; seules les raisons en étaient obscures, j'avais bien le droit de m'interroger à leur propos, mais je n'aurais pas dû être malheureuse. Or, je l'étais tout de même et je ne pouvais pas travailler et je passais mes journées assise dans notre petit jardin devant notre maison. C'est là que Hans me vit ; parfois il venait s'asseoir auprès de moi, je ne me plaignais pas à lui, mais il savait de quoi il s'agissait et comme c'était un bon garçon il lui arrivait de pleurer avec moi. Et lorsqu'un jour l'aubergiste de l'époque dont la femme était morte et qui pour cette raison était obligé de se retirer — il était déjà âgé — vint à passer devant notre petit jardin et qu'il nous y vit assis, il s'arrêta et à brûle-pourpoint nous offrit la gérance de l'auberge, il ne voulut pas d'argent d'avance parce qu'il avait confiance en nous et fixa un forfait très peu élevé. Je ne voulais naturellement pas être à la charge de mon père, tout le reste m'était égal et c'est ainsi qu'à l'idée de l'auberge et du travail qui allait m'apporter un peu d'oubli, je lui donnai ma main. Voilà toute l'histoire.

Il y eut un petit moment de silence, puis K. dit :

— La manière d'agir de l'aubergiste était belle mais imprudente ou bien avait-il des raisons particulières de vous manifester sa confiance, à vous deux ?

— Il connaissait bien Hans, dit l'aubergiste, c'était son oncle.

— Oui, alors évidemment, dit K. Donc la famille de Hans tenait beaucoup à s'allier avec vous ?

— Peut-être, dit l'aubergiste, je ne sais pas, je ne m'en suis jamais souciée.

— Mais il faut bien que les choses aient été ainsi, dit K., si la famille était prête à de tels sacrifices et disposée à mettre ainsi l'auberge, sans garanties, entre vos mains.

— Ce n'était pas imprudent, ainsi qu'il s'est avéré plus tard, dit l'aubergiste. Je me suis jetée dans le travail, j'étais forte, fille de forgeron, je n'avais pas besoin de servante ni de valet, j'étais partout, dans la salle d'auberge, à la cuisine, à l'écurie, dans la cour, je faisais si bien la cuisine que j'enlevais des clients à l'Auberge des Messieurs. Vous n'êtes pas encore venu à midi à l'auberge, vous ne connaissez pas la clientèle de midi, en ce temps ils étaient plus nombreux encore, depuis ce temps-là il y en a beaucoup qui se sont dispersés. Et le résultat fut que non seulement nous pûmes payer en temps voulu la gérance, mais après quelques années acheter le tout, aujourd'hui presque libéré de toute dette. Un autre résultat fut naturellement que je me suis détruite, que je suis devenue cardiaque et que me voici une vieille femme. Vous croyez peut-être que je suis beaucoup plus âgée que Hans, mais en réalité il n'est que deux ou trois ans plus jeune que moi et il est vrai qu'il ne vieillira jamais, car son travail — fumer la pipe, écouter les clients, puis vider sa pipe et parfois aller chercher une bière —, ce travail-là ne fait pas vieillir.

— Ce que vous avez réalisé est remarquable, dit K. Il n'y a pas de doute, mais nous parlons de l'époque d'avant votre mariage et il aurait été curieux en ce temps-là que la famille de Hans ait encouragé ce mariage en acceptant de sacrifier de l'argent ou tout au moins en courant un aussi grand risque que la prise en charge de l'auberge avec pour tout espoir votre puissance de travail que personne ne connaissait encore et celle de Hans dont on avait dû déjà mesurer l'inexistence.

— Eh ! bien, dit l'aubergiste lasse, je sais bien ce que vous visez et à quel point vous vous trompez. Il n'y avait pas trace de Klamm dans tout cela. Pourquoi aurait-il dû prendre soin de moi ou plutôt comment aurait-il pu prendre soin de moi ? Il ne savait rien de moi. Qu'il ne m'ait plus fait appeler était un signe de ce qu'il m'avait oubliée. Celui qu'il ne fait plus appeler, il l'a complètement oublié. Je ne voulais pas en parler devant Frieda. Ce n'est pas simplement de l'oubli, c'est plus que cela. Celui qu'on a oublié on peut de nouveau faire sa connaissance. Pour Klamm ce n'est pas possible. Celui qu'il ne fait plus appeler, non seulement il l'a oublié pour tout ce qui est passé, mais il l'a oublié à jamais pour l'avenir. Si je me donne beaucoup de peine, je peux entrer dans votre pensée, dans votre pensée qui n'a aucun sens ici mais est peut-être valable à l'étranger, là d'où vous venez. Il est bien possible que vous en arriviez même à cette folie de croire que Klamm m'a donné un Hans pour mari pour que je ne rencontre pas de difficulté à aller vers lui, s'il devait un jour, à l'avenir m'appeler. Or, on ne peut aller plus loin dans la folie. Où serait donc l'homme qui pourrait m'empêcher de courir auprès de Klamm, si Klamm me fait signe ? C'est insensé, insensé, on s'embrouille soi-même quand on joue avec quelque chose d'aussi insensé.

— Non, dit K. Nous n'allons pas nous embrouiller, je n'en étais pas aussi loin avec mes pensées que vous le supposez, même si, pour dire vrai, j'étais sur la bonne voie. Pour l'instant, ce qui m'étonne seulement, c'est que la parentèle ait tant attendu de ce mariage et qu'en effet ces espoirs se soient réalisés, au prix il est vrai de votre cœur et de votre santé. L'idée que ces faits puissent avoir une relation avec Klamm s'est imposée à moi, c'est vrai, mais non pas de manière aussi brutale que vous le dites, dans le seul but, c'est évident, de me le reprocher encore puisque cela vous fait plaisir. Prenez ce plaisir ! Mais mon idée était celle-ci : dans un premier temps Klamm a été l'occasion de ce mariage. Sans Klamm vous n'auriez pas été malheureuse, vous n'auriez pas été assise à ne rien faire dans le petit jardin, sans Klamm, Hans ne vous aurait pas vue là-bas, sans votre tristesse, ce timide qu'était Hans n'aurait jamais osé vous adresser la parole, sans Klamm, vous ne vous seriez jamais trouvée en larmes en compagnie de Hans, sans Klamm jamais le vieil oncle aubergiste ne vous aurait trouvés là, tranquillement ensemble, sans Klamm, vous n'auriez pas été indifférente à la vie, donc vous n'auriez pas épousé Hans. Eh bien, dans tout cela, il y a déjà suffisamment de Klamm, ce me semble. Mais cela va encore plus loin. Si vous n'aviez pas tant recherché l'oubli vous n'auriez pas travaillé contre vous-même avec tant de rage et vous n'auriez pas relevé à ce point l'auberge. Ici, également Klamm. Mais cela mis à part, Klamm est à l'origine de votre maladie, car votre cœur était déjà épris avant votre mariage par sa passion malheureuse. Reste la question de savoir ce qui attirait tant la famille de Hans dans ce mariage. Vous-même avez mentionné le fait qu'être la maîtresse de Klamm signifiait une élévation hiérarchique irréversible, donc il se peut que cela les ait attirés. De plus, je crois que l'espoir, que la bonne étoile qui vous a conduite auprès de Klamm — à supposer que ce fut une bonne étoile, mais c'est ce que vous prétendez — ne vous abandonne pas, cette bonne étoile, espérez-vous, doit rester la vôtre et elle ne peut vous quitter aussi vite que l'a fait Klamm.

— Vous dites tout cela sérieusement ? demanda l'aubergiste.

— Sérieusement, dit K., rapidement. Seulement je crois que la parenté de Hans n'a ni tout à fait raison ni tout à fait tort de nourrir de tels espoirs et je crois même voir la faute qu'ils ont commise. De l'extérieur tout semble un succès, Hans est bien casé, il a une femme imposante, il est honoré, l'auberge est libre de dettes. Mais en réalité tout n'est pas réussi, il aurait certainement été plus heureux avec une fille toute simple dont il aurait été le premier grand amour ; si parfois, ainsi que vous le lui reprochez, il se tient comme perdu debout au milieu de l'auberge, c'est parce que vraiment il se sent perdu — sans en être malheureux, je le connais déjà assez pour cela —, mais de même il est certain que ce joli garçon intelligent aurait été plus heureux avec une autre femme, par quoi je veux dire aussi qu'il aurait été plus travailleur, plus indépendant, plus viril. Et vous-même, vous n'êtes certainement pas heureuse et, comme vous le disiez, sans ces trois souvenirs, vous ne voudriez pas continuer à vivre et cardiaque, vous l'êtes aussi. Alors votre famille avait-elle tort de nourrir de tels espoirs ? Je ne le crois pas. La bénédiction était au-dessus de vous mais on ne sut pas la faire descendre.

— Et qu'est-ce donc que nous avons omis de faire ? demanda l'aubergiste.

Elle était maintenant étendue de tout son long sur le dos et regardait le plafond.

— D'interroger Klamm, dit K.

— Nous voilà donc revenus à vous, dit l'aubergiste.

— Ou à vous, dit K. Nous avons des intérêts voisins.

— Que voulez-vous donc de Klamm ? demanda l'aubergiste.

Elle s'était assise, toute droite, les coussins empilés pour pouvoir s'adosser et elle regardait K. droit dans les yeux.

— Je vous ai raconté avec franchise mon histoire dont vous auriez pu tirer quelque enseignement. Dites-moi de façon tout aussi franche ce que vous voulez demander à Klamm. Ce n'est qu'à grand-peine que j'ai convaincu Frieda de monter dans votre chambre et d'y rester ; je craignais qu'en sa présence vous ne parliez pas assez franchement.

— Je n'ai rien à cacher, dit K. Mais d'abord je voudrais attirer votre attention sur un point. Klamm oublie tout immédiatement, disiez-vous. D'abord cela me paraît très invraisemblable, ensuite cela est invérifiable, apparemment ce n'est qu'une légende, inventée par l'imagination de filles justement en grâce auprès de Klamm. Je m'étonne que vous prêtiez foi à une invention aussi plate !

— Ce n'est pas une légende, dit l'aubergiste. C'est bien plus un fait d'expérience commune.

— Donc réfutable par une expérience nouvelle, dit K. Alors dans ce cas, il y a encore une autre différence entre vous et Frieda. Le fait que Klamm n'appelle plus Frieda ne s'est pas produit, dans une certaine mesure, bien plutôt c'est lui qui l'a appelée mais c'est elle qui n'est pas venue. Il est peut-être même possible qu'il l'attende encore.

L'aubergiste se tut et baissait ou levait seulement les yeux pendant qu'elle observait K. Puis elle dit doucement :

— Je veux bien écouter tranquillement tout ce que vous allez dire. Parlez avec franchise plutôt que de m'épargner mais je vous demande seulement ceci : n'utilisez pas le nom de Klamm. Appelez-le « il » ou de toute autre façon, mais pas par son nom.

— Volontiers, dit K., mais ce que je veux de lui est difficile à dire. D'abord je veux être près de lui, puis je veux entendre sa voix, puis je veux savoir de quelle façon il se comporte à l'égard de notre mariage. Ce que je lui demanderai par ailleurs dépendra du cours de l'entretien. Bien des choses pourront être évoquées mais l'essentiel pour moi est d'être en face de lui. Je n'ai encore parlé directement avec aucun fonctionnaire. Cela semble plus difficile que je le croyais. Or, j'ai le devoir de lui parler en tant que simple particulier et cela à mon avis est beaucoup plus facile à obtenir. En tant que fonctionnaire je ne peux lui parler que dans son bureau peut-être inaccessible, au château ou ce qui est peut-être déjà douteux à l'Auberge des Messieurs. Mais en tant que personne privée je peux lui parler partout, à la maison, dans la rue, partout où je peux réussir à le rencontrer. Avoir le fonctionnaire en face de moi par surcroît, je l'accepte bien volontiers, mais ce n'est pas mon but premier.

— Bien, dit l'aubergiste, et elle enfonça son visage dans les coussins comme si elle disait quelque chose de honteux. — Si par mes relations j'obtiens que votre requête d'avoir un entretien avec lui soit transmise à Klamm, me promettez-vous de ne rien entreprendre de votre propre chef avant que la réponse ne soit redescendue ?

— Cela je ne peux pas le promettre, fit K., malgré tout le plaisir que j'aurais à satisfaire votre prière ou votre lubie. L'affaire, en effet, presse, surtout après l'issue défavorable de mon entretien avec le maire.

— Cette objection n'a pas de valeur, dit l'aubergiste. Le maire est une personne tout à fait sans importance. Vous ne l'avez pas remarqué ? Il ne pourrait pas rester un jour de plus à son poste sans sa femme qui fait tout.

— Mizzi ? demanda K.

L'aubergiste hocha la tête.

— Elle était là, dit K.

— S'est-elle exprimée ? demanda l'aubergiste.

— Non, dit K., je n'avais d'ailleurs pas l'impression qu'elle en était capable.

— Voilà, dit l'aubergiste, à quel point vous vous trompez ici sur toute chose. En tout cas, ce que le maire a décidé à votre propos ne signifie rien et avec sa femme je parlerai à l'occasion. Et si je vous promets que la réponse de Klamm viendra au plus tard dans une semaine, vous n'avez plus de raison de ne pas consentir à ce que je vous demande.

— Tout cela n'est pas déterminant, dit K. Ma décision est prise et je tenterai de l'exécuter, même s'il devait en résulter une réponse négative. Mais si j'ai cette intention-là dès le début, je ne puis tout de même pas demander qu'on m'accorde un tel entretien ; ce qui reste peut-être une tentative audacieuse mais sincère, sans demande préalable, deviendrait après un refus de la rébellion ouverte. Ce serait certes bien plus grave.

— Plus grave ? dit l'aubergiste. C'est de la rébellion de toute manière. Et faites donc selon votre volonté. Donnez-moi ma jupe.

Sans se soucier de K. elle enfila sa jupe et se précipita dans la cuisine. Depuis un certain temps on entendait de l'agitation à la salle d'auberge. On avait frappé à la lucarne. Une fois même les aides l'avaient poussée pour l'ouvrir et crié qu'ils avaient faim. D'autres visages aussi y étaient apparus. On entendait même chanter doucement à plusieurs voix.

Certes, la conversation de K. avec l'aubergiste avait beaucoup retardé la préparation du repas de midi, il n'était pas prêt encore, mais les clients étaient réunis. Personne n'avait osé pénétrer dans la cuisine contre l'ordre de l'aubergiste. Mais maintenant que les guetteurs, là, à la lucarne, annonçaient que la patronne arrivait, les hommes coururent à la cuisine et lorsque K. pénétra dans la salle d'auberge, toute la compagnie, étonnamment nombreuse, plus de vingt hommes et femmes, habillés de façon provinciale mais non pas paysanne, se précipita aux tables pour occuper les places. Seul un couple avec quelques enfants était déjà installé à une petite table dans un angle ; l'homme, un monsieur aimable aux yeux bleus, les cheveux et la barbe grise en désordre se tenait penché au-dessus des enfants et avec un couteau il battait la mesure pendant qu'ils chantaient tout en s'efforçant constamment d'atténuer la force de leur voix, peut-être voulait-il leur faire oublier leur peur par le chant. L'aubergiste s'excusa auprès de l'assemblée en quelques mots dits avec indifférence, personne ne lui fit de reproches. Elle chercha des yeux son mari qui avait certainement pris la fuite depuis longtemps déjà, vu la difficulté de la situation. Puis elle entra lentement dans la cuisine ; elle n'eut plus un seul regard pour K. qui se dépêcha d'aller dans sa chambre auprès de Frieda.

Chapitre septième

En haut K. rencontra l'instituteur. La chambre, heureusement, était à peine reconnaissable, tellement Frieda avait travaillé. Elle avait été aérée, le poêle chauffait bien, le plancher était lavé, le lit fait, les affaires des bonnes, ce répugnant bric-à-brac, leurs gravures compris, tout avait disparu, la table qui, à la lettre, où que l'on regardât, vous poursuivait de son plateau encroûté de crasse, était recouverte d'une nappe de dentelle blanche. On pouvait déjà recevoir des invités, et la petite provision de linge que Frieda, visiblement, avait déjà lavé de bonne heure était en train de sécher près du poêle et ne dérangeait guère. L'instituteur et Frieda étaient assis à la table, ils se levèrent à l'entrée de K. Frieda salua K. d'un baiser, l'instituteur s'inclina un peu. K., distrait et encore agité par la conversation avec l'aubergiste, commença par s'excuser de n'avoir pas encore rendu visite à l'instituteur ; on eût dit qu'il le supposait impatient de le recevoir, et qu'il était pour cette raison venu lui-même. L'instituteur, avec cette pondération qui était la sienne, semblait avec lenteur seulement se souvenir qu'un jour en effet il avait été convenu entre lui et K. d'une espèce de visite.

— Vous êtes n'est-ce pas, Monsieur l'Arpenteur, l'étranger avec lequel j'ai parlé il y a quelques jours sur la place de l'église ?

— Oui, fit K. brièvement ; ce qu'il avait alors toléré dans l'état de solitude où il était, ici, dans sa chambre il n'avait pas à le permettre. Il se tourna vers Frieda et s'entretint avec elle de l'importante visite qu'il devait faire immédiatement et pour laquelle il lui fallait être aussi bien habillé que possible. Frieda, aussitôt, sans plus poser d'autres questions à K., appela les aides justement occupés à examiner la nouvelle nappe et leur commanda de soigneusement nettoyer en bas dans la cour les vêtements de K. et ses souliers, qu'il se mit aussitôt à retirer. Elle-même prit une chemise sur la corde et courut à la cuisine pour la repasser.

K. était seul maintenant avec l'instituteur, de nouveau assis, silencieux, devant la table ; il le fit attendre encore un peu, retira sa chemise et commença à se laver à la cuvette. Ce n'est qu'alors, le dos tourné vers l'instituteur, qu'il lui demanda la raison de sa venue.

— Je viens à la demande de Monsieur le Maire, dit-il.

K. était prêt à l'entendre. Mais comme les mots de K. étaient difficilement compréhensibles à cause du bruit de l'eau, l'instituteur dut s'approcher et il s'appuya au mur à côté de K. K. s'excusa de faire sa toilette et de manifester de l'impatience vu l'urgence de la visite qu'il avait à faire. L'instituteur n'en tint pas compte et dit :

— Vous avez été impoli à l'égard de Monsieur le Maire, ce vénérable vieillard de grande expérience.

— Je ne sache pas que j'ai été impoli, dit K., pendant qu'il se séchait, il me fallait penser à autre chose qu'à des façons distinguées, cela est juste, car il en allait de mon existence menacée par une honteuse pagaille administrative dont je n'ai pas besoin de vous exposer le détail, parce que vous êtes vous-même un membre actif de cette administration. Le maire s'est-il plaint de moi ?

— Et à qui aurait-il pu se plaindre ? dit l'instituteur. Et même s'il avait quelqu'un, se plaindrait-il jamais ? J'ai simplement établi un petit procès-verbal sous sa dictée et en ai assez appris quant à la bonté de Monsieur le Maire et à la nature de vos réponses.

Tout en cherchant son peigne que Frieda devait avoir rangé quelque part, K. dit :

— Comment ? Un procès-verbal ? Etabli après coup en mon absence par quelqu'un qui n'était pas même présent lors de l'entretien ! Ce n'est pas mal ! Et pourquoi donc un procès-verbal ? Etait-ce un acte officiel ?

— Non, dit l'instituteur. Semi-officiel, et le procès-verbal lui aussi n'est que semi-officiel ; il a été établi seulement parce que l'ordre doit régner chez nous. En tout cas le voici établi et il ne vous fait pas honneur.

K., qui avait enfin trouvé le peigne qui avait glissé dans le lit, dit plus calmement :

— Il se peut qu'il soit donc établi. Etes-vous venu pour m'annoncer cela ?

— Non, fit l'instituteur, mais je ne suis pas un automate et il me fallait vous dire mon opinion. La mission dont je suis chargé, en outre, est une nouvelle preuve de la bonté de Monsieur le Maire ; je souligne que cette bonté est pour moi incompréhensible et que j'exécute cette mission parce que ma situation m'y contraint et par vénération pour Monsieur le Maire.

K. lavé et peigné s'était assis devant la table en attendant sa chemise et ses vêtements ; il était peu curieux de ce que l'instituteur allait lui communiquer, de plus, il était influencé par la piètre opinion que l'aubergiste avait quant à elle au sujet du maire.

— Midi est sûrement déjà passé ? demanda-t-il en pensant au chemin à faire. Puis il se corrigea et dit : — Vous vouliez me dire quelque chose de la part du maire ?

— Eh ! bien, oui, dit l'instituteur avec un haussement d'épaules, comme s'il se débarrassait de toute espèce de responsabilité.

— Monsieur le Maire craint que vous n'entrepreniez quelque chose d'irréfléchi de votre propre chef si la décision tarde par trop à venir ; moi, pour ma part, je ne vois pas pourquoi il craint cela ; mon avis est que le mieux est que vous fassiez ce que vous voulez, nous ne sommes pas vos anges gardiens et nous ne sommes pas obligés de courir derrière vous partout où vous allez. Monsieur le Maire est d'un autre avis et il ne peut pas accélérer la décision elle-même qui est l'affaire de l'administration comtale. Mais en revanche, dans son champ d'action à lui, il peut prendre une décision provisoire, vraiment généreuse et il ne dépend que de vous de l'accepter. Il vous offre provisoirement le poste d'agent de service de l'école.

K. d'abord ne fit guère attention à ce qui lui était offert, mais qu'on lui offrît quelque chose ne lui paraissait pas sans importance. Cela semblait indiquer que du point de vue du maire, il était bien capable pour se défendre de faire des choses qui justifiaient certaines dépenses de la part de la commune afin de s'en protéger. Et combien on prenait cela au sérieux! L'instituteur qui avait déjà attendu un certain temps et qui avait auparavant encore établi le procès-verbal avait dû littéralement être propulsé jusqu'ici par le maire.

Lorsque l'instituteur vit qu'il avait tout de même fini par rendre K. songeur, il continua :

— J'ai fait mes objections. J'ai indiqué que jusque-là on n'avait pas eu besoin d'agent d'école ; la femme du bedeau vient ranger de temps en temps et mademoiselle Gisa y veille. J'ai assez de tourment comme cela avec les enfants et je ne veux pas en plus me faire du souci avec un appariteur. Monsieur le Maire me rétorqua que l'école est très sale. Je répliquai, ce qui est la vérité, que ce n'est pas très grave. Et, ajoutai-je, les choses en iront-elle mieux si nous prenons cet homme comme appariteur ? Certainement pas. Sans même tenir compte du fait qu'il n'entend rien à ce genre de travail, l'école ne comporte que deux grandes salles de classe sans pièces attenantes, il faut donc qu'il habite, dorme et fasse peut-être même la cuisine avec toute sa famille dans l'une de ces pièces, cela bien sûr ne peut guère accroître la propreté. Mais Monsieur le Maire m'a fait remarquer que pour vous c'était le salut dans la détresse et que vous vous donneriez toute la peine possible pour bien remplir cette charge, de plus le maire a dit que cela nous rapportait aussi l'aide de votre femme et celle des aides. Non seulement l'école elle-même mais le potager de l'école lui aussi pourraient être tenus de façon exemplaire. Je réfutai tout cela très facilement. En fin de compte Monsieur le Maire ne put plus rien dire en votre faveur, il se mit seulement à rire et dit que vous étiez arpenteur et que vous pourriez donc tirer des plates-bandes bien droites dans le jardin potager de l'école. Il n'existe pas d'objections contre les mots d'esprit et me voilà donc en face de vous, chargé de cette commission.

— Vous vous faites inutilement du souci, Monsieur l'Instituteur, fit K., vous ne croyez tout de même pas que je vais accepter ce poste.

— Excellent, dit l'instituteur, excellent, vous refusez donc sans la moindre hésitation. Il prit son chapeau s'inclina et partit.

Frieda remonta tout de suite après, le visage troublé, elle rapportait la chemise non repassée, elle ne répondit pas aux questions ; pour la distraire, K. lui raconta l'offre qu'avait faite l'instituteur ; à peine entendit-elle cela qu'elle jeta la chemise sur le lit et repartit en courant. Elle revint bientôt mais avec l'instituteur qui avait l'air irrité et ne salua même pas. Frieda lui demanda un peu de patience — visiblement c'est ce qu'elle avait déjà fait plusieurs fois en cours de route —, tira K. derrière elle par une porte qu'il n'avait pas encore vue, jusque dans le grenier voisin et là, elle lui raconta, très énervée et hors d'haleine, ce qui lui était arrivé.

L'aubergiste indignée de s'être abaissée à faire des confidences à K. et pire encore de s'être montrée conciliante quant à une conversation de Klamm avec K. sans arriver à autre chose qu'à se faire remettre froidement et, de plus, de façon déloyale à sa place, l'aubergiste donc, était décidée à ne plus tolérer K. dans sa maison ; s'il avait des relations avec le château, il n'avait qu'à s'en servir le plus rapidement possible car aujourd'hui même il devrait quitter la maison et ce n'est que sur ordre et par contrainte administrative directe qu'elle le reprendrait ; cependant elle espérait que les choses n'en viendraient pas là, car elle aussi avait des relations au château et elle savait les faire valoir. D'ailleurs, ce n'était que par la négligence de son mari qu'il avait pu entrer à l'auberge et d'ailleurs, il n'était pas tellement dans la misère, puisque ce matin même il s'était vanté d'avoir un endroit tout prêt pour y passer la nuit.

Frieda, naturellement, devait rester ; si Frieda devait déménager en compagnie de K., elle, l'aubergiste, en serait profondément malheureuse, en bas déjà, à la cuisine, elle s'était, à cette seule pensée, effondrée en pleurant, à côté du fourneau, la pauvre femme cardiaque ! Mais comment pouvait-elle agir autrement maintenant que dans son esprit, tout au moins, il en allait vraiment de l'honneur du souvenir de Klamm !

Frieda, certes, allait le suivre, lui, K., où il voudrait, dans la neige et la glace, ce n'était pas même la peine d'en parler, mais leur situation était très grave et c'est pourquoi elle avait si bien accueilli la proposition de l'instituteur, même si ce n'était pas là une situation pour K. Ce n'était, et on le soulignait, qu'une situation provisoire, cela permettait de gagner du temps et on trouverait facilement d'autres possibilités même si la décision finale devait être défavorable.

— En cas de besoin, s'écria finalement Frieda, déjà pendue au cou de K., nous émigrerons, qu'est-ce qui nous retient ici au village ? Mais provisoirement, n'est-ce pas, mon cher, nous acceptons la proposition. J'ai ramené l'instituteur, tu lui dis : j'accepte, rien de plus et nous emménageons à l'école.

— C'est grave, dit K., à demi sérieusement, car le logement le préoccupait peu, de plus il avait très froid, en linge de corps, ici, dans ce grenier qui, dépourvu de murs et de fenêtres d'un côté, était traversé d'un air froid et coupant : tu viens de si bien arranger la chambre et maintenant nous devons déménager ! C'est avec répugnance, avec répugnance, oui, que j'accepterais ce poste, cette humiliation même momentanée devant ce petit instituteur m'est pénible et en plus, il doit maintenant devenir mon supérieur hiérarchique. Si seulement on pouvait encore rester un petit moment ici, ma situation va peut-être changer, peut-être même cet après-midi. Si toi, au moins, tu restais ici, on pourrait attendre et ne donner à l'instituteur qu'une réponse vague. Pour moi, je trouverai toujours quelque chose pour la nuit, s'il le faut, vraiment, chez Bar...

Frieda lui ferma la bouche de la main.

— Pas cela, dit-elle angoissée. Ne redis pas cela, je

t'en prie. Pour le reste je te suis en toute chose. Si tu le veux je resterai ici toute seule, si triste que cela puisse être pour moi. Si tu le veux, nous rejetons cette offre, aussi erroné que cela soit à mon avis. Car, vois-tu, si tu trouves une autre possibilité, et même cet après-midi, alors, évidemment, nous renoncerons à l'instant même à ce poste à l'école, personne ne nous en empêchera. Et pour ce qui est de l'humiliation à l'égard de l'instituteur, laisse-moi veiller à ce que cela n'en soit pas une, moi-même je vais lui parler ; tu assisteras sans rien dire à l'entretien et plus tard, il n'en sera pas autrement, jamais, si tu ne le veux pas, tu ne seras pas obligé de parler avec lui, moi seule je serai sa subordonnée et je ne le serai même pas car je connais ses faiblesses. Donc rien n'est perdu si nous acceptons ce poste, mais beaucoup de choses le seront si nous le refusons ; surtout, et ne serait-ce que pour toi seul, tu ne trouverais rien pour la nuit, rien, nulle part au village, si tu n'obtiens rien, aujourd'hui même, du château tu ne trouverais rien pour la nuit, en tout cas, rien dont, en tant que ta future épouse, je puisse ne pas rougir. Et si tu ne trouves rien pour la nuit, veux-tu exiger de moi que je dorme ici au chaud, quand je sais que toi tu erres dehors dans le froid ?

K., qui pendant tout ce temps n'avait cessé en croisant les bras sur la poitrine de se frapper le dos pour se réchauffer un peu, dit :

— Alors il ne me reste pas d'autre solution que d'accepter. Viens !

Dans la pièce il alla vite près du poêle ; il ne s'occupa pas du tout de l'instituteur ; celui-ci assis à la table tira sa montre et dit :

— Il se fait tard.

— Mais, en revanche, nous sommes maintenant complètement d'accord, dit Frieda. Nous acceptons le poste.

— Bien, dit l'instituteur, mais le poste a été offert à Monsieur l'Arpenteur. Il faut que lui-même s'exprime.

Frieda lui vint en aide.

— Bien sûr, dit-elle, il accepte le poste, n'est-ce pas K. ?

Ainsi K. put se contenter d'un « oui » qui ne s'adressait pas même à l'instituteur mais à Frieda.

— Alors, dit l'instituteur, il me reste à vous exposer vos obligations de service pour que nous soyons bien d'accord, une fois pour toutes ; vous avez, Monsieur l'Arpenteur, à nettoyer les deux salles de classe tous les jours et à les chauffer, à entreprendre vous-même les petites réparations dans la maison et sur le matériel d'école ou les agrès de gymnastique, vous devez dégager la neige sur le chemin qui traverse le jardin, porter des messages pour moi et Mademoiselle l'Institutrice et vous avez à faire tous les travaux de jardinage pendant la belle saison. En revanche, vous avez le droit d'habiter la salle de classe de votre choix ; cependant, s'il n'y a pas de cours dans les deux salles de classe à la fois, et si vous vous habitez justement dans la salle de classe où les cours vont avoir lieu, il vous faudra naturellement déménager dans l'autre. Vous n'avez pas le droit de faire la cuisine dans l'école, en revanche vous et les vôtres, vous serez nourris aux frais de la commune, ici, à l'auberge. Je mentionne seulement en passant que votre tenue doit être en accord avec la dignité de l'école et que les enfants, pendant les cours, surtout, ne doivent être témoins d'aucune scène domestique désagréable, en homme bien élevé que vous êtes, vous le savez, bien sûr. Je voudrais encore vous faire remarquer, à cet égard, que nous insistons pour que vous légitimiez aussi rapidement que possible vos relations avec Mlle Frieda. Pour tout cela et quelques autres détails encore, il sera établi un contrat de service que vous devrez signer aussitôt que vous emménagerez à l'école.

Tout cela paraissait sans importance à K., comme si cela ne le concernait pas ou tout au moins ne le liait pas ; seule l'énervait l'importance que se donnait l'instituteur :

— Oui, tout cela ce sont les obligations habituelles.

Pour atténuer quelque peu cette remarque, Frieda demanda quel serait le salaire :

— Ce n'est qu'après un mois de mise à l'épreuve, dit l'instituteur, qu'on verra si on vous verse un salaire.

— C'est dur pour nous, dit Frieda. Il nous faut nous

marier presque sans argent, monter notre ménage, à partir de rien. Ne pourrions-nous pas, par une requête à la commune, demander immédiatement un petit salaire ?

— Non, répondit l'instituteur, qui s'adressait toujours à K. Il ne serait répondu à une telle requête que si je l'appuyais et je ne le ferai pas. L'attribution de la place n'est qu'une amabilité à votre égard et les amabilités, si l'on ne veut pas oublier ses responsabilités officielles, il ne faut pas les pousser trop loin.

K., alors, se mêla tout de même à la conversation, presque contre sa volonté.

— Pour ce qui est de l'amabilité, Monsieur l'Instituteur, dit-il, je crois que vous faites erreur. Cette amabilité semble être plutôt de mon côté.

— Non, dit l'instituteur en souriant, il avait donc tout de même contraint K. à parler. Je suis exactement informé. Nous avons un besoin aussi urgent d'appariteur que d'arpenteur. Appariteur et arpenteur, c'est un fardeau suspendu à notre cou. Il me faudra encore beaucoup réfléchir pour justifier ces dépenses-là devant le conseil municipal. Le mieux serait simplement de jeter cette revendication sur la table sans la justifier du tout.

— C'est bien ce que je veux dire, fit K. C'est contre votre volonté que vous êtes obligé de m'engager. Bien que cela vous oblige à de pénibles réflexions, vous êtes contraint de me prendre. Or, quand on est contraint d'engager quelqu'un d'autre et que cet autre se laisse engager, c'est bien lui qui se montre complaisant.

— Etrange, fit l'instituteur. Qu'est-ce qui pourrait bien nous contraindre à vous engager, c'est le bon, le trop bon cœur de Monsieur le Maire qui nous y contraint. Il faudra, Monsieur l'Arpenteur, que vous mettiez fin à quelques-unes de vos fantaisies, avant de devenir un bon appariteur d'école. Et pour ce qui est de l'octroi d'un éventuel salaire, des réflexions de ce genre n'y incitent guère. De plus, je remarque, malheureusement, que votre comportement va encore me donner bien du fil à retordre ; pendant tout ce temps vous êtes en train de négocier avec moi — je le vois bien et c'est à peine si j'y crois — en chemise et en caleçon.

— Oui, s'écria K., en riant et en frappant dans ses mains : ces aides de malheur où sont-ils donc ?

Frieda se précipita à la porte ; l'instituteur remarqua qu'il ne pourrait plus rien dire à K. et demanda à Frieda quand elle comptait emménager à l'école.

— Aujourd'hui même, dit Frieda.

— En ce cas, je viendrai demain matin passer l'inspection, fit l'instituteur. Il eut pour saluer un geste de la main, voulut passer par la porte que Frieda avait ouverte, mais heurta de front les bonnes qui venaient déjà avec leurs affaires pour se réinstaller dans la chambre. Il dut se faufiler entre elles qui ne se seraient effacées devant personne, Frieda le suivit.

— Vous êtes bien pressées, dit K., qui cette fois était très content d'elles, nous sommes encore là et déjà il faut que vous veniez vous installer.

Elles ne répondirent pas, se contentant de tourner, embarrassées, leurs ballots dans leurs mains dont K. voyait dépasser les haillons crasseux qu'il connaissait.

— Vous n'avez encore jamais dû laver vos affaires, dit K., ce n'était pas dit méchamment mais presque avec une sorte de sympathie. Elles s'en rendirent compte et ouvrirent en même temps leurs bouches dures, faisant voir leurs belles dents fortes, comme celles d'animaux et se mirent à rire sans bruit.

— Eh bien, venez donc, dit K., installez-vous, c'est votre chambre.

Comme elles hésitaient toujours — leur chambre leur paraissait par trop changée —, K. prit l'une d'elles par le bras, pour la faire avancer. Mais il la lâcha aussitôt. Leur regard était à ce point étonné qu'elles ne le détournèrent plus de K. après s'être concertées d'un bref clin d'œil.

— Ça y est maintenant, vous m'avez suffisamment regardé, dit K., refoulant un sentiment désagréable, il prit ses vêtements et ses chaussures, que Frieda, suivie timidement par les aides, venait d'apporter et il s'habilla.

La patience que Frieda manifestait à l'égard des aides lui avait toujours été, et cette fois encore, incompréhensible. Après les avoir longtemps cherchés, elle les avait trouvés en bas, dans la cour, en train de déjeuner tranquillement, serrant entre leurs genoux les vêtements sales qu'ils auraient dû nettoyer et il avait fallu qu'elle fasse tout elle-même ; et pourtant, elle qui savait si bien dominer les gens du commun, elle ne les grondait pas, de plus, elle parlait devant eux de leur grande négligence comme d'une petite plaisanterie et se mit même à tapoter la joue de l'un d'eux, comme si elle le flattait de la main. K. ne tarderait pas à lui en faire la remarque. Mais il était grand temps de s'en aller.

— Les aides restent ici pour t'aider au déménagement, dit K.

Ils n'étaient pas d'accord ; rassasiés et joyeux qu'ils étaient, ils se seraient bien donné un peu de mouvement. C'est seulement lorsque Frieda dit : — En effet, vous restez là, qu'ils se résignèrent.

— Sais-tu où je vais ? interrogea K.

— Oui, dit Frieda.

— Et tu ne me retiens pas ? l'interrogea K.

— Tu vas tellement rencontrer d'obstacles, dit-elle. Que pourraient bien encore signifier mes paroles ! Elle embrassa K., elle lui donna un petit paquet avec du pain et du saucisson qu'elle avait rapportés d'en bas. Il n'avait pas encore déjeuné, elle lui rappela qu'il ne devrait pas revenir ici mais aller directement à l'école, et elle l'accompagna, la main sur son épaule, jusque devant la porte.

Chapitre huitième

POUR l'instant K. était content d'avoir échappé aux bonnes et aux aides qui se pressaient dans la pièce surchauffée. De plus il gelait un peu, la neige était plus ferme, la marche plus facile. Cependant la nuit tombait déjà et il marcha plus vite. Le château, dont les contours commençaient déjà à se dissoudre, se trouvait là silencieux comme toujours. Jamais K. n'y avait encore vu le moindre signe de vie, peut-être était-il impossible de distinguer quelque chose à une si grande distance et pourtant les yeux l'exigeaient et ne voulaient pas admettre ce calme. Quand K. regardait le château, il lui semblait parfois observer quelqu'un assis là en train de regarder tranquillement, non pas perdu dans ses pensées et par là même fermé à toutes choses, mais libre et sans soucis, comme s'il était seul et que personne ne l'observait ; et pourtant, il remarquait sûrement qu'on l'observait mais cela ne dérangeait en rien sa tranquillité, et vraiment — on ne savait pas, était-ce cause, était-ce conséquence ? — les regards de l'observateur ne pouvaient se retenir à rien et glissaient sans cesse. Cette impression se trouvait encore renforcée aujourd'hui par l'obscurité précoce ; plus il regardait, moins il reconnaissait de choses et plus tout était plongé dans le crépuscule.

Juste au moment où K. arriva à l'Auberge des Messieurs, une fenêtre s'ouvrit au premier étage, un jeune monsieur gras et rasé de près en vêtement de fourrure se pencha au-dehors et resta à la fenêtre. Il ne fit pas mine de répondre, fût-ce par le plus léger signe de tête, aux salutations de K. K. ne rencontra personne ni dans le couloir ni dans la salle d'auberge, l'odeur de bière tournée était pire encore que la dernière fois. Chose pareille ne serait sûrement pas arrivée à l'Auberge du Pont. K. alla immédiatement à la porte par laquelle il avait récemment observé Klamm, il abaissa la clenche avec précautions, mais la porte était verrouillée ; alors il chercha des doigts l'endroit où se trouvait l'œilleton, mais l'orifice devait être si bien aménagé qu'il ne pouvait pas en trouver l'emplacement. C'est pourquoi il alluma une allumette. A cet instant un cri le fit sursauter.

Dans l'angle entre porte et crédence, près du poêle, une jeune fille était assise, recroquevillée sur elle-même, à la flamme de l'allumette elle le regardait avec des yeux enivrés de sommeil qu'elle tenait ouverts à grand-peine. C'était de toute évidence la remplaçante de Frieda. Elle se ressaisit vite, alluma la lumière électrique, l'air encore fâché, lorsqu'elle reconnut K.

— Ah ! c'est Monsieur l'Arpenteur ! dit-elle en souriant, elle lui tendit la main et se présenta :

— Je m'appelle Pepi.

Elle était petite, rougeaude, en bonne santé ; l'abondante chevelure d'un blond roux nouée en une forte tresse lui entourait aussi le visage, elle portait une robe tombante qui ne lui allait guère, en étoffe grise brillante ; en bas elle était fermée d'une manière enfantine et maladroite par un ruban de soie pris dans une ganse, ce qui la resserrait. Elle demanda des nouvelles de Frieda, si elle allait revenir bientôt. C'était une question qui frisait la méchanceté.

— On m'a de toute urgence demandé de venir, dit-elle, tout de suite après le départ de Frieda, parce qu'on ne peut pas employer ici n'importe qui. Jusque-là j'étais femme de chambre, mais je n'ai pas gagné au change. Il y a beaucoup de travail de soir et de nuit, c'est très fatigant. Je n'arriverai pas à tenir, ça ne m'étonne pas que Frieda y ait renoncé.

— Frieda était très contente ici, dit K. pour que Pepi

se rende enfin compte de la différence qui existait entre elle et Frieda et qu'elle semblait négliger.

— Ne la croyez pas, dit Pepi. Frieda sait se dominer comme peu de gens. Ce qu'elle ne veut pas avouer, elle ne l'avouera pas, d'ailleurs on ne voit guère ce qu'elle pourrait bien être obligée d'avouer. Voici déjà quelques années que je fais mon service avec elle, nous avons toujours couché dans le même lit, mais nous ne sommes pas devenues intimes pour autant, certainement, elle ne pense déjà plus à moi. Sa seule amie c'est peut-être la vieille aubergiste de l'Auberge du Pont et cela déjà est révélateur.

— Frieda est ma fiancée, dit K. et il chercha l'œilleton dans la porte.

— Je le sais, dit Pepi. C'est pourquoi je vous le raconte, sinon cela n'aurait aucun intérêt pour vous.

— Je comprends, dit K. Vous voulez dire que je peux être fier d'avoir su gagner une fille aussi renfermée.

— Oui, dit-elle, satisfaite, comme si secrètement elle était de connivence avec K. pour tout ce qui concernait Frieda.

Mais ce n'était pas vraiment ce qu'elle disait qui préoccupait K. et le détournait de ce qu'il cherchait, c'était bien plutôt son apparition même et sa présence en ces lieux. Certes, elle était beaucoup plus jeune que Frieda, presque encore une enfant, et elle était vêtue de façon ridicule, elle s'était habillée selon cette idée exagérée qu'elle se faisait de l'importance d'une serveuse de bar. Et ces idées, elle les avait au fond à bon droit car cette place à laquelle elle ne convenait pas du tout encore était certes inespérée et imméritée et ne lui était échue que provisoirement ; on ne lui avait pas même confié la petite sacoche de cuir que Frieda avait toujours portée à la ceinture. Et son mécontentement supposé n'était rien que de la fatuité. Et pourtant malgré son infantile manque d'intelligence elle avait probablement des relations avec le château ; n'avait-elle pas été, si elle ne mentait pas, femme de chambre ; sans savoir ce qu'elle possédait elle laissait le temps passer. Une étreinte de ce petit corps, un peu rondelet ne pouvait certes pas lui arracher ce qu'elle possédait mais au moins le remuer et lui donner des forces pour sa longue route. C'était donc la même chose que pour Frieda. Non, c'était tout autre chose. Il suffisait de penser au regard de Frieda pour comprendre, jamais K. n'aurait même touché Pepi. Et pourtant, un instant, il dut se mettre la main devant les yeux tellement il la regardait avec concupiscence.

— Il ne faut pas que ça reste allumé, dit Pepi et elle éteignit la lumière. J'ai simplement allumé parce que vous m'avez fait tellement peur ! Que voulez-vous ? Frieda a-t-elle oublié quelque chose ?

— Oui, fit K. et il montra la porte du doigt, ici dans la pièce d'à côté, une nappe blanche brodée.

— Oui, sa nappe, fit Pepi, je m'en souviens, un beau travail, je l'ai aidée à la faire, mais il y a peu de chances qu'elle soit dans cette pièce.

— Frieda le croit pourtant. Qui donc habite là ? demanda K.

— Personne, dit Pepi, c'est la salle de ces messieurs, c'est là qu'ils boivent et qu'ils mangent ou plutôt c'est à cela que la pièce est destinée mais la plupart d'entre eux restent, en haut, dans leurs chambres.

— Si je savais, dit K. que personne n'est à côté, j'y serais bien allé chercher la nappe. Mais ce n'est pas certain ; Klamm par exemple a souvent coutume de venir s'y asseoir.

— Kiamm n'y est sûrement pas, dit Pepi, il va partir tout de suite, son traîneau attend déjà, là-bas, dans la cour.

Immédiatement, sans même un mot d'explication, K. quitta la salle d'auberge. Au lieu d'aller vers la sortie, il se dirigea vers l'intérieur de la maison et au bout de quelques pas, il avait atteint la cour ! Que c'était beau et calme ! Une cour carrée, bordée sur trois côtés par la maison, et sur la rue — une rue latérale que K. ne connaissait pas — par un haut mur blanc avec un grand et lourd portail ouvert. Ici, côté cour, la maison paraissait plus haute que sur le devant, tout au moins le premier étage était-il ici d'un seul tenant et il avait grande allure car une galerie de bois percée seulement d'une petite fente à hauteur des yeux courait tout autour.

A l'oblique, du côté opposé à K., pris encore dans le corps de bâtiment central mais déjà à l'angle, là où se raccordait l'aile opposée du bâtiment, se trouvait une entrée dépourvue de porte. Devant, se trouvait un traîneau, sombre, fermé, attelé de deux chevaux. A l'exception du cocher, qu'à distance dans le crépuscule, K. soupçonnait plus qu'il ne le percevait, il n'y avait personne.

Les mains dans les poches, regardant prudemment partout autour de lui, K. longea deux côtés de la cour, jusqu'à ce qu'il fût arrivé près du traîneau. Le cocher, l'un de ces paysans qui s'étaient dernièrement trouvés à l'auberge, plongé dans son manteau de fourrure, l'avait regardé arriver sans broncher, comme on suit des yeux, disons, le déplacement d'un chat. Il resta même complètement indifférent lorsque K. arrivé tout près de lui le salua et que les chevaux se mirent à s'agiter un peu à cause de cet homme qui débouchait de l'obscurité. K. en fut très satisfait. Appuyé contre le mur, il déballa son repas, pensa avec gratitude à Frieda, qui l'avait si bien approvisionné. Il épiait en même temps l'intérieur de la maison. Un escalier à volées perpendiculaires descendait, coupé par un couloir bas mais apparemment profond ; tout était propre, chaulé de blanc.

L'attente dura plus longtemps que K. ne l'avait cru. Il y avait longtemps déjà qu'il avait fini de manger, le froid était sensible, le crépuscule était déjà devenu obscurité complète et Klamm ne venait toujours pas.

— Cela peut durer très longtemps, dit tout à coup une voix râpeuse, si près de K. qu'il en tressaillit. C'était le cocher, qui, comme réveillé, s'étirait et bâillait très fort.

— Qu'est-ce qui peut durer longtemps ? demanda K., reconnaissant de ce dérangement car le silence et la tension incessante étaient devenus pénibles.

— Avant que vous vous en alliez, dit le cocher. K. ne le comprit pas mais ne posa pas d'autres questions, de cette façon, croyait-il, on amènerait le plus facilement cet orgueilleux à parler. Ne pas répondre dans cette obscurité était presque provocant. En effet, le cocher demanda après quelque temps :

— Voulez-vous du cognac ?

— Oui, fit K., sans réfléchir, trop tenté par l'offre car il avait froid.

— En ce cas, ouvrez le traîneau, dit le cocher ; dans la poche latérale il y a quelques bouteilles, prenez-en une, buvez et donnez-la-moi ensuite. A cause de ma fourrure j'ai trop de mal à descendre.

K. était mécontent d'avoir à exécuter ces gestes mais puisqu'il s'était déjà mis à parler avec le cocher, il obéit, quitte à être surpris par Klamm auprès du traîneau. Il ouvrit la large porte et il aurait tout de suite pu tirer la bouteille de la poche ménagée à l'intérieur de la porte, mais, maintenant que la porte était ouverte, quelque chose le poussait si fortement à l'intérieur du traîneau qu'il ne put résister ; il ne voulait y rester assis qu'un instant. Il s'y faufila. La chaleur à l'intérieur du traîneau était remarquable et elle le resta bien que la porte, que K. n'osait pas fermer, fût grande ouverte. On ne savait pas du tout si on était assis sur un banc, tellement on reposait sur des couvertures, des coussins et des fourrures : on pouvait se tourner et s'étendre de tous côtés, toujours on touchait tiédeur et douceur. Bras étendus, la tête soutenue par les coussins, qui étaient toujours là où il fallait, K. regardait la maison obscurcie. Pourquoi cela durait-il si longtemps avant que Klamm ne descende ? Comme abasourdi par la chaleur, après sa longue station debout dans la neige, K. désirait que Klamm arrive enfin.

L'idée qu'il valait mieux ne pas être surpris par lui dans la situation où il se trouvait ne fit qu'effleurer sa conscience, comme un vague dérangement.

L'attitude du cocher qui devait pourtant bien savoir qu'il était dans le traîneau, qui l'y laissait sans même réclamer son cognac, l'incitait encore davantage à l'oublier. Que d'égards, mais il voulut le lui apporter. Lourdement, sans changer de position il tendit le bras vers la poche latérale, non vers celle de la porte ouverte, trop éloignée, mais vers celle fermée, derrière lui, car elle contenait aussi des bouteilles. Il en prit une, en dévissa le bouchon, huma, et sans le vouloir il fut contraint de sourire, tant l'odeur était douce et caressante un peu comme les compliments ou les bonnes paroles dites par quelqu'un que l'on aime beaucoup, sans qu'on sache très bien de quoi il parle, sans même qu'on veuille le savoir, en se contentant de savoir que c'est lui qui parle ainsi.

— Serait-ce là du cognac ? se demanda K., dubitatif et il goûta par curiosité. C'était bien du cognac, curieusement, et il brûlait et réchauffait. Comme cela se transformait en buvant ! Ce qui n'avait été que quintessence d'une douce odeur devenait une boisson bonne pour un cocher !

— Est-ce possible ? se demanda K., comme s'il se faisait des reproches à lui-même, et il but encore une fois.

Alors — K. était justement en train de boire une longue gorgée — la lumière électrique s'alluma partout, à l'intérieur dans l'escalier, dans le corridor, dehors au-dessus de l'entrée. On entendit des pas descendre l'escalier, la bouteille tomba de la main de K., le cognac se répandit sur une fourrure, K. sauta du traîneau, il eut juste le temps de refermer la porte, le bruit se répercuta partout, au moment où un monsieur sortait doucement de la maison. La seule chose consolante, c'était qu'il ne s'agissait pas de Klamm ou bien fallait-il justement le regretter ? C'était le monsieur que K. avait déjà vu à la fenêtre du premier étage. Un jeune monsieur de très belle allure, frais et rose mais très sérieux. K. lui aussi le regardait d'un air sombre mais c'était à lui-même qu'il adressait ce regard. Il aurait mieux fait d'envoyer ses aides ; se conduire de cette façon-là, même eux, ils auraient su le faire. Le monsieur, devant lui, se taisait comme s'il n'avait pas encore suffisamment d'air dans la poitrine pour dire ce qu'il avait à dire :

— Mais c'est épouvantable, dit-il en remontant un peu son chapeau sur son front. Comment ? Le monsieur ne savait probablement rien de la présence de K. dans le traîneau et déjà il trouvait quelque chose épouvantable ? Etait-ce le fait que K. s'était avancé jusque dans la cour ?

— Que faites-vous ici ? demanda ce monsieur un peu plus doucement, rejetant l'air qu'il avait aspiré, résigné à l'inéluctable. Quelles questions ! Quelles réponses ! K. devait-il expressément confirmer à ce monsieur que ce chemin sur lequel il avait tant fondé d'espoirs s'était révélé vain ? Au lieu de répondre, K. se tourna vers le traîneau, l'ouvrit et alla y chercher son bonnet qu'il y avait oublié. Gêné, il vit le cognac dégoutter sur les marches du marchepied.

Puis il se tourna de nouveau vers le monsieur, il n'avait plus scrupule à lui montrer qu'il avait été à l'intérieur du traîneau, d'ailleurs ce n'était pas le plus grave ; si on l'interrogeait, mais en ce cas seulement, il ne tairait pas que c'était le cocher lui-même qui l'avait au moins incité à ouvrir la porte du traîneau. Ce qui était grave c'était d'avoir été surpris par ce monsieur, c'était de ne plus avoir le temps de se cacher pour pouvoir attendre Klamm sans être dérangé, c'était de ne pas avoir eu la présence d'esprit de rester dans le traîneau, de fermer la porte et d'attendre Klamm, assis sur les fourrures ou bien d'y rester, au moins, tant que ce monsieur était à proximité. Certes, il n'avait pu savoir si Klamm allait venir, auquel cas il aurait été naturellement bien préférable de l'accueillir devant le traîneau. Oui, il y aurait eu là des choses auxquelles il aurait fallu réfléchir. Maintenant, il n'y en avait plus du tout, car c'était fini.

— Venez avec moi, dit le monsieur sans vraiment donner d'ordre, l'ordre n'était pas dans les mots, mais dans les menus gestes de la main, volontairement brefs, qui l'accompagnaient.

— J'attends quelqu'un, dit K. non plus dans l'espoir d'un quelconque succès, mais par principe.

— Venez, dit le monsieur encore une fois, sans se laisser impressionner, comme s'il voulait montrer qu'il n'avait jamais douté que K. attendait quelqu'un.

— Mais alors je manque celui que j'attends, fit K. avec un tressaillement de tout le corps. Malgré tout ce qui était arrivé, il avait le sentiment de posséder en quelque sorte tout ce qu'il avait atteint jusque-là, certes il ne le tenait plus qu'en apparence mais il n'était tout de même pas obligé de s'en défaire à la première injonction venue.

— Vous allez le manquer de toute façon, que vous attendiez ou que vous vous en alliez, dit le monsieur, quelque peu abrupt, il est vrai, dans sa façon de voir mais étonnamment réceptif aux détours de pensée de K.

— Alors je préfère le manquer en l'attendant, dit K., par manière de défi, il ne se laisserait sûrement pas chasser d'ici par les seules paroles de ce jeune monsieur. Celui-ci, son visage empreint d'une expression de supériorité, penché en arrière, ferma les yeux, un instant durant, comme s'il voulait revenir de l'incompréhension de K. à sa raison à lui ; de la pointe de la langue il fit le tour de ses lèvres entr'ouvertes et puis il dit au cocher :

— Dételez les chevaux.

Le cocher, obéissant au monsieur, mais avec un regard mauvais à l'adresse de K., dut descendre en pelisse de fourrure et de manière très hésitante, comme s'il attendait un contrordre du monsieur ou un changement d'humeur de K., il se mit à faire reculer les chevaux vers l'aile du bâtiment où derrière un grand portail se trouvaient apparemment l'écurie et la remise à voitures.

K. vit qu'il restait seul ; d'un côté le traîneau s'éloignait, de l'autre le jeune monsieur s'en allait par le chemin que K. avait pris pour venir, tous deux, il est vrai, très lentement, comme s'ils voulaient montrer à K. qu'il était encore en son pouvoir de les ramener.

Peut-être avait-il ce pouvoir, mais il ne lui aurait servi à rien ; faire revenir le traîneau signifiait se chasser soi-même. Aussi resta-t-il seul à occuper la place mais c'était une victoire sans joie. Tour à tour il suivait des yeux le monsieur et le cocher, le monsieur avait déjà atteint la porte par laquelle K. avait pénétré dans la cour, il se retourna encore une fois, K. crut le voir secouer la tête devant tant d'entêtement, puis il se détourna d'un seul mouvement résolu, définitif et pénétra dans le couloir où il disparut aussitôt. Le cocher resta plus longtemps dans la cour, le traîneau lui donnait beaucoup de travail, il lui fallait ouvrir le lourd portail de l'écurie et l'amener à sa place en marche arrière, dételer les chevaux et les conduire à leur box ; tout cela il le faisait avec sérieux, absorbé, sans l'espoir d'un départ prochain, à gestes silencieux, sans le moindre regard de côté à l'adresse de K. ; celui-ci les ressentit comme un reproche bien plus dur que ne l'était l'attitude du monsieur. Et, lorsque son travail dans l'écurie terminé, le cocher traversa la cour de sa démarche lente et balancée et ferma la porte, puis revint, le tout avec lenteur et précision, ne regardant que l'écurie et qu'il éteignit aussi la lumière électrique — pour qui aurait-elle dû briller ? — et que seule restait encore éclairée une fente dans la galerie en bois à laquelle se retenait un peu le regard qui se perdait, K. eut l'impression que l'on avait rompu toute relation avec lui, qu'il était plus libre que jamais, qu'il pouvait rester en cet endroit d'habitude interdit aussi longtemps qu'il le voulait, qu'il avait acquis cette liberté de haute lutte comme personne d'autre n'avait pu le faire et que personne n'avait le droit de le toucher ni de le chasser, oui, à peine de lui adresser la parole ; mais — cette conviction était au moins aussi forte — c'était comme si en même temps il n'existait rien de plus insensé, de plus désespéré que cette liberté, cette attente, cette invulnérabilité.

Chapitre neuvième

Il s'arracha à cela et rentra dans la maison, non pas cette fois en longeant le mur mais droit à travers la neige ; dans le couloir il rencontra l'aubergiste qui le salua silencieusement et lui montra la porte de la salle, il suivit cette invite parce qu'il avait froid et qu'il voulait voir des gens, mais il fut très déçu lorsqu'il y vit assis à une petite table que l'on avait mise là exprès, car d'habitude on se contentait de tonneaux, le jeune monsieur et debout devant lui — spectacle déprimant pour K. — la patronne de l'auberge du Pont. Pepi, fière, la tête rejetée en arrière, toujours avec le même sourire, irréfutablement consciente de sa dignité, la tresse ballottante à chaque mouvement, allait et venait ; elle apportait de la bière puis de l'encre et du papier car le monsieur avait étalé des papiers devant lui, il comparait des données qu'il trouvait tantôt sur ce papier-ci, tantôt sur ce papier-là, à l'autre bout de la table, puis il voulut écrire. L'aubergiste, elle, contemplait du haut de sa grandeur, silencieuse, les lèvres un peu retroussées, comme si elle se reposait, le monsieur et les papiers, elle avait l'air d'avoir déjà dit tout ce qui était nécessaire et que cela avait été bien reçu.

— Monsieur l'Arpenteur, enfin ! dit le monsieur à l'entrée de K. en levant brièvement les yeux, puis il se replongea dans ses papiers. L'aubergiste elle aussi effleura K. d'un regard indifférent, nullement étonné. Mais Pepi ne parut remarquer K. que lorsqu'il s'approcha du comptoir et commanda un cognac.

K. était adossé là, il mit la main sur ses yeux et ne s'occupa de rien. Puis il but une petite gorgée du cognac et le repoussa disant qu'il était imbuvable.

— Tous ces Messieurs le boivent, dit Pepi d'un ton bref et elle versa le reste, lava le verre et le rangea sur l'étagère.

— Ces Messieurs en ont aussi du meilleur, dit K.

— Possible, dit Pepi, mais moi pas.

Elle en avait fini avec K. et était de nouveau au service du monsieur qui n'avait besoin de rien et derrière lequel elle ne cessait d'aller et de venir en décrivant un arc de cercle, en tentant avec grand respect de regarder les papiers par-dessus son épaule ; mais ce n'était que curiosité et désir de se donner de l'importance ; l'aubergiste désapprouvait, le sourcil froncé.

Mais tout à coup, elle dressa l'oreille et s'abandonnant entièrement à ce qu'elle écoutait, elle se mit à regarder dans le vide. K. se retourna, il n'entendait rien de particulier, les autres ne paraissaient rien entendre non plus mais l'aubergiste courut sur la pointe des pieds à la porte dans le fond, qui donnait sur la cour, regarda par le trou de la serrure, se tourna vers les autres, les yeux écarquillés, le visage échauffé, les fit venir auprès d'elle d'un geste du doigt et à tour de rôle ils regardèrent ; c'est à l'aubergiste que revenait la plus grande partie du trou mais elle laissait aussi constamment regarder Pepi ; le monsieur était le plus indifférent. Pepi et le monsieur ne tardèrent d'ailleurs pas à revenir, seule l'aubergiste continuait à regarder, se donnant du mal, penchée en avant, presque à genoux. On avait l'impression qu'elle conjurait le trou de serrure de la laisser passer, car il n'y avait certes plus rien à voir depuis longtemps.

Lorsqu'elle finit par se relever enfin et se passa les mains sur le visage, arrangea ses cheveux, respira profondément et qu'il lui fallut apparemment accoutumer ses yeux à la pièce et aux gens qui s'y trouvaient, ce qu'elle parut faire avec répugnance, K. dit, non pour en obtenir confirmation mais pour prévenir une agression qu'il craignait presque, tellement il était devenu vulnérable :

— Klamm est donc déjà parti ?

L'hôtesse passa à côté de lui sans un mot mais le monsieur dit depuis sa petite table :

— Oui certes. Puisque vous avez abandonné votre poste de garde, Klamm pouvait partir. Mais ce qui est merveilleux, c'est la sensibilité de ce monsieur. Avez-vous remarqué Madame l'Hôtesse avec quelle inquiétude il regardait autour de lui ?

L'aubergiste ne semblait pas l'avoir remarqué, mais le monsieur continua :

— Heureusement, il n'y avait plus rien, le cocher avait même effacé les traces de pas dans la neige.

— Madame l'Aubergiste n'a rien remarqué, dit K. ; il ne le dit pas avec un quelconque espoir mais irrité seulement par la remarque du monsieur qui devait être une conclusion irrévocable.

— Peut-être n'étais-je pas à proximité du trou de serrure ? dit l'hôtesse, d'abord pour prendre le monsieur sous sa protection et ensuite parce qu'elle voulait justifier Klamm, pour ma part, je ne crois pas que Klamm soit à ce point sensible. Nous, certes, nous avons peur pour lui et cherchons à le protéger et partons pour ce faire de l'idée que Klamm est d'une sensibilité extrême. C'est bien et c'est sûrement ce que Klamm veut. Mais ce qu'il en est en réalité, nous ne le savons pas. Certes Klamm ne parlera jamais avec quelqu'un à qui il ne veut pas parler, quelle que soit la peine que ce quelqu'un se donne et de manière aussi insupportable qu'il se mette en avant, mais le seul fait que Klamm ne lui parlera jamais et ne le laissera pas même se présenter devant lui, est bien suffisant. Pourquoi donc ne pourrait-il pas supporter la vue de quelqu'un ? En tout cas, cela est indémontrable puisque l'expérience n'en sera jamais faite.

Le monsieur fit oui de la tête avec conviction.

— C'est naturellement aussi mon avis, dit-il. Si je me suis exprimé un peu autrement, c'était pour me faire comprendre de Monsieur l'Arpenteur. Ce qui est cependant vrai c'est qu'en arrivant dehors Klamm a plusieurs fois regardé autour dc lui.

— Peut-être m'a-t-il cherché, dit K.

— C'est possible, dit le monsieur, ça ne m'était pas venu à l'idée.

Tous se mirent à rire, Pepi, qui comprenait à peine, plus fort que tout le monde.

— Et puisque nous voilà si joyeusement réunis, dit alors le monsieur, je voudrais vous prier, Monsieur l'Arpenteur, de bien vouloir compléter mes dossiers par quelques indications.

— On écrit beaucoup par ici, dit K. et, de loin, il jeta un coup d'œil sur les dossiers.

— Oui, c'est une mauvaise habitude, dit le monsieur en se mettant à rire de nouveau, mais peut-être ne savez-vous pas encore du tout qui je suis. Je suis Momus, le secrétaire de village de Klamm.

A ces mots tout le monde devint fort grave ; bien que l'hôtesse et Pepi connussent naturellement ce monsieur, elles n'en furent pas moins frappées par le nom et la dignité. Et comme s'il en avait dit plus qu'il n'en pouvait lui-même supporter et comme s'il voulait esquiver tout ce qui s'attachait de solennel à ses propres paroles, le monsieur se replongea dans ses dossiers et se mit à écrire de sorte qu'on n'entendait dans toute la pièce que le seul grincement de la plume.

— C'est quoi, secrétaire de village, demanda K. après un petit moment.

L'hôtesse répondit pour Momus qui après s'être présenté ne trouvait pas approprié de donner lui-même de telles explications :

— M. Momus est le secrétaire de Klamm comme n'importe quel secrétaire klammien, mais son siège et son champ d'activité, si je ne me trompe — Momus tout en écrivant secoua vivement la tête et l'hôtesse se corrigea —, donc seulement le siège et non son champ d'activité se trouve restreint au village ; M. Momus exécute les travaux de secrétariat nécessaires, ici, au village, et c'est lui qui reçoit en premier toutes les demandes adressées à Klamm qui en proviennent.

Lorsque K. que ces choses n'émouvaient guère regarda l'hôtesse avec des yeux inexpressifs, elle ajouta :

— C'est arrangé ainsi, tous ces messieurs du château ont des secrétaires de village.

Momus, qui avait écouté bien plus attentivement que K., compléta ce que venait de dire l'hôtesse :

— La plupart des secrétaires de village travaillent pour un maître, mais moi pour deux, pour Klamm et pour Vallabene.

— Oui, fit l'hôtesse, qui se le rappelait à son tour. Et s'adressant à K. :

— M. Momus travaille pour deux maîtres, pour Klamm et pour Vallabene, il est donc double secrétaire de village.

— Double secrétaire même, dit K. ; à Momus qui le regardait droit dans les yeux il fit un signe de tête comme on en fait à un enfant à qui quelqu'un vient d'adresser un compliment. Si c'était une marque de mépris, ou bien elle passa inaperçue, ou bien elle répondait à une attente.

Or, c'est justement en présence de K. pas même digne d'être simplement aperçu par hasard par Klamm, que l'on décrivait en détail les mérites d'un homme de l'entourage immédiat de Klamm avec l'intention déclarée de provoquer les compliments et l'admiration de K. Et pourtant K. n'avait pas l'esprit à cela ; lui qui de toutes ses forces s'efforçait d'obtenir ne fût-ce qu'un regard de Klamm n'avait guère d'estime pour la position d'un Momus, il n'éprouvait ni admiration ni même de jalousie car ce n'était pas tant la proximité de Klamm qui lui paraissait en soi désirable. C'était bien plutôt que lui K. et personne d'autre puisse s'approcher de Klamm avec ses propres désirs, non pas pour se reposer auprès de lui mais pour le dépasser et continuer, jusqu'au château.

Il regarda sa montre et dit :

— Maintenant il faut que je retourne chez moi.

Tout de suite la situation changea au bénéfice de Momus.

— Oui, certes, dit celui-ci, les devoirs de la charge d'appariteur d'école vous appellent. Mais il va falloir que vous m'accordiez encore un instant. Quelques brèves questions seulement.

— Je n'en ai aucune envie, dit K. qui voulait se diriger vers la porte. Momus claqua un dossier sur la table et se leva :

— Au nom de Klamm, j'exige que vous répondiez à mes questions.

— Au nom de Klamm ! répéta K., mes affaires le préoccupent donc ?

— Je n'ai pas d'avis à ce sujet, dit Momus, et vous encore moins, nous pouvons tranquillement le laisser s'occuper de cela. Mais en tout cas, je vous invite au nom des pouvoirs que m'a conférés Klamm à rester et à répondre.

— Monsieur l'Arpenteur, intervint l'hôtesse, je me garde de vous donner encore d'autres conseils ; je me suis vu remettre à ma place par vous de la manière la plus éhontée qui soit, alors que je vous donnais des conseils avec les meilleures intentions du monde et je ne suis venue ici chez Monsieur le Secrétaire — je n'ai rien à cacher — que pour informer l'administration de manière appropriée sur votre comportement et vos intentions et empêcher pour toujours que vous ne soyez encore logé chez moi, car tel est désormais l'état de nos relations et il est bien probable qu'elles resteront telles. C'est pourquoi, si je dis ma façon de penser, je ne le fais pas pour vous aider mais pour faciliter à Monsieur le Secrétaire la difficile tâche de traiter avec un homme tel que vous. Cependant, à cause de ma complète franchise, justement — je ne puis avoir avec vous que des relations franches et ouvertes et même celles-ci je ne les entretiens qu'avec répugnance —, vous pourriez, vous aussi, tirer profit de mes paroles, si seulement vous le vouliez. Dans ce cas, je voudrais attirer votre attention sur le fait que le seul chemin qui vous mène à Klamm passe ici par les procès-verbaux de Monsieur le Secrétaire. Mais je ne veux pas exagérer, peut-être le chemin ne mène-t-il pas même jusqu'à Klamm, peut-être s'arrête-t-il bien avant, c'est le bon vouloir de Monsieur le Secrétaire qui en décide. Toujours est-il que c'est le seul chemin qui mène au moins dans la direction de Klamm. Et vous voulez renoncer à ce seul chemin possible sans raison aucune, si ce n'est votre entêtement ?

— Ah ! Madame l'Hôtesse, dit K. Ce n'est pas le seul chemin qui mène à Klamm et il n'a pas plus de valeur que les autres. Et c'est vous, Monsieur le Secrétaire, qui allez décider si ce que je pourrais dire ici doit arriver jusqu'à Klamm ou non ?

— En effet ! dit Momus et les yeux fièrement baissés il regarda à gauche et à droite, là où il n'y avait rien à voir : — Pourquoi, sinon, serais-je secrétaire ?

— Eh bien ! voyez-vous, Madame l'Hôtesse, dit K., ce n'est pas d'un chemin qui mène vers Klamm dont j'ai besoin mais d'un chemin qui me mènerait d'abord auprès de Monsieur le Secrétaire.

— C'est ce chemin-là que je voulais vous offrir, dit l'hôtesse : ne vous ai-je pas ce matin offert de transmettre votre demande à Klamm ? Cela se serait fait par l'entremise de Monsieur le Secrétaire. Mais vous avez refusé et pourtant, il ne vous restera rien d'autre que ce seul chemin, mais, il est vrai, après votre comportement d'aujourd'hui, après votre tentative d'intercepter Klamm, vos perspectives de succès sont encore moindres. Mais ce dernier, ce plus petit, ce minuscule espoir qui, en fait, n'existe même pas, est le seul que vous ayez.

— Comment se fait-il, Madame l'Hôtesse, dit K., qu'à l'origine vous m'ayez tellement retenu de pénétrer jusqu'à Klamm et qu'aujourd'hui vous preniez ma demande à ce point au sérieux que vous me teniez en quelque sorte pour perdu si mes plans venaient à échouer ? Et si avec franchise on a pu me déconseiller de tenter d'aller vers Klamm, comment est-il possible que de manière apparemment aussi sincère on me pousse en avant sur le chemin qui mène vers Klamm, même si, à ce qu'il paraît, il n'y mène pas du tout ?

— Je vous pousse ? dit l'hôtesse. Cela s'appelle-t-il pousser en avant que de vous dire que toutes vos tentatives sont vaines ? Ce serait tout de même le comble de l'audace de vouloir ainsi vous décharger sur moi de votre responsabilité. Est-ce par hasard la présence de Monsieur le Secrétaire qui vous y incite ? Non, Monsieur l'Arpenteur, je ne vous pousse à rien du tout. Je ne peux vous avouer qu'une chose, c'est que je vous ai peut-être un peu surestimé la première fois que je vous ai vu. Votre rapide victoire sur Frieda m'a effrayée, je ne savais pas de quoi vous étiez encore capable. Je voulais empêcher d'autres dégâts et je croyais ne pas y arriver autrement qu'en essayant de vous ébranler par des prières et des menaces. Entre-temps j'ai appris à penser avec plus de calme à tout cela. Faites donc ce que vous voulez. Vos actions vont peut-être laisser de profondes traces dehors dans la neige de la cour mais pas davantage.

— La contradiction ne me semble pas entièrement résolue, dit K., mais je suis satisfait d'avoir attiré votre attention sur ce point. Or, je vous prie, Monsieur le Secrétaire, de me dire si l'opinion de Madame l'Hôtesse est juste, à savoir que le procès-verbal que vous voulez dresser sur moi pourrait avoir pour conséquence de m'autoriser à paraître devant Klamm. Si c'est le cas, je suis prêt à répondre tout de suite à toutes les questions. A cet égard je suis d'ailleurs prêt à tout.

— Non, dit Momus, ces corrélations n'existent pas. Il s'agit seulement pour l'enregistrement villageois de Klamm d'obtenir une description exacte de l'après-midi d'aujourd'hui. La description en est déjà prête, il faut seulement que vous combliez deux ou trois lacunes, pour que les choses soient en ordre ; il n'y a pas d'autre but et aucun autre but ne saurait être atteint.

K. regarda l'hôtesse en silence.

— Pourquoi me regardez-vous ? demanda l'hôtesse, ai-je dit autre chose, peut-être ? C'est toujours comme ça, Monsieur le Secrétaire. C'est toujours comme ça, il fausse les renseignements qu'on lui donne et prétend ensuite qu'on lui a donné de faux renseignements. Aujourd'hui et depuis toujours je lui ai dit qu'il n'y a pas la moindre chance d'être reçu par Klamm, or, s'il n'a pas la moindre chance, il n'en aura pas davantage avec ce procès-verbal. Peut-on être plus clair ? Ce que j'ai dit de plus, c'est que ce procès-verbal est la seule relation officielle qu'il puisse avoir avec Klamm ; cela aussi c'est suffisamment net et incontestable. Mais il ne me croit pas et espère sans cesse — je ne sais pourquoi et à quelle fin — parvenir jusqu'à Klamm ; si l'on s'en tient au cheminement de ses pensées seul peut alors l'aider ce procès-verbal puisqu'il est la seule relation officielle qu'il ait avec Klamm. Je n'ai dit que cela et celui qui prétendrait le contraire, déforme intentionnellement mes propos.

— S'il en est ainsi, Madame l'Hôtesse, alors je vous demande pardon, je vous ai mal comprise ; j'ai cru en effet — de façon erronée, ainsi qu'il apparaît maintenant — comprendre dans ce que vous avez dit auparavant qu'il existait pour moi un quelconque espoir, le plus minuscule qui soit.

— C'est bien en effet mon avis, dit l'hôtesse, une fois encore vous retournez mes paroles mais cette fois dans le sens inverse. Un tel espoir existe à mon avis pour vous et il ne se fonde il est vrai que sur ce seul procès-verbal. Mais il n'est pas de nature à vous permettre d'assaillir Monsieur le Secrétaire par une question comme celle-ci : « Est-ce que je vais avoir le droit d'aller auprès de Klamm, si je réponds aux questions ? » Quand un enfant pose une question pareille, ça fait rire, quand c'est un adulte, c'est une offense à l'administration, et ce n'est que par pure bienveillance que Monsieur le Secrétaire l'a cachée par la finesse de sa réponse. L'espoir dont je veux parler consiste en ceci : par le procès-verbal vous possédez une sorte de relation avec Klamm. N'est-ce pas un espoir suffisant ? Si on vous demandait quels sont les mérites qui vous rendent digne du cadeau d'un tel espoir, pourriez-vous avancer quoi que ce fût ? Certes, il n'est pas possible de dire quelque chose de précis sur cet espoir et surtout, Monsieur le Secrétaire, étant donné sa qualité officielle, ne pourra pas faire la moindre allusion à ce sujet. Pour lui, il s'agit, ainsi qu'il l'a dit, de la seule description de l'après-midi d'aujourd'hui, pour que les choses soient en ordre, il n'en dit pas davantage, dussiez-vous tout de suite l'interroger en vous référant à mes propos.

— Est-ce que Klamm va lire ce procès-verbal ? demanda K.

— Non, dit Momus, pourquoi donc ? Klamm ne peut tout de même pas lire tous les procès-verbaux, il n'en lit même pas du tout. « Fichez-moi la paix avec vos procès-verbaux ! » a-t-il coutume de dire.

— Monsieur l'Arpenteur, se plaignit l'hôtesse, vous m'épuisez avec ces questions. Est-il nécessaire ou même souhaitable que Klamm lise ce procès-verbal et apprenne, à la lettre, les riens négligeables de votre vie ? Ne voulez-vous pas plutôt humblement demander que l'on cache à Klamm ce procès-verbal, une prière, au reste, qui serait tout aussi déraisonnable que la précédente — car qui peut cacher quelque chose à Klamm ? — mais qui au moins ferait montre d'un caractère plus sympathique. Et est-ce bien nécessaire à ce que vous appelez votre espoir ? N'avez-vous pas expliqué vous-même que vous seriez satisfait rien que de pouvoir parler en présence de Klamm, même s'il ne vous écoutait et ne vous regardait pas ? Et n'arrivez-vous pas à cela par ce procès-verbal et peut-être même à bien plus ?

— Bien plus ? demanda K., et de quelle manière ?

— Si au moins vous ne vouliez pas comme un enfant n'obtenir que des choses qui se mangent tout de suite ! dit l'hôtesse. Qui donc peut répondre à de pareilles questions ? Le procès-verbal est enregistré au village dans les dossiers de village de Klamm, ça, vous l'avez entendu, on ne peut rien en dire de plus. Mais connaissiez-vous déjà toute l'importance du procès-verbal, de Monsieur le Secrétaire, de l'Enregistrement du village ? Savez-vous ce que cela signifie que Monsieur le Secrétaire vous soumette à un interrogatoire ? Peut-être ou même probablement ne le sait-il pas lui-même. Il est assis là tranquillement, il fait son devoir au nom de l'ordre, comme il l'a dit. Mais songez que c'est Klamm qui l'a nommé, qu'il travaille au nom de Klamm, que ce qu'il fait, même si cela n'arrive jamais jusqu'à Klamm, a d'emblée l'accord de Klamm. Et comment quelque chose peut-il avoir l'accord de Klamm sans être rempli de son esprit ? Loin de moi de vouloir ainsi lourdement flatter Monsieur le Secrétaire, d'ailleurs il ne le permettrait pas, je ne parle pas de sa propre personnalité en tant que telle, mais de ce qu'il est, quand il a l'accord de Klamm, comme maintenant. Alors il est un outil, sur lequel repose la main de Klamm et malheur à qui ne s'y plie pas.

Les menaces de l'hôtesse, K. ne les craignait pas, les espérances par lesquelles elle essayait de le capter, il en était fatigué, Klamm était loin. Un jour l'hôtesse avait comparé Klamm à un aigle et K. avait trouvé cela ridicule, mais plus maintenant ; il pensait à la distance à laquelle il se tenait, à son aire inaccessible, à son silence interrompu seulement peut-être par des cris comme K. n'en avait jamais entendu, à son regard perçant tourné vers le bas qu'on ne pouvait jamais prouver jamais réfuter, aux cercles indestructibles depuis les profondeurs où se trouvait K. qu'il traçait là, très haut selon des lois incomprésibles, visible seulement par instants ; tout cela Klamm et l'aigle l'avaient en commun. Certes ce procès-verbal au-dessus duquel Momus était juste en train de casser un bretzel qu'il dégustait avec une bière et dont il recouvrait tous les papiers de grains de sel et de cumin n'avait rien à voir avec cela.

— Bonne nuit, dit K., je répugne à toute espèce d'interrogatoire. Et il se dirigea vers la porte.

— Alors il s'en va tout de même ? dit Momus, presque avec angoisse, à l'hôtesse.

— Il n'osera pas, dit celle-ci. K. n'en entendit pas davantage, déjà il était dans le couloir. Il faisait froid, un fort vent soufflait. L'aubergiste sortit par une porte en face, il semblait avoir surveillé le couloir par un œilleton. Il fallait qu'il tienne les pans de sa veste tellement le vent les retroussait, même ici dans le couloir.

— Vous partez déjà, Monsieur l'Arpenteur ? dit-il.

— Ça vous étonne ?

— Oui, dit l'aubergiste, est-ce que vous n'êtes pas en interrogatoire ?

— Non, fit K., je ne me suis pas laissé interroger.

— Pourquoi pas ? demanda l'aubergiste.

— Je ne sais pas, dit K., pourquoi je me laisserai interroger, pourquoi je devrais me soumettre à une plaisanterie ou à une lubie administrative. Peut-être une autre fois l'aurais-je fait par plaisanterie ou par lubie moi aussi, mais pas aujourd'hui.

— Oui, en effet, dit l'aubergiste. Ce n'était là qu'un accord poli, nullement convaincu. Maintenant il faut que je fasse entrer le personnel dans la salle d'auberge. C'est son heure depuis longtemps déjà, seulement je ne voulais pas déranger l'interrogatoire.

— Vous l'estimez donc tellement important que cela ? demanda K.

— Oh oui ! dit l'aubergiste.

— Donc je n'aurais pas dû le refuser, dit K.

— Non, dit l'aubergiste. Ça, vous n'auriez pas dû le faire.

Comme K. se taisait il ajouta, soit pour le consoler, soit pour s'en aller plus vite : — Eh bien ! ce n'est pas pour cela qu'il va tout de suite pleuvoir du soufre !

— Non, dit K., on ne le dirait pas à voir le temps qu'il fait.

Et ils se séparèrent en riant.

Chapitre dixième

K. sortit sur le perron où le vent faisait rage et il regarda l'obscurité. Un vilain, vilain temps. Sans qu'il sache très bien pourquoi, cela lui rappela que l'hôtesse s'était efforcée de le faire se prêter à l'interrogatoire, mais qu'il avait tenu bon. Elle n'avait pas fait cela ouvertement, mais s'était efforcée, en secret, de le détourner du procès-verbal. Finalement on ne savait pas si on avait tenu bon ou si on avait cédé. Une nature d'intrigante, agissant apparemment comme le vent, sans raison, selon des ordres lointains et inconnus qu'on ne pourrait jamais connaître.

A peine avait-il fait quelques pas sur la route qu'il vit au loin deux lumières qui se balançaient ; ce signe de vie lui fit plaisir et il se précipita vers elles qui de leur côté semblaient flotter à sa rencontre. Il n'arriva pas à savoir pourquoi il fut tellement déçu lorsqu'il reconnut les aides. Pourtant, ils venaient, vraisemblablement envoyés par Frieda, à sa rencontre et les lanternes qui le délivraient de l'obscurité retentissante de bruits qui lui étaient hostiles étaient certes sa propriété. Pourtant, il était déçu, il s'était attendu à des inconnus et non à ces vieux intimes qui étaient un fardeau pour lui.

Mais il n'y avait pas que les aides ; de l'obscurité, entre eux, surgit Barnabas.

— Barnabas, s'écria K., et il lui tendit la main.

— C'est moi que tu viens voir ?

La surprise de le revoir faisait oublier toute la colère que Barnabas avait un jour causée à K.

— Oui, c'est toi, dit Barnabas avec la même amabilité qu'auparavant. Avec une lettre de Klamm.

— Une lettre de Klamm ! fit K. Et rejetant la tête en arrière, en hâte il prit la lettre de la main de Barnabas.

— Eclairez-moi ! dit-il aux aides qui à gauche et à droite se pressèrent contre lui en soulevant leurs lanternes. K. fut obligé de replier la grande feuille de papier jusqu'à ce qu'elle soit toute petite, pour la protéger du vent. Puis il lut :

« A Monsieur l'Arpenteur à l'Auberge du Pont !

Les travaux d'arpentage que vous avez exécutés jusqu'ici trouvent mon assentiment. Les travaux des aides sont eux aussi dignes de louange, vous savez bien les encourager à la tâche. Ne relâchez pas votre zèle ! Menez les travaux à bonne fin. Une interruption me fâcherait. Pour le reste, soyez rassuré, la question du dédommagement va prochainement être résolue. Je garde un œil sur vous. »

K. ne leva la tête que lorsque les aides qui lisaient beaucoup plus lentement que lui eurent crié trois fois « hourra » ! pour fêter la bonne nouvelle en agitant leurs lanternes.

— Tenez-vous tranquilles, dit-il et à Barnabas :

— C'est un malentendu.

Barnabas ne comprit pas.

— C'est un malentendu ! répéta K., et toute la fatigue de l'après-midi lui revint ! Le chemin jusqu'à l'école lui paraissait tellement long. Et derrière Barnabas se profilait toute sa famille, et les aides se pressaient contre lui, il dut les repousser des coudes ; comment Frieda avait-elle pu les lui envoyer alors qu'il avait ordonné qu'ils restent tranquilles auprès d'elle ?

Le chemin de la maison, il l'aurait très bien trouvé tout seul et plus facilement seul qu'avec une pareille compagnie. En outre, l'un des deux aides s'était mis autour du cou une écharpe dont les extrémités flottaient au vent et avaient déjà frappé un certain nombre de fois le visage de K. ; l'autre aide, il est vrai, avait à chaque fois écarté l'écharpe de ses longs doigts pointus toujours en mouvement, mais cela n'avait rien arrangé. Tous deux semblaient même prendre plaisir à ces va-et-vient ; le vent et l'agitation les remplissaient d'enthousiasme.

— Allez-vous-en ! cria K. Si déjà vous êtes venus à ma rencontre, pourquoi n'avez-vous pas apporté mon bâton ? De quoi vais-je me servir pour vous faire aller jusqu'à la maison ?

Ils se firent tout petits derrière Barnabas, mais leur peur n'était pas tout de même assez grande pour les empêcher de poser leurs lanternes à droite et à gauche sur les épaules de leur protecteur, qui bien sûr les rejeta tout de suite d'une secousse.

— Barnabas, dit K., et il avait le cœur lourd car, visiblement, Barnabas ne le comprenait pas. Quand tout était calme sa veste était belle à voir, mais quand les choses devenaient sérieuses on ne trouvait pas d'aide, rien qu'une obstination muette, obstination qu'on ne pouvait combattre car lui-même était sans défense, seul son sourire était étincelant mais aussi peu utile que ces étoiles là-haut contre la tempête ici en bas.

— Regarde ce qu'écrit ce monsieur, dit K., et il lui tint la lettre devant la figure. Il est mal informé. Je ne fais pas de travail d'arpentage et pour ce que les aides valent, tu le vois bien toi-même. Et le travail que je ne fais pas je ne peux pas, en effet, l'interrompre, je ne peux pas même provoquer l'irritation de ce monsieur, comment pourrais-je mériter son assentiment ! Ne pas me faire de soucis ! Cela je ne le pourrai jamais.

— Je ferai la commission, dit Barnabas qui pendant tout ce temps avait détourné les yeux de la lettre qu'il n'aurait pas pu lire, tant elle était proche de son visage.

— Ah ! fit K., tu me promets de faire la commission mais puis-je vraiment te croire ? J'ai tellement besoin d'un messager digne de confiance, aujourd'hui plus que jamais.

Barnabas se mordait les lèvres d'impatience.

— Maître, dit Barnabas — avec une inclinaison du cou pleine de mollesse — K. une nouvelle fois, grâce à ce geste, se serait presque laissé aller à le croire —, je ferai cette commission, je n'y manquerai pas, comme je ferai aussi celle que tu m'as confiée la dernière fois.

— Comment ? s'écria K. Tu n'as pas encore fait la

commission ? Tu n'as pas été au château, dès le lendemain ?

— Non, dit Barnabas. Mon père est vieux, tu l'as bien vu, et il y avait justement beaucoup de travail, j'ai été obligé de l'aider mais maintenant, je vais bientôt retourner au château.

— Mais que fais-tu donc, homme incompréhensible ? s'écria K. en se frappant le front. Les affaires de Klamm ne sont-elles pas plus importantes que tout le reste ? Tu as la haute fonction de messager et tu la négliges si honteusement ! Qui se soucie du travail de ton père ? Klamm attend les nouvelles, et toi, au lieu de t'emmêler les jambes à force de courir, tu préfères sortir le fumier de l'étable.

— Mon père est cordonnier, fit Barnabas sans se démonter, il reçoit ses commandes de Brunswick et moi je suis l'ouvrier de mon père.

— Cordonnier — commandes — Brunswick, s'écria K. avec irritation, comme s'il rendait chacun des mots inutilisables pour toujours, et qui donc peut bien avoir besoin de souliers sur ces chemins toujours déserts ? Et qu'est-ce qu'elle peut bien me faire toute cette cordonnerie ? Je t'ai confié un message, non pour que tu l'oublies et que tu mélanges tout sur ton banc de cordonnier mais pour que tu le portes aussitôt à ton maître.

K. fut un peu rassuré lorsqu'il lui vint à l'esprit que Klamm avait dû pendant tout ce temps être non pas au château mais à l'Auberge des Messieurs. Barnabas pourtant l'énerva de nouveau, lorsque pour prouver qu'il avait bien retenu le premier message que K. lui avait donné, il se mit à le réciter.

— Cela suffit, je ne veux pas le savoir ! dit K.

— Ne sois pas fâché contre moi, maître ! dit Barnabas, et comme si inconsciemment il voulait punir K., il détourna son regard et baissa les yeux, mais c'était sûrement parce qu'il était navré d'entendre crier K.

— Je ne suis pas fâché contre toi, dit K., et son inquiétude se tourna maintenant contre lui-même. Contre toi, non, mais pour moi c'est très grave de n'avoir qu'un pareil messager pour les choses les plus importantes.

— Voyons, dit Barnabas et, pour défendre son honneur, semblait-il, il en disait plus qu'il n'aurait dû. Klamm n'attend aucune nouvelle, il est même mécontent quand j'arrive.

« Encore des nouvelles », a-t-il dit une fois. La plupart du temps, même, quand il me voit venir de loin, il va dans la pièce à côté et ne me reçoit pas. Il n'est pas non plus prévu que je doive tout de suite venir avec la moindre nouvelle ; si c'était prévu, je viendrais naturellement tout de suite, mais rien n'est prévu à cet égard et si je ne venais jamais, personne ne m'en ferait le reproche. Quand j'apporte une nouvelle, c'est de mon plein gré.

— Bien, dit K. tout en observant Barnabas et en détournant ostensiblement les yeux des aides qui émergeaient alternativement derrière les épaules de Barnabas, comme s'ils sortaient lentement de la terre et disparaissaient à nouveau. Longtemps, ils s'amusèrent de cette manière.

— Comment ça se passe chez Klamm, je n'en sais rien. Je doute que tu puisses t'y rendre compte de tout, et même si tu le pouvais, nous ne pourrions pas améliorer ces choses-là. Mais apporter un message, ça tu le peux et je te le demande, un message très court. Peux-tu l'apporter dès demain et me faire réponse dès demain ou du moins me faire savoir comment tu as été reçu ? Le peux-tu et le veux-tu ? Pour moi ce serait très précieux, et peut-être aurai-je l'occasion de te remercier en conséquence ou peut-être as-tu dès maintenant un souhait que je puisse accomplir ?

— Bien sûr que je vais m'acquitter de la commission, dit Barnabas.

— Et veux-tu te donner de la peine pour la faire aussi bien que possible ? La faire à Klamm lui-même, obtenir la réponse de Klamm lui-même et tout de suite dès demain, dès demain matin, le veux-tu ?

— Je vais faire de mon mieux, dit Barnabas, mais ça, je le fais toujours.

— N'en parlons plus, dit K., voilà la commission :

l'Arpenteur K. demande à Monsieur le Président de lui permettre d'aller le trouver en personne ; il accepte d'avance toute condition qui pourrait se trouver liée à une telle autorisation. Il est contraint de formuler cette demande pour la raison que tous les intermédiaires ont jusqu'ici complètement échoué ; pour preuve, il voudrait faire état du fait qu'il n'a pas accompli jusqu'ici le moindre travail d'arpentage et que d'après les informations communiquées par le maire de la commune, il n'en exécutera jamais, c'est pourquoi il a lu avec une honte remplie de désespoir la dernière lettre de Monsieur le Président. Seule une rencontre personnelle avec Monsieur le Président pourrait être ici de quelque secours. L'Arpenteur sait ce qu'il demande là, mais il s'efforcera de rendre le dérangement aussi peu sensible que possible à Monsieur le Président, il se soumet d'avance à toute délimitation du temps y compris à une fixation du nombre des mots si celle-ci est jugée nécessaire, il croit pouvoir s'en sortir avec rien que dix mots. Avec un profond respect et une extrême impatience il attend la réponse.

K. s'était oublié lui-même en parlant, comme s'il se tenait devant la porte de Klamm et parlait au gardien de la porte.

— C'est bien plus long que je ne pensais, dit-il alors. Mais il faut que tu le dises oralement, je ne veux pas écrire de lettre, elle ne ferait que suivre la route interminable des dossiers.

Aussi griffonna-t-il ces mots pour Barnabas sur un morceau de papier, contre le dos d'un des aides pendant que l'autre l'éclairait, mais K. pouvait déjà écrire sous la dictée de Barnabas qui avait tout retenu et récitait tout avec une exactitude d'écolier, sans se préoccuper des interventions erronées des aides.

— Ta mémoire est exceptionnelle, dit K., et il lui donna le papier ; mais alors, s'il te plaît, montre-toi aussi exceptionnel pour le reste. Et des souhaits ? N'en as-tu pas ? Pour parler franchement cela me rassurerait quant à la destinée de mon message si tu en avais ?

D'abord Barnabas garda le silence, puis il dit : — Mes sœurs te transmettent leur bonjour.

— Tes sœurs, fit K., oui ces grandes et fortes filles.

— Toutes deux te transmettent leur bonjour, en particulier Amalia, dit Barnabas, c'est elle qui a apporté pour toi cette lettre du château. S'attachant surtout à cette information-là, K. demanda :

— Ne pourrait-elle pas, elle aussi, apporter mon message jusqu'au château ? Ou ne pourriez-vous pas y aller tous les deux et tenter votre chance ?

— Amalia n'a pas le droit d'aller dans les bureaux, dit Barnabas, sinon elle le ferait sûrement très volontiers.

— Demain je passerai peut-être chez vous, dit K., viens toi d'abord avec la réponse. Je t'attends à l'école. Salue aussi tes sœurs de ma part.

La promesse de K. sembla rendre Barnabas très heureux, après la poignée de main sur laquelle il prit congé de lui, il toucha encore K. furtivement à l'épaule. K. prit cet attouchement, il est vrai en souriant, pour un honneur, comme si tout était redevenu comme au temps où Barnabas dans sa splendeur avait fait son entrée à la salle d'auberge au milieu des paysans ; c'était une distinction honorifique. De meilleure humeur il laissa les aides faire ce que bon leur semblait sur le chemin du retour.

Chapitre onzième

IL arriva à la maison complètement gelé, il faisait sombre partout, les bougies dans les lanternes étaient consumées ; conduit par les aides qui connaissaient déjà les lieux, il se fraya un chemin à son tour à travers la salle de classe.

— La première chose louable que vous ayez faite, dit-il, tout au souvenir de la lettre de Klamm ; Frieda à demi ensommeillée encore s'écria de quelque part :

— Laissez donc K. dormir, ne le dérangez pas !

K. occupait donc ses pensées même lorsque, vaincue par le sommeil, elle n'avait pas pu l'attendre. On fit de la lumière ; il est vrai qu'il était impossible de remonter suffisamment la lampe car il n'y avait que très peu de pétrole. La toute jeune installation du ménage comportait encore des lacunes. C'était chauffé, certes, mais la grande pièce qu'on utilisait aussi pour la gymnastique — les agrès étaient dispersés çà et là ou pendaient du plafond — avait déjà consumé toute la réserve de bois, tout à l'heure elle était encore bien chaude; lui assura-t-on, mais maintenant, malheureusement, elle s'était refroidie. Il y avait une grande réserve de bois dans un hangar mais ce hangar était fermé et c'était l'instituteur qui avait la clé, il ne permettait pas qu'on prenne du bois en dehors des heures de classe. Cela aurait été supportable s'il y avait eu des lits pour s'y réfugier. Mais il n'existait rien d'autre qu'un seul sac de paille, d'une propreté remarquable recouvert d'un châle de laine de Frieda, mais sans couette et avec seulement deux grossières couvertures qui réchauffaient à peine. Et même cette pauvre paillasse, les aides la regardaient avec avidité, mais naturellement ils n'avaient pas l'espoir d'avoir jamais le droit de s'y coucher. Frieda regarda K. d'un air angoissé, elle avait donné la preuve à l'Auberge du Pont qu'elle s'entendait à rendre habitable même la pièce la plus misérable ; mais ici elle n'avait rien pu faire de plus, complètement dépourvue de moyens qu'elle était.

— Notre seul ornement, ce sont les agrès de gymnastique, dit-elle en riant à grand-peine, au milieu de ses larmes. Pour ce qui était des manques les plus graves, les lits et le chauffage, elle promit que les choses s'arrangeraient le lendemain à coup sûr et elle demanda à K. de patienter seulement jusque-là. Aucun mot, aucune allusion, aucune expression ne permettaient de conclure qu'elle nourrissait dans son cœur, ne fût-ce que la moindre amertume à l'égard de K., quoiqu'il l'eût arrachée à l'Auberge des Messieurs comme il l'arrachait aujourd'hui à l'Auberge du Pont, ainsi qu'il était bien obligé de se l'avouer. C'est pourquoi K. s'efforça de tout trouver supportable, ce qui ne lui était pas tellement difficile car, en pensées, il faisait route avec Barnabas et répétait son message mot après mot, non pas tel qu'il l'avait confié à Barnabas, mais tel qu'il allait retentir en présence de Klamm. En même temps, il est vrai, il se réjouissait sincèrement du café que Frieda était en train de lui faire sur le réchaud à alcool et, appuyé au poêle qui refroidissait, il suivait les gestes vifs et expérimentés avec lesquels elle étendait sur le bureau l'inévitable nappe blanche, y posait une tasse à café à motif de fleurs, du pain et du lard et même une boîte de sardines.

Tout était prêt maintenant ; Frieda n'avait pas mangé non plus, elle avait attendu K. Il y avait deux chaises. K. et Frieda y étaient assis devant le bureau, les aides à leurs pieds, sur l'estrade, mais ils ne restaient jamais tranquilles, ils dérangeaient même pendant qu'on mangeait. Bien qu'ils aient eu de tout en abondance et étaient loin encore d'avoir fini, ils se levaient de temps à autre, pour voir s'il y avait encore beaucoup à manger sur la table et s'ils pouvaient encore attendre quelque chose. K. ne s'occupait pas d'eux ; il n'y prêta attention qu'en entendant le rire de Frieda. De manière caressante, il mit sa main sur celle de Frieda et lui demanda à voix basse pourquoi elle leur pardonnait tant de choses et acceptait même leurs écarts. De cette façon, disait-il, on n'en sera jamais débarrassés, alors qu'en les traitant vigoureusement, selon leur propre comportement, on pouvait au moins leur tenir la bride ou, ce qui était mieux encore, les dégoûter de la place, à tel point qu'ils se décideraient enfin à déserter. D'ailleurs cela ne promettait guère d'être un séjour agréable, ici à l'école ; mais après tout il n'allait pas durer ; on ne s'apercevrait pas même de tout ce qui ne marchait pas pourvu que les aides soient partis et qu'ils puissent eux deux rester seuls dans la maison silencieuse. Ne remarquait-elle pas que les aides devenaient plus insolents de jour en jour, comme si la présence de Frieda les encourageait et l'espoir que, devant elle, K. n'interviendrait pas aussi rigoureusement qu'il le ferait sans cela. Peut-être, d'ailleurs, existait-il des moyens très simples de s'en débarrasser, aussitôt, sans plus d'histoires, peut-être les connaissait-elle, elle-même, elle qui était à ce point familière avec ce qui se passait ici. Et de plus on ne ferait que rendre service aux aides eux-mêmes en les chassant car la vie qu'ils menaient ici n'était guère agréable et l'oisiveté dont ils avaient profité jusque-là allait devoir cesser en partie au moins, car ils allaient devoir travailler, alors que Frieda, après les événements de ces derniers jours, allait devoir se ménager et que K. serait justement occupé à trouver une issue à leur détresse. Lui cependant, si les aides devaient s'en aller, se sentirait à ce point soulagé qu'il pourrait facilement exécuter tous les travaux d'appariteur en plus de tout le reste.

Frieda qui avait écouté attentivement, caressa lentement son bras et dit que tout cela, c'était aussi son avis mais que, peut-être, il donnait trop d'importance aux écarts des aides, c'étaient disait-elle des jeunes gens, de joyeux drilles, un peu simplets, mis pour la première fois au service d'un étranger et libérés ainsi de la sévère discipline du château, c'est pourquoi ils étaient sans cesse un peu excités, étonnés et dans cet état, ils faisaient parfois des bêtises à propos desquelles il était naturel de se mettre en colère mais dont il était plus raisonnable de rire. Parfois elle n'arrivait pas elle-même à s'en empêcher. Elle était malgré cela tout à fait de l'avis de K., le mieux c'était de les renvoyer et de rester à deux. Elle se rapprocha de K., cacha son visage contre son épaule et lui dit de manière à ce point difficile à comprendre que K. dut s'incliner vers elle, qu'elle ne connaissait aucun recours contre les aides. Elle avait peur que tout ce que K. avait proposé n'échoue. C'était lui-même qui les avait demandés, à ce qu'on lui avait dit, et maintenant qu'il les avait, il allait devoir les garder. Le mieux c'était de les prendre à la légère, inconsistants qu'ils étaient ; c'était ainsi qu'on arrivait le mieux à les supporter.

K. ne fut pas satisfait de la réponse ; mi-plaisant mi-sérieux, il dit qu'elle semblait être de mèche avec eux ou du moins éprouver pour eux une grande inclination ; c'étaient de beaux garçons, il est vrai, mais il n'existait personne dont on ne puisse se débarrasser avec un peu de bonne volonté et il allait le lui prouver en la personne des aides.

Frieda lui dit qu'elle lui en serait très reconnaissante s'il y parvenait. De plus, désormais, ils n'arrivaient plus à la faire rire et elle n'échangeait plus avec eux de paroles inutiles ; et ce n'était pas rien d'être constamment observée par deux hommes, elle avait appris à les regarder tous les deux avec ses yeux à lui. Et en effet, elle tressaillit légèrement lorsque les aides se relevèrent de nouveau, soit pour passer en revue leurs provisions de nourriture, soit pour savoir quelle était la raison de ces chuchotement continuels.

K. utilisa ce moyen pour dégoûter Frieda des aides, il attira Frieda à lui et serrés l'un contre l'autre, ils terminèrent leur repas. On aurait dû aller dormir maintenant, tous étaient très fatigués, un des aides s'était même endormi sur sa portion, cela distrayait beaucoup l'autre et il voulait amener Monsieur et

Madame à regarder le visage stupide de l'autre, endormi, mais il n'y parvint pas ; K. et Frieda étaient assis là-haut, l'air sévère.

Le froid qui devenait insupportable les faisait hésiter à aller dormir eux aussi ; finalement K. déclara qu'il fallait tout de même chauffer, sinon il ne serait pas possible de dormir. Il chercha des yeux une hache, les aides savaient où il y en avait une, ils l'apportèrent et on se rendit au hangar à bois. Peu de temps après la porte était fracturée. Ravis, comme s'ils n'avaient jamais encore vécu quelque chose de si beau, se poussant et se pourchassant l'un l'autre, les aides commencèrent à porter du bois dans la salle d'école, bientôt il y en eut un grand tas, on fit du feu, tout le monde se mit autour du poêle, les aides reçurent une couverture pour s'y enrouler, elle leur suffit tout à fait, car on convint qu'il devait toujours y en avoir un à veiller et à entretenir le feu. Bientôt il fit si chaud près du poêle qu'on n'eut plus besoin de couvertures, on éteignit la lampe et heureux de la chaleur et du silence K. et Frieda s'étendirent pour s'endormir.

Lorsque K., réveillé par un bruit pendant la nuit, chercha à tâtons Frieda, rempli encore par l'incertitude du sommeil, il constata qu'un aide était couché à côté de lui au lieu de Frieda. Probablement rendu nerveux par ce réveil soudain, il éprouva la plus grande peur qu'il eût connue depuis qu'il était au village. Il se redressa avec un cri et hors de lui donna un tel coup de poing à l'aide que celui-ci se mit à pleurer. Le tout s'éclaircit d'ailleurs immédiatement. Frieda avait été réveillée parce que — c'est du moins l'impression qu'elle avait eue — un gros animal, un chat probablement lui avait sauté sur la poitrine pour s'enfuir tout aussitôt. Elle s'était levée et cherchait l'animal partout, à l'aide d'une bougie. L'un des aides en avait profité pour s'octroyer un instant les délices de la paillasse, ce dont il se repentait maintenant amèrement. Frieda ne trouva rien, peut-être cela n'avait-il été qu'une illusion, elle revint vers K. Comme si elle avait oublié la conversation de la veille, en passant elle caressa de la main les cheveux de l'aide qui geignait recroquevillé sur lui-même. K. ne dit rien ; il ordonna seulement aux aides d'arrêter de chauffer car il se mettait à faire beaucoup trop chaud, presque tout le bois était déjà brûlé.

Chapitre douzième

LE matin tous se réveillèrent seulement lorsque les premiers écoliers arrivèrent et se mirent, pleins de curiosité, à entourer leur campement. C'était désagréable car étant donné la grande chaleur qui, maintenant vers le matin avait, il est vrai, cédé la place à une fraîcheur notable, ils s'étaient tous déshabillés ne gardant que leur chemise et précisément, au moment où ils se mettaient à s'habiller, Gisa l'institutrice fit son apparition à la porte, une belle et grande fille blonde un peu raide, toutefois.

Visiblement, elle était préparée à la rencontre de l'appariteur car dès le seuil elle dit :

— Cela je ne puis le tolérer. Ce serait du joli. Vous avez seulement le droit de dormir dans la salle de classe, mais moi, je ne suis pas obligée d'enseigner dans votre chambre à coucher. Une famille d'appariteurs qui se vautre au lit jusqu'au cœur de la matinée. Quelle horreur !

Il y aurait bien des choses à dire, surtout pour ce qui est de la famille, pensait K., pendant qu'il poussait, aidé en cela par Frieda, les barres fixes et le cheval d'arçon — on ne pouvait recourir pour cela aux aides étendus sur le sol, ils regardaient bouche bée l'institutrice et les enfants — ; il jeta une couverture par-dessus, créant ainsi une sorte de petite pièce où on pouvait au moins s'habiller à l'abri du regard des enfants.

Il n'y eut naturellement pas un instant de tranquillité. D'abord l'institutrice chercha querelle parce qu'il n'y avait pas d'eau fraîche dans la cuvette ; or K. avait justement pensé aller chercher la cuvette pour lui et Frieda, il abandonna pour l'instant cette idée, pour ne pas trop exciter l'institutrice, mais cela ne servit à rien, car peu après elle poussa de grands cris parce qu'on avait négligé de ranger les restes du repas nocturne sur le bureau ; l'institutrice éloigna le tout à l'aide d'une règle, tout vola à terre ; peu importait à l'institutrice que l'huile des sardines et les restes de café se répandissent et que la cafetière fût réduite en morceaux, puisque l'appariteur allait tout de suite y mettre de l'ordre.

K. et Frieda encore à demi vêtus, appuyés aux barres, regardaient anéantir leur petit avoir ; les aides qui visiblement ne pensaient pas du tout à s'habiller, jetaient des coups d'œil par-dessous les couvertures, au grand amusement des enfants. Ce qui naturellement faisait le plus de peine à Frieda, c'était la perte de la cafetière ; ce n'est que lorsque K., pour la consoler, lui assura qu'il allait tout de suite trouver le maire, exiger et obtenir réparation, qu'elle se ressaisit assez pour sortir en courant de son abri en blouse et en jupon afin au moins d'aller chercher la nappe et éviter qu'elle soit davantage salie. Elle y parvint, bien que l'institutrice pour l'effrayer, ne cessât de marteler le bureau de sa règle, à en faire se crisper les nerfs.

Lorsque K. et Frieda se furent habillés, non seulement ils durent inciter les aides qui étaient comme assommés par ce qui se passait à s'habiller à leur tour, en leur donnant des ordres ou des coups, mais ils durent aussi partiellement les habiller eux-mêmes. Puis, lorsque tous furent prêts, K. distribua les tâches. Les aides devaient d'abord aller chercher du bois et chauffer l'autre salle de classe où menaçaient encore de graves dangers, car l'instituteur devait déjà y être. Frieda devait nettoyer le sol et K. allait chercher de l'eau et remettre de l'ordre ; le petit déjeuner, pour l'instant, il ne fallait pas y songer. Mais pour s'informer de l'humeur de l'institutrice, K. voulut sortir le premier. Les autres ne devaient suivre que lorsqu'il les appellerait. Il prit ces dispositions d'une part parce qu'il ne voulait pas tout de suite aggraver la situation par les bêtises des aides et d'autre part parce qu'il voulait ménager Frieda, autant que possible, car elle avait sa fierté, lui aucune, elle était sensible, lui pas, elle ne pensait qu'aux petites vilenies présentes, alors que lui pensait à Barnabas et à l'avenir.

Frieda suivit exactement toutes ses prescriptions et ne le quitta guère des yeux. A peine s'était-il avancé que l'institutrice s'écria sous le rire des enfants qui à partir de cet instant ne s'arrêta plus :

— Alors bien dormi ? et comme K. n'y prêtait pas attention, parce que ce n'était pas à proprement parler une question, l'institutrice demanda :

— Qu'est-ce que vous avez donc fait à ma Mieze ? Un gros chat, vieux et bouffi, était allongé paresseusement sur la table et l'institutrice examinait sa patte, sans doute légèrement blessée. Frieda avait donc raison : ce chat n'avait certes pas sauté sur elle, car il ne devait plus être capable de sauter, mais il était passé sur elle, effrayé de la présence d'êtres humains dans la maison habituellement déserte, il s'était vite caché et s'était blessé dans cette hâte inhabituelle.

K. tenta d'expliquer cela calmement à l'institutrice, mais celle-ci ne voyait que le résultat et elle dit :

— Oui, oui vous l'avez blessé, c'est ainsi que vous commencez. Mais regardez donc ! et elle appela K. à l'estrade, lui montra la patte et avant même qu'il pût s'en rendre compte, elle lui avait enfoncé les griffes du chat dans le dos de la main ; les griffes étaient déjà émoussées mais l'institutrice, sans se soucier du chat, avait appuyé si fort que cela fit des griffures sanglantes.

— Et maintenant, allez, au travail, dit-elle avec impatience et elle se pencha sur le chat.

Frieda derrière les barres, en compagnie des aides, poussa un cri à la vue du sang. K. montra sa main aux enfants et dit :

— Regardez ce que m'a fait un chat mauvais et hypocrite.

Il ne dit pas cela à l'intention des enfants dont les cris et les rires avaient déjà pris tant d'indépendance qu'ils n'avaient plus besoin d'encouragements, il n'y avait plus aucune parole qui fût capable de les couvrir ou de les influencer. Mais comme l'institutrice ne répondit à l'offense que par un court regard de côté et continua à s'occuper du chat et que sa première colère semblait s'être satisfaite de cette sanglante punition, K. appela Frieda et les aides et le travail commença.

Lorsque K. eut emporté dehors le seau d'eau sale, apporté de l'eau fraîche et commencé à balayer la salle de classe, un garçon d'environ douze ans sortit de son banc, toucha la main de K. et dit quelque chose de tout à fait incompréhensible au milieu du vacarme. Alors le chahut s'arrêta d'un coup, K. se retourna. Ce qu'il avait craint le matin était arrivé. A la porte se trouvait l'instituteur, de chaque main, il tenait, lui, le petit homme, un des aides par le col ; il avait dû les intercepter en train d'aller chercher du bois, car d'une voix puissante il cria, faisant une pause à chaque mot :

— Qui a osé pénétrer par effraction dans le hangar à bois ? Où est-il ce type que je le réduise en bouillie ?

Alors Frieda se leva du sol qu'elle s'efforçait de laver aux pieds de l'institutrice, regarda K., comme si elle cherchait des forces et dit avec dans le regard et l'attitude un peu de sa supériorité d'antan :

— C'est moi qui l'ai fait, Monsieur l'Instituteur. Je ne savais comment faire autrement. S'il fallait que les salles de classe soient chauffées tôt le matin, il fallait ouvrir le hangar. Je n'ai pas osé aller chercher la clé en pleine nuit, chez vous, mon fiancé était à l'auberge des Messieurs, il était possible qu'il y passe la nuit, aussi devais-je prendre une décision moi-même. Si j'ai mal fait, pardonnez-moi mon inexpérience ; mon fiancé m'a déjà assez disputée comme ça, lorsqu'il a vu ce qui était arrivé. Oui, il m'a même défendu de chauffer de bonne heure parce qu'il croyait qu'en fermant le hangar à clé, vous teniez à montrer que vous ne vouliez pas qu'on chauffe avant votre arrivée. C'est sa faute si on n'a pas chauffé, mais que l'on ait pénétré dans le hangar c'est la mienne.

— Qui a forcé la porte ? demanda l'instituteur aux aides qui tentaient encore en vain de se délivrer de sa poigne par des secousses.

— Le monsieur, dirent-ils tous deux, et pour qu'il n'y ait pas de doute ils montrèrent K.

Frieda se mit à rire et ce rire semblait plus convaincant encore que ses paroles, puis elle se mit à tordre la serpillière dont elle avait lavé le sol au-dessus du seau, comme si ses explications avaient mis fin à l'incident et comme si les déclarations des aides n'étaient rien qu'une plaisanterie superflue ; ce n'est que lorsqu'elle fut de nouveau agenouillée, prête à se remettre au travail, qu'elle dit :

— Nos aides ce sont des enfants, dont la place malgré leur âge est encore sur les bancs de l'école. Vers le soir j'ai bien ouvert la porte toute seule, avec la hache, c'était très simple, je n'avais pas besoin des aides pour cela, ils n'auraient fait que me déranger. Lorsque la nuit venue mon fiancé revint et qu'il sortit pour constater les dégâts, les aides l'accompagnèrent en courant, vraisemblablement parce qu'ils craignaient de rester ici tout seuls, ils virent mon fiancé travailler à la porte arrachée et c'est pourquoi ils disent maintenant — ce sont vraiment des enfants...

Les aides ne cessaient de secouer la tête pendant les explications de Frieda, ils continuaient à montrer K. et s'efforçaient par des grimaces muettes de faire changer Frieda d'avis ; mais comme ils n'y parvenaient pas, ils obéirent enfin, prirent les mots de Frieda pour un ordre et ne répondirent plus à une nouvelle question de l'instituteur.

— Bien, fit l'instituteur, donc vous avez menti ? Ou tout au moins accusé l'appariteur à la légère ?

Ils se taisaient toujours, mais à les voir trembler et jeter des regards apeurés, on pouvait en conclure qu'ils se sentaient coupables.

— Eh bien alors je vais vous donner le fouet à l'instant même.

Et il envoya un enfant dans l'autre salle chercher la badine d'osier. Comme il levait déjà la badine, Frieda s'écria : — Les aides ont dit la vérité. Elle jeta avec désespoir la serpillière dans le seau, si fort que l'eau en jaillit très haut et courut se cacher derrière la barre fixe : — Une engeance menteuse, dit l'institutrice qui venait de finir de panser la plaie et avait pris l'animal sur ses genoux pour lesquels il était presque trop large.

— Reste donc Monsieur l'Appariteur, dit l'instituteur en repoussant les aides et en se tournant vers K., qui pendant tout ce temps avait écouté appuyé sur le balai ; — Ce Monsieur l'Appariteur qui par lâcheté admet tranquillement que l'on accuse faussement autrui de ses méfaits à lui.

— Eh ! bien, dit K., qui remarquait bien que l'intervention de Frieda avait tout de même apaisé un peu la colère sans retenue de l'instituteur. — Je n'aurais pas du tout regretté que les aides se fassent un peu rosser ; si à dix occasions méritées ils ont été épargnés, ils peuvent bien être punis pour une fois où ils ne le méritaient pas. Mais de toute façon, il aurait été souhaitable d'éviter une rencontre directe entre moi et vous, Monsieur l'Instituteur, peut-être même l'auriez-vous préféré vous-même. Mais comme Frieda m'a sacrifié aux aides — ici K. marqua une pause, on entendait dans le silence Frieda sangloter derrière la couverture —, il faut naturellement que cette affaire soit réglée.

— C'est incroyable, dit l'institutrice.

— Je suis tout à fait de votre avis, dit l'instituteur. Vous, l'appariteur, vous êtes naturellement révoqué sur-le-champ, étant donné cette faute de service scandaleuse ; la punition qui s'en suivra je la garde en réserve ; mais maintenant fichez le camp immédiatement avec toutes vos affaires. Ce sera pour nous un véritable soulagement, et la classe va enfin pouvoir commencer. Allons vite !

— Je ne bouge pas d'ici, dit K. Vous êtes mon supérieur hiérarchique mais non celui qui m'a attribué cette place. C'est Monsieur le Maire et je n'admets que sa révocation à lui. Or il ne m'a sûrement pas attribué cette place pour que j'y meure de froid avec mes gens, mais pour éviter de ma part — vous l'avez dit vous-même — des gestes de désespoir inconsidérés. Me congédier ainsi, brusquement, irait précisément à l'encontre de son intention ; aussi longtemps que je n'entendrai pas le contraire de sa propre bouche, je ne le croirai pas. D'ailleurs c'est vraisemblablement à votre plus grand avantage que je n'obéis pas à votre renvoi inconsidéré.

— Vous n'obéissez pas ? demanda l'instituteur. K. secoua la tête.

— Réfléchissez bien, dit l'instituteur, vos décisions ne sont pas toujours les meilleures ; pensez par exemple à hier après-midi, lorsque vous avez refusé d'être soumis à un interrogatoire.

— Pourquoi mentionnez-vous cela maintenant ? demanda K.

— Parce que tel est mon bon plaisir, dit l'instituteur, et maintenant je le répète pour la dernière fois : dehors ! Mais comme cet ordre n'eut pas non plus d'effet, l'instituteur alla à l'estrade et tint conseil avec l'institutrice, celle-ci parla de police mais l'instituteur refusa. Finalement ils se mirent d'accord, l'instituteur dit aux enfants de se rendre dans sa classe, ils auraient cours là-bas en commun avec les autres. Ce changement leur fit plaisir à tous, la salle se vida aussitôt sous les cris et les rires, l'instituteur et l'institutrice fermèrent la marche. L'institutrice portait le cahier de classe et dessus, étalé de toute sa grandeur, le chat indifférent.

L'instituteur aurait aimé laisser le chat ici, mais l'institutrice écarta une allusion en ce sens, faisant état de la cruauté de K. A tous les tracas qu'il avait causés à l'instituteur, il ajoutait maintenant le chat. Cela influa sûrement sur les dernières paroles que l'instituteur adressa à K. sur le pas de la porte :

— Mademoiselle quitte cette classe avec les enfants contrainte et forcée, parce que vous avez le front de ne pas obéir à mon renvoi et parce que personne ne peut exiger d'elle, une jeune fille, qu'elle fasse cours au milieu de la saleté de votre manège familial. Vous restez donc tout seul et vous pouvez, sans être dérangé par la répulsion de spectateurs convenables, vous étaler autant que vous voudrez. Mais cela ne durera pas longtemps, je m'en porte garant.

Là-dessus il claqua la porte.

Chapitre treizième

A peine tous étaient-ils partis que K. dit aux aides :

— Sortez !

Stupéfaits par cet ordre inattendu ils sortirent mais lorsque K. ferma la porte à clé derrière lui, ils voulurent revenir. Dehors, ils se mirent à geindre et à frapper à la porte.

— Vous êtes renvoyés ! s'écria K. Plus jamais je ne vous reprendrai à mon service.

Cela, naturellement, ils ne voulurent pas le tolérer et des pieds et des mains ils se mirent à tambouriner contre la porte.

— Maître, maître, laisse-nous revenir, s'écrièrent-ils, comme si K. était la terre ferme et qu'ils menaçaient eux de s'engloutir dans les flots. Mais K. n'avait aucune pitié, impatient il attendait que le bruit insupportable force l'instituteur à intervenir. Cela ne tarda pas.

— Laissez donc entrer vos maudits aides ! cria-t-il.

— Je les ai renvoyés ! répondit K. ; cela eut pour effet de montrer à l'instituteur à quel point on était de toute évidence assez fort non seulement pour renvoyer quelqu'un mais mettre ce renvoi à exécution. L'instituteur essaya de rassurer les aides par de bonnes paroles, il leur suffisait d'attendre tranquillement, à la fin K. les laisserait rentrer tout de même. Puis il partit. Et le silence se serait, en effet, rétabli si K. ne s'était pas remis à leur crier qu'ils étaient définitivement renvoyés, qu'ils n'avaient pas le moindre espoir d'être repris. Là-dessus, ils se remirent à faire du tapage comme tout à l'heure. L'instituteur ressortit, il ne négocia plus avec eux, mais les chassa de la maison, avec, à ce qu'il parut, la redoutable badine d'osier.

Ils ne tardèrent pas à réapparaître, cette fois devant les fenêtres du gymnase ; ils frappaient contre les vitres et criaient. Ils n'y restèrent cependant pas longtemps, ils ne pouvaient pas bondir dans la neige profonde comme leur agitation l'exigeait. C'est pourquoi ils se précipitèrent vers la clôture du jardin de l'école, sautèrent sur le muret de pierre d'où ils avaient, en effet, une meilleure vue sur ce qui se passait dans les pièces ; ils y coururent, allant et venant, se tenant à la grille puis ils s'arrêtaient et tendaient d'un air suppliant les bras vers K. Longtemps ils se livrèrent à ce manège sans tenir compte de l'inutilité de leurs efforts ; ils étaient comme dans un état d'aveuglement et ils ne s'arrêtèrent certainement pas lorsque K. fit descendre les rideaux devant les fenêtres pour se délivrer de leur vue.

Dans la chambre, maintenant dans la pénombre, K. alla à la barre fixe pour voir où était Frieda. Elle se leva sous son regard et en silence elle se mit en devoir de faire du café. Bien qu'elle fût au courant de tout, K. l'informa qu'il avait congédié les aides. Elle hocha seulement la tête. K. était assis sur un banc d'écolier et observait ses mouvements fatigués. La fraîcheur et l'allure décidée avaient toujours embelli son corps défaillant ; or voici que cette beauté s'en était allée. Peu de jours de vie en commun avec K. avaient suffi pour arriver à ce résultat. Le travail au comptoir n'avait pas été facile, mais lui avait sûrement mieux convenu. Ou bien était-ce l'éloignement de Klamm qui était la véritable raison de sa déchéance ? La proximité de Klamm l'avait rendue tellement attirante ! C'est sous le coup de cette fascination que K. l'avait attirée à lui et maintenant elle se flétrissait dans ses bras.

— Frieda, dit K.

Elle reposa immédiatement le moulin à café et alla s'asseoir auprès de lui sur le banc d'écolier.

— Tu es fâchée contre moi, dit K. Je crois que tu ne peux pas faire autrement. Tu vivais satisfaite à l'Auberge des Messieurs, j'aurais dû t'y laisser.

— Oui, fit Frieda et elle regarda tristement devant elle ; tu aurais dû m'y laisser. Je ne suis pas digne de vivre avec toi. Libéré de moi, tu pourrais peut-être arriver à tout ce que tu veux. Par égard pour moi, tu te soumets à un instituteur tyrannique, tu acceptes cette situation misérable et t'efforces d'obtenir un entretien avec Klamm. Tout cela pour moi, mais je n'en vaux guère la peine.

— Mais si, fit K. et il l'enlaça pour la consoler. Tout cela ce sont des broutilles, qui ne me font aucun mal et ce n'est pas seulement pour toi que je veux voir Klamm. Et que n'as-tu pas fait pour moi ! Avant de te connaître, je me perdais complètement ici. Personne ne voulait de moi et quand je m'imposais à quelqu'un, il ne tardait pas à prendre congé. Et quand je pouvais trouver le repos, c'était auprès de gens que je fuyais à mon tour, les gens de Barnabas par exemple.

— Tu les as fuis ? N'est-ce pas ? Oh chéri ! s'écria Frieda avec vivacité pour ensuite retomber dans sa prostration après un « oui » hésitant de K.

Mais K. n'était pas non plus assez résolu pour arriver à expliquer pourquoi sa relation avec Frieda avait fait tourner les choses du bon côté. Il enleva doucement son bras et resta un moment assis en silence jusqu'à ce que Frieda, comme si le bras de K. l'avait réchauffée d'une chaleur dont elle ne pouvait plus se passer, dit :

— Je ne supporterai pas cette vie ici. Si tu veux me garder, il faut que nous émigrions, dans le midi de la France, en Espagne, n'importe.

— Emigrer, je ne le peux pas, dit K. Si je suis venu ici, c'est pour y rester. Je resterai ici.

Et dans une contradiction qu'il ne se donna même pas la peine d'expliquer, il ajouta, comme s'il se parlait à lui-même : — Qu'est-ce qui aurait pu m'attirer dans ce pays misérable si ce n'est le désir d'y rester ? Puis il dit : — Toi aussi tu veux rester ici, c'est ton pays. Seul Klamm te manque et c'est ce qui te donne ces idées désespérées. — Klamm me manque, à moi ? dit Frieda. Du Klamm il y en a en surabondance, c'est pour lui échapper que je veux m'en aller. Ce n'est pas Klamm qui me manque, c'est toi, c'est à cause de toi que je veux m'en aller ; parce que je ne peux me rassasier de toi, ici où tous ne cessent de me tirailler. Qu'on m'arrache plutôt mon joli masque, que mon corps se défasse, pourvu que je puisse vivre en paix auprès de toi. K. n'ententit là-dedans qu'une seule chose.

— Klamm est encore en relation avec toi ? demanda-t-il aussitôt. Il t'appelle ?

— Je ne sais rien de Klamm, c'est d'autres gens que je parle, des aides par exemple.

— Ah ! les aides, dit K. surpris. Ils te persécutent ?

— Tu ne l'as donc pas remarqué ? demanda Frieda.

— Non, dit K. et vainement il chercha à se rappeler les détails. Ce sont des garçons importuns et envieux mais qu'ils aient osé s'approcher de toi je ne l'avais jamais remarqué.

— Non, vraiment ? demanda Frieda. Tu n'as donc pas remarqué qu'il était impossible de les sortir de notre chambre à l'Auberge du Pont, et avec quelle jalousie ils observaient nos relations, ni que dernièrement l'un d'eux s'est couché à ma place sur la paillasse, ni qu'ils se sont mis à témoigner contre toi pour te chasser, pour te nuire afin de rester seuls avec moi ? Tout cela tu ne l'as donc pas remarqué ?

K. regarda Frieda sans répondre. Ces accusations contre les aides étaient certainement exactes mais on pouvait aussi les interpréter beaucoup plus innocemment par tout ce qu'il y avait en eux de ridicule, d'infantile, de décousu et d'incoordonné. Et le fait qu'ils avaient toujours essayé d'accompagner K. partout et non de rester avec Frieda ne parlait-il pas contre cette accusation ? K. essaya de dire quelque chose en ce sens.

— C'est de l'hypocrisie, dit Frieda, et cela tu ne l'aurais pas vu ? Pourquoi donc les aurais-tu chassés, si ce n'est pour cette raison ?

Elle alla à la fenêtre, écarta un peu le rideau, regarda dehors et appela K. Les aides étaient toujours là, à la clôture, aussi fatigués qu'ils pussent être, rassemblant toutes leurs forces, ils tendaient encore les bras en direction de l'école d'un geste suppliant. L'un, pour ne pas toujours être obligé de se tenir debout avait par-derrière planté sa veste sur l'un des barreaux de la clôture.

— Les pauvres, les pauvres ! dit Frieda.

— Pourquoi je les ai chassés, demanda K. La raison immédiate de cela ce fut toi.

— Moi ? fit Frieda sans cesser de regarder dehors.

— Ta manière trop aimable de traiter les aides, dit K., ta façon de leur pardonner leurs méfaits, ton rire à leur propos, ta manière de leur caresser les cheveux, la constante pitié que tu as eue pour eux ; « les pauvres, les pauvres », es-tu encore en train de dire, et puis enfin le dernier incident où je n'étais pas, moi, un prix trop élevé à payer pour leur épargner leur rossée.

— Mais c'est cela justement, dit Frieda, c'est de cela que je parle, c'est cela qui me rend malheureuse, c'est cela qui me sépare de toi alors que je ne connais pas de bonheur plus grand que d'être près de toi, toujours, sans interruption, sans fin, alors que je me figure en rêve qu'il n'est pas ici sur terre d'endroit tranquille pour notre amour, ni au village ni ailleurs et que pour cette raison la seule chose que je me représente, c'est une tombe, profonde et étroite ; nous nous y tenons enlacés comme serrés par des tenailles, je cache mon visage contre toi et toi le tien contre moi et personne ne nous verra jamais plus. Or, regarde les aides ! Ce n'est pas pour toi qu'ils joignent les mains, c'est pour moi.

— Et ce n'est pas moi qui les regarde, c'est toi, dit K.

— Certes c'est moi, fit Frieda presque fâchée, mais c'est bien de cela que je parle sans cesse. Sinon qu'est-ce que cela pourrait bien faire que les aides soient toujours après moi ; et même s'ils étaient des envoyés de Klamm.

— Des envoyés de Klamm, dit K. que cette appellation aussi naturelle qu'elle lui parût surprit tout de même beaucoup.

— Des envoyés de Klamm, certes, dit Frieda. Ils le sont peut-être, mais ils sont en même temps des garçons insupportables à qui il faut encore le fouet pour les éduquer, vilains et tout noirs qu'ils sont ! Et comme il est répugnant ce contraste entre leurs visages d'étudiants presque adultes et leur comportement infantile ! Tu crois peut-être que je ne le vois pas ? J'ai honte d'eux. Mais c'est justement cela, ils ne me dégoûtent pas, j'ai honte d'eux. Il faut toujours que je les regarde. Quand on devrait se mettre en colère contre eux, je me mets moi à rire. Quand on voudrait les battre, moi il faut que je leur caresse les cheveux. Et quand la nuit je suis couchée à côté de toi, je ne peux pas dormir et je dois regarder par-dessus ton corps l'un qui dort enroulé dans la couverture pendant que l'autre se tient agenouillé devant la porte du poêle et entretient le feu et il me faut me pencher en avant presque à t'en réveiller. Et ce n'est pas le chat qui me fait sursauter — les chats je les connais et je connais aussi le sommeil au comptoir, agité et sans cesse interrompu — ce n'est pas le chat qui m'effraye, c'est moi-même qui me donne des frayeurs. Et je n'ai pas même besoin de ce monstre de chat, le moindre bruit me fait sursauter. Ou bien j'ai peur que tu ne te réveilles et tout sera fini, ou bien je me lève moi-même d'un bond et j'allume la bougie pour que tu te réveilles vite et me protèges.

— Mais de tout cela je ne savais rien, dit K., je ne les ai chassés que parce que j'en avais l'intuition, maintenant ils sont partis et tout est peut-être bien.

— Oui, enfin ils sont partis, dit Frieda — mais son visage était tourmenté, non pas joyeux —, seulement je ne sais pas qui ils sont. Des envoyés de Klamm, c'est ainsi que je les nomme en pensée, par jeu, mais peut-être le sont-ils vraiment. Leurs yeux, ces yeux naïfs et pourtant étincelants me rappellent d'une certaine façon les yeux de Klamm, oui, c'est cela : c'est le regard de Klamm qui parfois traverse leurs yeux. Et c'est pourquoi il est inexact de dire que j'ai honte d'eux. Je voudrais seulement qu'il en soit ainsi. Je sais bien qu'ailleurs et chez d'autres gens le même comportement serait choquant et bête, mais pour eux il n'en est pas ainsi. C'est avec estime et admiration que je regarde leurs bêtises. Mais si ce sont des envoyés de Klamm, qui nous délivrera d'eux ; et d'ailleurs serait-il bon d'être délivré d'eux ? Ne devrais-tu pas vite les faire rentrer et être heureux qu'ils veuillent bien revenir ?

— Tu veux donc que je les fasse rentrer ? demanda K.

— Non, non, dit Frieda, il n'y a rien que je veuille moins que cela. Les voir se précipiter, leur joie à me revoir, leurs bonds d'enfants et leurs bras d'homme, tout cela je ne serais peut-être plus en état de le supporter. Mais quand je pense qu'en restant intraitable à leur égard, tu empêches toi-même Klamm d'accéder à toi, je veux à tout prix et par tous les moyens te protéger des conséquences que cela pourrait avoir. Donc je veux que tu les fasses rentrer. Alors K., fais-les vite rentrer ! N'aie pas d'égards pour moi. Quelle importance puis-je avoir ? Je me défendrai aussi longtemps que je le pourrai ; si je dois perdre, je perdrai, mais au moins dans la conscience que ce fut pour toi.

— Tu me confortes dans mon opinion sur les aides, dit K. Jamais ils ne rentreront de mon gré. Le fait que je les ai mis à la porte prouve, si besoin est, qu'on peut en venir à bout et qu'ils n'ont rien d'essentiel à voir avec Klamm. Pas plus tard que hier soir j'ai reçu une lettre de Klamm où l'on peut voir que Klamm est tout à fait mal informé sur les aides, il faut en conclure qu'ils lui sont parfaitement indifférents, car s'ils ne l'étaient pas, il aurait sûrement pu obtenir à leur sujet des renseignements exacts. Mais que toi, tu voies Klamm en eux, ne prouve rien, car tu es malheureusement encore sous l'influence de l'hôtesse et tu vois Klamm partout. Tu es encore la maîtresse de Klamm et il s'en faut que tu sois encore ma femme. Parfois cela me rend tout triste et il me semble avoir tout perdu, j'ai le sentiment d'être tout juste arrivé au village, non plein d'espoir comme en ce temps-là, mais avec l'idée que seules des déceptions m'attendent et qu'il me faudra les goûter l'une après l'autre jusqu'à la lie. Mais cela n'est vrai que par moments, ajouta-t-il en souriant lorsqu'il vit Frieda s'effondrer à ses paroles, et cela prouve au fond quelque chose de bien, à savoir, tout ce que tu représentes pour moi. Et si tu me demandes de choisir entre toi et les aides, c'est que les aides ont déjà perdu. Quelle idée, choisir entre toi et les aides ! Mais je veux enfin en être débarrassé tant en paroles qu'en pensées. Qui sait d'ailleurs si la faiblesse qui nous a pris tous deux ne vient pas de ce que nous n'avons toujours pas pris notre petit déjeuner ?

— Possible, dit Frieda avec un sourire fatigué. Et elle se remit au travail. K. aussi reprit son balai.

Après un instant on entendit frapper doucement. « Barnabas » ! s'écria K. jetant son balai et en quelques bonds il fut à la porte. Frieda le regarda effrayée, plus effrayée par ce nom que pour tout le reste. K. ne réussit pas à ouvrir tout de suite le cadenas de ses mains incertaines. « J'ouvre, j'ouvre », ne cessait-il de répéter au lieu de demander qui frappait.

Aussi fut-il bien obligé de voir que ce n'était pas Barnabas qui entrait par la porte ouverte toute grande mais le petit garçon qui avait déjà auparavant voulu s'adresser à lui. Mais K. n'avait aucune envie de se souvenir de lui.

— Que veux-tu donc ? dit-il, les cours c'est à côté.

— C'est de là que je viens, dit le garçon et de ses grands yeux bruns il regardait K. tranquillement, debout, les bras le long du corps.

— Que veux-tu alors, vite ! dit K. qui se baissa un peu car le garçon parlait doucement.

— Est-ce que je peux t'aider ? demanda le garçon.

— Il veut nous aider, dit K. à Frieda et puis au garçon : — Comment t'appelles-tu donc ?

— Hans Brunswick, dit le garçon, élève de septième, fils d'Otto Brunswick, maître cordonnier, rue de la Madeleine.

— Tiens donc, tu t'appelles Brunswick, dit K. qui fut alors plus aimable avec lui.

Hans avait été tellement bouleversé par les estafilades sanguinolentes que la maîtresse avait faites sur la main de K. qu'il s'était alors décidé de se mettre du côté de K. Il avait de lui-même quitté la salle de classe à la façon d'un déserteur, s'exposant au danger d'une grave punition. Peut-être était-il dominé par des idées d'enfant mais c'était justement toute la gravité de l'enfance qui se dégageait de tout ce qu'il faisait. La timidité l'avait retenu au début seulement, bientôt il s'était habitué à Frieda et à K. et lorsqu'on lui eut donné aussi du bon café chaud il devint vif et confiant et ses questions étaient pleines d'intérêt et de précision, comme s'il voulait apprendre l'essentiel aussitôt que possible pour pouvoir ensuite prendre par lui-même ses décisions concernant K. et Frieda.

Il y avait aussi quelque chose d'autoritaire dans sa personne ; mais tellement mêlé d'innocence enfantine qu'on se soumettait volontiers à lui, mi sincèrement, mi par plaisanterie. Toujours est-il qu'il attirait toute l'attention sur lui, le travail avait cessé, le petit déjeuner traînait en longueur. Bien qu'il fût assis sur un banc d'école, K. en haut au bureau et Frieda sur une chaise à côté de lui, on eût dit que c'était Hans l'instituteur en train d'examiner et de juger les réponses ; un léger sourire autour de ses lèvres douces semblait indiquer qu'il savait très bien qu'il ne s'agissait que d'un jeu mais il n'en était que plus sérieusement à ce qu'il était en train de faire ; peut-être d'ailleurs n'était-ce pas un sourire du tout mais le bonheur de l'enfance qui jouait sur ses lèvres.

Il n'avait avoué que tard déjà connaître K., depuis que celui-ci était un jour entré chez Lasemann. K. en fut heureux :

— C'est toi qui jouais aux pieds de la femme ? demanda K.

— Oui, dit Hans, c'était ma mère.

Alors on lui demanda de parler de sa mère mais il ne le fit qu'en hésitant et après y avoir été invité plusieurs fois ; on put voir alors qu'il était un petit garçon en qui — mais peut-être seulement était-ce dû à l'illusion des sens de l'auditeur attentif — paraissait presque déjà parler un homme intelligent.

Energique et perspicace dans les questions qu'il posait comme s'il pressentait déjà son avenir, sans transition il n'était plus qu'un petit écolier qui ne comprenait même pas certaines questions, en comprenait d'autres mal. Il continuait, dans son sans-gêne enfantin, à parler trop bas bien qu'on le lui eût fait remarquer à plusieurs reprises ; puis finalement, comme par défi, face à certaines questions pressantes, il se tut complètement, sans embarras aucun, comme jamais un adulte ne pourrait se taire.

On eût dit d'ailleurs qu'à son avis lui seul avait le droit de poser des questions et que les questions des autres ne faisaient que transgresser quelque règle et étaient du temps perdu. Il arrivait alors qu'il restât longtemps assis silencieux, raide, la tête penchée et la lèvre inférieure saillante.

Cela plaisait tellement à Frieda qu'elle lui posait souvent des questions dont elle espérait qu'elles lui feraient garder le silence de la même manière ; d'ailleurs elle y arrivait quelquefois ; mais cela irritait K. On apprit peu de chose. Au total, la mère était un peu malade mais on ne put saisir de quelle maladie il s'agissait exactement. L'enfant que Mme Brunswick avait tenu sur les genoux était la sœur de Hans et s'appelait Frieda (Hans n'apprécia guère que cette femme qui le questionnait portât le même nom), ils habitaient tous le village, non pas chez Lasemann, ils n'y étaient qu'en visite afin de s'y baigner, parce que Lasemann possédait cette grande cuve où les petits enfants, dont Hans ne faisait pas partie, éprouvaient un plaisir particulier à se baigner et à jouer ; Hans parlait de son père avec respect et crainte, mais seulement quand il n'était pas en même temps question de sa mère. Face à sa mère la valeur du père semblait réduite ; d'ailleurs toutes les questions sur sa vie de famille, quelle que soit la manière dont on s'en approchât, restèrent sans réponse.

On apprit que le père était le cordonnier le plus important du lieu. Aucun autre ne pouvait lui être comparé, comme il le répétait souvent en guise de réponse à de tout autres questions ; il donnait même du travail aux autres cordonniers, au père de Barnabas par exemple, mais dans ce cas particulier Brunswick ne le faisait que par bonté pure. C'était du moins ce que paraissait indiquer le petit mouvement de tête par lequel Hans incita Frieda à descendre vers lui d'un bond et à lui donner un baiser. Quand on lui demanda s'il avait déjà été au château, il ne répondit qu'après que cette question eut été maintes fois répétée, et par un « non » ; il ne répondit même pas lorsqu'on lui posa cette question à propos de sa mère.

Finalement K. en eut assez ; ces questions lui parurent

à lui aussi tout à fait inutiles, il donnait raison sur ce point au garçon, de plus il y avait quelque chose de honteux à vouloir épier des secrets de famille par le détour de cet enfant innocent et ce qui était doublement honteux c'était que par cette voie-là on n'arrivait à rien savoir non plus. Et lorsque pour finir K. demanda au garçon en quoi il s'offrait de les aider, il ne s'étonna plus d'entendre que Hans voulait les aider dans leur travail pour que l'instituteur et l'institutrice cessent de faire des reproches à K.

K. expliqua à Hans qu'une telle aide n'était pas nécessaire ; chercher querelle devait être dans la nature de l'instituteur et on ne s'en protégerait pas, même par le travail le plus méticuleux ; le travail n'était pas difficile et il n'était en retard aujourd'hui que du fait de circonstances fortuites, de plus ces querelles n'avaient pas sur K. les effets qu'elles ont sur un écolier ; il s'en débarrassait d'une secousse, cela lui était presque égal et il espérait bientôt pouvoir échapper tout à fait à l'instituteur. Puisqu'il ne s'était agi que de l'aider contre l'instituteur, il remerciait Hans de tout cœur. Il pouvait donc tranquillement retourner en classe, il était à souhaiter qu'il ne se fasse pas punir.

Bien que K. eût involontairement et sans le souligner montré que l'aide dont il n'avait pas besoin était celle qui lui aurait été apportée contre l'instituteur et qu'il n'eût rien dit de celle dont il avait besoin par ailleurs, Hans l'entendit pourtant très bien et demanda si K. avait peut-être besoin d'une autre sorte d'aide ; il l'aiderait bien volontiers et s'il n'en était pas capable lui-même, il demanderait à sa mère et cela marcherait sûrement. Quand son père avait des soucis il demandait aussi l'aide de sa mère. Et la mère avait d'ailleurs déjà un jour demandé des nouvelles de K. ; elle ne sortait guère de la maison, c'était tout à fait par exception qu'elle s'était rendue chez Lasemann ; mais lui, Hans, y allait souvent pour jouer avec les enfants de Lasemann et sa mère lui avait ainsi demandé un jour s'il n'avait pas vu chez eux Monsieur l'Arpenteur, elle n'en avait pas dit plus ; mais en le voyant ici il avait fallu qu'il lui adresse la parole afin de pouvoir en informer sa mère.

Car ce que sa mère aimait par-dessus tout, c'était que l'on accomplisse ce qu'elle souhaitait sans qu'elle en donne l'ordre explicite.

Là-dessus K. après un instant de réflexion dit qu'il n'avait pas besoin d'aide, qu'il avait tout ce dont il avait besoin mais que c'était très gentil de la part de Hans de vouloir l'aider, il le remerciait pour sa bonne intention, il était bien possible qu'il puisse plus tard avoir besoin de quelque chose, il s'adresserait alors à lui, il savait où il habitait. En revanche lui, K., cette fois pouvait peut-être l'aider un peu, il regrettait beaucoup que la mère de Hans soit tout le temps malade et que personne visiblement ne comprenne de quoi elle souffrait ; si on la négligeait de pareille manière il pouvait tout à coup se produire une aggravation sensible d'un mal en soi bénin. Or, lui, K., avait quelques connaissances médicales et, qui plus est, l'expérience du traitement des malades. Il avait réussi dans certains cas, là où les médecins avaient échoué. Chez lui, à cause de ses vertus de guérisseur, on l'avait toujours appelé « herbe amère ». Toujours est-il qu'il aimerait bien voir la mère de Hans et lui parler. Peut-être pourrait-il donner un bon conseil, il le ferait volontiers, rien que pour Hans.

D'abord les yeux de Hans avaient brillé à cette offre, ce qui amena K. à se faire plus pressant, mais le résultat ne fut guère satisfaisant car Hans répondit, sans même en être attristé, à plusieurs questions qui lui furent posées qu'aucun visiteur étranger ne devait se rendre auprès de sa mère, parce qu'elle avait besoin de beaucoup de ménagements ; K. pourtant, ce jour-là, lui avait à peine parlé, or elle était restée plusieurs jours au lit, ce qui, il est vrai, arrivait souvent. Mais son père avait été très fâché contre K. et jamais, certainement, il ne permettrait que K. se rende auprès de sa mère ; oui, il avait même voulu aller trouver K. pour le punir de son comportement, c'était la mère qui l'avait retenu. En règle générale, d'ailleurs, la mère ne voulait parler à personne et la question qu'elle avait posée à propos de K. ne faisait pas exception, bien au contraire, car en parlant de lui, elle aurait pu manifester le souhait de le voir, mais elle n'avait rien fait de tel et donc clairement exprimé sa volonté. Elle voulait seulement avoir des nouvelles de K., mais parler avec lui, elle ne le voulait pas. De plus, ce n'était pas à vrai dire d'une maladie qu'elle souffrait, elle connaissait fort bien l'origine de son état, parfois elle y faisait même allusion, c'était vraisemblablement l'air d'ici qu'elle ne supportait pas ; mais elle ne voulait pas non plus quitter cet endroit, à cause du père et des enfants, et de plus cela allait déjà mieux qu'avant.

Voilà à peu près ce qu'apprit K. ; la capacité de réflexion de Hans s'accroissait visiblement lorsqu'il devait protéger sa mère contre K., contre K. que, prétendument, il avait voulu aider ; oui, pour tenir K. à distance de sa mère, il contredisait même, sur certains points, ce qu'il avait dit auparavant, par exemple pour ce qui concernait sa maladie.

Pourtant, K. le remarquait, Hans restait bien disposé à son égard ; seulement sa mère lui faisait oublier tout le reste ; peu importait de savoir qui on tentait de faire valoir par comparaison avec elle, il était dans son tort aussitôt. Cette fois cela avait été K. mais cela pouvait tout aussi bien être son père, par exemple. Pour s'en assurer K. dit que ce dernier était très raisonnable de vouloir éviter à ce point tout dérangement à sa mère et que si lui, K., avait seulement pu deviner quoi que ce soit en ce sens, il n'aurait certes pas osé adresser la parole à sa mère et il priait qu'on veuille bien l'en excuser. En revanche, ce qu'il ne comprenait pas du tout, c'était pourquoi, étant donné que les origines de ce malaise étaient clairement établies, comme le disait Hans, le père empêchait sa mère d'aller se rétablir en changeant d'air ; il la retenait, c'était bel et bien le cas de le dire, car si elle ne s'en allait pas, c'était à cause de lui et des enfants, mais les enfants, elle pouvait les emmener, elle n'aurait pas besoin de s'en aller bien longtemps, ni très loin non plus ; déjà en haut sur la montagne du château l'air était tout différent. Son père n'avait guère à craindre le coût d'une telle excursion puisqu'il était le cordonnier le plus important du lieu et sûrement lui-même ou la mère avaient des parents ou des relations au château qui les accueilleraient bien volontiers. Pourquoi ne la laissait-il pas partir ? Il ne fallait certes pas sous-estimer une indisposition de cette sorte. K. n'avait vu sa mère que de façon fugitive mais sa pâleur et sa faiblesse l'avaient frappé et conduit à lui adresser la parole ; cela l'avait étonné que le père ait laissé cette femme malade dans le mauvais air de cette salle de bains commune et qu'il ait parlé d'une voix sonore, sans la moindre retenue. Le père, sûrement, ne savait pas de quoi il s'agissait ; même si ce malaise s'était atténué ces derniers temps, un tel malaise a ses caprices, mais il finit par prendre le dessus si on ne le combat point, alors il n'y a plus rien à faire. Si K. ne pouvait parler à sa mère, peut-être serait-il bon qu'il puisse parler à son père et attirer son attention sur tout cela.

Hans avait écouté attentivement, compris la plupart des choses et été fortement impressionné par la menace contenue dans tout ce qu'il n'avait pas bien compris, il dit malgré tout que K. ne pourrait pas parler avec son père car son père avait de l'aversion pour lui et le traiterait probablement comme l'instituteur.

Il disait cela en souriant et avec timidité lorsqu'il parlait de K., avec véhémence et tristesse quand il mentionnait son père. Il ajouta pourtant que K. devait peut-être tout de même parler à sa mère, mais sans que son père le sache.

Puis Hans se mit à réfléchir, le regard fixe, tout à fait comme une femme qui veut faire quelque chose d'interdit et cherche quelque possibilité de le faire sans risque d'être punie ; il dit qu'après-demain, ce serait peut-être possible. Le soir, le père allait à l'Auberge des Messieurs, lui, Hans, viendrait et le conduirait auprès de sa mère, à condition, il est vrai, que sa mère donne son accord, ce qui était encore très improbable. Elle ne faisait surtout jamais rien contre la volonté de son père, elle se pliait à lui en toutes choses y compris celles dont même lui, Hans, voyait bien qu'elles étaient déraisonnables.

Or Hans cherchait maintenant vraiment de l'aide contre son père auprès de K., on eût dit qu'il s'était trompé lui-même quand il avait cru vouloir aider K. alors qu'en réalité, puisque personne dans son entourage n'avait pu l'aider, il voulait voir si cet étranger, tout à coup débarqué et dont même sa mère avait parlé, en serait capable.

Comme ce garçon était inconsciemment renfermé, sinon même retors ! Rien jusque-là ni dans son apparence ni dans ses paroles ne l'avait fait voir ; on ne le remarquait que par ces aveux, venus après coup, et arrachés par hasard. Et le voilà en train de penser aux difficultés à surmonter. Malgré toute l'infatigable bonne volonté de Hans, c'étaient des difficultés presque insurmontables ; plongé dans ses pensées et cherchant pourtant de l'aide il ne cessait de regarder K. en clignant des yeux, nerveusement. Avant le départ de son père, il ne devait rien dire à sa mère, sinon le père l'apprendrait, il ne devait en parler que plus tard ; mais par égard pour sa mère, il ne devait pas le faire vite, de façon brusquée, mais lentement et quand l'occasion se présenterait ; c'est alors seulement qu'il pourrait demander l'accord de sa mère ; mais alors n'était-il pas déjà trop tard ? le père ne menaçait-il pas déjà de revenir ? Non en fin de compte c'était impossible.

K. en revanche apportait la preuve que ce n'était pas impossible. Il ne fallait pas craindre de ne pas avoir le temps, une courte conversation suffisait, Hans n'aurait pas besoin d'aller chercher K. K. attendrait caché quelque part à proximité de la maison et sur un signe de Hans, il viendrait tout de suite.

— Non, dit Hans, il ne fallait pas que K., attende près de la maison — de nouveau c'était sa sensibilité pour tout ce qui touchait sa mère qui le dominait —, K. ne devait pas se mettre en route sans que sa mère le sache, K. n'avait pas le droit de se mêler d'une entente aussi secrète entre lui et sa mère ; il lui faudrait aller chercher K. à l'école et pas avant que la mère le sache et le permette.

— Bien, fit K., en effet c'était vraiment dangereux, il était possible que le père le surprenne dans la maison ; sa mère par peur de tout cela ne ferait pas venir K., et tout échouerait à cause du père. Hans s'en défendit et leur dispute, ainsi, allait son train.

Depuis longtemps K. avait fait sortir Hans de son

banc et l'avait appelé au bureau, il l'avait attiré à lui, l'avait pris entre ses genoux, parfois il le caressait pour l'apaiser. Cette proximité créait malgré les mouvements de rébellion de Hans, une entente entre eux. Enfin, on tomba d'accord sur ceci : Hans d'abord dirait toute la vérité à sa mère ; cependant pour faciliter son accord il ajouterait que K. voulait aussi parler à Brunswick lui-même, non de sa mère, il est vrai, mais de ses affaires à lui. Et c'était exact car au cours de la conversation K. s'était aperçu que Brunswick, même si c'était par ailleurs un homme méchant et dangereux, ne pouvait pas être son ennemi, puisqu'il était, selon ce qu'avait rapporté le maire, le chef de file de ceux qui avaient exigé pour des raisons politiques que l'on fasse appel à un arpenteur. L'arrivée de K. au village devait donc être la bienvenue pour Brunswick ; mais le mauvais accueil du premier jour et l'antipathie dont parlait Hans étaient presque incompréhensibles ; peut-être Brunswick était-il vexé parce que K. ne s'était pas d'abord adressé à lui pour obtenir de l'aide, peut-être existait-il un autre malentendu que quelques mots suffiraient à élucider.

Quand cela serait fait, K. pourrait fort bien trouver en Brunswick un appui contre l'instituteur, ou même contre le maire. On pouvait dévoiler toute la tromperie administrative — car qu'était-ce donc d'autre ? — au moyen de laquelle le maire et l'instituteur l'écartaient des autorités du château et le réduisaient à cette position d'appariteur d'école, et s'il devait bientôt en résulter une lutte entre Brunswick et le maire à propos de K., il fallait que Brunswick attire K. de son côté ; K. deviendrait l'hôte de Brunswick, Brunswick mettrait son pouvoir à sa disposition par défi à l'égard du maire ; qui sait jusqu'où il parviendrait par ce moyen ? En tout cas il serait souvent à proximité de la femme. C'est ainsi qu'il jouait avec ses rêves et ses rêves jouaient avec lui, pendant que Hans, qui ne pensait qu'à sa mère, observait avec inquiétude le silence de K. comme on le fait en présence d'un médecin plongé dans ses réflexions et qui cherche moyen de traiter un cas difficile. Hans fut d'accord avec la proposition de K. de parler à Brunswick de ce poste d'arpenteur, mais seulement, il est vrai, parce que sa mère ainsi se trouvait protégée contre son père et que par-dessus le marché, il s'agissait d'un cas limite qui, espérait-il, ne se produirait pas. Il demanda seulement encore comment K. expliquerait au père l'heure tardive de sa visite et accepta finalement avec un visage, il est vrai, un peu assombri que K. répondrait que la condition insupportable de serviteur d'école et le traitement déshonorant que lui avait fait subir l'instituteur lui avaient fait perdre toute retenue dans un accès de désespoir soudain.

Puisque, aussi loin que l'on pouvait voir, tout semblait avoir été d'avance pensé, puisque la possibilité de réussir n'était plus exclue, Hans devint plus joyeux, plus détendu ; délivré qu'il était du poids de la réflexion, un instant encore il bavarda de façon enfantine avec K. d'abord, puis avec Frieda, restée plongée dans ses pensées et qui ne recommença qu'alors à prendre part à la conversation. Elle lui demanda entre autres ce qu'il voulait devenir ; il ne réfléchit pas longtemps et dit qu'il voulait devenir un homme comme K. Quand on lui en demanda la raison, il ne sut évidemment que répondre et à la question de savoir s'il voulait aussi devenir appariteur d'école, il répondit énergiquement par la négative. Ce n'est qu'en l'interrogeant plus avant qu'on put comprendre par quels détours il en était arrivé à ce souhait. La situation actuelle de K. n'était nullement enviable mais triste et méprisable, cela Hans lui aussi le voyait très exactement et pour le voir il n'avait aucun besoin d'observer autrui ; lui-même aurait préféré protéger sa mère de tout regard ou de toute parole de K. Or malgré tout c'est K. qu'il venait voir, à qui il demandait de l'aide et il était heureux lorsque K. l'approuvait ; il croyait avoir remarqué que d'autres gens le faisaient aussi et enfin, surtout, sa mère elle-même avait parlé de K.

C'est cette contradiction qui lui faisait croire que K. était encore inférieur et effrayant mais que dans un avenir, il est vrai inimaginablement lointain, il les surpasserait tous. Et c'était justement cette perspective à la lettre inconcevable et la fière évolution qui allait y conduire qui attiraient Hans ; et pour cela il était prêt à prendre en compte le K. actuel.

Ce qu'il y avait à la fois de particulièrement enfantin et de tellement précoce dans ce souhait, c'était que Hans regardait K. d'en haut, comme on regarde quelqu'un de plus jeune dont l'avenir s'étend plus loin que le vôtre, l'avenir d'un petit garçon. Et il parlait de ces choses-là, avec une gravité presque triste, seulement parce qu'il y était sans cesse contraint par les questions de Frieda. C'est K. qui lui rendit son assurance lorsqu'il dit savoir pourquoi Hans l'enviait, pour le beau bâton noueux qui se trouvait sur la table et avec lequel Hans avait distraitement joué pendant la conversation. Eh ! bien de tels bâtons, K. s'entendait à les fabriquer et quand leur plan aurait réussi, il en ferait un plus beau encore pour Hans. On ne savait plus très bien si ce n'était pas du seul bâton que Hans avait voulu parler, tellement il était content de la proposition de K. ; il prit joyeusement congé non sans vigoureusement lui serrer la main et lui dire :

— Donc, à après-demain.

Il était grand temps que Hans s'en aille car peu après l'instituteur ouvrit la porte toute grande et lorsqu'il vit K. et Frieda tranquillement assis à table, il s'écria :

— Excusez le dérangement ! Mais dites-moi, quand allez-vous enfin mettre de l'ordre là-dedans ? Nous, nous sommes obligés de nous entasser là-bas, les cours en souffrent, mais vous, vous vous étirez et vous prélassez dans cette grande salle de gymnastique et pour avoir plus de place vous avez par-dessus le marché renvoyé les aides ! Vous pourriez au moins vous lever ! Remuez-vous un peu.

Et s'adressant au seul K. :

— Toi, tu vas aller me chercher à déjeuner à l'Auberge du Pont !

Tout cela il le criait sur un ton de colère mais les paroles étaient relativement douces, même le « tu » en soi grossier. K. était prêt à obéir tout de suite ; rien que pour en avoir le cœur net il dit :

— Mais je suis renvoyé.

— Renvoyé ou pas, va me chercher le déjeuner, dit l'instituteur.

— Renvoyé ou pas, c'est ce que je veux savoir ! dit K.

— Qu'as-tu à bavarder, dit l'instituteur. Tu n'as pas accepté ton renvoi !

— Et cela suffit pour le rendre inopérant ? demanda K.

— A moi non, dit l'instituteur, tu peux me croire, mais au maire, si, et c'est incompréhensible. Et maintenant cours, sinon tu prends vraiment la porte.

K. était satisfait, l'instituteur avait donc entre-temps parlé avec le maire ou peut-être ne lui avait-il pas parlé du tout, mais n'avait fait que se conformer à l'avis prévisible du maire en faveur de K.

Alors K. voulut se dépêcher d'aller chercher le déjeuner, mais dans le couloir l'instituteur le rappela encore ; ou bien il avait voulu simplement éprouver la serviabilité de K. par cet ordre, pour prendre ensuite ses dispositions en conséquence, ou bien il avait de nouveau eu l'envie de commander et il éprouvait du plaisir à voir K. courir et revenir à son commandement comme un garçon de café et tout aussi vite. K. de son côté savait qu'en cédant trop il deviendrait l'esclave et le souffre-douleur de l'instituteur, mais il voulait maintenant accepter les ordres de l'instituteur jusqu'à une certaine limite car si celui-ci ne pouvait pas le congédier comme il s'était avéré, il pouvait rendre sa situation intenable jusqu'à l'insupportable. Or cette situation importait plus à K. qu'auparavant. La conversation avec Hans lui avait donné des espoirs nouveaux, il fallait bien le reconnaître ; quoique fort improbables et sans fondement aucun et qui en arrivaient presque à lui masquer Barnabas. S'il s'y laissait aller, et il ne pouvait pas faire autrement, il fallait qu'il y concentre toutes ses forces, qu'il ne s'occupe plus de rien d'autre, ni des repas ni du logement, des autorités du village, oui pas même de Frieda ; au fond c'est de Frieda seule qu'il s'agissait car finalement tout ne le préoccupait que par rapport à elle.

C'est pourquoi il devait essayer de garder cette place qui donnait quelque sécurité à Frieda, il ne devait pas regretter de tolérer pour cela plus de choses de l'instituteur qu'il n'aurait normalement pris sur lui d'en tolérer. Tout cela n'était tout de même pas trop grave, cela faisait partie de la succession ininterrompue des petites avanies de la vie ; ce n'était rien en comparaison de ce que K. ambitionnait et il n'était pas venu ici pour vivre dans la paix et les honneurs.

Et tout comme il avait été prêt à courir à l'auberge il était tout aussi prêt à obéir au changement d'ordre, à ranger la salle de classe pour que l'institutrice puisse y revenir avec ses élèves. Mais il fallait tout ranger très vite, car K. devait tout de même aller chercher le déjeuner et l'instituteur avait même déjà très faim et très soif. K. assura que tout allait tout de suite se faire comme souhaité ; un instant l'instituteur regarda K. se dépêcher, ranger la literie, replacer les agrès, balayer, pendant que Frieda lavait et frottait le pupitre. Ce zèle parut satisfaire l'instituteur ; il fit encore remarquer qu'un tas de bois était préparé devant la porte — il ne voulait certainement pas laisser K. accéder à la réserve —, et puis, menaçant de revenir bientôt voir, il repartit chez les enfants.

Après avoir travaillé un moment en silence, Frieda demanda à K. pourquoi il était à ce point docile maintenant à l'égard de l'instituteur. C'était certes une question pleine de compassion et de préoccupation, mais K., qui songeait à quel point Frieda avait peu réussi à le protéger des ordres et des violences de l'instituteur, comme elle avait pourtant à l'origine promis de le faire, répondit de façon laconique qu'étant donné qu'il était appariteur d'école il fallait bien qu'il remplisse sa charge. Puis ce fut de nouveau le silence. Cette brève conversation venait de rappeler à K. que Frieda, depuis longtemps et pendant toute la durée de l'entretien avec Hans, était restée plongée dans les pensées qui l'absorbaient. K. lui demanda franchement, tout en rentrant le bois, ce qui la préoccupait. Elle répondit, en levant lentement les yeux vers lui, qu'elle ne pensait à rien de précis ; elle pensait seulement à l'hôtesse et au bien-fondé de certains de ses propos. Lorsque K. se mit à insister elle répondit avec plus de précision mais sans cesser pour autant de travailler, non par zèle, car le travail n'avançait pas du tout, mais seulement pour ne pas être forcée de regarder K.

Elle raconta qu'elle avait d'abord tranquillement écouté la conversation de K. avec Hans, puis certains mots prononcés par K. l'avaient fait sursauter et elle avait commencé à prêter plus attention au sens des mots. Dès lors elle n'avait pu trouver dans ce que disait K. qu'une confirmation d'une mise en garde de l'hôtesse à la justesse de laquelle elle n'avait jamais voulu croire. Ces généralités irritèrent K. et plus agacé qu'ému par la voix plaintive et larmoyante — une fois de plus l'hôtesse s'immisçait dans sa vie, au moins par le souvenir car en personne elle avait eu jusque-là peu de succès — K. jeta par terre le bois qu'il portait sur le bras et exigea d'un ton grave que toute la lumière soit faite.

— Souvent, commença Frieda, dès le début, l'hôtesse s'est efforcée de me faire douter de toi, elle ne prétendait pas que tu mentais, bien au contraire, elle disait que tu étais d'une franchise d'enfant, mais que ta manière d'être était à ce point différente de la nôtre, que même lorsque tu parles ouvertement, nous ne pouvons que difficilement nous résoudre à te croire, et si une bonne âme ne nous sauve pas à temps, il faudra une expérience pénible pour nous en convaincre. Il n'en est pas allé autrement pour elle qui pourtant sait si bien percer les hommes à jour. Mais après la dernière conversation avec toi à l'Auberge du Pont, elle avait — je ne fais que répéter ses paroles méchantes — su te démasquer ; maintenant tu ne pouvais plus la tromper même si tu t'efforçais de cacher tes intentions. Mais tu ne caches rien, c'est ce qu'elle ne cessait de répéter et puis disait-elle encore : « Tâche donc, un jour, à une occasion quelconque de l'écouter vraiment et pas seulement de façon superficielle, non écoute-le vraiment. » C'est ce qu'elle-même avait fait et pour ce qui me concerne, elle en avait tiré la conclusion que voici :

— Tu t'es acoquiné à moi — elle a utilisé ce mot péjoratif — uniquement parce que tu m'as trouvée par hasard sur ton chemin, parce que je ne t'ai pas spécialement déplue et que tu as pris une serveuse de bar, tout à fait à tort, pour la victime prédestinée du premier client venu à qui il suffisait d'étendre la main. De plus, comme l'hôtesse de l'Auberge des Messieurs l'a appris, tu voulais passer la nuit pour une raison quelconque à l'Auberge des Messieurs et tu ne pouvais y arriver que par moi. Raison suffisante pour que tu deviennes mon amant d'une nuit ; mais pour que cela rende plus, il en fallait plus et ce plus c'était Klamm.

» L'hôtesse ne prétend pas savoir ce que tu attends de Klamm, elle prétend simplement qu'avant de me connaître, tu tendais aussi violemment vers Klamm qu'après. La différence avait simplement résidé en ceci : jadis tu étais sans espoir, maintenant tu crois avoir en moi un moyen sûr pour arriver vraiment et bientôt et de manière souveraine auprès de Klamm.

» Comme je fus effrayée — mais de manière passagère et sans raison profonde — lorsque tu m'as dit aujourd'hui qu'avant de me connaître tu t'égarais ici ! Ce sont peut-être les mêmes mots que ceux utilisés par l'hôtesse ; elle aussi disait que tu n'étais devenu conscient de ton but que depuis que tu me connaissais. Cela venait, disait-elle, de ce que tu croyais avoir conquis en moi une maîtresse de Klamm et posséder un gage que tu ne céderais que contre la plus élevée des rançons. En négocier le prix avec Klamm était ton seul but. Comme je ne suis rien pour toi, mais que ce prix est tout, tu es prêt à tout accepter pour ce qui me concerne, mais bien pour ce prix. C'est pourquoi cela t'est égal que je perde ma place à l'Auberge des Messieurs, égal aussi que je sois obligée de quitter l'Auberge du Pont, égal que je sois obligée de faire le dur travail de servante d'école. Tu n'as pas de tendresse, oui pas même de temps pour moi, tu me laisses aux aides, tu ne connais pas la jalousie, ma seule valeur pour toi, c'est d'avoir été la maîtresse de Klamm et dans ton ignorance tu fais tout ce qui est en ton pouvoir pour que je n'oublie pas Klamm, pour qu'à la fin je ne me rebiffe pas trop quand le moment décisif sera venu ; et cependant tu luttes aussi contre l'hôtesse, la seule que tu estimes capable de m'arracher à toi, c'est pourquoi tu as poussé le différend avec elle jusqu'à ses limites extrêmes pour être contraint de quitter l'Auberge du Pont avec moi ; tu ne doutes pas que je ne sois ta propriété dans la mesure où cela dépend de moi et ceci en toutes circonstances.

» La conversation avec Klamm, tu te la représentes comme une négociation, donnant, donnant. Tu comptes avec toutes les éventualités ; à supposer que tu obtiennes ton enjeu, tu es prêt à tout, si Klamm me veut, tu me donneras à lui, s'il veut que tu restes auprès de moi, tu resteras, s'il veut que tu me rejettes, tu me rejetteras, mais tu es prêt aussi à jouer la comédie, si cela est ton avantage tu prétendras m'aimer ; son indifférence, tu chercheras à la combattre, mettant en avant ton insignifiance et en lui faisant honte par le fait que tu es son successeur ou en lui transmettant les aveux d'amour pour sa personne que je t'ai vraiment faits, en le priant de bien vouloir me reprendre, en y mettant le prix, et si rien d'autre n'y fait, tu iras simplement mendier au nom du couple K. ! Mais, conclut l'hôtesse, si tu te rends compte alors que tu t'es trompé à tous égards dans tes attentes et tes espérances, dans les idées que tu te faisais de Klamm et de tes relations avec moi, alors l'enfer commencera pour moi, alors je serai vraiment ta propriété exclusive, mais une propriété qui se sera révélée sans valeur et tu me traiteras en conséquence, puisque tu n'as pas d'autre sentiment pour moi que ceux d'un propriétaire.

K. avait écouté avec attention, la bouche fermée. Le bois sous lui s'était mis à rouler, il avait presque glissé sur le sol, il ne l'avait pas remarqué ; ce n'est qu'à cet instant qu'il se leva, s'assit sur l'estrade, prit la main de Frieda qu'elle tenta faiblement de lui retirer et dit :

— Dans ton rapport je ne suis pas arrivé à distinguer ton opinion de celle de l'hôtesse.

— C'était la seule opinion de l'hôtesse, dit Frieda. J'ai écouté parce que je vénère l'hôtesse ; mais c'était la première fois dans ma vie que je rejetais totalement son point de vue. Tout ce qu'elle disait me semblait tellement minable, si loin de tout ce qu'il y avait entre nous ! C'était plutôt rigoureusement le contraire de ce qu'elle disait qui me semblait exact. Je pensais à ce triste matin après notre première nuit, lorsque tu étais agenouillé à côté de moi avec un regard comme si tout était perdu, et qu'en effet je ne t'apportais nulle aide malgré tout mes efforts et t'embarrassais bien plutôt. C'est par moi que l'hôtesse devint ton ennemie, ta puissante ennemie que tu sous-estimes encore ; pour moi, à cause de qui tu te faisais tous ces soucis, tu as dû combattre pour ta place, tu étais désavantagé par rapport au maire, il t'a fallu te soumettre à l'instituteur et tu t'es trouvé livré aux aides, mais ce qui était le pire : à cause de moi tu avais peut-être porté atteinte à Klamm. Les tentatives incessantes pour accéder auprès de Klamm ne visaient, vraiment, qu'à l'apaiser. Et je me disais que l'hôtesse, qui savait certes tout cela bien mieux que moi, voulait seulement, en me susurrant tout cela, me protéger de trop amères reproches que je pourrais m'adresser à moi-même. Peine perdue, mais l'intention était bonne. Mon amour pour toi m'aurait aidé à tout surmonter, il t'aurait, toi aussi, porté en avant, sinon au village, du moins en d'autres lieux, il a déjà donné une preuve de son pouvoir, il t'a sauvé de la famille Barnabas.

— C'était alors cela, ton opinion contraire ? fit K. Et qu'est-ce qui a changé depuis ?

— Je ne sais pas, dit Frieda en regardant la main de K. qui tenait la sienne.

— Peut-être rien n'a-t-il changé du tout ; quand tu es si près de moi et que tu poses des questions si tranquillement, je crois que rien n'a changé. Mais en réalité — elle retira sa main de celle de K., se tint assise droite en face de lui et pleura sans même se couvrir le visage, comme si ce n'était pas sur elle-même qu'elle pleurait et qu'elle n'avait donc rien à cacher, mais comme si elle pleurait la trahison de K. à qui revenait donc le spectacle de sa désolation —, en réalité tout a changé depuis que je t'ai vu parler avec ce garçon. Avec quelle innocence n'as-tu pas commencé ! Tu l'as interrogé sur sa famille, sur ceci ou cela ; j'avais l'impression que tu venais d'entrer à l'auberge, confiant, ouvert et que tu cherchais avec un zèle enfantin mon regard. C'était tout à fait comme en ce temps-là et je ne souhaitais qu'une seule chose, que l'hôtesse soit là à t'écouter et essaie encore de maintenir son point de vue.

» Mais, tout à coup, je ne sais comment cela s'est fait,

je remarquai dans quelle intention tu parlais avec ce garçon. Par tes paroles de sympathie tu as su gagner sa confiance qu'il n'est pas facile de gagner, pour, sans te gêner, aller droit à ton but, que je découvrais toujours mieux. Ce but, c'était la femme.

» Ce qui s'exprimait dans tes paroles, en apparence si préoccupées d'elle, et de façon ouverte, c'était le seul souci de tes affaires. Tu as trompé cette femme avant même de l'avoir gagnée. Ce n'est pas mon passé seul mais mon avenir aussi que j'entendais dans tes paroles ; il me semblait que l'hôtesse était assise à côté de moi et m'expliquait tout et moi je cherchais de toutes mes forces à l'écarter mais je voyais clairement l'inutilité de mes efforts, or ce n'était plus du tout moi qui étais trompée — je n'étais pas même encore trompée — mais cette femme inconnue. Et lorsque je me ressaisis tout de même et demandai à Hans ce qu'il voulait devenir et qu'il dit vouloir devenir comme toi, qu'il t'appartenait donc déjà à ce point, quelle différence pouvait-il encore y avoir entre lui, le bon garçon dont on abusait ici, et moi naguère au comptoir ?

— Tout, dit K. ; il s'était repris en s'accoutumant au reproche ; tout ce que tu dis est à certains égards juste ; ce n'est pas faux, c'est seulement malveillant. Ce sont des idées de l'hôtesse, mon ennemie, mais si tu crois que ce sont les tiennes, cela me console. Mais elles sont instructives, il y a encore pas mal à apprendre de l'hôtesse. A moi, elle n'a pas dit cela bien qu'elle m'ait par ailleurs ménagé ; de toute évidence elle t'a confié cette arme dans l'espoir que tu l'emploierais à une heure particulièrement grave et décisive pour moi. Si moi j'abuse de toi, elle en fait autant. Mais penses-y, Frieda, même si tout était exactement comme l'hôtesse le dit, tout cela ne serait très grave que dans un seul cas, à savoir si tu ne m'aimais pas. Alors et alors seulement je t'aurais vraiment conquise par calcul et par ruse pour pouvoir profiter de cette propriété. Peut-être alors cela aurait-il, en effet, fait partie de mon plan, de me plaindre de toi en me présentant devant toi bras dessus, bras dessous avec Olga, ce que l'hôtesse a tout simplement oublié de mentionner dans le décompte de mes fautes.

» Mais si ce n'est pas le cas et si ce n'est pas une bête de proie pleine de ruse qui s'est emparée de toi, si c'est toi qui es venue vers moi, comme moi je suis allé vers toi, nous oubliant l'un et l'autre, dis Frieda, alors c'est quoi ? Alors je mène mon affaire autant que la tienne ; il n'y a pas là de différence et seule une ennemie peut faire la distinction. Cela est valable pour tout, même et y compris pour Hans. Dans ton appréciation de la conversation avec Hans, ta délicatesse de sentiments te fait beaucoup exagérer les choses, car si mes intentions et celles de Hans ne correspondent pas exactement, cela ne va pas jusqu'à une opposition entre elles, de plus notre désaccord n'a pas échappé à Hans. Si tu le crois, tu sous-estimes beaucoup ce petit bonhomme avisé et même si tout avait dû lui rester caché, il n'en résultera de dommage pour personne, je l'espère bien.

— Il est si difficile de savoir où l'on en est, K., dit Frieda et elle soupira. Certes je n'ai pas eu de méfiance à ton égard et si quelque chose de la sorte m'a été transmis par l'hôtesse, je serais heureuse de le rejeter et de t'en demander pardon à genoux, comme je le fais d'ailleurs tout le temps, dussé-je dire les choses les plus méchantes. Mais il n'en est pas moins vrai que tu me caches beaucoup de choses ; tu vas et viens, je ne sais d'où tu viens ni où tu vas. Naguère lorsque Hans a frappé à la porte, tu as même crié le nom de « Barnabas ». Si une fois, au moins, tu m'avais appelée avec autant d'amour que tu as crié pour des raisons, de moi inconnues, ce nom détesté ! Si tu n'as pas confiance en moi, comment la méfiance ne naîtrait-elle pas chez moi ? Ne suis-je pas en ce cas totalement abandonnée à l'hôtesse que tu parais conforter par ton comportement ? Non, pas en toutes choses ! Je ne veux pas dire que tu la confortes en toutes choses ; n'as-tu pas finalement chassé les aides à cause de moi ? Ah ! si tu savais avec quelle passion je cherche, dans tout ce que tu fais et dis, le bon fond.

— Surtout, Frieda, dit K., je ne te cache pas la moindre chose. Comme l'hôtesse me hait et comme elle s'efforce de t'arracher à moi, avec quels moyens vils ne le fait-elle pas et comme tu lui cèdes, Frieda ! Comme tu lui cèdes ! Dis-le, en quoi donc est-ce que je te cache quelque chose ? Que je veuille parvenir jusqu'à Klamm, cela tu le sais et tu sais aussi que tu ne peux pas m'y aider et qu'il me faut y arriver par moi-même, cela tu le sais aussi et que je n'y suis pas encore arrivé, cela tu le vois. Dois-je donc m'humilier doublement par le récit des vaines tentatives qui dans la réalité m'ont déjà suffisamment humilié ? Dois-je par exemple me vanter d'avoir passé en grelottant un long après-midi à attendre, en vain, devant la portière du traîneau de Klamm ? Heureux de ne plus être obligé de penser à de pareilles choses, je me précipite auprès de toi et voici que par toi tout me revient de façon menaçante. Et Barnabas ? Bien sûr que je l'attends. Il est le messager de Klamm ; ce n'est pas moi qui l'ai fait devenir tel.

— Barnabas, encore, s'écria Frieda. Je ne peux pas croire qu'il est un bon messager.

— Tu as peut-être raison, dit K., mais il est le seul messager qu'on m'envoie.

— Ce n'en est que plus grave, dit Frieda, c'est pourquoi tu devrais t'en méfier d'autant plus.

— Malheureusement, il ne m'en a pas donné l'occasion jusque-là, dit K. en souriant. Il ne vient que rarement et ce qu'il ramène est dérisoire ; seul le fait que cela provient directement de Klamm le rend précieux.

— Eh ! bien donc, dit Frieda, Klamm n'est même plus ton but, c'est peut-être ce qui m'inquiète le plus. Que tu te pousses toujours en direction de Klamm pardessus moi, c'était déjà grave, que tu sembles maintenant te détacher de Klamm est bien plus grave encore, c'est quelque chose que l'hôtesse elle-même n'a pas prévu. D'après l'hôtesse, c'en était fait de mon bonheur, discutable mais pourtant très réel, le jour où tu te rendras définitivement compte que tu espérais Klamm en vain. Or, tu n'attends même plus ce jour-là ; voici qu'entre tout à coup un petit garçon et tu commences à lutter avec lui pour sa mère, comme si tu te battais pour l'air que tu respires.

— Tu as bien saisi ma conversation avec Hans, dit K. C'était cela en effet. Ta vie antérieure a-t-elle à ce point disparu pour toi (à l'exception de l'hôtesse qui ne se laisse pas refouler comme ça) pour que tu ne saches plus à quel point il faut se battre pour arriver, surtout lorsque l'on commence tout en bas ? Comme il faut tout utiliser dès qu'il y a un quelconque espoir ? Et cette femme vient du château, elle me l'a dit elle-même, lorsque le premier jour je m'égarai chez Lasemann. Qu'y avait-il de plus évident que de lui demander conseil ou même aide ? Si l'hôtesse connaît tous les obstacles qui séparent de Klamm, cette femme quant à elle connaît vraisemblablement le chemin, puisqu'elle l'a emprunté elle-même.

— Le chemin vers Klamm ? demanda Frieda.

— Vers Klamm bien sûr, vers quoi sinon ? dit K. Puis il se redressa d'un bond : — Maintenant il est grand temps d'aller chercher le déjeuner.

De façon bien plus pressante que les circonstances ne l'exigeaient Frieda lui demanda de rester, comme si seul le fait de rester pouvait confirmer tout ce qu'il lui avait dit de consolant. Mais K. lui rappela l'instituteur, montra la porte qui pouvait à chaque instant s'ouvrir avec un bruit de tonnerre, il promit de venir tout de suite, elle n'avait pas même besoin de chauffer, il allait s'en occuper.

Lorsque K. marcha à pas lourds à travers la neige — il y avait bien longtemps qu'il aurait fallu dégager le sentier, c'était curieux que le travail progresse si lentement —, il vit l'un des aides, épuisé, se retenir au grillage. Un seul, où était l'autre ? K. avait-il donc brisé au moins la force de résistance de l'un d'eux ? Celui qui restait n'en continuait pas moins à s'acharner ; c'était visible car, ravivé par l'apparition de K., il se remit à étendre les bras avec violence et à ribouler des yeux d'un air suppliant.

« Son opiniâtreté est exemplaire », se dit K. mais il est vrai qu'il fut obligé d'ajouter : « On meurt de froid au grillage en même temps qu'elle. » Il se contenta de le menacer du poing, ce qui excluait toute approche, l'aide recula même vivement, rempli de peur. Frieda, justement, était en train d'ouvrir une fenêtre pour aérer avant de chauffer, comme il avait été convenu avec K. Aussitôt l'aide cessa de s'occuper de K. et se glissa, irrésistiblement attiré, vers la fenêtre. Le visage déformé à force d'amabilité pour l'aide et de détresse suppliante à l'égard de K., elle agita un peu la main, par le haut de la fenêtre — était-ce un geste de défense, un salut, on ne savait pas très bien, — l'aide n'en continua pas moins son chemin, imperturbable. Alors Frieda ferma rapidement la fenêtre extérieure (1) mais resta derrière, la main sur la poignée, la tête penchée, avec de grands yeux et un sourire crispé. Savait-elle qu'ainsi elle attirait plus l'aide qu'elle ne le repoussait ? Mais K. ne regarda plus derrière lui, il voulait se dépêcher et revenir bientôt.

(1) Il s'agit de doubles fenêtres (N.d.T.).

Chapitre quatorzième

ENFIN — il faisait déjà nuit, c'était la fin de l'après-midi, — K. avait déblayé le sentier du jardin, entassé la neige des deux côtés du chemin et fini le travail de la journée. Il était debout à la porte du jardin, seul. Il n'y avait personne nulle part. L'aide, il l'avait chassé il y avait des heures, déjà, et il l'avait poursuivi un bon bout de chemin ; puis il s'était caché quelque part entre les jardinets et les cabanes, était resté introuvable et n'avait pas reparu depuis. Frieda était à la maison, elle lavait déjà le linge ou bien faisait encore la toilette du chat de Gisa ; cela avait été une grande marque de confiance de la part de Gisa d'avoir donné ce travail à Frieda, un travail, il est vrai, peu appétissant que K. n'aurait sûrement pas accepté, s'il n'avait été prudent d'utiliser jusqu'à la moindre occasion pour gagner Gisa après toutes ces défaillances dans le service. Gisa avait regardé, satisfaite, K. descendre la petite baignoire d'enfant du grenier, faire chauffer l'eau et avec précautions mettre le chat dedans. Alors Gisa avait même complètement abandonné le chat à Frieda, car Schwarzer, dont K. avait fait la connaissance le premier soir, était venu ; il avait salué K. avec un mélange de timidité, explicable par ce premier soir, et d'incommensurable mépris, tel qu'il sied à un appariteur d'école, puis il s'était retiré avec Gisa dans l'autre salle de classe. Ils y étaient encore.

Comme on l'avait raconté à K. à l'Auberge du Pont, Schwarzer qui pourtant était fils de régisseur vivait au village déjà depuis longtemps, par amour pour Gisa ; grâce à ses relations il était arrivé à se faire nommer instituteur-adjoint, mais exerçait principalement cette charge en ne manquant pour ainsi dire pas une des heures de cours de Gisa, assis sur un banc d'école, au milieu des enfants ou de préférence devant la chaire aux pieds de Gisa. Cela ne dérangeait plus du tout, il y avait longtemps que les enfants s'y étaient habitués et d'autant plus facilement que Schwarzer ne faisait preuve ni d'inclination ni de compréhension à leur égard, leur parlait à peine et n'assurait à la place de Gisa que le seul enseignement de la gymnastique, se contentant pour le reste de vivre dans la proximité, dans l'air, dans la chaleur de Gisa. Son plus grand plaisir c'était d'être assis à côté d'elle et de corriger des cahiers. Ils étaient, aujourd'hui encore, occupés à cela, Schwarzer avait apporté une grande pile de cahiers, l'instituteur leur donnait aussi les siens et tant qu'il avait encore fait clair, K. les avait vus tous les deux travailler à une petite table près de la fenêtre, tête contre tête, immobiles, là où on ne voyait plus maintenant que vaciller la lumière de deux bougies.

Un amour grave et sérieux les unissait tous les deux. C'était Gisa qui donnait le ton, dont le tempérament lourd, parfois se déchaînait et débordait toutes limites, mais qui jamais n'aurait toléré semblable chose chez quelqu'un d'autre ; ainsi le vif Schwarzer dut-il, lui aussi, se plier, marcher lentement, parler lentement, se taire beaucoup ; mais il était, on le voyait bien, largement récompensé de tout cela par la simple présence tranquille de Gisa. Or Gisa ne l'aimait peut-être pas même ; en tout cas ses yeux gris, qui, à la lettre, ne clignaient jamais et paraissaient tourner autour de leurs pupilles, ne donnaient pas de réponses à de telles questions ; la seule chose qu'on voyait, c'était qu'elle tolérait Schwarzer sans faire d'objections, mais elle ne savait certainement pas apprécier l'honneur qu'il y avait à être aimée par un fils de régisseur et elle emportait deci de-là son corps plein et opulent, imperturbable, que Schwarzer la suive ou non des yeux.

Schwarzer, en revanche, lui faisait le sacrifice de rester

au village ; des messagers de son père venaient souvent le chercher, il les renvoyait avec une telle indignation que ce bref rappel du château et cette évocation de ses devoirs de fils ne pouvaient donc que représenter une altération profonde et irréparable de son bonheur. Or, il avait largement du temps libre car Gisa en règle générale ne se montrait que pendant les heures de classe et la correction des cahiers, et cela, certainement, non par calcul mais parce qu'elle aimait son confort et donc par-dessus tout être seule. Elle était vraisemblablement au comble du bonheur quand chez elle, elle pouvait en toute liberté s'allonger sur le canapé, le chat à côté d'elle. Il ne dérangeait pas puisqu'il pouvait à peine bouger. Ainsi Schwarzer traînait, oisif, une bonne partie de la journée, cela aussi il l'appréciait, car il avait toujours la possibilité, qu'il utilisait d'ailleurs très souvent, d'aller rue aux Lions où habitait Gisa, de monter à sa mansarde, d'écouter à sa porte toujours verrouillée et de repartir au plus vite après avoir constaté dans la pièce le silence le plus absolu et le plus inexplicable. Mais il est vrai que les conséquences de cette manière de vivre se manifestaient aussi parfois chez lui — mais jamais en présence de Gisa — sous la forme d'accès ridicules où par instants l'orgueil se réveillait ; il est vrai que ce sentiment convenait plutôt mal à sa situation présente et généralement cela ne se terminait pas très bien, comme K. avait déjà pu s'en rendre compte.

La seule chose étonnante, c'était qu'à l'Auberge du Pont au moins on parlait de Schwarzer avec une certaine estime, même lorsqu'il s'agissait de choses plus risibles qu'estimables, et Gisa était incluse dans cette estime. Mais Schwarzer se trompait s'il se croyait, comme instituteur auxiliaire, infiniment supérieur à K. ; cette supériorité n'existait pas ; un appariteur est pour le corps enseignant et surtout pour un instituteur du type Schwarzer un personnage très important, que l'on n'a pas le droit de mépriser impunément et si l'on est incapable pour des raisons de préjugés de classe d'y renoncer, alors il faut le compenser par quelque chose d'équivalent si l'on veut rendre ce mépris supportable.

K. se promettait d'y songer à l'occasion. D'ailleurs

Schwarzer était encore en faute à son égard depuis le premier soir, faute que n'avaient nullement atténuée les jours suivants qui avaient, en réalité, justifié l'accueil de Schwarzer car il ne fallait pas l'oublier c'était cet accueil, peut-être, qui avait donné son orientation à tout le reste. Par Schwarzer, dès la première heure, de façon insensée, toute l'attention de l'administration s'était concentrée sur K., lorsque, tout à fait étranger au village, sans relations, sans refuge, épuisé par la marche, étendu désemparé qu'il était sur sa paillasse, il s'était trouvé exposé à toutes ses interventions. Une nuit plus tard, déjà, tout aurait pu se passer autrement, avec calme et presque en secret ; en tout cas personne n'aurait été au courant, on n'aurait pas eu de soupçons, il aurait été un chemineau qu'on gardait bien un jour chez soi ; on aurait vu qu'il était utilisable et digne de confiance, on se le serait dit dans le voisinage et probablement il n'aurait pas tardé à trouver une place de valet quelque part. Bien entendu, cela n'aurait pas échappé à l'administration.

Mais c'était une chose d'effrayer quelqu'un de garde au téléphone à cause de lui, en pleine nuit, d'exiger une réponse immédiate, avec une apparente humilité, mais en réalité avec une insistance implacable et de plus d'exiger cette réponse par l'intermédiaire de ce Schwarzer, probablement peu apprécié là-haut, c'en était une autre d'aller frapper le jour suivant aux heures ouvrables chez le maire et de se présenter comme chemineau étranger, et qui plus est, en tant que chemineau qui aurait déjà trouvé un abri et partirait dès le lendemain ; à moins que, par extraordinaire, il ne trouve du travail et pour quelques jours seulement car il ne voudrait en aucun cas rester longtemps. C'est ainsi ou à peu près ainsi que les choses se seraient passées sans Schwarzer. L'administration aurait continué à s'occuper de cette affaire mais tranquillement par la voie hiérarchique, sans être dérangée par cette impatience des administrés qu'elle déteste vraisemblablement tout particulièrement.

Or K. était innocent de tout cela, la faute en revenait à Schwarzer, mais Schwarzer était le fils d'un régisseur, en apparence il s'était comporté correctement, on ne pouvait donc en vouloir qu'au seul K. Et le ridicule prétexte de tout cela ? Peut-être Gisa avait-elle été mal disposée ce jour-là à son égard, à cause de cela Schwarzer avait erré dans la nuit en proie à l'insomnie, pour ensuite se dédommager sur K. de sa souffrance. Bien sûr on pouvait aussi dire, d'un autre côté, que K. devait beaucoup à ce comportement de Schwarzer. Cela seul avait rendu possible quelque chose qu'il n'aurait jamais atteint tout seul, ni même osé atteindre et que l'administration n'avait guère admis de son propre chef, à savoir qu'il s'opposait à elle, dès le début, les yeux dans les yeux. Mais cela c'était un bien vilain cadeau, il dispensait K. de bien des mensonges et de bien des cachotteries, mais il s'en trouvait presque désarmé et désavantagé dans la lutte et il aurait eu de quoi désespérer, s'il ne s'était pas dit que de toute façon la différence de pouvoir entre l'administration et lui était à ce point énorme que tous les mensonges et toute la ruse dont il aurait été capable n'auraient guère pu réduire cette différence à son profit. Or ce n'était là qu'une idée grâce à laquelle K. se consolait lui-même, Schwarzer n'en était pas moins dans son tort ; s'il avait porté préjudice à K., peut-être pourrait-il prochainement l'aider ; il continuerait d'ailleurs à avoir besoin d'aide dans les plus petites choses, dans ces tout petits préalables où d'ailleurs, une fois de plus, Barnabas ne semblait pas faire ce qu'il fallait.

A cause de Frieda, K. avait hésité toute la journée à aller chez Barnabas demander de ses nouvelles ; pour ne pas être obligé de le recevoir en présence de Frieda, il avait travaillé dehors, était resté dehors dans l'attente de Barnabas et Barnabas ne venait pas. Il ne restait donc rien d'autre à faire que d'aller voir ses sœurs, pour un instant seulement, il ne franchirait pas le seuil et serait de retour tout de suite. Il planta la pelle dans la neige et s'en alla en courant. Hors d'haleine, il arriva à la maison de Barnabas et après avoir à peine frappé, il ouvrit la porte d'un seul coup et demanda, sans même se préoccuper de ce qui se passait dans la pièce :

— Barnabas n'est-il toujours pas là ?

Alors seulement il remarqua l'absence d'Olga et les deux vieux assis à la table, très loin, dans une espèce de torpeur, ils n'avaient pas encore clairement saisi ce qui se passait là-bas, à la porte, et se mirent à cet instant à tourner seulement leurs visages dans cette direction. Amalia, couchée sous des couvertures sur le banc devant le poêle, s'était dressée dans un premier mouvement d'effroi à l'entrée de K., elle avait mis la main contre son front pour se reprendre. Si Olga avait été là, elle aurait répondu tout de suite et K. aurait pu s'en aller, mais il lui fallut bien faire au moins les quelques pas qui le séparaient d'Amalia, lui tendre la main, qu'elle serra silencieusement et lui demander d'empêcher ses parents effrayés de se promener à travers la pièce, ce qu'elle fit en quelques mots.

K. apprit qu'Olga fendait du bois dans la cour, Amalia, épuisée — elle n'en donna pas la raison — avait dû s'aliter il y avait peu de temps. Barnabas n'était pas encore revenu mais il reviendrait très bientôt car il ne passait jamais la nuit au château. K. la remercia pour ces informations, il pouvait maintenant s'en aller, Amalia lui demanda s'il ne voulait pas attendre Olga ; il n'en avait malheureusement plus le temps. Alors Amalia lui demanda s'il avait déjà parlé aujourd'hui avec Olga. Etonné il dit que non et demanda si Olga avait quelque chose de particulier à lui communiquer. Amalia étira la bouche comme légèrement irritée, fit un signe de tête silencieux à K. — c'était indiscutablement une manière de prendre congé — et se recoucha. Allongée, elle le toisa, étonnée qu'il soit encore là. Son regard était froid, clair, immobile, comme toujours ; il n'était pas à proprement parler orienté sur ce qu'elle regardait, mais — cela c'était dérangeant — passait un peu à côté ; c'est à peine si on le remarquait, mais c'était indubitable ; ni faiblesse, ni gêne, ni insincérité ne semblaient en être la cause, mais un désir de solitude plus fort que tout autre sentiment et dont elle n'avait peut-être pas conscience. K. croyait se souvenir que ce regard l'avait préoccupé dès le premier soir, oui, que toute cette vilaine impression faite dès l'abord par cette famille venait de ce regard, qui n'était pas laid en soi mais fier, bien plutôt, et sincère même dans ce qu'il avait de fermé.

— Tu es toujours si triste, Amalia, fit K. Est-ce que quelque chose te tourmente ? Tu ne peux pas le dire ? Je n'ai jamais vu une fille de la campagne comme toi. Aujourd'hui, je le remarque pour la première fois, à vrai dire. Es-tu d'ici, du village ? Tu es née ici ?

Amalia fit oui comme s'il n'avait posé que cette dernière question et dit :

— Donc tu attends Olga ?

— Je ne sais pas pourquoi tu poses toujours la même question, dit K. Je ne peux pas rester plus longtemps, ma fiancée m'attend à la maison.

Amalia s'accouda, elle ignorait l'existence d'une fiancée. K. dit son nom, Amalia ne la connaissait pas. Elle demanda si Olga était au courant de ses fiançailles ; K. croyait bien que oui, puisque Olga l'avait vu avec Frieda, de plus dans le village les nouvelles vont vite. Mais Amalia l'assura qu'Olga ne le savait pas et que cela allait la rendre très malheureuse car elle paraissait aimer K. Elle n'en avait pas parlé ouvertement car elle était très secrète, mais l'amour se trahissait toujours malgré lui. K. était persuadé qu'Amalia se trompait. Amalia sourit et ce sourire, quoique triste, éclaira le visage sombre et fermé, donna la parole à ce qui ne parlait pas, rendit familier ce qui était lointain ; il livrait un secret jusque-là bien gardé, que l'on pouvait certes reprendre, mais plus jamais complètement. Amalia dit qu'elle était sûre de ne pas se tromper ; oui, elle en savait même davantage, elle savait que K., lui aussi, éprouvait de l'inclination pour Olga et que ses visites avec d'éventuels messages de Barnabas pour prétexte ne concernaient en réalité que la seule Olga. Mais maintenant qu'Amalia savait tout, il ne fallait plus qu'il prenne les choses à ce point au sérieux, il pouvait venir souvent. C'est cela qu'elle avait voulu lui dire. K. secoua la tête et rappela qu'il était fiancé. Amalia ne parut guère se soucier de ces fiançailles, ce qui était décisif pour elle, c'était l'impression que K. lui faisait, là, debout devant elle ; elle demanda seulement quand K. avait fait la connaissance de cette fille, étant donné qu'il n'était au village que depuis peu de jours.

K. raconta sa soirée à l'Auberge des Messieurs, à quoi Amalia répondit seulement qu'elle avait été tout à fait opposée à ce qu'on conduise K. à l'Auberge des Messieurs. Elle en appela au témoignage d'Olga qui entrait justement, le bras chargé de bois, fraîche et colorée par l'air vif, pleine de vie et de force, comme transformée par le travail. Elle jeta le bois par terre, salua K., eut un regard de connivence pour Amalia, mais elle ne semblait pas se tenir pour battue. Un peu irrité K. parla de Frieda plus qu'il ne l'eût fait en d'autres circonstances, il décrivit les conditions difficiles dans lesquelles Frieda tenait néanmoins une sorte de ménage et dans sa hâte à raconter — ne voulait-il pas tout de suite rentrer à la maison —, il s'oublia à ce point qu'en guise d'au revoir il invita les deux sœurs à venir un jour lui rendre visite.

Or, tout à coup, il se rendit compte avec effroi de ce qu'il avait dit, en resta bouche bée ; et Amalia, aussitôt, sans lui laisser le temps d'ajouter un seul mot, déclara accepter l'invitation ; Olga fut bien obligée de se joindre à elle. Mais K., sans cesse pressé par la pensée qu'il lui fallait se hâter de prendre congé et se sentant mal à l'aise sous le regard d'Amalia, n'hésita pas, sans nullement se déguiser, à reconnaître qu'il avait lancé cette invitation de façon tout à fait irréfléchie mais qu'il ne pouvait malheureusement pas la maintenir, étant donné qu'il existait une grande inimitié, pour lui incompréhensible, entre Frieda et la maison Barnabas.

— Ce n'est pas de l'inimitié, dit Amalia en se levant et en rejetant la couverture derrière elle, ce n'est pas quelque chose d'aussi important que cela, elle ne fait que reproduire l'opinion générale. Et maintenant va, va chez ta fiancée, je vois bien que tu es pressé, et ne crains pas notre venue, je ne l'ai annoncée que pour plaisanter, par méchanceté. Tu peux souvent venir chez nous, rien ne s'y oppose, tu peux toujours prendre prétexte des messages de Barnabas. Et je t'ai encore facilité les choses en te disant que Barnabas, même s'il apporte un message du château pour toi, ne peut pas aller jusqu'à l'école. Il ne peut pas courir partout le pauvre garçon, son service l'épuise, tu seras contraint de venir toi-même chercher le message.

Jamais K. n'avait entendu Amalia dire tant de choses en une seule fois, cela sonnait autrement que ce qu'elle disait d'habitude ; il y avait là une sorte de hauteur, et K. n'était pas le seul à la sentir, Olga aussi de toute évidence, sa sœur qui pourtant était habituée à elle. Un peu à l'écart, elle avait repris son attitude habituelle, jambes écartées, un peu penchée en avant, les yeux dirigés sur Amalia, laquelle n'avait d'yeux que pour K.

— C'est une erreur, une grave erreur, si tu crois que je ne prends pas l'attente de Barnabas au sérieux. Arranger mes affaires avec l'administration est mon plus haut, mon seul souhait. Et Barnabas doit m'aider, mes espoirs reposent sur lui. Deux fois déjà, il m'a beaucoup déçu ; mais c'était plus ma faute que la sienne, cela s'est produit dans la confusion des premières heures où je croyais qu'une petite promenade du soir suffirait pour accéder à tout et je lui en ai voulu, à lui, que l'impossible se soit révélé impossible. Il m'a même influencé dans mon jugement sur votre famille et sur vous. Mais cela appartient au passé, maintenant je crois mieux vous comprendre, vous êtes même... — K. cherchant le mot juste, ne le trouva pas tout de suite et se contenta du premier qui lui vint. — Vous êtes peut-être plus bienveillantes que n'importe qui d'autre au village, pour autant que je les connaisse. Or, Amalia, tu me trompes en rabaissant non pas le service de ton frère mais la signification qu'il a pour moi. Peut-être n'es-tu pas initiée aux activités de Barnabas, alors c'est bien et je vais laisser les choses là où elles en sont, mais peut-être es-tu initiée — et c'est plutôt l'impression que j'ai —, alors c'est grave et cela voudrait dire que ton frère me trompe.

— Sois rassuré, dit Amalia, je ne suis pas initiée à ses affaires et rien ne peut m'inciter à vouloir l'être, même par égard pour toi, pour qui je ferai bien des choses. Car, comme tu le dis, nous sommes bienveillants. Mais les affaires de mon frère lui appartiennent à lui, je n'en sais rien de plus que ce que j'en apprends par hasard, çà et là, contre ma volonté, en revanche Olga peut te donner tous les renseignements car elle est sa confidente.

Et Amalia s'en alla d'abord auprès de ses parents, avec lesquels elle chuchota, puis à la cuisine ; elle avait quitté K. sans prendre congé, comme si elle savait qu'il resterait longtemps et que ce n'était pas la peine de lui dire au revoir.

Chapitre quinzième

K. resta là, la mine quelque peu étonnée, Olga se moqua de lui, l'attira vers le banc devant le poêle, elle semblait heureuse de pouvoir encore être assise là, seule avec lui, c'était un bonheur tranquille que la jalousie ne troublait pas. Or c'était cette absence de jalousie et donc de toute espèce de sévérité qui faisait du bien à K. ; il aimait regarder ces yeux bleus qui n'attiraient et ne dominaient pas, mais qui, tranquilles et timides, soutenaient le regard. On eût dit que les avertissements de Frieda et de l'hôtesse ne l'avaient pas rendu plus réceptif aux choses d'ici, mais plus attentif et plus astucieux. Et il se mit à rire avec Olga lorsque celle-ci s'étonna de ce qu'il avait dit d'Amalia, qu'elle était bienveillante car Amalia était beaucoup de choses, mais elle n'était pas du tout bienveillante.

Alors K. expliqua que c'est en fait à elle, Olga, que ce compliment avait été adressé mais qu'Amalia était à ce point dominatrice que non seulement elle s'attribuait tout ce qu'on disait en sa présence mais qu'en effet, spontanément, on lui attribuait tout.

— C'est vrai cela, dit Olga, qui devint plus grave, c'est plus vrai que tu ne le penses. Amalia est plus jeune que moi, plus jeune aussi que Barnabas, mais dans la famille c'est elle qui décide pour le bien comme pour le mal et que ce soit bien ou mal, c'est bien plus lourd à porter pour elle que pour nous.

K. trouva cela exagéré, Amalia ne venait-elle pas de

dire qu'elle ne s'occupait, par exemple, pas du tout des affaires de son frère, mais qu'Olga savait tout ?

— Comment expliquer ? dit Olga, Amalia ne s'occupe ni de Barnabas ni de moi ; au fond elle ne s'occupe de personne en dehors des parents, elle les soigne jour et nuit, elle vient encore de leur demander ce qu'ils désirent et elle est allée à la cuisine préparer quelque chose pour eux, c'est pour eux qu'elle a fait l'effort de se lever, car elle était étendue sur le banc. Mais bien qu'elle ne s'occupe pas de nous, nous sommes dépendants d'elle, comme si c'était elle l'aînée ; si elle nous donnait des conseils pour nos affaires, nous les suivrions à coup sûr, mais elle ne le fait pas, nous lui sommes étrangers. Tu as tellement d'expérience humaine, tu viens de loin ; ne la trouves-tu pas toi aussi particulièrement intelligente ?

— Elle me semble particulièrement malheureuse, dit K., mais comment concilier par exemple avec ce respect que vous avez pour elle ces fonctions de messager que Barnabas exécute mais qu'Amalia désapprouve et qu'elle méprise peut-être même ?

— S'il savait quoi faire d'autre, il abandonnerait tout de suite son service de messager qui ne lui donne pas du tout satisfaction.

— N'est-il pas cordonnier de profession ? demanda K.

— Certes, dit Olga, il travaille en plus chez Brunswick et s'il le voulait, il aurait du travail jour et nuit et il gagnerait largement.

— Eh bien, alors, fit K. Il a donc de quoi quitter son service de messager ?

— Quitter son service de messager ? demanda Olga étonnée ; l'a-t-il donc pris pour gagner de l'argent ?

— Bon, je veux bien, dit K., mais tu viens de dire que cela ne le satisfait pas.

— Cela ne le satisfait pas pour diverses raisons, dit Olga, mais c'est tout de même un service au château, une sorte de service au château, c'est du moins ce qu'il faut croire.

— Comment, fit K., même pour cela vous êtes dans le doute ?

— Eh bien ! en réalité non, fit Olga ; Barnabas se rend dans les bureaux, fréquente les appariteurs, comme s'il était un des leurs, voit aussi quelques fonctionnaires, de loin ; on lui confie des lettres relativement importantes, même des messages à transmettre oralement, c'est beaucoup et nous pouvons être fiers de ce à quoi il est déjà arrivé, alors qu'il est si jeune.

K. hocha la tête, il ne pensait plus du tout à rentrer.

— Il a bien aussi sa livrée à lui ? demanda-t-il.

— Tu veux dire la veste ? dit Olga. Non, c'est Amalia qui la lui a faite avant qu'il ne soit messager. Mais tu t'approches là d'un point douloureux. Il y a bien longtemps déjà qu'il aurait dû avoir non pas une livrée qui n'existe pas au château, mais un costume de l'administration. Il lui a même été promis, mais pour ces choses-là, on est très lent au château et le plus grave, c'est qu'on ne sait jamais ce que cette lenteur signifie ; elle peut vouloir dire que l'affaire suit son cours, mais elle peut aussi signifier que ce processus administratif n'a même pas encore commencé, donc que l'on ne veut pas même encore mettre Barnabas à l'épreuve. Elle peut aussi signifier que le processus administratif est déjà terminé, mais que l'on a retiré l'assurance qu'on lui avait donnée pour de quelconques raisons et que Barnabas n'aura jamais le costume. On ne peut en apprendre plus ou seulement après un temps très long. Nous avons un proverbe ici, peut-être le connais-tu : « Les décisions administratives sont timides comme des jeunes filles. »

— C'est bien observé, fit K., qui prit cela avec encore plus de gravité qu'Olga elle-même ; c'est bien observé et ces décisions ont peut-être encore autre chose en commun avec les jeunes filles.

— Peut-être, dit Olga, mais je ne sais pas comment tu l'entends. Peut-être le dis-tu comme un compliment. Mais pour ce qui est du costume officiel, c'est l'un des soucis que se fait Barnabas et comme nous avons nos soucis en commun, cela me soucie moi aussi. Pourquoi ne lui donne-t-on pas de costume officiel, nous nous le demandons en vain. Or toute cette affaire n'est pas si simple. Les fonctionnaires par exemple ne semblent pas avoir de costume officiel du tout ; pour autant que nous le sachions ici et pour autant que Barnabas raconte, les fonctionnaires portent des vêtements ordinaires, mais fort beaux il est vrai. Or, Barnabas n'est pas fonctionnaire, pas même fonctionnaire de dernière catégorie et il ne s'avise pas même de le vouloir être. Mais même les domestiques de rang supérieur, qu'on ne voit, naturellement, guère par ici au village, n'ont pas à ce que dit Barnabas de costumes officiels ; c'est une consolation dans un certain sens, peut-on se dire, mais cela est trompeur, car Barnabas est-il un domestique de rang supérieur ? Non, et quelque inclination que l'on puisse avoir pour lui, on ne peut pas dire, il n'est pas un domestique de rang supérieur, le seul fait qu'il vienne au village, qu'il dorme ici prouve le contraire, les domestiques de rang supérieur sont plus réservés encore que les fonctionnaires, peut-être à bon droit, peut-être sont-ils même situés plus haut que certains fonctionnaires ; certaines choses semblent l'indiquer : ils travaillent moins et à ce que dit Barnabas, c'est un spectacle magnifique de voir ces grands hommes forts, doucement passer dans les corridors, Barnabas, lui, tâche de s'approcher d'eux. Bref, il ne peut en être question, Barnabas n'est pas un domestique de rang supérieur. Alors, il fait peut-être partie de la basse domesticité, mais les membres de celle-ci, justement, portent des costumes officiels pour autant, du moins, qu'ils descendent au village, ce n'est pas à proprement parler une livrée, et il y en a une grande diversité, mais on reconnaît immédiatement un serviteur du château. D'ailleurs toi-même, tu as vu ces gens-là, à l'Auberge des Messieurs. Ce qui est frappant, dans ces vêtements, c'est qu'ils sont la plupart du temps étroitement ajustés, ils ne sauraient convenir à un paysan ou à un artisan. Or, Barnabas n'a pas de vêtement de cette sorte ; ce n'est pas seulement honteux et déshonorant ; à la rigueur on pourrait encore le supporter, mais cela fait, surtout à certaines heures de tristesse — et nous en avons parfois, ce n'est pas si rare, Barnabas et moi —, douter de tout. Parfois nous nous le demandons : Est-ce même un service au château ce que Barnabas fait ? Certes, il va dans les bureaux, mais les bureaux sont-ils le château proprement dit ? Et même si des bureaux font partie du château, est-ce que ce sont ceux où Barnabas a le droit de pénétrer ? Il arrive dans des bureaux mais ce n'en est qu'une partie, il y a des barrières et derrière ces barrières, il y a encore d'autres bureaux. On ne lui interdit pas à vrai dire de continuer, mais il ne peut pas continuer alors qu'il a déjà rencontré ses supérieurs hiérarchiques qui lui ont dit ce qu'il y avait à faire et l'ont envoyé le faire. De plus on y est constamment observé, tout au moins le croit-on. Et même s'il continuait son chemin, à quoi cela servirait-il, s'il n'a pas de travail officiel et s'il n'est qu'un intrus ? Il ne faut pas non plus que tu te figures ces barrières sous la forme d'une limite précise, c'est ce que Barnabas ne cesse de me faire remarquer. Des barrières, il s'en trouve aussi dans les bureaux où il va ; il y a donc aussi des barrières qu'il franchit et elles ne sont pas différentes de celles qu'il n'a pas encore franchies, et il n'y a pas à supposer, dès l'abord, que de l'autre côté de ces barrières se trouvent des bureaux très différents de ceux où Barnabas s'est déjà rendu. On ne croit cela que pendant ces heures de tristesse. Et le doute alors persiste, on ne peut pas s'en défendre. Barnabas parle à des fonctionnaires. Barnabas reçoit des messages. Mais quels sont ces fonctionnaires, quels sont ces messages ?

» Maintenant comme il le dit, il est du ressort de Klamm et c'est de Klamm en personne qu'il reçoit ses ordres de mission. Or, voilà qui est déjà beaucoup, même des domestiques de rang élevé ne vont pas jusque-là, c'est presque trop, c'est cela qui est angoissant. Pense donc, être sans intermédiaires du ressort de Klamm, parler avec lui en personne ! Mais est-ce bien cela ? Oui, c'est cela, mais alors pourquoi Barnabas doute-t-il que le fonctionnaire que l'on désigne là-bas du nom de Klamm soit bel et bien Klamm ?

— Olga, dit K., tout de même tu plaisantes, n'est-ce pas, comment peut-il y avoir des doutes sur l'aspect de Klamm, on sait bien quelle tête il a, je l'ai vu moi-même.

— Certes non, K., dit Olga, ce n'est pas de la plaisanterie mais mon plus grave souci. Pourtant, je ne te le raconte pas pour soulager mon cœur et alourdir le tien, mais parce que tu as demandé des nouvelles de Barnabas, parce que Amalia m'a chargée de te le raconter et parce que je crois que c'est aussi utile pour toi de savoir des choses plus précises. Je le fais aussi à cause de Barnabas, pour que tu ne mettes pas de trop grands espoirs en lui, qu'il te déçoive et ait lui-même ensuite à souffrir de ta déception. Il est très sensible. Cette nuit par exemple il n'a pas dormi parce que hier soir tu n'étais pas content de lui ; il paraît que tu as dit que c'est très grave pour toi de n'avoir qu'un messager tel que Barnabas. Ces mots l'ont privé de sommeil. Toi, en ce qui te concerne, tu n'as pas dû remarquer grand-chose de ses émotions. Les messagers du château doivent beaucoup prendre sur eux. Mais il n'a pas la vie facile, pas même avec toi. Certes, dans ton esprit tu n'exiges pas trop de choses de lui, tu as apporté avec toi certaines conceptions quant à ce que doit être le service d'un messager et c'est à leur mine que tu mesures tes exigences. Mais au château on a un tout autre point de vue sur ce qu'est le service d'un messager, il n'est en rien comparable au tien, même si Barnabas se sacrifiait entièrement à son service, ce à quoi malheureusement il semble parfois disposé. Il faudrait bien s'y plier, on n'aurait rien à dire là contre, s'il n'y avait toujours cette question : est-ce vraiment un service de messager ce qu'il fait là ? Devant toi, naturellement, il n'a pas le droit d'exprimer de doutes à ce sujet, cela signifierait pour lui miner toute son existence, ce serait grossièrement enfreindre des lois auxquelles il se croit encore soumis ; même avec moi il n'en parle pas librement, il faut que par mes caresses, par mes baisers je le débarrasse de ces doutes, même alors il se défend encore en admettant que les doutes sont bel et bien des doutes. Il a quelque chose d'Amalia dans le sang. Et il ne me dit sûrement pas tout, bien que je sois sa seule confidente.

» Parfois nous parlons de Klamm, moi je ne l'ai pas encore vu — tu sais que Frieda ne m'aime guère et jamais elle ne m'aurait accordé de le voir —, mais naturellement son allure physique est connue au village, quelques-uns l'ont vu, tous en ont entendu parler et cette apparence, ces ouï-dire et certains propos inexacts en ont dégagé une image qui pour l'essentiel doit être juste, mais seulement pour ce qui est des traits essentiels. Pour le reste, elle est changeante — quoique moins changeante, peut-être, que ne l'est le véritable aspect physique de Klamm. Il paraît qu'il a une allure tout à fait autre lorsqu'il vient au village, et autre encore quand il le quitte, autre avant qu'il ne boive de la bière et autre après, il est autre à l'état de veille et autre quand il dort, autre seul et autre dans la conversation et ce qui est compréhensible, presque totalement autre encore en haut au château. Et à l'intérieur même du village, il existe des différences sensibles, différences de taille, d'attitude, de grosseur, de barbe, ce n'est qu'à l'égard du vêtement que les descriptions, heureusement, sont toutes les mêmes : il porte toujours le même vêtement, une jaquette noire à longs pans.

» Bien sûr toutes ces différences ne sont pas dues à quelques tours de magie, mais elles sont très compréhensibles, elles sont dues à l'humeur du moment, au degré d'énervement, aux innombrables nuances d'espoir ou de désespoir où se trouve le spectateur qui de plus n'a le droit de voir Klamm que pour quelques instants. Je te raconte tout cela comme Barnabas me l'a raconté et en général on s'en trouve rassuré quand on n'est pas immédiatement concerné par l'affaire. Nous non. Pour Barnabas c'est vraiment une question vitale de savoir s'il parle avec Klamm ou non.

— Pour moi, ce ne l'est pas moins, dit K. et ils se rapprochèrent plus encore sur le banc du poêle.

Bien entendu toutes ces nouveautés défavorables rapportées par Olga atteignaient K. et pourtant il y voyait aussi une compensation, puisqu'il y avait des gens pour qui, extérieurement du moins, il se passait la même chose que pour lui, auxquels il pouvait donc se joindre, avec lesquels il pouvait s'entendre sur bien des points et non pas seulement sur quelques-uns comme avec Frieda. Bien entendu, il perdait peu à peu l'espoir de voir les messages de Barnabas couronnés de quelque succès, mais plus cela allait mal, en haut, pour Barnabas, plus il se rapprochait de lui, ici en bas. Jamais K. n'aurait cru qu'un désir aussi malheureux pouvait être issu du village lui-même, comme c'était le cas pour Barnabas et sa sœur. Certes cela n'était pas encore suffisamment expliqué, et de loin, et cela pouvait encore s'inverser, on ne devait pas, dès l'abord, se laisser prendre par l'air innocent d'Olga et croire en la sincérité de Barnabas.

— Barnabas connaît très bien ces récits concernant l'allure extérieure de Klamm, continua Olga, il en a rassemblé et comparé beaucoup, peut-être trop, il a même vu Klamm par la portière d'une voiture ou cru le voir, il était donc suffisamment préparé pour le reconnaître et pourtant — comment te l'expliques-tu ? — lorsqu'il est arrivé au château dans les bureaux et que parmi plusieurs fonctionnaires on lui en a montré un en lui disant que c'était Klamm, il ne l'a pas reconnu et de longtemps il n'a pu s'habituer à l'idée que c'était Klamm.

» Or, si tu demandes à Barnabas en quoi cet homme se distingue de l'idée que l'on se fait généralement de Klamm, il ne peut pas répondre ; bien plus, il décrit le fonctionnaire au château, mais cette description coïncide très exactement avec la description de Klamm telle que nous la connaissons. « Eh ! bien, Barnabas, dis-je alors, pourquoi doutes-tu ? pourquoi te tourmentes-tu ? » Visiblement embarrassé, il se met à énumérer les particularités des fonctionnaires du château, qu'il semble au reste plus inventer que rapporter, qui de plus sont si peu importantes — elles concernent par exemple une façon particulière de hocher la tête ou seulement la veste déboutonnée — qu'il est impossible de les prendre au sérieux. Plus importante encore me semble la manière dont Klamm se comporte avec Barnabas. Barnabas me l'a souvent décrit, il me l'a même dessiné.

» D'habitude on conduit Barnabas dans un grand bureau, mais ce n'est pas le bureau de Klamm, ce n'est pas même le bureau d'un seul fonctionnaire. Dans le sens de la longueur, cette pièce est divisée en deux par un pupitre qui va d'une paroi à l'autre, l'une étroite où deux personnes peuvent à peine se croiser, cela c'est l'espace des fonctionnaires, et une partie vaste, cela c'est l'espace des justiciables, des spectateurs, des serviteurs, des messagers. Sur le pupitre se trouvent de grands livres ouverts, l'un à côté de l'autre et des fonctionnaires se tiennent debout et lisent. Cependant, ils ne restent pas toujours devant le même livre, ils n'échangent pas les livres mais leurs places, et ce qui étonne le plus Barnabas, c'est qu'ils soient obligés de passer en se serrant lorsqu'ils changent de place, à cause précisément de l'étroitesse de l'espace. Devant, tout près du pupitre, se trouvent de petites tables basses où peuvent s'asseoir des secrétaires qui écrivent sous la dictée quand les fonctionnaires le désirent. La façon dont cela se passe étonne toujours Barnabas. Il n'y a pas d'ordre explicite donné par le fonctionnaire, on ne dicte pas non plus à haute voix, on remarque à peine que quelqu'un dicte, bien plus, le fonctionnaire semble lire comme avant, sauf qu'il chuchote et le secrétaire l'entend. Souvent, le fonctionnaire dicte à voix tellement basse que le secrétaire assis peut à peine l'entendre, il lui faut toujours se lever d'un bond, saisir ce qui a été dicté, vite s'asseoir, noter et se relever d'un bond et ainsi de suite. Que c'est curieux ! C'est presque incompréhensible.

» Barnabas a suffisamment de temps pour observer tout cela, car là, dans la partie de la salle réservée aux spectateurs, il se tient des heures, parfois des jours, avant que le regard de Klamm ne tombe sur lui. Et même si Klamm l'a déjà vu et que Barnabas rectifie la position, rien n'est décidé encore, car Klamm peut se détourner de lui, revenir au livre et l'oublier ; c'est ce qui arrive souvent. Qu'est-ce donc que ce service de messager s'il est à ce point inutile ? Je suis remplie de tristesse quand de bonne heure Barnabas dit qu'il va au château. Ce chemin, probablement tout à fait inutile, cette journée probablement perdue, cet espoir probablement vain ! A quoi bon tout cela ? Et ici le travail de cordonnerie s'accumule que personne ne fait et Brunswick qui le presse de finir tout ce travail !

— Eh ! bien, soit, fit K. Il faut que Barnabas attende longtemps avant qu'on ne le charge de quelque chose.

Cela est compréhensible, il semble, en effet, y avoir surabondance de personnel, chacun ne peut se voir charger de quelque chose chaque jour, vous ne devriez pas vous en plaindre, c'est comme pour tout le monde. Finalement on donne tout de même des messages à porter à Barnabas, moi il m'a bien apporté deux lettres.

— Nous nous plaignons, inutilement, peut-être, dit Olga, moi surtout qui ne connais tout cela que par ouï-dire et qui, en tant que fille, ne puis comprendre tout cela aussi bien que Barnabas, lequel, de plus, garde un certain nombre de choses pour lui. Mais écoute bien, maintenant, ce qui concerne ces lettres, celles qui te sont adressées par exemple. Ces lettres, il ne les reçoit pas directement de Klamm, mais du secrétaire, un jour quelconque, à une heure quelconque — c'est pourquoi le service aussi facile qu'il puisse paraître, est très fatigant, car Barnabas doit continuellement faire attention —, le secrétaire se souvient de lui et lui fait un signe. Klamm ne semble pas être à l'origine de cela, il continue à lire tranquillement son livre, parfois, mais cela il le fait de toute façon assez souvent, il est justement en train de nettoyer son pince-nez quand arrive Barnabas et il le regarde peut-être ; à supposer que sans pince-nez il y voie quelque chose. Barnabas en doute, Klamm a les yeux alors presque complètement fermés, il semble dormir et ne nettoyer son pince-nez qu'en rêve.

» Pendant ce temps le secrétaire cherche parmi les nombreux dossiers et lettres qu'il a sous sa table, une lettre pour toi, ce n'est donc pas une lettre qu'il vient d'écrire, bien plutôt, à en voir l'enveloppe, c'est une très vieille lettre qui s'y trouve depuis longtemps déjà. Mais si c'est une vieille lettre, pourquoi a-t-on fait attendre Barnabas si longtemps ? Et toi aussi ? Et finalement la lettre elle-même car elle est maintenant trop ancienne. Et par là on donne à Barnabas la réputation d'être un messager lent et mauvais. Le secrétaire, il est vrai, se rend les choses faciles, il donne la lettre à Barnabas et il dit : " De la part de Klamm pour K. ", et Barnabas est congédié.

» Et Barnabas, alors, arrive à la maison hors d'haleine, la lettre tant attendue sous sa chemise contre son corps nu, et nous nous asseyons alors ici sur ce banc, comme maintenant, et il raconte et nous examinons tout séparément. Nous évaluons ce qu'il a atteint et trouvons finalement que c'est bien peu de chose et que ce peu de chose est fort discutable ; Barnabas range la lettre et n'a pas envie de la remettre mais n'a pas non plus envie d'aller dormir, s'attelle au travail de cordonnerie et passe la nuit assis, en bas, sur le tabouret. Voilà, ce sont là mes secrets, K. Je suis sûre que cela ne t'étonne plus qu'Amalia s'en passe bien volontiers.

— Et la lettre ? demanda K.

— La lettre ? dit Olga. Eh bien, après quelque temps, quand j'ai suffisamment importuné Barnabas, il peut s'être passé des jours ou des semaines, il prend tout de même la lettre et il va la porter. Pour ces choses extérieures, il est tout de même très dépendant de moi. Moi, la première impression du récit une fois dépassée, j'arrive à me ressaisir, ce dont lui, vraisemblablement parce qu'il en sait plus, n'est pas capable. Aussi ne puis-je que lui dire sans cesse : " Que veux-tu donc au juste, Barnabas ? De quelle carrière, de quel but rêves-tu ? Veux-tu en venir peut-être à nous abandonner, à m'abandonner complètement ? Est-ce là ton but ? Ne suis-je pas contrainte de le croire puisque tu es à ce point mécontent de ce que tu as déjà atteint ? Regarde donc autour de toi, y a-t-il un seul de nos voisins qui soit arrivé aussi loin ? Certes, leur situation est différente de la nôtre et ils n'ont pas de raison de vouloir autre chose que leurs affaires, mais sans établir de comparaisons il faut bien constater que pour toi, tout prend une excellente tournure. Il y a des obstacles, des points discutables, des déceptions, mais cela signifie ce que nous savions déjà, qu'on ne te fera pas de cadeaux, que la moindre petite chose il te faudra la conquérir à la force du poignet ; raison de plus pour être fier et non pas abattu. Et ne combats-tu pas aussi pour nous ? Cela ne représente-t-il rien pour toi ? Cela ne te donne-t-il pas de forces nouvelles ? Et que je sois heureuse, presque remplie d'orgueil, d'avoir un tel frère, cela ne te donne pas de l'assurance ?

» ” Ce n’est pas ce à quoi tu es arrivé au château qui me déçoit mais ce que j’ai, moi, atteint en toi. Tu as le droit d’aller au château, tu visites quotidiennement les bureaux, tu passes des journées entières dans la même pièce que Klamm, tu es un messager officiellement reconnu, tu as droit à un costume officiel, on te donne des lettres importantes à porter ; tu es tout cela, tu as le droit de faire tout cela, tu redescends et au lieu de nous tomber dans les bras en pleurant de bonheur, à ma vue, déjà, tout courage paraît t’abandonner ; tu doutes de tout, seul ton établi de cordonnier t’attire et cette lettre, cette garantie pour notre avenir tu la laisses de côté. ”

» C’est en ces termes que je lui parle et après que je lui ai répété cela des jours et des jours durant, il finit par prendre la lettre en soupirant et par y aller. Ce n’est peut-être pas du tout l’effet de mes paroles, mais une fois encore quelque chose qui le pousse vers le château où il n’oserait pas retourner sans avoir fait la commission dont il avait été chargé.

— Mais tu as raison dans tout ce que tu lui dis, dit K. Tu as tout résumé avec une admirable justesse. Avec quelle étonnante clarté tu penses !

— Non, dit Olga, cela te trompe et c’est peut-être aussi ainsi que je le trompe. Qu’a-t-il donc atteint ? Il a le droit d’entrer dans des bureaux, mais cela ne semble pas être des bureaux, plutôt une antichambre des bureaux, pas même peut-être, une pièce peut-être où sont retenus tous ceux qui ne doivent pas pénétrer dans les véritables bureaux. Il parle avec Klamm, mais est-ce Klamm ? N’est-ce pas plutôt quelqu’un qui ressemble un peu à Klamm ? Un secrétaire peut-être, au meilleur des cas, qui ressemble un peu à Klamm et qui s’efforce de lui ressembler encore plus et se donne l’air important, à la façon endormie, rêveuse de Klamm. Cette partie-là de son être est la plus facile à imiter, certains s’y essaient, mais pour le reste, ils ont sagement peur de s’y brûler les doigts. Et un homme si souvent désiré et aussi rarement atteint que Klamm prend facilement diverses silhouettes dans l’imagination des hommes. Klamm par exemple a ici un secrétaire de village nommé Momus. Tiens ? Tu le connais ? Lui aussi reste très en retrait, mais je l'ai déjà vu quelquefois. Un jeune monsieur robuste, n'est-ce pas ? Probablement il ne ressemble pas du tout à Klamm. Et pourtant tu trouveras au village des gens qui jureront que Momus est Klamm et personne d'autre. C'est ainsi que les gens travaillent à leur propre confusion.

» Et au château, en est-il autrement ? Quelqu'un a dit à Barnabas que ce fonctionnaire-là, c'était Klamm et de fait, il y a une ressemblance entre eux, mais une ressemblance perpétuellement mise en doute par Barnabas. Et tout parle dans le sens de ses doutes. Klamm serait obligé de se faufiler ici, le crayon derrière l'oreille, parmi les autres fonctionnaires ? C'est hautement invraisemblable.

» Barnabas a coutume — de manière un peu enfantine — de dire : “ Ce fonctionnaire ressemble beaucoup à Klamm ; s'il était assis dans son bureau à lui, à sa propre table, et s'il y avait son nom à sa porte, je n'aurais plus de doute. ” C'est enfantin mais c'est raisonnable. Ce qui serait encore bien plus raisonnable ce serait que Barnabas, quand il est arrivé en haut, se renseigne aussitôt auprès de plusieurs personnes pour savoir ce qu'il en est vraiment ; à ce qu'il raconte, il y a tout de même suffisamment de gens dans la pièce. Et même si leurs indications n'étaient guère plus sûres que celles de l'homme qui lui avait montré Klamm, sans qu'il ait rien demandé, leur diversité même ne pourrait que donner lieu à un certain nombre de points de comparaison ou de référence. Ce n'est pas là mon idée à moi, c'est une idée de Barnabas, mais il n'ose pas la réaliser par peur de perdre sa place, du fait de quelque atteinte involontaire à des règlements inconnus ; il n'ose adresser la parole à personne, tellement il se sent incertain ; mais cette incertitude, tout de même lamentable, m'éclaire sa situation de façon plus nette que toutes les descriptions. Comme tout a dû lui paraître douteux et menaçant là-bas, pour qu'il n'ose même pas ouvrir la bouche et poser une question tout à fait innocente ! Quand je réfléchis à cela, je m'accuse de le laisser seul dans ces salles inconnues où les choses se passent de telle sorte que lui, plutôt téméraire pourtant, en tremble probablement de peur.

— Je crois que tu en arrives à l'essentiel, dit K. C'est cela. Après tout ce que tu as raconté, je crois voir les choses clairement. Barnabas est trop jeune pour cette charge. On ne peut rien prendre au sérieux de ce qu'il raconte, sans se poser de questions. Comme là-haut il meurt de peur, il ne peut rien observer et quand on le force à rapporter ce qu'il a vu, il ne fait que raconter des histoires confuses. Je ne m'en étonne pas. Le respect des autorités vous est inné, il vous est insufflé, toute votre vie durant, de tous côtés et des façons les plus diverses, et vous-même vous y contribuez autant que vous pouvez. Pourtant, je ne dis rien là contre ; si une administration est bonne, pourquoi ne la respecterait-on pas ? Seulement, un adolescent inexpérimenté tel que Barnabas, qui n'est jamais sorti du village, on n'a pas le droit de l'envoyer, comme ça, tout à coup, au château, pour ensuite exiger de lui des rapports fidèles et examiner chacune de ses paroles comme si elles contenaient la révélation et faire dépendre tout son bonheur personnel de leur interprétation. Rien ne saurait être plus erroné. Certes moi aussi, tout comme toi, je me suis laissé tromper et j'ai placé autant d'espoirs en lui que j'ai essuyé de déceptions, les uns comme les autres uniquement fondés sur ses paroles, donc sur presque rien.

Olga se taisait.

— Il ne va pas être facile pour moi, dit K., de t'enlever ta confiance en ton frère car je vois bien comme tu l'aimes et ce que tu attends de lui. Mais il faut que cela se fasse ne fût-ce que pour ton amour et ton attente. Car, tu vois bien, il y a toujours quelque chose — et je ne sais pas ce que c'est — qui t'empêche de voir ce que Barnabas n'a pas atteint mais qui lui a été offert. Il a droit d'aller dans les bureaux ou si tu veux dans une antichambre ; bien, c'est donc une antichambre, seulement, il y a des portes qui mènent au-delà, des barrières que l'on peut franchir quand on en est capable. Cette antichambre m'est, pour ma part, tout au moins pour l'instant, totalement inaccessible. Je ne sais pas avec qui

Barnabas parle là-bas ; peut-être ce secrétaire est-il le plus subalterne de tous, mais même s'il l'est, il conduit à celui qui est immédiatement au-dessus de lui et même, s'il ne peut conduire à lui, du moins peut-il le nommer et s'il ne le peut pas, du moins pourra-t-il indiquer quelqu'un qui, lui, peut le nommer.

» Il se peut que le prétendu Klamm n'ait rigoureusement rien de commun avec le véritable ; la similitude n'existe peut-être que pour les yeux de Barnabas, aveugle d'énervement ; il se peut que ce soit le plus subalterne des fonctionnaires, peut-être n'est-il pas même fonctionnaire, mais il a une fonction à son pupitre, il lit bien quelque chose dans son grand livre, il marmonne bien quelque chose au secrétaire, il pense bien quelque chose, quand son regard tombe sur Barnabas et même si tout cela n'est pas vrai et que lui-même et ce qu'il fait ne représentent rien du tout, quelqu'un tout de même l'y a mis et l'a bien fait avec une intention quelconque. Par là, je veux dire qu'il y a quelque chose, quelque chose tout de même que l'on offre à Barnabas et que c'est seulement la faute de Barnabas s'il ne peut arriver avec cela à rien d'autre qu'au doute, à l'angoisse, au désespoir.

» Et encore, je suis parti du cas d'espèce le plus défavorable, lequel est même très invraisemblable, car nous avons des lettres en mains, auxquelles il est vrai, je n'accorde pas beaucoup de crédit, mais plus en tout cas qu'aux propos de Barnabas. Et même, si ce sont de vieilles lettres sans valeur, tirées au petit bonheur de tout un tas d'autres lettres tout aussi dénuées de valeur, avec aussi peu de discernement qu'en montrent les canaris à la foire, même si elles servent à piquer le destin d'un individu parmi tout un tas d'autres, même s'il en est ainsi, ces lettres, tout au moins, ont un rapport quelconque avec mon travail ; elles sont visiblement pour moi, même si elles sont tout à fait inutiles ; comme le maire et sa femme me l'ont assuré, elles sont écrites de la main même de Klamm et elles n'ont, à en croire le maire, qu'une signification d'ordre purement privé, peu claire au demeurant mais qui n'en est pas moins importante.

— Le maire a dit cela ? interrogea Olga.

— Oui, c'est ce qu'il a dit, répondit K.

— Je vais le raconter à Barnabas, dit Olga, ça va lui donner beaucoup de courage.

— Mais il n'a pas besoin qu'on lui donne courage, dit K., lui en donner, serait lui dire qu'il a raison, qu'il doit continuer comme il a fait jusque-là. Or, c'est de cette manière qu'il n'arrivera à rien. Quelqu'un qui a les yeux bandés, tu as beau l'encourager à regarder fixement à travers l'étoffe, jamais il ne verra quelque chose ; il ne verra quelque chose que si on lui enlève son bandeau. C'est d'aide, non d'encouragements dont Barnabas a besoin. Pense donc simplement à ceci : là-haut se trouve l'administration dans sa complexité qu'on ne peut débrouiller — je croyais en avoir une idée assez précise avant d'arriver ici, comme c'était enfantin ! —, voilà donc là-bas l'administration et Barnabas l'affronte, personne d'autre, lui seul, misérablement seul, et c'est bien de l'honneur pour lui de ne pas rester sa vie entière à l'écart, caché quelque part dans un coin obscur des bureaux.

— Ne crois pas, K., dit Olga, que nous sous-estimions la difficulté du travail assumé par Barnabas. Nous sommes pleins de respect pour l'administration, tu l'as bien vu toi-même.

— Mais c'est un respect qui a pris la mauvaise voie, dit K., du respect à mauvais escient. Un tel respect déshonore son objet. Peut-on encore appeler cela du respect quand Barnabas abuse du cadeau qu'on lui fait de le laisser entrer dans cette pièce, qu'il y passe ses jours à traîner sans rien faire, et que redescendu, il se met à suspecter et à rapetisser ceux-là mêmes devant qui il tremblait l'instant d'avant ? Ou bien quand, par fatigue ou désespoir, il ne distribue pas tout de suite les lettres ou les messages qu'on lui a confiés, peut-on encore nommer cela du respect ? Non, vraiment ce n'est plus du respect. Mais le reproche va au-delà, il te concerne toi aussi, Olga. Barnabas, malgré toute sa jeunesse, sa faiblesse et sa solitude, tu l'as envoyé au château ou du moins tu ne l'as pas retenu bien que tu croies avoir du respect pour l'administration.

— Le reproche que tu me fais, dit Olga, je me le fais depuis toujours. Cependant, ce n'est pas d'avoir envoyé Barnabas au château qu'il faut me reprocher, je ne l'ai pas envoyé, il y est allé de lui-même, mais j'aurais dû le retenir par tous les moyens, par la ruse, la force, la persuasion. J'aurais dû le retenir, mais si c'était aujourd'hui, le jour de cette décision et si je ressentais la détresse de Barnabas, la détresse de notre famille comme je les sentais en ce temps-là, et si, une fois encore, Barnabas se détachait de moi, clairement conscient de toute sa responsabilité et de tous les dangers, en souriant et avec la même douceur, pour s'en aller, aujourd'hui je ne le retiendrais pas non plus, malgré tout ce que j'ai appris entre-temps et je crois qu'à ma place toi-même, tu ne pourrais pas faire autrement.

» Tu ne connais pas notre détresse, c'est pourquoi tu es injuste à notre égard et surtout à l'égard de Barnabas. Nous avions en ce temps-là plus d'espoirs qu'aujourd'hui, mais même nos espoirs n'étaient pas bien grands, seule était grande notre détresse et grande elle est restée. Frieda, t'a-t-elle parlé de nous ?

— Par allusions seulement, dit K., elle n'a rien dit de précis ; mais rien que votre nom déjà l'énerve.

— Et l'hôtesse n'a rien raconté non plus ?

— Non, rien.

— Et personne d'autre ?

— Personne !

— Naturellement, qui donc pourrait raconter quelque chose sur nous. Chacun sait quelque chose sur nous ou bien la vérité pour autant qu'elle est accessible aux gens ou bien quelque bruit entendu ou inventé, chacun pense plus à nous qu'il n'est nécessaire, mais personne n'en parle vraiment, ils se gardent de parler de telles choses. Et ils ont raison. Il est difficile de leur faire franchir les lèvres, même devant toi, K., et il est même possible qu'une fois que tu les auras entendues, tu t'en ailles sans plus jamais vouloir entendre parler de nous, aussi peu que cela puisse paraître te concerner. Alors nous t'aurons perdu, toi, qui je l'avoue, es plus important pour moi que le service que Barnabas a pu jusqu'ici accomplir au château.

» Et pourtant — cette contradiction me tourmente déjà depuis le début de la soirée — il faut que tu le saches, car sinon tu ne pourrais pas apprécier notre situation, et tu resterais, ce qui me ferait particulièrement mal, tout à fait injuste à l'égard de Barnabas ; l'accord complet et nécessaire nous manquerait, et tu ne pourrais ni nous aider ni accepter notre aide. Mais, il reste une question : veux-tu vraiment le savoir ?

— Pourquoi le demandes-tu ? fit K., si c'est nécessaire je veux le savoir, mais pourquoi le demandes-tu ?

— Par superstition, dit Olga. Tu vas être entraîné dans nos affaires, bien qu'innocent, pas beaucoup plus coupable, en tout cas, que Barnabas.

— Raconte vite, dit K., je n'ai pas peur. Ta peur de femme rend les choses pires qu'elles ne sont.

LE SECRET D'AMALIA

— Juge par toi-même, dit Olga, d'ailleurs tout cela a l'air très simple, on ne comprend pas tout de suite que cela puisse avoir une telle signification. Il y a un haut fonctionnaire au château, il s'appelle Sortini.

— J'en ai déjà entendu parler, dit K., il a contribué à me faire engager.

— Ça, je ne le crois pas, dit Olga. Sortini n'apparaît presque jamais publiquement. Ne confonds-tu pas avec Sordini, avec un d ?

— Tu as raison, dit K., c'était Sordini.

— Oui, fit Olga, Sordini est très connu, c'est l'un des fonctionnaires les plus zélés, on parle beaucoup de lui ; Sortini en revanche vit très retiré et inconnu de la plupart des gens. Je l'ai vu pour la première et la dernière fois il y a plus de trois ans, un 3 juillet, lors de la fête de l'Amicale des sapeurs-pompiers. Le château y avait pris part et offert une nouvelle lance à incendie.

» Sortini qui, paraît-il, s'occupe aussi des affaires de protection contre les incendies (peut-être n'était-il là que par délégation — la plupart du temps les fonctionnaires se remplacent les uns les autres et il est difficile de savoir qui est compétent pour quoi —) Sortini, donc, prit part à la remise de la lance à incendie ; naturellement, d'autres gens étaient venus du château, des fonctionnaires, des domestiques et Sortini, comme c'est son caractère, se tenait tout à fait à l'arrière-plan ; c'est un monsieur petit, faible et pensif ; ce qui frappa tous ceux qui l'ont aperçu, c'était sa façon de plisser le front. Toutes les rides — et il y en avait une grande quantité, bien qu'il ne puisse guère avoir plus de quarante ans — partaient en effet en éventail du front jusqu'à la racine du nez, jamais encore je n'avais vu ça. Donc, c'était la fête, ça faisait deux semaines que nous l'attendions. Amalia et moi nous avions déjà arrangé nos habits du dimanche, c'était surtout la robe d'Amalia qui était belle, le corsage blanc avec un grand jabot par-devant, garni de dentelles et encore de dentelles, c'était maman qui avait prêté toutes ses dentelles. Moi j'étais jalouse et j'ai passé la moitié de la nuit d'avant la fête à pleurer. Le matin seulement lorsque l'hôtesse de l'Auberge du Pont est venue nous rendre visite...

— L'hôtesse de l'Auberge du Pont ? interrogea K.

— Oui, dit Olga. Elle était très amie avec nous, elle est donc venue et elle dut reconnaître qu'Amalia était avantagée et c'est pourquoi elle me prêta son collier en grenats de Bohême pour me calmer. Lorsque nous fûmes prêtes à partir, Amalia était là debout et nous l'admirions tous, mon père dit : — Aujourd'hui, vous penserez à moi, Amalia trouvera un fiancé. Alors je ne sais pourquoi, je pris mon collier qui faisait toute ma fierté et je le passai, plus du tout jalouse, au cou d'Amalia. Je m'inclinais devant sa victoire et je trouvais que tout le monde devait en faire autant. Ce qui nous surprenait peut-être, c'était qu'elle était autrement que d'habitude, elle n'était pas à proprement parler belle, mais avait ce regard sombre qu'elle a conservé depuis, et qui passait loin au-dessus de nous ; on s'inclinait presque involontairement devant elle. Tout le monde le remarquait, Lasemann et sa femme qui venaient nous chercher, aussi.

— Lasemann ? interrogea K.

— Oui Lasemann, dit Olga. Nous étions très considérés et la fête n'aurait guère pu commencer sans nous, car mon père était le troisième chef d'exercice des pompiers.

— Votre père était donc encore robuste à ce point ?

— Mon père ? interrogea Olga, comme si elle ne comprenait pas très bien. Il y a trois ans il était encore pour ainsi dire un jeune homme ; par exemple, lors d'un incendie à l'Auberge des Messieurs, il a descendu un fonctionnaire, le lourd Galater, au pas de course sur son dos. J'y étais moi-même, il n'y avait pas de vrai danger, ce n'était que le bois sec à côté du poêle qui s'était mis à fumer, mais Galater avait pris peur et appelé à l'aide les pompiers par la fenêtre.

» Mon père dut le porter dehors, bien que le feu fût déjà éteint. Or, Galater est un homme bien peu mobile et dans de telles circonstances, il lui faut être prudent. Je ne raconte cela qu'à cause de mon père, ça c'est passé il n'y a guère plus de trois ans et regarde-le assis là-bas ! »

Ce n'est qu'à cet instant que K. se rendit compte qu'Amalia était déjà revenue dans la pièce, mais elle était installée à la table des parents, elle faisait manger sa mère qui ne pouvait bouger ses bras paralysés par les rhumatismes, en même temps elle parlait à son père pour qu'il prenne patience, elle allait venir, tout de suite, pour lui donner à manger à lui aussi. Pourtant ses rappels à l'ordre restèrent sans effet car le père très désireux d'avoir déjà sa soupe domina la faiblesse de son corps et tenta de laper la soupe à même la cuiller, de la boire à même l'assiette. Comme il n'arrivait ni à l'un ni à l'autre et que la cuiller était vide depuis longtemps quand elle arrivait enfin à la bouche, comme ce n'était jamais la bouche mais les moustaches pendantes qui plongeaient dans la soupe et que le liquide jaillissait et s'égouttait de tous côtés sauf dans sa bouche, il grognait de colère.

— C'est ce que trois ans ont fait de lui ? demanda K., mais il n'éprouvait que de la répugnance et non de la pitié pour toute cette famille, pour ce coin de table familiale, là-bas.

— Trois ans, dit Olga lentement, ou plus exactement

les quelques heures d'une fête. La fête avait lieu sur une prairie au bord du ruisseau, c'était déjà la grande foule lorsque nous arrivâmes, beaucoup de gens étaient venus des villages voisins et tout ce bruit nous troublait. D'abord, bien sûr, père nous a mené voir la lance à incendie, il riait de joie à la voir, la nouvelle lance à incendie le rendait heureux, il se mit à la toucher et à nous donner des explications ; il ne tolérait ni contradiction ni réticence chez autrui ; quand il y avait quelque chose à voir sous la lance à incendie, il nous fallait tous nous baisser et presque ramper sous la lance ; Barnabas qui refusa eut le fouet. Amalia seule ne s'occupait pas de la lance, elle se tenait droite dans sa belle robe et personne n'osait lui dire quelque chose, parfois je courais vers elle et la prenais par le bras, mais elle se taisait. Aujourd'hui je n'arrive pas encore à m'expliquer que nous soyons restés si longtemps devant la lance à incendie et que nous n'ayons remarqué Sortini qu'à l'instant où père s'en détacha enfin ; de toute évidence, il s'était tenu là, pendant tout ce temps, appuyé à un levier. Le vacarme était épouvantable, bien plus fort qu'à l'accoutumée, quand il y a une fête. Le château, en effet, avait, en plus de la lance à incendie, fait cadeau de quelques trompettes, des instruments très particuliers avec lesquels, au prix d'un très petit effort — un enfant y arrivait —, on pouvait produire les sons les plus sauvages ; quand on entendait cela, on croyait que les Turcs étaient déjà là. On ne s'y habituait pas, on sursautait à chaque coup de trompette. Et comme c'était des trompettes neuves, chacun voulait les essayer et comme c'était une fête populaire, c'était permis. Et autour de nous justement, peut-être Amalia les avait-elle attirés, il y avait quelques-uns de ces joueurs de trompette ; il était difficile de ne pas perdre le sens et de prêter encore attention à la lance à incendie ; c'est pourquoi Sortini, que nous ne connaissions d'ailleurs pas du tout, avait échappé si longtemps à notre attention. « Il y a Sortini là-bas », murmura Lasemann à mon père — j'étais à côté de lui. Mon père s'inclina profondément et très énervé nous fit à nous aussi signe de nous incliner. Sans le connaître, mon père avait toujours vénéré Sortini comme spécialiste de questions d'incendie et il avait souvent parlé de lui, c'était donc une surprise pour nous et quelque chose d'important de voir Sortini en chair et en os. Mais Sortini ne s'occupait pas de nous — ce n'était pas particulier à Sortini, la plupart des fonctionnaires sont comme absents en public —, de plus, il était fatigué, seules ses obligations professionnelles le retenaient ici en bas ; et ce ne sont pas les fonctionnaires les plus médiocres qui ressentent ces fonctions de représentation comme particulièrement pénibles ; d'autres fonctionnaires et d'autres serviteurs se mêlèrent à la foule, puisque ma foi, ils étaient déjà là ; mais lui, il resta près de la lance à incendie, écartant par son silence quiconque essayait de s'approcher de lui avec quelque prière ou quelque flatterie. C'est ainsi qu'il nous remarqua plus tard seulement au moment où nous le remarquâmes lui. Nous nous inclinâmes pleins de respect, père tenta de nous excuser, Sortini, rempli de lassitude, nous regardait à tour de rôle, comme navré de ce qu'il y en ait toujours un de plus, jusqu'à ce que son regard finisse par s'arrêter sur Amalia, vers laquelle il dut lever les yeux car elle était beaucoup plus grande que lui. Il resta bouche bée, enjamba le timon pour être plus près d'Amalia, d'abord nous comprîmes mal et voulûmes tous nous approcher de lui à la suite de père ; mais il nous retint, la main levée et nous fit signe de nous en aller. Ce fut tout.

» Après, nous nous moquâmes beaucoup d'Amalia en lui disant qu'elle avait trouvé un fiancé ; mais Amalia resta plus silencieuse que jamais. “ Elle est de la tête aux pieds amoureuse de Sortini ”, dit Brunswick, toujours un peu grossier et qui ne comprend pas des natures telles qu'Amalia ; mais cette fois sa remarque nous parut presque juste ; nous faisions tous un peu les fous, ce jour-là, et tous, à l'exception d'Amalia, nous étions comme étourdis par le vin doux du château, à notre retour, après minuit.

— Et Sortini ? interrogea K.

— Oui Sortini, dit Olga ; Sortini je le vis encore souvent pendant la fête, quand je passais il était assis sur le timon, il avait croisé les bras sur la poitrine. Il resta dans cette attitude, jusqu'à ce que la voiture du château vînt le chercher. Il n'alla pas même voir les exercices des pompiers où père, dans l'espoir justement que Sortini y assisterait, se distingua parmi tous les hommes de son âge.

— Et vous n'avez plus entendu parler de lui? demanda K. Tu parais éprouver une grande vénération pour Sortini.

— Oui, de la vénération, dit Olga, et nous avons en plus encore eu de ses nouvelles. Le matin suivant nous fûmes tirés du sommeil où nous cuvions notre vin par un cri d'Amalia. Elle était debout à la fenêtre et lisait une lettre qu'un homme lui avait tendue par la fenêtre, l'homme attendait encore la réponse. Amalia avait déjà lu la lettre — elle était courte — et elle la tenait dans sa main qui pendait inerte ; comme je l'aimais quand elle était ainsi fatiguée ! Je m'agenouillai à côté d'elle et je lus la lettre. A peine avais-je fini qu'Amalia la reprit après un court regard jeté sur moi, mais elle ne réussit pas à prendre assez sur elle pour la relire encore une fois, elle la déchira, en jeta les lambeaux à la figure de l'homme là dehors et ferma la fenêtre. Ce fut le matin décisif. Je l'appelle décisif mais chaque instant de l'après-midi précédent a été tout aussi décisif.

— Et qu'est-ce qu'il y avait dans la lettre? demanda K.

— Oui, je ne l'ai pas encore raconté, dit Olga. C'était une lettre de Sortini, elle était adressée à la fille au collier de grenats. Le contenu je ne peux pas le restituer. C'était une invitation à aller le voir à l'Auberge des Messieurs. Amalia devait venir tout de suite car Sortini devait repartir dans l'heure. La lettre était rédigée dans les termes les plus vulgaires que j'aie jamais entendus et que je ne devinais qu'à moitié, grâce au contexte. Quelqu'un qui n'aurait pas connu Amalia et n'aurait lu que cette lettre aurait tenu la fille à qui on osait s'adresser en des termes pareils pour déshonorée, même si on ne devait pas même la toucher. Et ce n'était pas une lettre d'amour. Elle ne contenait pas le moindre propos flatteur. Sortini était bien au contraire fâché d'avoir été saisi par la vue d'Amalia et d'avoir ainsi été détourné de ses occupations.

Plus tard nous nous sommes dit qu'au lieu de retourner au château le soir même, il n'était resté au village qu'à cause d'Amalia et que le matin, rempli de colère de n'avoir pas même réussi à oublier Amalia pendant la nuit il avait écrit cette lettre ; il y avait de quoi être indigné, même la fille la plus pondérée l'aurait été, mais chez toute autre qu'Amalia, c'est probablement la peur qui l'aurait emporté devant ce ton mauvais, menaçant ; chez Amalia il resta l'indignation. La peur, elle ne la connaît pas, ni pour elle ni pour autrui. Et pendant que moi je retournais me réfugier dans mon lit et que je me répétais la phrase de conclusion de la lettre : « Et tâche de venir tout de suite, sinon... », Amalia, elle, resta appuyée à la fenêtre regardant dehors. Comme si elle attendait encore d'autres messages pour les traiter comme elle venait de traiter le premier.

— Alors, c'est donc ça les fonctionnaires ? dit K., en hésitant. C'est de pareils numéros qu'on trouve parmi eux ? Qu'est-ce qu'a fait ton père ? J'espère qu'il s'est sérieusement plaint de Sortini à qui de droit, à moins qu'il n'ait préféré le chemin plus court et plus direct de l'Auberge des Messieurs. Ce qu'il y a de plus vilain dans cette histoire, ce n'est pas l'offense faite à Amalia, il était facile de la réparer, je ne sais pas pourquoi tu lui donnes tant d'importance ; pourquoi donc Sortini aurait-il par une telle lettre mis Amalia à nu, comme tu as l'air de le dire, alors que c'était impossible, il était facile d'obtenir réparation pour Amalia et au bout de quelques jours, l'incident aurait été oublié ; ce n'est pas Amalia que Sortini a mise à nu, mais lui-même. C'est Sortini qui m'effraie, à l'idée qu'il existe de pareils abus de pouvoir. Ce qui, en l'occurrence, a échoué parce que c'était dit noir sur blanc peut pleinement réussir en d'autres circonstances un peu plus défavorables et peut se dérober à tous les regards et même au regard de celui dont il a été abusé.

— Silence, dit Olga, Amalia nous regarde.

Amalia avait fini de donner à manger à ses parents et s'était mise à déshabiller sa mère ; elle venait de lui dégrafer sa jupe, elle mit les bras de sa mère autour de son cou à elle, la souleva ainsi un peu, fit descendre sa jupe et la fit doucement se rasseoir. Le père, toujours mécontent de ce que la mère soit servie en premier — mais de toute évidence parce qu'elle était plus infirme encore que lui — essaya de se déshabiller lui-même, peut-être aussi pour punir sa fille de sa prétendue lenteur, mais bien qu'il commençât par ce qu'il y avait de plus dérisoire et de plus facile, les pantoufles beaucoup trop grandes dans lesquelles ses pieds flottaient, il ne parvenait pas à les faire glisser de ses pieds ; il dut y renoncer en haletant d'une voix rauque et s'adossa de nouveau raide sur sa chaise.

— Tu ne vois pas ce qui est déterminant, dit Olga, tu as peut-être raison pour tout le reste, mais ce qui a été déterminant, c'est qu'Olga n'est pas allée à l'Auberge des Messieurs ; la façon dont elle avait traité le messager, cela pouvait à la rigueur encore aller, on aurait pu le dissimuler, mais ne pas y aller fit tomber la malédiction sur notre famille et du coup la façon de traiter le messager devint, elle aussi, quelque chose d'inadmissible ; ce fut même ce qu'on mit en avant pour le public.

— Comment ? s'écria K. qui baissa aussitôt la voix car Olga levait les mains d'un air suppliant, toi, sa sœur tu ne vas tout de même pas dire qu'Amalia aurait dû suivre Sortini et aller courir à l'Auberge des Messieurs ?

— Non, dit Olga, qu'on se garde d'un pareil soupçon ; comment peux-tu croire cela ? Je ne connais personne qui soit autant dans son droit qu'Amalia et dans tout ce qu'elle fait. Si elle était allée à l'Auberge des Messieurs, je lui aurais donné raison, tout autant ; mais ne pas y être allée, c'est héroïque. Pour ce qui me concerne, je te l'avoue franchement, si j'avais reçu une lettre pareille, j'y serais allée. Je n'aurais pas supporté la peur de ce qui allait arriver, seule Amalia en était capable.

» Il y avait d'autres issues possibles ; une autre fille, par exemple, se serait bien parée, cela aurait pris un certain temps et puis elle serait allée à l'Auberge des Messieurs, elle aurait appris que Sortini était déjà reparti, peut-être serait-il parti aussitôt après avoir envoyé le messager, c'est même très vraisemblable car les humeurs de ces messieurs sont très fugitives. Mais Amalia ne le fit pas, elle ne fit rien de semblable, elle était trop profondément offensée et elle répondit sans retenue. Si elle avait même fait mine de suivre, si elle avait simplement franchi le seuil de l'Auberge des Messieurs, le destin se serait laissé détourner, nous avons ici des avocats fort avisés, qui d'un rien sont capables de faire tout ce qu'on veut, mais dans ce cas il n'existait pas même ce rien propice ; tout au contraire, il y avait la dépréciation de la lettre de Sortini et l'offense faite au messager.

— Mais quel destin donc ? et quels avocats ; on ne pouvait tout de même pas accuser Amalia ou la punir à cause du comportement criminel de Sortini ?

— Si, dit Olga, si, on le pouvait ; évidemment pas par un procès en bonne et due forme. Elle ne fut d'ailleurs pas punie directement, mais elle fut punie d'une autre façon et toute notre famille avec elle. Toi-même, tu commences à te rendre compte à quel point cette punition est lourde. Cela te semble injuste et monstrueux. C'est une opinion tout à fait isolée au village, elle nous est très favorable et devrait nous consoler, il en serait ainsi si elle ne reposait pas, visiblement, sur des erreurs. Je peux te le prouver facilement, excuse-moi de parler à cette occasion de Frieda, mais entre Frieda et Klamm — peu importe la tournure que cela a finalement pris — il y a eu quelque chose de tout à fait comparable à ce qu'il y a eu entre Amalia et Sortini, et pourtant, tu trouves déjà cela tout à fait normal même si au début tu as eu un peu peur ; l'habitude ne peut pas émousser les sentiments à ce point, quand il s'agit de juger les choses, c'est simplement que tu abandonnes un certain nombre d'erreurs.

— Non, Olga, fit K., je ne sais pas pourquoi tu mêles Frieda à cette histoire, le cas est tout à fait autre, ne mélange pas des choses aussi fondamentalement différentes et continue à raconter.

— S'il te plaît, dit Olga, ne le prends pas mal si je maintiens la comparaison, c'est encore un reste d'erreurs, même pour ce qui concerne Frieda, si tu te crois obligé de la défendre contre une comparaison de cette sorte. Elle n'est pas à défendre mais à féliciter. Si je compare ces cas, je ne dis pas qu'ils sont pareils ; ils ont autant à voir l'un avec l'autre que le noir et le blanc : et le blanc, en l'occurrence, c'est Frieda. Au pire cas, on peut se moquer de Frieda dans la salle d'auberge, comme je l'ai fait, inconsidérément — je l'ai beaucoup regretté plus tard —, mais celui que cela fait rire est déjà lui-même méchant ou jaloux ; toujours est-il qu'on peut en rire. Mais Amalia, à moins d'être lié à elle par le sang, on ne peut que la mépriser. C'est pourquoi nous sommes deux cas radicalement différents, comme tu le dis, mais pourtant semblables.

— Ils ne sont pas non plus semblables, dit K. et il secoua la tête, laisse Frieda hors de l'affaire. Frieda n'a pas reçu de lettre du genre de celle qu'Amalia a reçue de Sortini et Frieda a vraiment aimé Klamm. Qui en doute peut le lui demander, elle l'aime encore aujourd'hui.

— Sont-ce là de bien grandes différences ? interrogea Olga. Crois-tu que Klamm n'aurait pas pu écrire à Frieda de la même manière ? Quand ces Messieurs se lèvent de leur table de travail, ils sont comme cela, ils ne peuvent se débrouiller dans le monde et, distraits comme ils le sont, ils disent les pires grossièretés, peut-être pas tous, mais beaucoup d'entre eux. La lettre à Amalia peut avoir été jetée sur le papier et, les idées ailleurs, sans la moindre attention à ce qui se trouvait avoir été écrit. Que savons-nous des pensées de ces Messieurs ? N'as-tu pas entendu toi-même ou entendu raconter sur quel ton Klamm s'adresse à Frieda ? Klamm est connu pour sa grossièreté. A ce qu'on dit, il ne parle pas pendant des heures et puis il dit, tout à coup, une grossièreté telle qu'on en frisonne. On n'a jamais entendu rien dire de semblable de Sortini qui d'ailleurs est à peu près inconnu.

» La chose, au fond, qu'on sait de lui, c'est que son nom est très semblable à celui de Sordini ; s'il n'y avait pas cette similitude de noms, on ne le connaîtrait probablement même pas. On le confond certainement avec Sortini, comme spécialiste de la lutte contre l'incendie. Sordini est le vrai spécialiste et utilise la similitude des noms pour se décharger sur Sortini de ces corvées de représentation et ne pas être dérangé dans son travail.

Lorsqu'un homme, aussi démuni devant le monde du dehors que l'est Sortini, est tout à coup pris d'amour pour une jeune villageoise, cela prend naturellement de tout autres formes que lorsque le jeune garçon meunier d'à côté tombe amoureux. De plus, il faut penser qu'entre un fonctionnaire et une fille de cordonnier, il y a un abîme qu'il faut franchir d'une manière ou d'une autre. Sortini l'a essayé à sa manière, un autre s'y serait pris autrement. Certes, il est dit que tous nous faisons partie du château et qu'il n'y a pas d'abîme à franchir, et d'habitude c'est vrai. Mais malheureusement nous avons eu le loisir de constater que ce n'est pas vrai du tout quand il s'agit de choses importantes. En tout cas, après cela, la façon d'agir de Sortini va te paraître plus compréhensible, moins monstrueuse et de fait, comparée à celle de Klamm, elle est beaucoup plus supportable, même si on est concerné de très près.

» Si Klamm écrivait une lettre tendre, ce serait bien plus gênant que la lettre la plus grossière de Sortini. Comprends-moi bien, je ne me permets pas de porter un jugement sur Klamm, je fais seulement une comparaison, parce que toi, tu te défends là contre. Klamm est une sorte de commandant des femmes, il ordonne à celle-ci ou à celle-là de se rendre auprès de lui, et de même qu'il ordonne de venir, il ordonne de s'en aller, il n'en tolère aucune longtemps. Klamm ne se donnerait pas même la peine d'écrire une lettre. Et en comparaison, c'est donc monstrueux de voir Sortini qui vit complètement retiré et dont les relations avec les femmes sont au moins inconnues, écrire de sa belle écriture de fonctionnaire une lettre aussi ignoble. Et si la comparaison n'est pas en faveur de Klamm, bien au contraire, l'amour de Frieda en serait-elle la cause ? Le rapport des femmes avec les fonctionnaires est, je crois, très difficile ou plutôt très facile à apprécier. Ici l'amour ne manque jamais. Un fonctionnaire n'est jamais malheureux en amour. A cet égard ce n'est pas un compliment de dire d'une fille — et loin de moi l'idée de ne vouloir parler que de la seule Frieda — qu'elle s'est donnée au fonctionnaire parce qu'elle l'aimait. Elle l'aimait et elle s'est donnée à lui, c'était ainsi, et il n'y a là matière à aucun compliment. Mais Amalia n'a pas aimé Sortini, objectes-tu. Eh bien non, elle ne l'a pas aimé, ou peut-être l'a-t-elle aimé tout de même, qui donc peut en décider ? Pas même elle. Comment peut-elle croire ne pas l'avoir aimé alors qu'elle l'a repoussé avec une force avec laquelle on n'a probablement jamais encore repoussé un fonctionnaire ? Barnabas dit que le geste dont elle a claqué la fenêtre, il y a trois ans, le fait encore trembler aujourd'hui. Et c'est vrai, c'est pourquoi on ne doit pas lui poser de questions ; elle en a fini avec Sortini et elle n'en sait pas plus ; l'aime-t-elle ou ne l'aime-t-elle pas, elle n'en sait rien. Mais nous, nous savons que les femmes ne peuvent faire autrement que d'aimer les fonctionnaires, quand ceux-ci se tournent vers elles ; oui elles aiment les fonctionnaires d'avance même si elles n'en conviennent pas et Sortini ne s'est pas seulement tourné vers Amalia, mais il a sauté par-dessus le timon lorsqu'il l'a vue ; avec ses jambes devenues toutes raides à force d'être assis derrière un bureau, il a sauté par-dessus le timon. Mais Amalia est une exception, vas-tu me dire. Oui, elle l'est, elle l'a prouvé en refusant d'aller chez Sortini, c'est une exception suffisante mais ne pas avoir aimé Sortini, ce serait par trop exceptionnel, ce ne serait même plus convenable. Certes cet après-midi-là, nous étions frappés de cécité, mais que nous ayons cru remarquer quelque chose de l'amour d'Amalia, cela montrait tout de même que nous avions encore un peu nos esprits. Mais si l'on retient tout cela, quelle différence reste-t-il entre Frieda et Amalia ? Uniquement ceci : Frieda a fait ce qu'Amalia a refusé.

— C'est bien possible, dit K., pour moi la différence essentielle, c'est que Frieda est ma fiancée et qu'Amalia ne me concerne que dans la mesure où elle est la sœur de Barnabas, le messager du château, et que son destin et son service sont peut-être étroitement imbriqués. Si un fonctionnaire avait commis une injustice aussi criante à son endroit, comme j'en avais eu l'impression, au début de ton récit, cela m'aurait beaucoup préoccupé, mais bien plus comme affaire officielle que comme souffrance personnelle d'Amalia. Or, à écouter ton récit, le tableau change d'une façon que je ne comprends pas, mais tout de même assez crédible puisque c'est toi qui racontes ; je veux bien négliger toute cette affaire, je ne suis pas pompier, que peut bien me faire Sortini ? En revanche, Frieda me préoccupe et là c'est étrange de te voir, toi en qui j'ai une entière confiance et en qui je veux avoir une entière confiance, sans cesse attaquer Frieda et vouloir me la rendre suspecte par le détour d'Amalia. Je ne suppose pas que tu le fais par intention ou même par mauvaise intention ; sinon j'aurais dû m'en aller depuis bien longtemps. Tu ne le fais pas exprès, ce sont les circonstances qui t'y forcent ; par amour pour Amalia, tu veux la mettre loin au-dessus de toutes les autres femmes, et comme pour cela tu ne trouves pas assez de choses louables en Amalia elle-même, tu t'en tires en rapetissant d'autres femmes. L'action d'Amalia est curieuse, mais plus tu parles de cette action, moins on peut décider si elle a été grande ou petite, sensée ou folle, héroïque ou lâche ; les raisons qui l'y ont poussée, Amalia les tient renfermées dans son cœur, personne ne les lui arrachera. Frieda, en revanche, n'a rien fait de remarquable mais n'a fait que suivre son cœur, cela est clair pour quiconque s'interroge là-dessus avec bonne volonté, chacun peut s'en assurer, il n'y a pas place pour des ragots. Mais moi, je ne veux ni rabaisser Amalia, ni défendre Frieda mais seulement t'expliquer comment je me situe par rapport à Frieda et comment chaque agression contre Frieda est en même temps une agression contre mon existence. Je suis venu ici par ma propre volonté et par ma propre volonté je me suis accroché ici, mais tout ce qui est arrivé depuis et surtout mes perspectives d'avenir — aussi tristes soient-elles, au moins, elles existent —, tout cela, je le dois à Frieda, cela est indiscutable. J'ai certes été admis ici comme arpenteur, mais ce n'était qu'en apparence, on jouait avec moi, on me chassait de toutes les maisons, on joue encore aujourd'hui avec moi, mais, et c'est beaucoup plus incommode, j'ai pour ainsi dire gagné en circonférence et ça veut dire quelque chose, j'ai, aussi dérisoire que ce soit, déjà un foyer, une situation, un véritable travail, j'ai une fiancée, qui me décharge de mon travail professionnel quand j'ai d'autres affaires, je vais l'épouser et devenir membre de la commune, outre mes relations officielles, j'ai aussi des relations personnelles, inutilisées jusqu'ici, c'est vrai, avec Klamm. Est-ce peu de chose tout cela ? Et quand je viens vous voir qui saluez-vous donc ? A qui confies-tu l'histoire de ta famille ? De qui espères-tu la possibilité, et ne fût-ce que la possibilité minime, invraisemblable d'une aide quelconque ? Ce n'est tout de même pas de moi, l'arpenteur, que tu l'attends, moi que Lasemann et Brunswick ont fait de force sortir de leur maison, mais c'est au contraire de l'homme qui a déjà un peu de pouvoir que tu l'attends. Mais ce pouvoir c'est à Frieda que je le dois, Frieda à ce point modeste que si tu l'interrogeais, à ce propos, elle prétendrait tout en ignorer. Et pourtant, semble-t-il, à considérer tout cela, Frieda a plus fait dans son innocence qu'Amalia avec tout son orgueil ; car, vois-tu, j'ai l'impression que tu cherches de l'aide pour Amalia. Et auprès de qui ? Auprès de personne d'autre en réalité que Frieda.

— Ai-je vraiment si mal parlé de Frieda ? dit Olga. Je ne le voulais vraiment pas et je ne crois pas l'avoir fait, mais c'est possible, notre situation est telle que nous sommes brouillés avec tout le monde et quand nous nous mettons à nous plaindre, c'est plus fort que nous, nous ne savons plus où nous allons. Tu as raison, il y a vraiment maintenant une grande différence entre nous et Frieda et il est bon de le souligner pour une fois. Il y a trois ans, nous étions des filles de bonne famille et Frieda, l'orpheline, était bonne à l'Auberge du Pont, nous passions devant elle sans l'effleurer du regard ; certes nous étions par trop orgueilleuses, mais nous avions été élevées ainsi. Ce soir-là à l'Auberge des Messieurs, tu t'es probablement aperçu de ce qu'il en est aujourd'hui : Frieda, fouet en main et moi parmi les domestiques devant elle. Mais les choses sont pires encore. Frieda peut bien nous mépriser, cela correspond à sa situation, la réalité des choses l'y contraint. Mais qui donc ne nous méprise pas ! Qui décide de nous mépriser se trouve de suite en nombreuse compagnie. Connais-tu la remplaçante de Frieda ? Pepi, elle s'appelle. J'ai seulement fait sa connaissance avant-hier soir ; jusque-là, elle était femme de chambre. Elle dépasse encore Frieda en mépris pour moi. Elle me vit par la fenêtre lorsque je vins chercher de la bière, elle courut à la porte et la ferma, je dus la supplier longtemps et lui promettre le ruban que j'avais dans les cheveux pour qu'elle m'ouvre. Mais lorsque je le lui donnai, elle le jeta dans un coin. Elle peut me mépriser, je dépends de son bon-vouloir et elle est au comptoir, à l'Auberge des Messieurs ; certes, elle ne l'est que provisoirement et elle n'a pas les qualités requises pour y être employée de manière durable. Il suffit d'écouter le patron de l'Auberge parler à Pepi et de comparer avec la façon dont il parlait à Frieda. Mais cela n'empêche pas Pepi de mépriser même Amalia, Amalia dont le seul regard suffirait pour que la petite Pepi, tout entière avec toutes ses nattes et tous ses rubans, sorte plus vite de la chambre qu'elle n'en pourrait sortir si elle devait faire appel à ses seules grosses jambes. Et quels bavardages scandaleux sur Amalia ne m'a-t-elle pas fait encore hier soir, jusqu'à ce que les clients finissent par prendre mon parti, mais de la manière, il est vrai, dont tu les as déjà un jour vu le faire.

— Comme tu es craintive, dit K., je n'ai fait que mettre Frieda à la place qui lui revient, mais je n'ai pas voulu vous abaisser, vous, comme tu as l'air de le penser. Même pour moi, votre famille a quelque chose de particulier, je ne te l'ai pas caché ; mais comment cette particularité pourrait donner lieu au mépris, je ne le comprends pas.

— Hélas K., dit Olga. Je crains bien que toi aussi tu ne finisses par le comprendre ; ne peux-tu vraiment pas arriver à comprendre que l'attitude d'Amalia à l'égard de Sortini ait pu être la première occasion de ce mépris ?

— Ce serait vraiment par trop étrange, dit K. On pourrait admirer ou condamner Amalia pour cette raison mais non pas la mépriser ? Et si du fait d'un sentiment, à moi incompréhensible, on devait vraiment mépriser Amalia, pourquoi étend-on donc ce mépris sur vous, une famille innocente ? C'est tout de même un peu fort que Pepi te méprise, par exemple, et si je dois un jour retourner à l'Auberge des Messieurs, je lui rendrai la monnaie de sa pièce.

— Si tu voulais changer la manière de voir de tous ceux qui nous méprisent, tu aurais beaucoup à faire, car tout vient du château. Je me souviens encore exactement de la matinée qui suivit. Brunswick, qui était notre aide en ce temps-là, était arrivé comme tous les jours, mon père lui avait donné le travail à faire et l'avait renvoyé chez lui, nous étions assis en train de prendre notre petit déjeuner, tous très enjoués, Amalia et moi exceptées ; mon père ne cessait de parler de la fête, il avait divers projets pour les pompiers, au château il y a, en effet, aussi une équipe de pompiers qui avait envoyé une délégation à la fête, avec laquelle il avait examiné diverses questions ; les messieurs du château présents avaient vu ce dont nos pompiers étaient capables, ils s'étaient exprimés très favorablement à ce sujet, avaient comparé les pompiers du château avec nous et la comparaison nous avait été favorable ; on avait donc parlé de la nécessité d'une réorganisation du service incendie du château ; à cette fin, il fallait des instructeurs venus du village, bien sûr quelques-uns faisaient l'affaire, mais père avait l'espoir que le choix allait tomber sur lui. Or, c'était de cela qu'il parlait avec cette façon à lui que nous aimions tant de s'étaler largement, à table. Il était assis là, occupant la moitié de la table, regardant le ciel par la fenêtre ouverte, son visage si jeune, si plein d'une espérance joyeuse ; plus jamais je ne devais le voir ainsi. C'est alors qu'Amalia, avec un ton de supériorité que nous ne lui connaissions pas, dit qu'il ne fallait pas trop faire confiance aux discours de ces messieurs ; en de telles occasions, ces messieurs disent volontiers quelque chose d'aimable, mais qui n'avait guère ou même pas du tout de signification, à peine dit et déjà oublié pour toujours ; bien entendu, à la prochaine occasion on se laissait encore prendre. Ma mère lui interdit de parler de la sorte, mon père ne fit qu'en rire, la trouvant bien savante et infatuée, mais tout à coup il resta en arrêt, il parut chercher quelque chose dont il remarquait seulement l'absence mais rien pourtant ne manquait et il dit : " Brunswick a parlé d'un messager et d'une lettre déchirée et il a demandé si nous étions au courant, qui cela concernait et ce qu'il en était. " Nous nous tûmes ; Barnabas encore tout jeune et innocent comme un agneau dit quelque chose de tout particulièrement bête ou hardi, on parla d'autre chose et on oublia l'affaire.

LA PUNITION D'AMALIA

— Mais peu après nous fûmes assaillis de tous côtés de questions sur l'histoire de la lettre ; amis et ennemis, connaissances et inconnus arrivèrent ; on ne restait pas longtemps, c'étaient les meilleurs amis qui prenaient congé le plus vite. Lasemann, d'habitude toujours lent et digne, entra comme s'il voulait seulement se rendre compte des dimensions de la pièce, il jeta un regard autour de lui et ce fut terminé, on eût dit un horrible jeu, comme en jouent les enfants, à voir Lasemann s'enfuir et mon père se détacher des gens, courir derrière lui jusqu'au seuil et renoncer à aller plus loin ; Brunswick arriva et donna son compte ; il voulait se rendre indépendant, dit-il, très sincère — un esprit avisé qui s'entendait à profiter des circonstances ; des clients vinrent chercher leurs souliers qu'ils avaient apportés à réparer dans la resserre de mon père ; celui-ci essaya d'abord de faire changer les clients d'avis — et nous tous, nous l'appuyions de toutes nos forces — plus tard père y renonça et en silence il aidait les gens à chercher ; dans le livre de commandes, les lignes rayées succédaient aux lignes rayées, nous rendîmes les provisions de cuir que les gens avaient déposées chez nous, les dettes se trouvèrent payées, tout se déroulait sans la moindre querelle, on était satisfait quand on réussissait à interrompre les relations avec nous, vite et complètement et même si on devait subir des pertes, cela n'entrait pas en ligne de compte. Et, finalement, c'était prévisible, Seemann le capitaine des pompiers fit son apparition ; je vois encore la scène devant moi : Seemann grand et fort, mais un peu voûté et poitrinaire, toujours grave, il ne sait pas rire, il est là debout devant mon père qu'il a admiré, à qui il a fait en des moments d'intimité, entrevoir le poste de capitaine adjoint, et le voilà qui doit lui faire savoir que l'association l'exclut et demande la restitution du diplôme.

» Les gens qui étaient justement là chez nous, laissèrent leurs affaires en plan et se pressèrent autour des deux hommes. Seemann n'arrive pas à parler, il ne fait que donner des tapes sur l'épaule de mon père, comme s'il voulait faire sortir de lui les mots qu'il doit dire lui-même et qu'il n'arrivait pas à trouver. En même temps, il ne cesse de rire, voulant sûrement se calmer lui-même autant que les autres ; mais comme il ne sait pas rire et qu'on ne l'a jamais encore entendu rire, personne ne croit qu'il s'agit d'un rire. Mais père est déjà trop fatigué et trop désespéré pour pouvoir encore aider qui que ce soit, oui, il semble même trop fatigué pour pouvoir encore réfléchir sur ce qui se passe. Nous étions tous aussi désespérés, mais nous, nous étions jeunes et nous ne pouvions imaginer un effondrement aussi complet, nous ne cessions de nous dire qu'il finirait bien par venir quelqu'un parmi tous ces gens qui donnerait l'ordre d'arrêter tout cela et ferait que tout, à nouveau, se déroule en sens inverse. Dans notre aveuglement, Seemann nous paraissait particulièrement apte à ce rôle. Nous attendions avec impatience que la parole claire et nette se détachât enfin de ce rire qui continuait toujours. De quoi pouvait-on donc encore rire sinon de cette stupide injustice qui nous était faite ?

» " Monsieur le Président, Monsieur le Président, dites-le-leur donc enfin, aux gens ", pensions-nous et nous nous serrions contre lui, ce qui curieusement le fit se détourner, tout d'une pièce. Enfin, il se mit à parler, non pour répondre à nos vœux secrets, mais pour être en accord avec les exclamations d'encouragement ou de colère des gens. Nous avions encore espoir. Il commença par de grandes louanges de mon père. Il l'appela l'ornement de l'association, modèle inaccessible pour les générations montantes, membre irremplaçable dont la démission allait détruire l'association. Tout cela c'était très bien ; si seulement il s'en était tenu là ! Mais il continua à parler.

» Si l'association s'était cependant décidée à demander à notre père, provisoirement seulement, il est vrai, de solliciter son congé, cela montrait la gravité des raisons qui la contraignaient à une telle démarche. Peut-être, sans les exploits de notre père, lors de la fête de la veille, les choses ne seraient pas allées aussi loin, mais c'était justement l'excellence de ces exploits qui avait particulièrement attiré l'attention officielle ; l'association se trouvait maintenant en pleine lumière et on devait plus encore que jadis veiller à sa pureté. Or, il y avait eu l'offense faite au messager et l'association n'avait pas trouvé d'autre issue, et lui Seemann, s'était chargé du pénible devoir de le lui annoncer. Il priait le père de ne pas encore alourdir sa tâche.

» Seemann était si heureux d'avoir réussi à dire cela qu'il n'eut même pas d'égards particuliers, il montra le diplôme accroché au mur et fit un signe avec le doigt. Le père hocha la tête et alla le chercher, mais ne parvint pas à le décrocher de ses doigts tremblants ; je montai sur une chaise et l'aidai. Et à partir de cet instant tout fut fini ; il ne retira même pas le diplôme du cadre, mais donna le tout à Seemann, tel quel. Puis il s'assit dans un coin, ne bougea plus et ne parla plus à personne, nous dûmes traiter toutes seules avec les gens, tant bien que mal.

— Et en quoi vois-tu là l'influence du château ? demanda K. Pour l'instant il ne semble pas encore être intervenu. Tout ce que tu as raconté jusqu'ici n'était rien d'autre que la peur que les gens éprouvaient, leur plaisir à voir autrui dans le malheur, leur amitié en laquelle on ne peut avoir confiance, choses que l'on trouve partout et même du côté de ton père — du moins en ai-je l'impression — quelque chose de timoré ; car enfin ce diplôme qu'était-ce donc ? La confirmation de ses qualités. Celles-ci, il les gardait, et si elles le rendaient indispensable, tant mieux, il n'aurait vraiment rendu les choses difficiles au président qu'en jetant, dès les premiers mots, le diplôme à ses pieds. Ce qui me semble tout particulièrement caractéristique, c'est que tu ne mentionnes pas même Amalia, Amalia pourtant cause de tout. Elle devait probablement se tenir dans le fond et contempler les dégâts.

— Non, fit Olga. On ne peut faire de reproches à personne, personne ne pouvait agir autrement, tout cela, c'était déjà l'influence du château.

— L'influence du château, répéta Amalia qui était revenue de la cour sans qu'on la remarque ; les parents étaient couchés depuis longtemps.

— Alors on raconte des histoires du château ? Vous êtes encore là assis, tous les deux ? Tu voulais t'en aller tout de suite, K. et voilà qu'il est déjà dix heures. De telles histoires te préoccupent donc ? Il y a ici des gens qui se nourrissent d'histoires, ils se mettent ensemble comme vous voilà et se régalent ; tu ne me sembles pas faire partie de ces gens.

— Si, dit K., c'est très exactement de ces gens-là que je fais partie ; en revanche des gens qui ne s'occupent pas d'histoires de ce genre ne me font guère impression.

— Soit, fit Amalia, mais les intérêts des gens sont très divers, j'entendis un jour parler d'un jeune homme que la pensée du château occupait jour et nuit, il négligeait tout le reste, on craignait pour ses facultés car sa raison était tout entière là-haut au château. Finalement, il s'avéra qu'il ne pensait nullement au château mais à la fille d'une bonne à tout faire des bureaux, il l'obtint d'ailleurs et tout rentra dans l'ordre.

— Cet homme me plairait, je crois, dit K.

— J'en doute, dit Amalia, mais sa femme peut-être. Mais ne vous dérangez pas, moi je vais dormir, il va falloir que j'éteigne, à cause des parents ; ils s'endorment tout de suite, mais au bout d'une heure le vrai sommeil est pour ainsi dire fini et alors la moindre lueur les dérange. Bonne nuit.

L'obscurité se fit aussitôt. Amalia devait être en train d'arranger sa couche par terre, auprès de ses parents.

— Quel est donc ce jeune homme dont elle a parlé ? demanda K.

— Je ne le sais pas, dit Olga, Brunswick peut-être, bien que cela ne lui aille pas tout à fait. Ou un autre, peut-être. Ce n'est pas facile de bien la comprendre, parce qu'on ne sait pas si elle parle ironiquement ou sérieusement. La plupart du temps c'est sérieux mais cela a l'air ironique.

— Laisse les explications, dit K. Comment en es-tu venue à une telle dépendance à son égard ? Etait-ce déjà ainsi avant ce grand malheur ? Ou seulement après ? Et n'as-tu jamais envie de te rendre indépendante d'elle ? Et cette dépendance a-t-elle une raison logique ? Elle est la plus jeune et doit obéir. Coupable ou innocente, elle a fait le malheur de la famille. Au lieu de vous demander pardon, tous les jours, elle va, tête haute, plus que tout le monde, ne s'occupe de rien, si ce n'est des parents et encore parce qu'elle le veut bien ; elle ne veut rien savoir, comme elle le dit elle-même et si elle consent enfin à parler avec vous, c'est la plupart du temps sérieusement mais cela a l'air ironique. Ou bien règne-t-elle par sa beauté que tu évoques parfois ?

» Il se trouve que tous les trois, vous vous ressemblez beaucoup, mais ce qui la distingue de vous parle beaucoup en sa défaveur ; déjà, lorsque je la vis pour la première fois, son regard atone et sans amour m'effraya. Et puis si elle est, en effet, la plus jeune, on ne le remarque guère à son allure extérieure, elle a cette allure sans âge de ces femmes qui ne vieillissent pas mais qui n'ont jamais été jeunes. Tu la vois tous les jours, tu ne remarques guère la dureté de son visage. C'est pourquoi je ne puis prendre au sérieux l'inclination de Sortini pour elle, quand j'y réfléchis, peut-être voulait-il seulement la punir par cette lettre, mais non pas l'appeler.

— Je ne veux pas parler de Sortini, fit Olga, tout est possible pour ce qui est de ces messieurs du château, peu importe qu'il s'agisse de fille la plus belle ou la plus laide. A part cela, tu te trompes complètement sur Amalia. Vois-tu, je n'ai aucune raison de te gagner à la cause d'Amalia et pourtant je le fais et je ne le fais que pour ton bien. Amalia a été en quelque sorte à l'origine de notre malheur, c'est sûr, mais même notre père qui fut pourtant le plus gravement atteint par ce malheur et ne put jamais arriver à se maîtriser en paroles, et surtout pas à la maison, même notre père n'a jamais, fût-ce aux pires moments, fait le moindre reproche à Amalia. Et cela non qu'il ait approuvé les paroles d'Amalia ; comment aurait-il pu les approuver, lui, un admirateur de Sortini : il ne pouvait comprendre cela, il se serait volontiers sacrifié, lui et tout ce qu'il possédait, à Sortini, mais pas ainsi, pas de cette manière dont la colère de Sortini fut probablement la cause. Colère vraisemblable, car nous ne sûmes plus rien de Sortini ; s'il avait été discret, jusque-là, à partir de ce jour ce fut comme s'il n'existait plus.

» Et c'est alors que tu aurais dû voir Amalia. Nous tous nous savions qu'il ne viendrait pas de punition explicite. On se retirait seulement de nous, les gens tout autant que le château. Alors qu'on remarquait naturellement le retrait des gens, on ne remarquait rien du château. Jadis, nous n'avions pas non plus constaté la moindre sollicitude du château, comment aurions-nous pu constater un changement d'attitude ? C'était cette tranquillité qui était pire que tout. Le pire, et de loin, ce n'était pas le retrait des gens, ils ne l'avaient pas fait par conviction, ils n'avaient peut-être rien de sérieux contre nous, ils ne l'avaient fait que par peur et ils attendaient la suite. Nous n'avions pas non plus à craindre la misère, tous les débiteurs nous avaient payés, les contrats avaient été réglés de manière satisfaisante ; s'il nous manquait des produits alimentaires, des parents nous aidaient en secret, c'était facile, c'était le temps des moissons, il est vrai que nous ne possédions pas de champs et qu'on ne nous laissait travailler nulle part. Pour la première fois de notre vie, nous étions, pour ainsi dire, condamnés à l'oisiveté. Nous étions là assis, ensemble, fenêtres fermées, dans la chaleur de juillet ou d'août. Rien ne se passa. Nulle convocation, nulle information, aucun rapport, aucune visite, rien.

— Eh bien, fit K., puisqu'il n'y avait nulle punition explicite à attendre, de quoi donc aviez-vous peur ? Quelle sorte de gens êtes-vous donc ?

— Comment te l'expliquer ? dit Olga. Nous ne craignions pas quelque chose qui allait venir, nous ne souffrions que du présent, nous étions au beau milieu de la punition. Les gens du village attendaient que nous allions les trouver, que père rouvre son atelier, qu'Amalia qui s'entendait à coudre de très belles robes, seulement il est vrai pour les gens les plus distingués, vienne prendre des commandes, tous les gens regrettaient ce qu'ils avaient fait ; quand dans un village une famille considérée se trouve éliminée, chacun s'en trouve de quelque manière désavantagé, ils avaient seulement cru faire leur devoir en se détachant de nous, à leur place nous n'aurions pas fait autrement. D'ailleurs, ils ne savaient pas du tout de quoi il s'agissait, le messager était seulement revenu à l'Auberge des Messieurs la main pleine de bouts de papiers déchirés.

» Frieda l'avait vu sortir puis revenir, elle avait échangé quelques mots avec lui et répété ce qu'elle avait entendu ; et non par hostilité contre nous, mais dans un cas semblable, c'était le devoir de tout le monde. Or, ce que tout le monde aurait préféré, comme je l'ai déjà dit, cela aurait été une heureuse solution de toute l'affaire. Si nous étions arrivés avec la nouvelle que tout était arrangé, que cela n'avait été qu'un malentendu éclairci depuis, ou bien que cela avait été une faute certes, mais qu'elle avait été réparée ou bien — les gens se seraient même contentés de cela — que nous avions, grâce à nos relations avec le château, réussi à étouffer l'affaire, on nous aurait de nouveau accueillis à bras ouverts. Il y aurait eu embrassades, étreintes et fêtes, des choses de ce genre, je les ai déjà quelquefois vues chez d'autres gens. Mais même une nouvelle pareille n'aurait pas été nécessaire ; si nous nous étions simplement rendus libres et si nous avions repris nos anciennes relations, en ne soufflant mot de l'histoire de la lettre, cela aurait suffi. Avec joie ils auraient tous renoncé à parler de cette affaire ; outre la peur, c'était partout la gêne occasionnée par elle qui avait conduit les gens à se détourner de nous, simplement pour ne pas en entendre parler, pour ne pas en parler, ne pas y penser, pour n'être en rien concerné par elle.

» Si Frieda avait révélé l'affaire, elle ne l'avait pas fait pour y prendre du plaisir, mais pour s'en protéger elle et tous les autres, pour prévenir la communauté que quelque chose s'était passé dont il fallait se tenir aussi éloigné que possible. Ce n'était pas de nous, la famille, qu'il s'agissait ici, mais de l'affaire seulement, de l'affaire à laquelle nous étions mêlés. Si donc nous étions revenus au grand jour, si nous avions laissé le passé être le passé, si par notre comportement nous avions montré que nous étions venus à bout de toute cette affaire, peu importait comment, et si l'opinion publique avait acquis la certitude que l'affaire, peu importait la solution, ne serait plus jamais évoquée, même ainsi, tout aurait été bien ; partout nous aurions retrouvé la vieille solidarité, même si nous n'avions que partiellement oublié toute l'affaire, on nous aurait compris et aidés à l'oublier tout à fait. Au lieu de cela nous restions assis ici à la maison, je ne sais ce que nous attendions, la décision d'Amalia certainement ; elle avait ce matin-là pris le gouvernail de la famille et elle le tenait fermement. Sans préparatifs particuliers, sans ordres, sans prières, presque par son seul silence. Nous autres, nous avions bien des réflexions à échanger, du soir au matin, c'étaient des chuchotements ininterrompus ; parfois père m'appelait auprès de lui, pris d'une soudaine angoisse, je passais la moitié de la nuit au bord de son lit. Parfois aussi nous nous mettions dans un coin, moi et Barnabas, qui comprenait encore à peine ce qui se passait et ne cessait de demander des explications, toujours les mêmes ; il savait certainement que les années d'insouciance qui attendaient d'autres jeunes gens de son âge n'existaient plus pour lui, nous étions donc ensemble tous les deux — tout à fait comme nous le sommes maintenant, K., toi et moi — et nous oubliions que la nuit se terminait et que le jour se levait.

» Notre mère était la plus faible de nous tous, non seulement parce qu'elle a souffert notre douleur à tous, mais encore celle de chacun ; c'est ainsi que nous pûmes voir s'opérer en elle des changements qui, comme nous le supposions, attendaient toute la famille. Sa place préférée, c'était le coin d'un canapé — il y a longtemps que nous ne l'avons plus —, il se trouve dans la grande salle, chez Brunswick, c'est donc là qu'elle était assise et — on ne savait pas exactement si c'était l'un ou l'autre — elle sommeillait ou, à en croire le mouvement de ses lèvres, elle tenait de longs monologues. Il était tout à fait naturel de parler sans cesse de l'histoire de la lettre dans tous ses détails certains et toutes ses possibilités incertaines et de nous surpasser sans cesse dans l'invention de moyens pour trouver une bonne solution, c'était naturel et inévitable, mais ce n'était pas une bonne chose. Nous ne cessions, en effet, de nous enfoncer de plus en plus profondément dans ce à quoi nous voulions échapper. Et à quoi pouvaient bien nous servir ces excellentes idées ? Aucune d'elles ne pouvait être exécutée sans l'aide d'Amalia, toutes n'étaient que des prémisses et perdaient tout sens parce qu'elles ne parvenaient pas même jusqu'à Amalia et lui fussent-elles parvenues, elles n'auraient rien rencontré d'autre que le silence.

» Or, je comprends mieux Amalia aujourd'hui qu'en ce temps-là. Elle avait davantage à porter que nous tous. Il est incompréhensible qu'elle ait pu supporter tout cela et qu'elle vive encore aujourd'hui parmi nous. Notre mère portait peut-être notre souffrance à nous tous, elle la portait parce que cette souffrance nous était tombée dessus, elle ne la porta pas longtemps ; on ne peut pas dire qu'elle la porte encore aujourd'hui. Déjà, en ce temps-là, son esprit était troublé. Mais Amalia ne portait pas seulement toute cette souffrance, elle avait aussi l'intelligence qui lui permettait de tout percer à jour, nous, nous ne voyions que les conséquences, elle, elle voyait jusqu'au fond des choses, nous, nous espérions des solutions partielles, elle, elle savait que tout était joué, nous, nous avions à murmurer, elle, elle avait à se taire, elle était en face de la vérité, les yeux dans les yeux, et elle vivait et supportait cette vie en ce temps-là, comme aujourd'hui. Combien, malgré toute notre détresse, les choses allaient mieux pour nous que pour elle ! Certes, nous dûmes quitter notre maison ; ce fut Brunswick qui y emménagea, on nous attribua la cabane que voici, il nous fallut quelques voyages pour apporter nos affaires avec une voiture à bras. Barnabas et moi nous tirions, père et Amalia poussaient derrière, mère que nous avions tout de suite conduite ici, nous accueillait toujours assise sur une caisse, en gémissant doucement. Mais même pendant ces trajets fort pénibles — et qui nous faisaient grandement honte, car souvent nous rencontrions des chars à blé dont les occupants se taisaient quand ils nous apercevaient et détournaient la tête — même pendant ces trajets, je m'en souviens, nous ne pouvions nous empêcher, Barnabas et moi, de parler de nos préoccupations et de nos projets, au point d'en rester parfois sur place ; il fallait que notre père nous hèle — « hé, là-bas ! » — pour nous rappeler nos obligations. Mais même après notre déménagement, ces conversations ne changèrent rien, à ceci près que nous nous mîmes peu à peu à ressentir la pauvreté. La famille cessa de nous aider, nos ressources étaient presque épuisées, et c'est précisément à cette époque-là que commença à se développer ce mépris pour nous que tu connais. On voyait bien que nous n'avions pas la force de nous sortir de cette histoire de lettre et on nous en voulut beaucoup, on ne sous-estimait pas ce que notre destin avait d'oppressant encore qu'on ne le connût pas exactement, chacun savait qu'il n'aurait certainement pas mieux surmonté l'épreuve que nous-mêmes, mais il n'en était que plus nécessaire de se séparer complètement de nous ; si nous avions surmonté cela on nous aurait honorés en proportion, mais comme nous n'y sommes pas parvenus, on fit de façon définitive ce qu'on n'avait fait jusque-là qu'en passant ; on nous exclut de partout. On ne parlait plus de nous comme d'êtres humains, on ne prononçait plus notre nom de famille ; quand on était obligé de parler de nous, on nous appelait Barnabas, qui est lui le plus innocent de nous tous ; même notre masure se mit à avoir mauvaise réputation ; et si tu fais ton examen de conscience, tu avoueras que lors de ta première entrée, tu crus remarquer toi aussi que ce mépris était justifié ; plus tard lorsque des gens se remirent tout de même à revenir chez nous, ils fronçaient le nez pour la moindre chose, par exemple parce que cette lampe à huile, là-bas, était accrochée au-dessus de la table. Où donc devait-elle être accrochée, sinon au-dessus de la table ? Mais eux, cela leur paraissait insupportable. Si nous accrochions la lampe ailleurs, cela n'atténuerait pas leur répugnance. Tout ce que nous étions et avions était frappé du même mépris.

ADJURATIONS

Et que fîmes-nous pendant ce temps ? Le pire de tout ce que nous pouvions faire, quelque chose pour quoi on aurait pu nous mépriser, à plus juste titre qu'on ne le faisait réellement : nous trahîmes Amalia, nous nous arrachâmes à ses ordres silencieux, nous ne pouvions plus continuer à vivre ainsi, nous ne pouvions pas vivre sans espoir du tout et nous commençâmes, chacun à sa façon, à supplier le château, à en faire le siège, pour qu'il nous pardonne. Nous savions bien que nous n'étions pas en état de réparer quoi que ce soit, nous savions aussi que la seule relation digne d'espoir que nous avions avec le château, la relation avec Sortini, le fonctionnaire bien disposé à l'égard de mon père, nous était maintenant devenue inaccessible à cause des événements ; pourtant nous nous mîmes au travail. Le père s'y mit, et les visites au maire, aux secrétaires, aux avocats, aux rédacteurs, commencèrent ; la plupart du temps on ne le recevait même pas et quand, par ruse ou par hasard, il était reçu tout de même — nous poussions des cris de joie et nous nous frottions les mains — on le renvoyait très vite et on ne le recevait plus jamais. Il était d'ailleurs par trop facile de lui répondre, pour le château tout est toujours très facile. Que voulait-il donc ? Que lui était-il arrivé ? Que voulait-il qu'on lui pardonne ? Quand et qui au château avait seulement levé le petit doigt contre lui ? Certes, il s'était appauvri, il avait perdu ses clients, etc. mais c'étaient là des phénomènes de la vie quotidienne, des problèmes d'artisanat et de marché. Le château devait-il donc s'occuper de tout ? Il s'occupait en réalité de tout, mais il ne pouvait tout de même pas, grossièrement, intervenir dans l'évolution des choses, pour seulement et simplement se rendre utile à un seul homme. Devait-il envoyer ses fonctionnaires pour courir derrière les clients du père et les ramener de force ?

» Mais si mon père alors objectait — toutes ces choses-là nous les discutions très exactement avant à la maison et après aussi, réfugiés dans un coin, comme si nous nous cachions d'Amalia, qui remarquait tout, mais laissait faire —, mais si mon père alors objectait qu'il ne se plaignait pas de son appauvrissement, — tout ce qu'il avait perdu ici, il lui était facile de le rattraper, tout cela c'était secondaire si seulement on lui pardonnait — “ que voulait-il donc qu'on lui pardonne ? ” lui répondait-on alors ; aucune plainte n'avait été déposée contre lui, elle n'était pas même enregistrée, du moins pas dans les dossiers accessibles aux avocats ; par conséquent rien ne se trouvait avoir été entrepris contre lui et rien non plus n'était en préparation. Pouvait-il citer une quelconque réquisition officielle émise à son endroit ? Y avait-il eu quelque intervention d'un organisme officiel ? Père n'en avait pas eu connaissance. Eh ! bien, alors, il ne savait rien et s'il n'était rien arrivé, que voulait-il donc ? Qu'y avait-il à lui pardonner ? Tout au plus d'importuner sans cesse les services officiels, mais cela, justement, c'était impardonnable. Père ne lâchait pas prise, il était encore très fort en ce temps-là et l'oisiveté forcée lui donnait largement le temps nécessaire.

» Je vais faire en sorte qu'Amalia recouvre son honneur, cela ne va plus durer très longtemps », nous disait-il à Barnabas et à moi quelquefois pendant la journée, mais à voix très basse car il ne fallait pas qu'Amalia l'entende ; et pourtant ce n'était dit que pour Amalia ; en réalité il ne pensait nullement à recouvrer l'honneur, mais seulement à obtenir le pardon. Mais pour cela il fallait d'abord faire constater la faute et celle-ci lui était déniée par les services officiels. Et l'idée lui vint — et cela montrait qu'il était déjà affaibli sur le plan intellectuel — qu'on lui cachait sa faute parce qu'il ne payait pas assez ; il n'avait payé jusque-là que les cotisations fixées, lesquelles, pour ce qui nous concerne, étaient déjà bien assez élevées. Il se mit à croire qu'il devait payer davantage, ce qui était certainement erroné, car dans nos services on accepte bien de se laisser soudoyer seulement parce que c'est plus simple et pour éviter les discours inutiles ; mais on n'obtient rien par cette voie. Si c'était là ce qu'espérait père nous ne voulions pas l'importuner.

» Nous vendîmes ce qui nous restait encore — ce n'était presque que l'indispensable — pour procurer à notre père les moyens nécessaires à ses recherches et longtemps nous eûmes tous les matins la satisfaction de le voir quand il se mettait en route, faire sonner quelques pièces de monnaie dans sa poche. Nous-mêmes, nous souffrions de la faim la journée durant et la seule chose que cela nous rapportait de lui procurer ainsi de l'argent, c'était de maintenir père dans un état d'espoir joyeux. Mais c'était à peine un avantage. Ses démarches le tourmentaient et ce qui, sans argent, aurait très vite connu un dénouement prévisible traînait en longueur.

» Comme on ne pouvait rien réaliser d'extraordinaire avec ces paiements supplémentaires, un quelconque secrétaire cherchait au moins à se donner l'air de faire quelque chose et il promettait de faire des recherches, parlait de traces qu'on avait d'ores et déjà trouvées et qu'on allait suivre, non pas par devoir, mais pour faire plaisir à notre père ; et père au lieu de se mettre à douter davantage, y croyait de plus en plus. Il revenait avec une promesse de cette sorte qui, visiblement, ne voulait rien dire, comme s'il apportait la bénédiction sur la maison et c'était pénible de le voir, derrière le dos d'Amalia, un sourire crispé et les yeux écarquillés, nous la montrant pour nous donner à comprendre que son salut, qui n'allait surprendre personne davantage qu'elle, était sur le point de se réaliser, grâce à ses efforts, mais que c'était encore un secret que nous devions rigoureusement garder.

» Cela aurait pu continuer longtemps ainsi, si nous n'avions pas fini par être totalement hors d'état de fournir encore de l'argent à père. Certes, Barnabas avait été accepté après bien des prières comme aide chez Brunswick, mais seulement il est vrai pour aller prendre les commandes, la nuit tombée et de la même manière, rapporter le travail fait. Reconnaissons-le, Brunswick a accepté pour nous un certain risque pour ses affaires, mais en revanche, il payait très peu Barnabas et le travail de Barnabas était impeccable. Son salaire suffisait à peine à nous empêcher de mourir de faim. Avec de grands ménagements et après bien des préparatifs nous annonçâmes à père la cessation de nos subsides, mais il le prit très calmement.

» Sa raison ne lui permettait plus de voir la vanité de ses interventions mais il était las des déceptions incessantes. Il ne parlait plus aussi nettement qu'auparavant — jadis il avait parlé de façon presque trop nette et il se mit à dire qu'il ne lui aurait plus fallu que très peu d'argent ; aujourd'hui même ou demain, il aurait tout appris et voici que tout avait été inutile, cela n'avait échoué qu'à cause de l'argent, et ainsi de suite ; mais le ton sur lequel il disait cela montrait bien qu'il n'y croyait pas. D'ailleurs, immédiatement, il fit de nouveaux projets. Puisqu'il n'était pas parvenu à démontrer qu'il y avait faute et que par conséquent il ne pourrait arriver à rien par les voies officielles, il lui fallait exclusivement se rabattre sur les supplications et s'adresser personnellement aux fonctionnaires. Il y en avait parmi eux qui avaient le cœur bon et pitoyable, ils ne pouvaient le laisser parler pendant le service, mais en dehors du service, certainement, pour peu qu'on les surprenne au moment favorable. »

K. complètement absorbé par le récit d'Olga l'interrompit ici pour lui demander :

— Et tu ne trouves pas cela juste ? — La suite du récit allait répondre à sa question mais il voulait le savoir sans plus attendre.

— Non, fit Olga, il ne pouvait être question de pitié ou de quoi que ce soit de ce genre. Aussi jeunes et inexpérimentés que nous fussions, nous le savions et notre père aussi le savait, mais il avait oublié cela comme tout le reste. Il avait son plan : se poster à proximité du château, sur la route, là où passaient les voitures des fonctionnaires et y formuler sa demande de pardon, chaque fois que ce serait possible. Pour te parler franchement, un plan tout à fait déraisonnable, même si l'impossible s'était produit et si sa prière était venue jusqu'à l'oreille d'un fonctionnaire. Un fonctionnaire isolé peut-il pardonner ? Cela pourrait tout au plus être l'affaire de l'administration dans son ensemble, mais celle-ci, probablement, ne peut pas même pardonner, seulement juger. Mais un fonctionnaire, même s'il descendait de voiture et voulait s'occuper de l'affaire, pourrait-il s'en faire une idée d'après ce que lui marmonnerait père, ce pauvre vieil homme fatigué ? Les fonctionnaires sont très cultivés mais de façon très spécialisée ; dans sa matière, un fonctionnaire déduit des séries de pensées entières à partir d'un seul mot ; mais on pourra lui expliquer, des heures durant, des choses venues d'un autre secteur, il hochera peut-être la tête poliment, mais n'en comprendra pas un mot. Tout cela est évident ; il suffit de chercher soi-même les petites affaires administratives qui vous concernent, des choses minimes, qu'un fonctionnaire règle en haussant les épaules, alors que soi-même on en aurait pour la vie entière, sans arriver jusqu'au bout. Si père était tombé sur un fonctionnaire compétent, celui-ci n'aurait rien pu régler sans dossiers et surtout pas au bord de la route ; il ne peut pas pardonner, il ne peut que régler par la voie administrative et donc recourir à la voie officielle où père avait déjà complètement échoué.

» Où mon père n'en était-il pas déjà arrivé pour vouloir parvenir à s'imposer par ce nouveau projet ! S'il devait exister une quelconque possibilité de ce genre, il devrait y avoir foule de solliciteurs, là-bas, sur la route, mais comme il s'agit d'une impossibilité pure et simple —, on vous met cela dans la tête, dès l'école primaire —, naturellement là-bas, c'est absolument désert. Peut-être cela confortait-il mon père dans son espoir ; il trouvait sa nourriture partout. Ici c'était très utile ; un esprit sain n'avait nul besoin de se laisser aller à de vastes réflexions, il lui suffisait de voir les choses du dehors pour se rendre compte qu'elles étaient impossibles. Quand les fonctionnaires vont au village ou retournent au château, ce ne sont pas des parties de plaisir ; au village comme au château le travail les attend, aussi vont-ils à toute vitesse. Et il ne leur vient même pas à l'idée de regarder par la fenêtre pour chercher des yeux de quelconques quémandeurs. Les voitures sont bien plutôt toutes chargées de dossiers que les fonctionnaires étudient.

— Mais moi, dit K., j'ai vu l'intérieur d'un traîneau de fonctionnaire où il n'y avait pas de dossiers.

Le récit d'Olga lui ouvrait un univers si vaste, à ce point incroyable, qu'il ne pouvait pas s'empêcher d'y pénétrer grâce aux petites expériences qu'il avait lui-même faites pour mieux se convaincre de l'existence de cet univers tout autant que de la sienne propre.

— C'est possible, dit Olga, mais alors c'est encore pire, le fonctionnaire a des affaires tellement importantes que les dossiers sont trop précieux et trop abondants pour être emportés. Ces fonctionnaires-là, font aller au galop. Personne en tout cas n'a de temps de reste pour mon père. De plus, il existe plusieurs voies d'accès au château. Tantôt celle-ci est à la mode, alors la plupart passent par là, tantôt celle-là, et tout le monde alors s'y précipite. On n'est pas encore arrivé à savoir selon quelles règles se produisent ces changements. Un jour tous prennent une même route, à huit heures du matin, une demi-heure plus tard, tous en prennent une autre, dix minutes plus tard encore une troisième et puis une demi-heure plus tard de nouveau la première et celle-ci, alors, pour le reste de la journée ; mais à chaque instant un changement est encore possible. Bien sûr toutes les voies d'accès se fondent en une seule, à proximité du village, mais les voitures y roulent à toute vitesse alors que près du château leur allure reste encore relativement modérée. De même que l'ordre selon lequel les voitures prennent telle ou telle route est à la fois irrégulier et imprévisible, de même il est impossible de savoir combien il y a de voitures.

» Il y a des jours où on n'en voit pas une seule ; et puis de nouveau des quantités. Et imagine-toi mon père, devant tout cela. Dans son plus bel habit — et c'est bientôt le seul qui lui reste —, il part tous les matins et notre bénédiction l'accompagne. Il emporte un petit insigne de sapeur-pompier qu'il a conservé, sans y avoir vraiment droit, pour le mettre hors du village ; il a peur de le mettre au village même, bien qu'il soit si petit qu'on le voit à peine à deux pas de distance, mais de l'avis de mon père il peut attirer l'attention des fonctionnaires, au passage.

» Non loin du château, il y a un horticulteur, un certain Bertuch, il livre ses légumes au château, c'est là sur le mince soubassement de pierre de la clôture du jardin que mon père se choisit une place. Bertuch le toléra parce que jadis il avait été l'ami de mon père et parmi ses clients les plus fidèles, il a en effet un pied légèrement bot et croyait que père seul était capable de lui fabriquer les chaussures qu'il lui fallait. Mon père restait donc assis là jour après jour, c'était un automne gris et pluvieux ; le temps qu'il faisait lui était complètement indifférent ; le matin, il mettait déjà la main sur la poignée et nous faisait un signe d'au revoir ; le soir il revenait — on eût dit qu'il se voûtait tous les jours un peu plus — complètement trempé et il se mettait dans un coin. D'abord, il nous racontait les menus faits de la journée : Bertuch par exemple lui avait jeté, par pitié et par amitié, une vieille couverture par-dessus la clôture ou bien dans l'une des voitures il avait cru reconnaître tel ou tel fonctionnaire ou un cocher l'avait reconnu et, pour rire, frôlé de la mèche de son fouet. Plus tard, il cessa de raconter des choses de cette sorte, il était visible qu'il n'espérait plus arriver à quoi que ce soit, aller là-bas n'était plus pour lui qu'une simple obligation, un métier pénible. Alors commencèrent ses douleurs rhumatismales, l'hiver approchait, la neige se mit bientôt à tomber ; chez nous l'hiver est très précoce ; aussi était-il assis là-bas, tantôt sur les pierres mouillées par la pluie, tantôt dans la neige. La nuit, il gémissait à cause de ses douleurs, le matin parfois il ne savait pas s'il devait partir ou non, mais il se dominait et partait tout de même. Mère s'accrochait à lui et ne voulait pas le laisser partir ; lui, devenu probablement craintif à cause de ses membres qui ne lui obéissaient plus, lui permettait de l'accompagner, c'est ainsi que mère fut elle aussi prise de ces douleurs. Souvent, nous allions les voir, nous leur apportions à manger ou leur rendions simplement visite ou tentions de les persuader de rentrer ; combien de fois les avons-nous trouvés là-bas, effondrés, appuyés l'un contre l'autre, sur leur étroit siège, blottis dans une mince couverture, qui les recouvrait à peine ! Tout autour d'eux rien que le gris de la neige et du brouillard ; des jours durant, loin à la ronde, pas le moindre être humain, pas la moindre voiture, quel spectacle, K., quel spectacle !

» Tant et si bien qu'un matin père ne parvint plus à sortir ses jambes raidies de son lit. C'était désolant, dans son léger délire il croyait voir justement, là-haut, la voiture s'arrêter chez Bertuch, un fonctionnaire descendre, chercher père sur la clôture et remonter en voiture, fâché, secouant la tête. Père poussait alors de tels cris qu'on eût dit qu'il voulait d'ici attirer sur lui l'attention des fonctionnaires et expliquer à quel point son absence n'était pas volontaire. Cela devint une longue absence, il n'y retourna pas du tout, il dut garder le lit des semaines durant.

» Amalia se chargea de tout, de l'entretien, des soins, du traitement et elle a continué, au fond, avec des interruptions jusqu'à aujourd'hui. Elle connaît des herbes médicinales qui calment les douleurs, elle n'a presque pas besoin de sommeil, elle n'a jamais peur, elle ne craint rien, ne perd jamais patience, elle faisait tout pour les parents ; alors que nous, incapables d'aider en quoi que ce fût, papillonnions remplis d'inquiétude, elle restait en toute occasion froide et calme. Mais quand le pire fut passé et que père, prudemment soutenu, à droite et à gauche, put à grand-peine sortir du lit, Amalia se retira complètement et nous l'abandonna.

LES PROJETS D'OLGA

— Il s'agissait maintenant de retrouver une occupation pour mon père, quelque chose dont il serait encore capable, qui au moins le maintiendrait dans l'idée qu'il contribuait à décharger la famille de la faute. Il n'était pas difficile de trouver quelque chose de ce genre, tout était au moins aussi utile que de rester assis au bord du jardin de Bertuch, mais je trouvai quelque chose qui me donna même de l'espoir à moi. Chaque fois que dans les bureaux ou avec les secrétaires il avait été question de notre faute, on n'avait parlé que de l'offense faite à Sortini, personne n'osait pousser plus avant. Or, me suis-je dit, si l'opinion générale ne sait, et ne fût-ce qu'en apparence, rien de plus que l'offense faite au messager, alors tout serait réparable si on pouvait se concilier le messager.

» Aucune plainte n'a été déposée, comme on nous l'a expliqué, aucun bureau n'a donc l'affaire en mains et donc libre au messager, quand la chose ne dépend que de lui, de pardonner. Tout cela ne pouvait pas avoir d'importance décisive et n'était que du faux-semblant ; il ne pouvait rien en sortir, mais cela ferait plaisir à mon père.

» Tous ces gens prodigues d'informations qui l'avaient tellement tourmenté, on pourrait ainsi les coincer, à sa grande satisfaction.

» La première chose à faire c'était de trouver le messager. Lorsque j'exposai mon plan à mon père il se fâcha d'abord, il était devenu en effet extrêmement égocentrique ; pour une part il croyait — cela s'était accru pendant sa maladie — que nous avions toujours entravé son succès ultime : d'abord en arrêtant notre soutien financier et maintenant en le retenant au lit, mais d'autre part, il n'était plus tout à fait capable d'adopter le point de vue d'autrui. Je n'avais pas encore fini de parler que mon plan était déjà rejeté ; à son avis il fallait continuer à attendre près du jardin de Bertuch, et comme il ne serait certainement plus en état d'y monter tous les jours, il faudrait que nous l'y amenions en brouette. Mais je ne cédai pas, et il finit par s'habituer à cette idée, la seule chose qui le dérangeait, c'était d'être tout à fait dépendant de moi dans cette affaire, car j'étais la seule à avoir vu le messager, lui, il ne le connaissait pas.

» Certes, tous les serviteurs se ressemblent et je n'étais pas, moi non plus, tout à fait sûre de le reconnaître. Nous commençâmes par aller à l'Auberge des Messieurs et à chercher parmi la domesticité, là-bas. Il s'était agi d'un domestique de Sortini et Sortini ne venait plus au village, mais ces messieurs échangeaient souvent leurs serviteurs et on pouvait très bien le trouver parmi la domesticité d'un autre de ces messieurs et si on ne le trouvait pas, lui, du moins pourrait-on avoir de ses nouvelles par un autre domestique. A cette fin il fallait être chaque soir à l'Auberge des Messieurs. Nous n'étions les bienvenus nulle part, surtout pas en un tel endroit et nous ne pouvions pas non plus être des consommateurs. Pourtant, il s'avéra que l'on pouvait tout de même avoir besoin de nous ; tu sais quelle plaie les serviteurs ont été pour Frieda, au fond ce sont la plupart du temps des gens tranquilles, gâtés par un service facile et devenus lourdauds. « Porte-toi comme un serviteur ! » c'est une formule de bénédiction employée par les fonctionnaires et en effet, pour ce qui est de la bonne vie, ce sont, paraît-il, les serviteurs qui sont les vrais maîtres au château. D'ailleurs ils savent l'apprécier et au château où ils vivent sous sa loi, ils sont silencieux et dignes — cela m'a été confirmé à maintes reprises — et même ici on trouve encore des restes de cette attitude, mais seulement des restes, car comme les lois du château ne valent plus tout à fait pour eux au village, ils sont comme métamorphosés ; une clique sauvage, indisciplinée, dominée par ses instincts insatiables à la place de lois. Leur culot ne connaît pas de bornes, c'est une chance pour le village qu'ils n'aient le droit de quitter l'Auberge des Messieurs que sur ordre, mais à l'auberge même il faut essayer de s'arranger avec eux ; or pour Frieda ce fut très difficile et elle fut très heureuse de pouvoir se servir de moi pour apaiser les domestiques ; depuis plus de deux ans, deux fois au moins par semaine, je passe la nuit avec les domestiques à l'écurie. Jadis quand mon père pouvait encore m'accompagner à l'Auberge des Messieurs, il dormait quelque part dans la salle et attendait les nouvelles que j'allais apporter le matin. C'était peu de chose. Le messager, nous ne l'avons pas encore trouvé jusqu'à aujourd'hui, il paraît qu'il est toujours au service de Sortini qui l'estime beaucoup et il l'a suivi lorsque Sortini s'est retiré dans des bureaux fort éloignés. La plupart du temps les autres domestiques ne l'ont pas vu depuis aussi longtemps que nous et quand l'un d'eux l'a vu, paraît-il, c'est une erreur.

» Donc mon plan devrait avoir tout à fait échoué et pourtant ce n'est pas entièrement le cas ; bien sûr nous n'avons pas trouvé le messager et les trajets jusqu'à l'Auberge des Messieurs, les nuits passées là-bas et peut-être même la pitié qu'il éprouve pour moi ont donné le coup de grâce à mon père, car voilà malheureusement deux ans déjà qu'il est dans l'état où tu l'as vu et encore va-t-il beaucoup mieux que notre mère dont nous attendons tous les jours la fin que retardent seuls les efforts démesurés d'Amalia. Mais ce que j'ai tout de même obtenu à l'Auberge des Messieurs, c'est une certaine relation avec le château ; ne me méprise pas si je te dis que je ne regrette pas ce que j'ai fait.

» Quelle importante relation avec le château cela peut-il bien être, vas-tu peut-être penser ? Et tu as raison, ce n'est pas une relation bien importante. Je connais maintenant beaucoup de serviteurs de ces messieurs venus au village ces dernières années et si je devais un jour aller au château, je ne m'y sentirais pas dépaysée. Certes, au village, ce ne sont que des serviteurs, mais au château, ils sont tout différents et probablement ils ne reconnaissent plus personne et surtout pas quelqu'un qu'ils ont fréquenté au village, dussent-ils avoir juré cent fois à l'écurie qu'ils se réjouissaient d'avance de me revoir au château. J'ai d'ailleurs déjà eu l'occasion de me rendre compte à quel point toutes ces promesses comptent peu pour eux.

» Mais le plus important ce n'est pas du tout cela. Ce n'est pas seulement par l'intermédiaire des domestiques que je suis en relation avec le château, mais j'espère l'être aussi de manière que quelqu'un qui m'observerait d'en haut, moi et ce que je fais — et la gestion de cette nombreuse domesticité est certainement une part importante et grave du travail de l'administration — que celui donc qui m'observe ainsi en vienne peut-être à un jugement plus favorable sur moi, qu'il se rende compte que je continue à me battre, même si c'est de lamentable façon, pour ma famille et que je continue les efforts de mon père. Quand on regarde les choses ainsi, on me pardonnera peut-être d'accepter de l'argent des serviteurs et de l'utiliser pour notre famille.

» Et il y a autre chose encore à quoi je suis arrivée et cela, bien sûr, tu vas encore me le reprocher. Par les valets, j'ai appris certaines choses, comment par des détours on peut accéder au service du château, sans passer par la procédure d'engagement officielle fort difficile et qui peut durer des années ; bien sûr, on n'est pas employé titulaire, on n'est employé qu'en secret et à demi admis, on n'a ni droits ni devoirs ; n'avoir pas de devoirs, c'est le pire, mais il y a une chose qu'on a : on est près de tout, on peut reconnaître les bonnes occasions et les utiliser, on n'est pas employé, mais, par hasard, on peut trouver une occupation. Un employé n'est justement pas là, on l'appelle et on se précipite à sa place. Ce qu'on n'était pas encore l'instant d'avant, on l'est devenu ; on est employé, c'est vrai, quand donc peut-on trouver pareille occasion ? Parfois, à peine est-on arrivé, à peine a-t-on jeté un coup d'œil, l'occasion est déjà là, et un nouveau venu n'a pas la présence d'esprit de la saisir tout de suite, une autre fois, cela dure des années, bien plus longtemps que la procédure d'engagement officielle et quelqu'un, ainsi à moitié admis, ne peut jamais être engagé dans les règles. Les objections donc ne manquent pas ; mais elles s'effacent quand on songe à la sélection faite lors de l'engagement officiel ; un membre d'une famille, aussi peu suspecte que possible, est rejeté dès l'abord, il se soumet par exemple à cette procédure, il tremble des années durant, à la pensée du résultat, de tous côtés on lui demande étonné comment il a pu faire une tentative à ce point vouée à l'échec, mais il espère malgré tout, comment pourrait-il vivre autrement ? Après bien des années, devenu un vieillard, peut-être, il apprend que sa candidature est rejetée, que tout est perdu et que sa vie a été vaine. Bien entendu, il existe des exceptions et c'est pourquoi on se laisse si facilement tenter.

» Il arrive que ce soit précisément ces gens suspects qui sont engagés au bout du compte, il y a des fonctionnaires qui, malgré eux, aiment l'odeur de ce gibier-là, ils hument l'air, lors des examens d'admission, reniflent, étirent la bouche, riboulent des yeux, un tel homme leur paraît des plus appétissants et il faut vraiment qu'ils s'en tiennent strictement à leurs textes de lois pour pouvoir y résister. Parfois, il est vrai, cela n'aide pas à admettre le postulant, mais à prolonger indéfiniment la procédure d'admission qui ne se termine pas, mais est simplement interrompue après la mort de cet homme.

» Ainsi la procédure légale d'admission est tout comme l'autre, pleine de difficultés apparentes et cachées et avant de s'engager dans une pareille affaire il est très sage de tout bien peser. Et cela nous n'avons pas manqué de le faire, Barnabas et moi. Chaque fois, quand je revenais de l'Auberge des Messieurs, nous nous asseyions l'un près de l'autre. Je lui racontais ce que j'avais appris de nouveau, nous en parlions des journées entières et le travail chômait dans la main de Barnabas souvent plus longtemps qu'il n'eût été souhaitable. Et c'est en quoi peut-être j'ai tort au sens où tu l'entends.

» Je savais bien qu'il ne fallait pas trop se fier à ce que racontaient les valets. Je savais qu'ils n'avaient jamais envie de me parler du château, qu'ils détournaient toujours la conversation sur autre chose, qu'il fallait les supplier pour leur arracher le moindre mot, mais une fois qu'ils s'y étaient mis, ils y allaient, ne racontaient que des sottises, faisaient les importants, se surpassaient les uns les autres à coups d'exagérations et d'inventions. Et toutes ces criailleries qui rivalisaient les unes avec les autres, là, dans l'écurie obscure, ne contenaient au mieux que quelques maigres bribes de vérité.

» Mais moi, je racontais tout à Barnabas, comme je l'avais retenu et lui qui était encore tout à fait incapable de distinguer entre le vrai et l'invention mensongère et qui, par suite de la situation de notre famille, était assoiffé de telles informations, il buvait littéralement tout cela et se consumait du désir d'en savoir plus. Et c'est en effet sur Barnabas que reposa mon nouveau plan. Il n'y avait plus rien à tirer des valets. Le messager de Sortini était introuvable et on ne le trouverait jamais, Sortini semblait se retirer de plus en plus loin, de même le messager ; souvent leur nom et leur apparence physique étaient déjà presque tombés dans l'oubli et il me fallait les décrire longuement pour ne rien éveiller de plus qu'un vague souvenir : on ne pouvait rien en dire de plus. Et quant à ma vie avec les valets, je n'avais naturellement aucun moyen d'y mettre un terme, je pouvais seulement espérer qu'on prendrait les choses comme elles étaient, que notre famille serait un petit peu déchargée de sa faute, mais je n'en perçus aucun signe.

» Pourtant, je ne cédai pas, car je ne voyais pas pour moi d'autre possibilité. Mais pour Barnabas, je vis une possibilité de cette sorte. Quand l'envie m'en venait et elle ne me manquait pas, je pouvais tirer des récits des valets que quelqu'un, pris au service du château, pouvait beaucoup obtenir pour sa famille. Mais pouvait-on se fier à ces récits ? Il était impossible de s'en rendre compte, la seule chose claire c'était que ce n'était que fort peu. Un valet, par exemple, que je ne reverrais jamais plus ou que je reconnaîtrais à peine, si je devais le revoir, m'assurait de façon solennelle qu'il aiderait mon frère à trouver un emploi au château, qu'il le soutiendrait au moins, si Barnabas devait un jour venir au château, qu'il lui donnerait quelque chose pour se rafraîchir — car à ce que racontent les valets, il arrive que des candidats à des emplois s'évanouissent ou perdent le sens à force d'attendre et ils sont alors perdus si des amis ne s'occupent pas d'eux —, quand donc on me racontait de telles choses et beaucoup d'autres du même genre, c'était sûrement pour me mettre en garde, mais les promesses correspondantes étaient totalement vaines. Pas pour Barnabas ; certes je l'avertissais qu'il ne fallait pas les croire, mais le seul fait de les lui raconter suffisait déjà pour le gagner à mes projets. Ce que j'y ajoutais de mon cru l'impressionnait moins, c'était surtout les récits des valets qui faisaient effet sur lui.

» Ainsi j'en étais réduite à moi-même ; personne à part Amalia ne pouvait plus communiquer avec mes parents, et plus je poursuivais les anciens projets de mon père, à ma façon, plus Amalia se fermait à moi ;

devant toi ou les autres, elle me parle, mais seule avec moi, elle ne me parle plus jamais. Pour les valets de l'Auberge des Messieurs j'étais un jouet qu'ils s'efforçaient de casser avec rage ; pendant ces deux ans, je n'ai pas échangé avec l'un d'eux une seule parole confiante ; ce n'était jamais que des propos mensongers ou insensés ; il ne me restait donc que Barnabas et Barnabas était encore très jeune. Quand je racontais, je voyais une lumière s'allumer dans ses yeux qui depuis ne s'est pas éteinte, j'en étais effrayée et pourtant je continuais, l'enjeu me semblait par trop grand.

» Bien entendu je n'avais pas les grands projets vides de mon père, je n'avais pas ce caractère résolu des hommes, j'en restais à la réparation de l'offense faite au messager et je prétendais même que l'on voie dans cette modestie un mérite.

» Mais ce à quoi j'avais échoué seule, je voulus maintenant l'atteindre par Barnabas, autrement et de façon sûre. Nous avions offensé un messager et l'avions chassé des premiers bureaux ; offrir un messager nouveau en la personne de Barnabas — quoi de plus naturel —, faire faire par Barnabas le travail du messager offensé et donner ainsi la possibilité à l'offensé de rester loin, aussi longtemps qu'il le faudrait pour qu'il oublie l'offense à lui faite. Je le voyais bien, malgré toute sa modestie, ce projet ne manquait pas d'arrogance, cela pouvait éveiller l'impression que nous voulions dicter à l'administration la manière dont elle devait régler les questions de personnel ou bien que nous doutions de la capacité de l'administration à prendre les mesures adéquates, comme si elle ne les avait pas déjà prises depuis longtemps, bien avant que l'idée nous soit venue qu'il y avait quelque chose à faire.

Puis, une fois encore, je croyais impossible que l'administration se méprenne sur moi à ce point ou bien si c'était le cas elle le faisait intentionnellement, cela aurait voulu dire que tout ce que je faisais était condamné, dès l'abord, sans le moindre examen préalable. Donc je ne lâchai pas et l'ambition de Barnabas fit le reste. A l'époque de ces préparatifs Barnabas devint à ce point orgueilleux qu'il trouva le travail de cordonnerie trop sale pour lui, le futur employé de bureau. Quand Amalia, c'était déjà assez rare, lui disait quelque chose, il ne manquait pas de la contredire énergiquement. Ce petit plaisir-là, je le lui laissais bien volontiers car c'en était fini de la joie et de l'orgueil, dès le premier jour où il se rendit au château, c'était d'ailleurs facile à prévoir. Ce jour-là commença ce service apparent dont je t'ai déjà parlé. Etonnante, la facilité avec laquelle Barnabas avait pénétré au château ou plus exactement dans ces bureaux qui sont devenus son lieu de travail. Ce succès me rendit en ce temps-là presque folle, lorsque le soir en rentrant Barnabas me chuchota cela, j'allai en courant vers Amalia, je la pris dans mes bras, la serrai contre moi et l'embrassai à pleines lèvres, si fort qu'elle en pleura d'effroi et de douleur. Je n'arrivais pas à parler, tellement j'étais énervée ; d'ailleurs cela faisait longtemps que nous ne nous étions plus parlé et je repoussai cela à plus tard. Mais les jours suivants il n'y avait plus rien à raconter. Les choses en restèrent à ce qui avait été acquis si vite. Deux ans durant, Barnabas eut cette vie monotone qui vous serrait le cœur.

» Les valets ne furent pas du tout à la hauteur, je donnai à Barnabas une petite lettre par laquelle je le recommandais à leur attention et en même temps, je leur rappelais leur promesse ; Barnabas, chaque fois qu'il en voyait un, prenait la lettre et la lui tendait, même si, parfois, il tombait sur des valets qui ne me connaissaient pas et même si, pour ceux qui nous connaissaient, cette façon qu'il avait de montrer sa lettre sans dire un mot — car là-haut, il n'osait pas parler — pouvait être agaçante, c'était une honte que personne ne l'aide. Lorsqu'un valet à qui la lettre avait déjà été présentée plusieurs fois la froissa et la jeta dans une corbeille à papier, ce fut un soulagement que nous aurions pu nous procurer nous-mêmes depuis longtemps.

» Il aurait presque pu dire à cette occasion : “ Voilà comment vous aussi, vous avez coutume de traiter les lettres ”.

» Quoique toute cette période ait été parfaitement vaine elle n'en eut pas moins un effet bénéfique sur

Barnabas, si on peut appeler bénéfique le fait de vieillir prématurément, de devenir un homme prématurément, à certains égards, même, perspicace et compréhensif comme on ne l'est guère à l'âge adulte. Moi, cela m'attriste de le voir et de le comparer au jeune garçon qu'il était il y a deux ans encore. Parallèlement, je n'ai ni la consolation ni l'appui qu'il pourrait peut-être me donner en tant qu'homme. Sans moi, il n'aurait guère eu de chance d'aller au château, mais depuis qu'il est là, il est devenu indépendant de moi. Je suis sa seule confidente, mais il ne me raconte qu'une petite partie de ce qu'il a sur le cœur. Il me parle beaucoup du château, mais ses petits récits, les petits faits qu'il rapporte ne permettent pas, et de loin, de comprendre comment cela peut l'avoir à ce point transformé. Ce qui est particulièrement incompréhensible, c'est comment il a pu perdre à ce point, là-haut, ce courage qu'il avait quand il était jeune garçon et qui faisait notre désespoir.

» Cette attente inutile, jour après jour, encore et encore, sans la moindre perspective de changement, cela vous use certainement et vous rend sceptique, incapable d'autre chose que de cette attente sans espoir. Mais pourquoi n'a-t-il pas offert la moindre résistance ? Surtout lorsqu'il s'était rendu compte que j'avais eu raison et qu'il n'y avait rien là-bas qui pût satisfaire l'ambition mais quelque chose peut-être pour améliorer la situation de notre famille. Car tout s'y passe fort modestement — à l'exception des lubies des domestiques —, c'est dans le travail que l'ambition cherche à se satisfaire et comme ce sont les affaires elles-mêmes qui prédominent sur tout le reste, l'ambition se perd tout à fait, il n'y a pas place pour des désirs enfantins.

» Mais Barnabas, à ce qu'il racontait, croyait voir très clairement à quel point le pouvoir et même le savoir de ces fonctionnaires plutôt discutables, dans les bureaux desquels il avait le droit de se tenir, était grand. Ils dictaient vite, les yeux à demi fermés, avec de courts gestes de la main ; d'un seul geste de l'index, sans un mot, ils expédiaient les serviteurs bougons dont la respiration en de tels moments était oppressée et le sourire béat ; ils trouvaient un passage important dans leurs livres, y frappaient du plat de la main de toutes leurs forces, les autres, alors, s'approchaient en courant, dans la mesure où le manque de place le leur permettait et tendaient le cou.

» De tels comportements et d'autres semblables donnaient à Barnabas une haute idée de ces hommes et il avait l'impression que, s'il arrivait à attirer leur attention et à pouvoir échanger quelques mots avec eux — non pas comme étranger, mais comme collègue de bureau, de rang inférieur il est vrai —, il pourrait atteindre pour la famille des résultats inestimables. Mais les choses ne sont pas encore allées jusque-là, et Barnabas n'ose rien faire qui pourrait l'en rapprocher, bien qu'il sache déjà très bien que, malgré sa jeunesse, il a accédé, vu les circonstances, à la situation lourde de responsabilités de père de famille.

» Et maintenant encore un aveu ; il y a une semaine tu es arrivé. J'entendis quelqu'un en parler à l'Auberge des Messieurs, mais je n'y fis guère attention ; un arpenteur était arrivé ; je ne savais même pas ce que c'était. Mais le soir suivant Barnabas arrive — j'avais l'habitude d'aller toujours un bout de chemin à sa rencontre — plus tôt que de coutume, il voit Amalia dans la pièce et pour cette raison m'entraîne dehors dans la rue, le visage contre mon épaule et pleure des minutes durant. Il est redevenu le petit garçon de jadis. Il lui est arrivé quelque chose de trop grand pour lui. On dirait que tout un monde nouveau s'était tout à coup ouvert devant lui et qu'il ne pouvait pas supporter tout ce bonheur et ces soucis nouveaux. Or, il ne lui est rien arrivé d'autre que de recevoir une lettre à te remettre. Mais c'est certainement la première lettre, le premier travail qui lui ait jamais été confié. »

Olga s'interrompit. On n'entendait rien, à part la respiration rauque des parents. K. dit sans trop réfléchir, comme pour apporter un complément au récit d'Olga :

— Pour moi, vous avez fait semblant ! Barnabas a remis la lettre comme s'il était messager depuis longtemps et de plus, fort occupé, et toi, ainsi qu'Amalia, pour cette fois d'accord avec vous, vous avez fait comme si le service de messager et les lettres n'étaient qu'un quelconque à-côté.

— Il faut que tu fasses la différence entre nous, dit Olga. Barnabas est redevenu grâce à ces deux lettres un enfant heureux, malgré tous les doutes qu'il a sur son activité. Ces doutes, il ne les a que pour lui et moi ; mais à ton égard il se fait un point d'honneur de se présenter en messager véritable. Aussi, bien que ses chances d'obtenir un habit officiel aient augmenté, il a fallu que je lui arrange son pantalon en l'espace de deux heures, afin qu'il ressemble au pantalon collant du costume officiel, pour faire bonne figure devant toi qui es encore, sur ce plan-là, facile à tromper. Cela, c'est Barnabas. Mais Amalia méprise vraiment la fonction de messager, et maintenant qu'il semble avoir un peu de succès, comme elle peut facilement s'en rendre compte, à nous voir assis là, Barnabas et moi, en train de papoter, elle le méprise encore plus qu'avant.

» Elle dit donc la vérité, ne te laisse pas tromper à cet égard. Mais, K., s'il m'est arrivé parfois de rabaisser la fonction de messager, ce n'était pas par intention, mais par crainte. Ces deux lettres, passées par la main de Barnabas, sont depuis trois ans le premier signe de grâce, encore bien douteux, que notre famille ait reçu. Ce revirement, si toutefois c'en est un et non une illusion — les illusions sont plus fréquentes que les revirements —, est en relation avec ton arrivée ici, notre destin est entré dans une certaine dépendance à ton égard, peut-être ces deux lettres ne sont-elles qu'un début. Et l'activité de Barnabas va s'étendre au-delà du service de messager — c'est ce que nous voudrions espérer aussi longtemps que nous en avons le droit —, mais pour l'instant tu es au centre de tout. Là-haut, il nous faut nous contenter de ce qu'on nous attribue, ici en bas nous pouvons peut-être aussi faire quelque chose par nous-mêmes, à savoir : nous assurer ta faveur ou tout au moins nous préserver de ton hostilité, ou ce qui est le plus important, te protéger de toutes nos forces et avec toute notre expérience afin que tes relations avec le château — dont nous pourrions peut-être vivre — ne soient pas compromises.

» Comment introduire tout cela pour le mieux, pour que tu ne te mettes pas à nous soupçonner, quand nous nous approchons de toi, puisque tu es un étranger plein de suspicion et de suspicion justifiée ? De plus, nous sommes méprisés et toi tu es influencé par l'opinion générale, surtout par ta fiancée ; comment avancer vers toi, sans nous opposer, par exemple, même sans en avoir l'intention, à ta fiancée et ainsi te blesser ? Et les messages que j'ai très exactement lus avant que tu ne les reçoives — Barnabas, lui, ne les a pas lus, en tant que messager il ne se l'est pas permis —, ces messages, à première vue, paraissaient peu importants, vieillis et dénués de toute signification par la référence faite au maire.

» Comment donc à cette occasion nous comporter avec toi ? En souligner l'importance nous rendait suspects de surestimer des choses visiblement insignifiantes et vouloir poursuivre nos propres fins plus que les tiennes ; dévaloriser ces messages à tes yeux c'était te tromper sans le vouloir. En n'attachant pas grande valeur à ces lettres, nous nous rendions tout aussi suspects, car pourquoi alors nous occuper à transmettre ces lettres sans importance ? Pourquoi nos actes et nos paroles étaient-ils en contradiction, pourquoi donc te trompions-nous, toi le destinataire ? Pas seulement toi, mais aussi celui qui nous en avait chargés et qui ne nous avait certainement pas donné ces lettres pour que nous les dépréciions devant le destinataire. Garder le milieu entre les exagérations, donc juger convenablement de ces lettres, cela est impossible, elles ne cessent elles-mêmes de changer continuellement de valeur, les réflexions auxquelles elles donnent lieu sont infinies et le point où l'on s'arrête n'est déterminé que par le seul hasard et donc l'opinion qu'on en a est elle aussi le fait du hasard. Et si par-dessus le marché il s'y mêle pour toi de la peur, tout s'embrouille, et tu ne dois pas juger trop sévèrement ce que je dis. Si par exemple, comme il est arrivé une fois, Barnabas revient avec la nouvelle que tu n'es pas satisfait de son travail de messager et que, dans le premier instant d'effroi, il s'offre, non sans susceptibilité de messager, à démissionner de sa fonction, alors je suis capable pour réparer la faute de tromper, de mentir, d'escroquer, de faire tout le mal pourvu que cela serve à quelque chose. Et si je le fais, c'est autant pour toi que pour nous. »

On frappa, Olga courut à la porte et ouvrit. Un trait de lumière tomba d'une lanterne sourde. Le visiteur tardif posa des questions à voix basse et on lui répondit à voix basse, mais il ne voulut pas s'en contenter et tenta d'entrer. Olga semblait ne plus pouvoir l'en empêcher, c'est pourquoi elle appela Amalia dont elle espérait, visiblement, que pour protéger le sommeil des parents elle ferait tout ce qui était en son pouvoir pour écarter le visiteur.

En effet, déjà elle arrivait en toute hâte, repoussa Olga, sortit dans la rue et ferma la porte derrière elle. Cela ne dura qu'un instant, elle revint aussitôt ; si vite elle était parvenue à ce qui était impossible pour Olga.

K. apprit par Olga que la visite l'avait concerné lui ; l'un des aides le cherchait de la part de Frieda. Olga avait voulu protéger K. des aides, si K., plus tard, voulait avouer sa visite à Frieda, libre à lui, mais ce n'était pas aux aides à découvrir la chose. K. fut d'accord. Mais il déclina l'offre d'Olga de passer la nuit chez eux et d'attendre Barnabas ; il aurait, en fait, bien accepté, car il était déjà tard dans la nuit et il lui semblait qu'il était maintenant lié à cette famille, qu'il le voulût ou non, au point que coucher ici était peut-être gênant pour d'autres raisons mais c'était aussi la chose la plus naturelle qui fût dans tout le village, étant donné cette intimité ; malgré tout il refusa ; la visite de l'aide l'avait effrayé ; il ne parvenait pas à comprendre comment Frieda qui pourtant connaissait ses volontés et les aides qui avaient appris à le craindre avaient pu se trouver de connivence au point que Frieda n'avait pas craint d'envoyer un aide voir où il était, pendant que l'autre était sans doute resté auprès d'elle.

Il demanda à Olga si elle avait un fouet. Elle n'en avait pas, mais elle avait une bonne badine de saule. Il la prit et il demanda s'il existait une seconde sortie, il y en avait une ; elle donnait sur la cour, mais il fallait franchir la clôture du voisin et passer par son jardin avant d'aboutir à la route. C'est ce que K. voulait faire. Pendant qu'Olga le conduisait à travers la cour jusqu'à la clôture, K. chercha rapidement à la rassurer, il lui expliqua qu'il ne lui en voulait pas du tout des petits arrangements dont elle avait agrémenté son récit, mais qu'il la comprenait très bien. Il la remercia de la confiance qu'elle lui avait témoigné en lui faisant ce récit et la chargea d'envoyer Barnabas à l'école dès son retour, cela dût-il être en pleine nuit. Certes, les messages de Barnabas n'étaient pas son seul espoir, car s'il en était ainsi, sa situation serait grave, mais il ne voulait pas non plus y renoncer. Il voulait s'y fier et ne pas oublier Olga, car disait-il, plus que les messages eux-mêmes, c'était Olga qui importait pour lui, sa vaillance, sa largeur de vue, son intelligence, son dévouement à sa famille. S'il avait à choisir entre Olga et Amalia, il n'aurait pas à réfléchir beaucoup. Et il lui serra encore cordialement la main pendant que déjà il s'élançait par-dessus la clôture du jardin voisin.

Chapitre seizième

DANS la rue il vit, pour autant que la nuit obscure le lui permettait, l'aide aller et venir, plus loin, là-haut, près de la maison de Barnabas ; parfois il s'arrêtait et cherchait à éclairer la pièce à travers les rideaux tirés.

K. l'appela ; sans être vraiment effrayé, il cessa d'espionner la maison et vint à la rencontre de K.

— Qui cherches-tu ? demanda K. et il vérifia sur sa cuisse la souplesse de la badine de saule.

— Toi ! dit l'aide en s'approchant.

— Qui es-tu donc ? demanda K. car cela ne semblait pas être l'aide. Il paraissait plus vieux, plus fatigué, le visage plus plissé mais aussi plus plein, sa démarche aussi était tout autre que celle des aides, vive, comme électrique ; elle était lente, un peu boiteuse, mollement maladive.

— Tu ne me reconnais pas ? demanda l'homme, Jeremias, ton vieil aide.

— Tiens donc, dit K., et il ressortit un peu la verge de saule qu'il avait déjà cachée derrière son dos. Mais tu as l'air tout à fait différent.

— C'est parce que je suis seul, dit Jeremias. Quand je suis seul, c'en est fini de la joyeuse jeunesse.

— Où est donc Arthur ? demanda K.

— Arthur ? demande Jeremias, le petit chéri ! Il a abandonné son service. Tu as tout de même été un peu grossier et dur avec nous. Cette âme tendre n'a pas pu le supporter. Il est retourné au château et porte plainte contre toi.

— Et toi ? interrogea K.

— Moi, j'ai pu rester, dit Jeremias ; Arthur dépose aussi plainte pour moi.

— Et de quoi vous plaignez-vous ? demanda K.

— De ce que tu ne comprends pas la plaisanterie, dit Jeremias. Qu'est-ce que nous avons fait ? Un peu plaisanté, un peu ri, un peu chicané ta fiancée. Tout cela d'ailleurs selon les termes de la mission qui nous a été confiée. Lorsque Galater nous a envoyés auprès de toi...

— Galater ? demanda K.

— Oui, Galater, fit Jeremias, il remplaçait justement Klamm. Lorsqu'il nous envoya auprès de toi — je l'ai noté exactement puisque c'est à cela que nous nous référons — il nous dit : « Vous allez là-bas comme aides de l'arpenteur. » Nous avons répondu : « Mais nous n'entendons rien à un travail de ce genre. » Et lui de dire alors : « Ce n'est pas cela le plus important ; si cela est nécessaire, il vous l'apprendra. Le plus important c'est que vous l'égayiez un petit peu. A ce qu'on me rapporte, il se fait une montagne de tout. Le voilà arrivé au village et il en fait tout de suite un grand événement, alors qu'en réalité, ce n'est rien du tout, apprenez-le-lui. »

— Eh bien, dit K., Galater avait raison. Et votre mission, l'avez-vous remplie ?

— Ça je ne le sais pas, dit Jeremias. Pendant ce court laps de temps ce n'était guère possible. Je sais seulement que tu as été très grossier et c'est de cela que nous nous plaignons. Je ne comprends pas comment toi qui es pourtant un employé et pas même un employé du château, tu ne peux pas te rendre compte qu'un pareil service est un dur travail et qu'il est très injuste, arbitraire, presque infantile de rendre à ce point pénible comme tu l'as fait, le travail à qui travaille. Et ce manque d'égards ! Tu nous as laissés nous geler à la clôture ; tu as presque assommé à coups de poing un homme à qui un seul mot un peu dur fait mal des journées entières ; tu m'as poursuivi en tous sens à travers la neige, l'après-midi, au point qu'il m'a fallu une heure pour reprendre mon souffle, je ne suis plus très jeune, tout de même !

— Cher Jeremias, dit K., tu as raison en tout cela, seulement, c'est à Galater que tu devrais exposer tout cela. Il vous a envoyés de par sa propre volonté, ce n'est pas moi qui vous ai demandé de venir. Et comme je ne vous avais pas demandés, je pouvais aussi vous renvoyer et j'aurais moi aussi préféré le faire en douceur plutôt qu'avec violence, mais de toute évidence vous ne vouliez pas qu'il en soit autrement. D'ailleurs, pourquoi n'as-tu pas, tout de suite, lorsque vous êtes venus auprès de moi, parlé aussi franchement que maintenant ?

— Parce que j'étais de service, dit Jeremias, c'est tout de même évident.

— Et maintenant, tu n'es plus de service ? demanda K.

— Plus maintenant, dit Jeremias, Arthur a résilié le service au château ou tout au moins engagé la procédure qui doit définitivement nous en délivrer.

— Mais tu me cherches tout de même, comme si tu étais de service, dit K.

— Non, dit Jeremias, je te cherche seulement pour tranquilliser Frieda. Lorsque tu l'as quittée pour la fille Barnabas, elle a été très malheureuse, non tant parce que tu l'as quittée qu'à cause de ta trahison ; il est vrai qu'elle l'avait vu venir depuis longtemps déjà et déjà beaucoup souffert à cause de cela. J'étais juste revenu à la fenêtre de l'école pour voir si tu étais peut-être devenu plus raisonnable. Mais tu n'y étais pas, seule Frieda était là, assise sur un banc d'école, à pleurer. Je me rendis alors auprès d'elle et nous nous mîmes d'accord. Tout est déjà fait. Moi, je suis garçon d'étage à l'Auberge des Messieurs et elle est de nouveau au bar. Pour Frieda c'est mieux. Ce n'était pas raisonnable de devenir ta femme. Et toi, tu n'as pas su apprécier le sacrifice qu'elle voulait te faire. Or, la bonne fille a encore des scrupules, elle se demande si elle n'a pas été injuste à ton égard, peut-être n'as-tu pas du tout été voir les Barnabas ? Bien qu'il ne pût y avoir de doute quant à l'endroit où tu étais, j'y suis allé tout de même, afin de le constater une fois pour toutes ; car après toutes ces émotions, Frieda mérite de dormir enfin tranquillement, moi aussi d'ailleurs. J'y suis donc allé et non seulement je t'ai trouvé toi, mais j'ai pu voir par-dessus le marché que ces filles-là te suivaient, comme si tu les avais prises à la glu. La noire surtout, un vrai chat sauvage, a pris ton parti. Chacun son goût. En tout cas ce n'était pas la peine de faire le détour par le jardin du voisin, je connais le chemin.

Donc était arrivé ce qui était prévisible mais inévitable. Frieda l'avait quitté. Ce n'était pas nécessairement définitif, ce n'était pas si grave que cela ; on pouvait reconquérir Frieda, elle se laissait facilement influencer par des inconnus, même par ces aides qui tenaient la position de Frieda pour semblable à la leur et qui, maintenant qu'ils avaient quitté leur place, avaient incité Frieda à en faire autant ; mais il suffisait que K. se présente devant elle, qu'il rappelle tout ce qui parle en sa faveur et de nouveau elle serait à lui, pleine de remords, et cela même s'il avait pu justifier sa visite à ces filles par un succès dont il leur aurait été redevable. Mais malgré ces réflexions dont il cherchait à se rassurer sur Frieda, il n'était pas rassuré du tout. Il y avait peu de temps encore, il s'était vanté en présence d'Olga que Frieda était son seul point d'appui, or cet appui n'était pas des plus fermes ; il ne fallait pas même l'intervention d'un puissant pour lui voler Frieda, il suffisait de cet aide bien peu appétissant, de cette chair, qui donnait parfois l'impression de ne pas être tout à fait vivante.

Jeremias s'était déjà mis à s'éloigner. K. le rappela.

— Jeremias, dit-il, je vais être très franc avec toi, mais toi réponds sincèrement aussi à ma question. Nous ne sommes plus maître et serviteur, ce qui ne réjouit pas que toi, mais moi aussi, nous n'avons donc aucune raison de nous tromper l'un l'autre. Ici, devant tes yeux, je casse la badine qui t'était destinée, car ce n'est pas par peur de toi que j'ai choisi le chemin par le jardin mais pour te surprendre et te cingler de quelques coups de verge. Ne m'en veux plus, tout cela, c'est du passé ; si tu n'avais pas été un serviteur imposé par l'administration, mais simplement une relation, encore que ton allure extérieure me dérange un peu, parfois, nous nous serions certainement entendus excellemment. Et ce que nous avons manqué, à cet égard, nous pouvons très bien le rattraper maintenant.

— Crois-tu ? dit l'aide. Et en bâillant il fermait ses yeux fatigués. Je pourrais t'expliquer tout cela plus en détail, mais je n'ai pas le temps, il faut que j'aille voir Frieda, la pauvre enfant m'attend, elle n'a pas encore commencé son service, j'ai convaincu l'aubergiste — elle voulait, en effet, probablement pour oublier, se jeter dans le travail aussitôt — de lui donner encore un petit temps de repos, et celui-ci au moins, nous voulons le passer ensemble. Pour ce qui est de ta proposition, je n'ai certainement aucune raison de te mentir, mais j'en ai tout aussi peu de te confier quelque chose. Chez moi, ce n'est pas comme chez toi. Aussi longtemps que j'étais à ton service, tu étais naturellement pour moi une personne très importante, non pas à cause de tes qualités propres, mais à cause du service qui m'était imparti et j'aurais fait pour toi tout ce que tu voulais, mais maintenant tu m'indiffères. Que tu aies cassé la badine, cela même ne me touche pas et me rappelle simplement quel maître brutal j'avais, cela ne m'incite guère à intervenir pour toi.

— Tu me parles, dit K., comme si tu étais tout à fait sûr de n'avoir plus jamais quelque chose à craindre de moi. Mais ce n'est pas ainsi que cela se passe. Tu n'es pas encore libre à mon égard, les décisions, ici, ne se prennent pas si vite que cela.

— Plus vite encore parfois, le coupa Jeremias.

— Parfois, dit K., mais rien n'indique que cela ait été le cas cette fois-ci ; ni toi ni moi n'avons de décision écrite en main. La procédure est donc en cours et je n'ai pas encore fait intervenir mes relations, mais je vais le faire. Si la décision est prise à ton désavantage, tu n'as pas beaucoup travaillé à bien disposer ton maître en ta faveur, et il était peut-être inutile de briser la badine. Et Frieda tu l'as certes emmenée, ce qui t'a particulièrement fait enfler les chevilles ; mais malgré tout le respect dû à ta personne — et moi j'ai du respect pour toi, même si toi tu n'en as plus pour moi —, quelques mots par moi adressés à Frieda suffisent, je le sais, à défaire les mensonges au moyen desquels tu l'as captée. Et seuls des mensonges pouvaient détourner Frieda de moi.

— Ces menaces ne me font pas peur, dit Jeremias. Tu ne veux pas du tout que je sois ton aide, en tant qu'aide tu me crains, tu crains d'ailleurs les aides en général, ce n'est que par crainte que tu as frappé ce bon Arthur.

— Peut-être, fit K. Cela en a-t-il moins fait mal pour cela ? Il se peut que je sois amené souvent à te montrer ma crainte de cette manière. Si je vois que ta condition d'aide te fait peu plaisir, par-delà toute crainte, cela m'amusera beaucoup de t'y contraindre. Et cette fois, je vais m'efforcer de t'obtenir toi seul, sans Arthur, je pourrais ainsi te consacrer davantage d'attention.

— Crois-tu, dit Jeremias, que je vais éprouver la moindre crainte de tout cela ?

— Je le crois bien, dit K., tu en éprouves sûrement un peu et si tu es intelligent, tu en éprouves même beaucoup. Car enfin pourquoi, sinon, ne serais-tu pas allé auprès de Frieda ? Dis-le, tu l'aimes bien ?

— L'aimer bien ? dit Jeremias, c'est une bonne fille, intelligente, une ancienne maîtresse de Klamm, donc en tout cas respectable ; si elle me supplie sans cesse de la débarrasser de toi, pourquoi ne lui ferais-je pas ce plaisir, d'autant que je ne te cause pas là un préjudice, toi qui t'es consolé avec ces maudits Barnabas.

— Je la vois bien, ta peur, dit K., une peur tout à fait misérable, tu cherches à me capter par des mensonges. Frieda n'a demandé qu'une seule chose : qu'on la délivre des aides excités, devenus des chiens sauvages ; malheureusement, je n'ai pas eu le temps de satisfaire complètement à sa demande et les conséquences, les voilà.

« Monsieur l'Arpenteur, Monsieur l'Arpenteur », appelait quelqu'un dans la rue. C'était Barnabas. Il arriva hors d'haleine, mais n'oublia pas de s'incliner devant K.

— J'ai réussi, disait-il.

— Qu'est-ce que tu as réussi ? demanda K. Tu as présenté ma requête à Klamm ?

— Ce n'était pas possible, dit Barnabas, je me suis donné beaucoup de peine, mais c'était impossible, je me suis faufilé tout en avant, toute la journée, je me suis tenu, sans y avoir été invité, si près du pupitre qu'un secrétaire dont je prenais le jour m'a même poussé de côté, je me suis annoncé, ce qui est interdit, d'un geste du bras quand Klamm levait la tête, c'est moi qui suis resté le plus longtemps, il n'y avait plus que les serviteurs et moi et j'eus même la joie de voir revenir Klamm, mais ce n'était pas pour moi, il voulait simplement vérifier quelque chose dans un livre et il repartit. Finalement comme je ne bougeais toujours pas, le serviteur me fit presque sortir à coups de balai. Tout cela je l'avoue seulement pour que tu ne sois pas une fois encore mécontent de ce que j'ai fait.

— A quoi me sert tout ton zèle, Barnabas, s'il ne réussit à rien.

— Mais je suis arrivé à quelque chose, dit Barnabas. Lorsque je sortis de mon bureau — je l'appelle comme ça —, je vis venir lentement un monsieur du fond du couloir, tout sinon était vide ; il était déjà fort tard. Je décidai de l'attendre ; c'était une bonne occasion de rester encore, j'y serais plutôt toujours resté, pour ne pas être obligé de t'apporter la mauvaise nouvelle. Mais de toute façon, cela valait la peine d'attendre ce monsieur, c'était Erlanger. Tu ne le connais pas ? C'est l'un des premiers secrétaires de Klamm. Un monsieur petit et faible, il boite un peu. Il me reconnut aussitôt, il est célèbre à cause de sa mémoire et de sa connaissance des hommes, il ne fait que froncer les sourcils et ça lui suffit pour reconnaître tout le monde, souvent même des gens qu'il n'a jamais vus, dont il a simplement entendu parler ou sur lesquels il a lu quelque chose. Moi par exemple, il n'est guère probable qu'il m'ait jamais vu. Mais bien qu'il reconnaisse chacun aussitôt, il interroge d'abord, comme s'il n'en était pas certain : « N'es-tu pas Barnabas ? » me dit-il à moi. « Tu connais l'arpenteur, n'est-ce pas ? » Et puis il dit : « Ça tombe bien ; je vais maintenant à l'Auberge des Messieurs. Il faut que l'arpenteur vienne me voir. J'habite la chambre quinze. Il faudrait qu'il vienne tout de suite. J'ai quelques entrevues là-bas et à cinq heures du matin, je repars. Dis-lui qu'il m'importe beaucoup de lui parler. »

Tout à coup, Jeremias se mit à courir. Barnabas, qui dans son excitation l'avait à peine remarqué, demanda :

— Qu'est-ce qu'il veut, Jeremias ?

— Me devancer auprès d'Erlanger, dit K. qui courait déjà derrière Jeremias, le rattrapa, s'accrocha à son bras et dit : — C'est le désir de voir Frieda qui t'a pris tout à coup ? Le mien n'est pas moins grand, nous allons y aller du même pas.

Chapitre dix-septième

UN petit groupe d'hommes se tenait devant l'Auberge des Messieurs plongée dans l'obscurité, deux ou trois portaient des lanternes de telle sorte qu'on pouvait identifier certains visages. K. ne trouva qu'une seule de ses connaissances, Gerstäcker, le charretier. Celui-ci le salua en lui demandant :

— Tu es toujours au village ?

— Oui, fit K., je suis venu pour toujours.

— Moi, ça ne me regarde pas, dit Gerstäcker. Il toussa fortement et se tourna vers les autres.

Tous attendaient Erlanger. Erlanger était déjà arrivé mais était encore en discussion avec Momus avant de recevoir les administrés. Le sujet de conversation de tout le monde, c'était l'interdiction d'attendre à l'intérieur du bâtiment et l'obligation de rester ici dans la neige. Il ne faisait pas très froid ; mais c'était manquer d'égards que de faire attendre les administrés des heures durant, peut-être en pleine nuit, devant la maison. Ce n'était certes pas la faute d'Erlanger, lequel, tout au contraire très prévenant, ne devait guère le savoir et aurait certainement été très fâché de l'apprendre. C'était la faute de l'hôtesse de l'Auberge des Messieurs qui, dans sa prétention déjà presque maladive à la distinction, ne voulait pas souffrir que plusieurs administrés viennent ensemble à l'Auberge des Messieurs.

— Si déjà il faut que cela soit et s'il faut qu'ils viennent, avait-elle coutume de dire, alors au nom du ciel que ce soit l'un après l'autre.

Et elle avait obtenu que les administrés qui avaient d'abord attendu dans un corridor, plus tard sur l'escalier, puis au bar, fussent finalement refoulées jusque dans la rue. Et même cela ne lui suffisait point. Il lui était insupportable, disait-elle, d'être sans cesse « assiégée » dans sa propre maison. Elle n'arrivait pas à comprendre pourquoi les administrés devaient circuler.

— Pour salir l'escalier de devant, lui avait un jour répondu un fonctionnaire, probablement en colère ; pour elle cela avait été une illumination et elle aimait à citer cette exclamation. Elle s'efforçait d'obtenir qu'on édifie un bâtiment en face de l'Auberge des Messieurs, où les administrés pourraient attendre. Ce qu'elle aurait préféré, c'est que les discussions entre parties adverses, même les interrogatoires aient lieu à l'extérieur de l'Auberge des Messieurs, mais à cela s'opposaient les fonctionnaires et quand les fonctionnaires s'opposaient sérieusement à quelque chose, l'hôtesse, bien sûr, n'obtenait pas gain de cause, bien que pour des questions secondaires, elle exerçât une espèce de petite tyrannie grâce à son zèle infatigable et d'une discrétion toute féminine.

Les entretiens et les interrogatoires, l'hôtesse allait vraisemblablement devoir continuer à les subir à l'Auberge des Messieurs, car ces messieurs du château refusaient de quitter l'Auberge des Messieurs pour affaires officielles au village. Ils étaient toujours pressés, ne séjournaient au village qu'avec répugnance et n'avaient pas la moindre envie de prolonger leur séjour au-delà du strict minimum, on ne pouvait tout de même pas leur demander, simplement pour assurer la tranquillité de l'Auberge des Messieurs, de se rendre avec tous leurs dossiers dans une maison voisine et de perdre ainsi du temps. De préférence les fonctionnaires expédiaient les affaires courantes au bar ou dans leur chambre, si possible pendant le repas ou de leur lit avant de s'endormir ou encore le matin quand ils étaient trop fatigués pour se lever et voulaient encore rester un peu au lit. En revanche, la question de l'édification d'une salle d'attente semblait s'orienter vers une solution favorable et voir justement l'affaire de la construction de la salle d'attente entraîner de nombreuses réunions et faire que les couloirs de la maison ne désemplissaient pas, c'était — on en souriait — une punition cuisante infligée à l'hôtesse.

C'est de toutes ces choses-là que l'on s'entretenait à mi-voix parmi ceux qui attendaient. Ce qui frappa K., c'est que le mécontentement était certain mais que personne ne trouvait rien à redire sur le fait qu'Erlanger convoquât les administrés en pleine nuit. Il posa la question et on lui répondit qu'il fallait même en être reconnaissant à Erlanger. C'était finalement sa seule bonne volonté et la haute idée qu'il avait de sa charge qui le conduisaient à descendre au village ; s'il le voulait — et cela serait peut-être même plus conforme aux règlements —, il pouvait envoyer un quelconque secrétaire subalterne et lui faire dresser les procès-verbaux. Mais la plupart du temps, il refusait de le faire, il voulait tout voir et entendre lui-même, mais était alors obligé d'y consacrer ses nuits, car dans son horaire de fonctionnaire, il n'était pas prévu de temps pour les déplacements au village. K. objecta que Klamm aussi venait en plein jour au village et restait même parfois plusieurs jours ; Erlanger qui n'était que secrétaire serait-il par hasard plus indispensable ? Quelques-uns se mirent à rire avec bienveillance, d'autres se turent navrés, ces derniers furent assez vite les plus nombreux et on répondit à peine à K. Un seul dit que bien entendu Klamm était indispensable au château comme au village.

C'est alors que la porte d'entrée s'ouvrit et que Momus fit son apparition entre deux serviteurs qui portaient des lampes.

— Les premiers à être introduits auprès de Monsieur le Secrétaire Erlanger sont, dit-il, Gerstäcker et K. Tous les deux sont-ils là ?

Ils se présentèrent mais avant eux Jeremias se faufila à l'intérieur — « Je suis valet de chambre. » — salué d'une tape sur l'épaule et d'un sourire par Momus. « Il va falloir que je prenne davantage garde à Jeremias », se dit K. tout en sachant bien que Jeremias était vraisemblablement beaucoup moins dangereux qu'Arthur en train de travailler contre lui au château. Peut-être était-il plus intelligent de se laisser tourmenter par eux comme aides que de les laisser ainsi se promener sans contrôle et se livrer à leurs intrigues pour lesquelles ils semblaient avoir des dispositions toutes particulières.

Lorsque K. passa devant Momus, celui-ci fit comme s'il ne reconnaissait en lui l'arpenteur qu'à cet instant :

— Ah ! Monsieur l'Arpenteur qui répugne tant à ce qu'on l'interroge, le voilà qui se dépêche d'aller à l'interrogatoire. Avec moi, cela aurait été plus simple. Eh oui, il est difficile de choisir les interrogatoires convenables !

Lorsque K. voulut s'arrêter, Momus lui dit :

— Allez, allez, en ce temps-là j'aurais pu avoir besoin de vos réponses, maintenant pas.

Enervé cependant par le comportement de Momus, K. dit :

— Vous ne pensez tous qu'à vous-mêmes. C'est à cause de ma fonction que je ne réponds pas ; pas plus aujourd'hui qu'alors.

Momus dit : — A qui donc devrions-nous penser ? Y a-t-il quelqu'un ici ? Allez donc.

Un serviteur les accueillit sur le palier et les conduisit par ce chemin que K. connaissait déjà à travers la cour puis par le portail dans le couloir bas, un peu en pente. Aux étages supérieurs, de toute évidence, habitaient seulement les fonctionnaires supérieurs, les secrétaires eux en revanche habitaient sur ce couloir, même Erlanger bien qu'il fût l'un des plus haut placés parmi eux. Le serviteur éteignit sa lanterne car il y avait ici l'éclairage électrique et il était très vif. Tout ici était petit mais délicatement construit. Tout l'espace disponible était utilisé. Le couloir était à peine assez haut pour y marcher sans se courber. Sur les côtés les portes se touchaient presque. Les parois latérales n'allaient pas jusqu'au plafond, ceci probablement pour des raisons de ventilation car dans ce couloir profond, pareil à une cave, les petites pièces ne devaient sûrement pas avoir de fenêtres. Ces cloisons qui ne fermaient pas tout à fait avaient l'inconvénient de laisser entendre l'agitation dans le couloir et nécessairement aussi dans les chambres. Beaucoup semblaient occupées, dans la plupart on ne dormait pas encore, on entendait des voix, des coups de marteau, des verres. Pourtant on n'avait pas tellement une impression de gaieté. Les voix étaient étouffées, c'est à peine si on comprenait un mot par-ci par-là, cela ne ressemblait pas à des conversations, peut-être quelqu'un dictait-il quelque chose ou faisait-il la lecture ; c'était justement dans les chambres d'où provenaient des bruits de verres et d'assiettes qu'on n'entendait pas un mot et les coups de marteau rappelèrent à K. qu'on lui avait raconté quelque part que certains fonctionnaires faisaient de temps à autre de la menuiserie, de la mécanique de précision ou d'autres choses de ce genre pour se reposer de la tension intellectuelle constante. Le couloir lui-même était vide, seul un monsieur pâle, svelte et grand était assis devant une porte, vêtu d'un manteau de fourrure d'où dépassait une chemise de nuit ; probablement, il avait trouvé la chambre par trop étouffante, aussi s'était-il assis dehors et lisait le journal, mais sans grande attention, en bâillant, il s'arrêtait souvent de lire, se penchait en avant et jetait un coup d'œil dans le couloir ; peut-être attendait-il un plaignant qu'il avait convoqué et qui tardait à venir. Lorsqu'ils l'eurent dépassé le serviteur dit à Gerstäcker à propos de ce monsieur :

— C'est Pinzgauer ! Gerstäcker fit oui de la tête.

— Ça fait longtemps qu'il n'est pas descendu, dit-il.

— Très longtemps, oui, confirma le serviteur.

Finalement ils arrivèrent à une porte qui n'était pas différente des autres et derrière laquelle d'après ce que disait le serviteur, habitait Erlanger. Le serviteur demanda à K. de le prendre sur ses épaules et par l'intervalle entre la porte et le plafond, il regarda à l'intérieur de la chambre.

— Il se repose, dit le serviteur en redescendant, tout habillé, il est vrai, mais je crois tout de même qu'il sommeille. Parfois, au village, la fatigue lui tombe dessus, c'est le changement de vie. Il va falloir que nous attendions. Quand il se réveille, il sonne. Il est déjà arrivé qu'il ait passé tout son séjour au village à dormir et qu'il ait dû repartir au château dès son réveil. C'est un travail bénévole qu'il fait ici au village.

— Qu'il dorme donc tout son soûl, dit Gerstäcker ; car s'il trouve encore un peu de temps pour le travail à son réveil, il sera furieux d'avoir dormi, il cherchera à tout régler en vitesse et arrivera à peine à s'exprimer.

— Vous venez pour la répartition des charges pour le chantier ? demanda le serviteur. Gerstäcker approuva de la tête, il prit le serviteur à part et lui parla à voix basse mais le serviteur écoutait à peine, il regardait par-dessus Gerstäcker qu'il dépassait de plus d'une tête et se lissait les cheveux de la main avec gravité et lenteur.

Chapitre dix-huitième

ALORS K., qui ne regardait rien de précis, vit déboucher Frieda, très loin, à un tournant du couloir ; elle fit comme si elle ne le reconnaissait pas ; elle portait un plateau et de la vaisselle vide. Il dit au serviteur qui ne faisait pas du tout attention à lui — plus on parlait au serviteur, plus il paraissait absent — qu'il allait revenir tout de suite et courut auprès de Frieda. Arrivé près d'elle, il la prit par les épaules comme s'il en reprenait possession, posa quelques questions insignifiantes et scruta ses yeux. Mais c'est à peine si elle se défit un peu de son attitude de raideur. Distraitement elle redisposa les couverts sur le plateau et elle dit :

— Que veux-tu donc de moi ? Vas-y chez les... eh bien ! tu sais comment ils s'appellent. Tu viens justement de chez eux, ça se voit.

K. détourna très vite la conversation ; la discussion ne devait pas s'engager ainsi brusquement, et commencer pour lui par ce qui lui était le plus défavorable.

— Je pensais que tu étais au comptoir.

Frieda le regarda étonnée et elle passa sa main libre sur son front et sa joue. C'était comme si elle avait oublié son aspect et voulait se le remémorer. Ses yeux aussi avaient cette expression voilée que l'on a lorsqu'on tente, à grand-peine, de retrouver ses souvenirs.

— On m'a reprise au comptoir, dit-elle lentement, comme si ce qu'elle disait était sans importance, mais que par-dessous les mots elle parlait encore avec K. — et c'était cela la chose importante.

— Le travail que je fais ici ne me convient pas, une autre pourrait le faire ; celle qui sait faire un lit, prendre un visage aimable, ne craint pas d'être importunée par les clients et le cherche même, peut fort bien être fille de salle. Mais au comptoir, c'est autre chose. On m'y a d'ailleurs tout de suite reprise, bien que je ne l'aie guère quitté de façon honorable ; cette fois j'avais des protections, il est vrai. L'aubergiste était content que j'aie des protections grâce auxquelles il pouvait facilement me reprendre. Les choses en étaient arrivées au point qu'il fallut me pousser pour que j'accepte ; si tu songes à quoi le comptoir me fait penser, tu le comprendras. Finalement, j'ai accepté. Je ne suis ici que pour dépanner. Pepi a demandé qu'on ne lui inflige pas la honte de devoir tout de suite quitter le comptoir : parce qu'elle a été appliquée et qu'elle s'est occupée de tout dans la mesure où ses facultés le lui permettaient, nous lui avons donc donné un sursis de vingt-quatre heures.

— Tout cela est très bien arrangé, dit K., or tu as quitté le comptoir à cause de moi et maintenant à la veille de notre mariage, tu vas y retourner ?

— Il n'y aura pas de mariage, dit Frieda.

— Parce que j'ai été infidèle ? demanda K. Frieda hocha la tête.

— Vois-tu, fit K., nous avons pourtant déjà souvent parlé de cette prétendue infidélité et chaque fois, il a bien fallu que tu admettes que c'était un soupçon injustifié. De mon côté, rien n'a changé, tout est resté intact, il ne saurait en être autrement. C'est donc de ton côté que quelque chose a changé, à cause de choses qu'on t'a chuchotées du dehors. Tu es en tout cas injuste avec moi car, regarde, qu'en est-il des deux jeunes filles ? L'une, la brune — j'ai presque honte de devoir ainsi me défendre pour les moindres détails, mais c'est toi qui me provoques — la brune ne m'est vraisemblablement pas moins insupportable qu'à toi ; chaque fois que je peux l'éviter, je le fais, elle-même facilite les choses, on ne peut guère plus avoir de retenue qu'elle.

— Oui, s'écria Frieda, les mots lui venaient contre sa volonté. K. était heureux de la voir penser à autre chose, elle n'était pas comme elle aurait voulu être. — Il se peut que tu trouves qu'elle a de la retenue, elle, la plus éhontée de toutes. C'est elle que tu trouves discrète et tu le penses sincèrement, aussi incroyable que ce soit, tu ne fais pas semblant, cela je le sais. L'hôtesse de l'Auberge du Pont dit de toi : « Je ne peux pas le souffrir, mais je ne peux pas non plus l'abandonner, quand on voit un petit enfant qui ne sait pas encore bien marcher s'aventurer trop loin, on ne peut pas se retenir ; on est obligé d'intervenir. »

— Accepte pour cette fois la leçon qu'elle te donne, dit K. en souriant, mais cette fille, qu'elle ait de la retenue ou qu'elle soit éhontée, peu importe, je ne veux rien savoir à son sujet.

— Mais pourquoi dis-tu qu'elle a de la retenue ? demanda Frieda qui ne cédait point. — K. prit cela pour un signe favorable. — Est-ce que tu en as fait l'expérience ou cherches-tu à abaisser d'autres gens par ce moyen ?

— Ni l'un ni l'autre ! dit K. Je ne dis cela d'elle que par reconnaissance, parce qu'elle me permet facilement de ne pas tenir compte d'elle et parce que, même si elle m'adressait souvent la parole, je n'arriverais pas à retourner là-bas, ce qui serait pour moi tout de même une grande perte, car je dois y retourner, à cause de notre avenir commun, comme tu le sais. Et c'est pourquoi je suis obligé de parler avec l'autre fille que j'estime, il est vrai, à cause de son zèle, de son dévouement et de sa générosité mais dont personne ne peut prétendre qu'elle a de quoi vous faire perdre la tête.

— Les valets sont d'un autre avis, dit Frieda.

— Ils sont d'un autre avis sur bien des choses, dit K. Des goûts des valets tu vas tirer la conclusion que je suis infidèle ?

Frieda se tut et voulut bien que K. lui prît le plateau, le posât sur le sol et mît son bras sous le sien pour aller et venir lentement avec elle dans la petite pièce.

— Tu ne sais pas ce qu'est la fidélité, dit-elle, se défendant un peu de sa proximité. Ton comportement avec ces filles n'est pas le plus important ; que tu ailles dans cette famille et que tu reviennes avec l'odeur de leur chambre sur tes vêtements, c'est déjà pour moi une honte insupportable. Et tu quittes l'école sans rien dire, tu restes même chez eux la moitié de la nuit. Et quand on demande où tu es, tu fais dire par ces filles que tu n'es pas là, tu le fais dire avec passion surtout par celle dont la retenue est sans égale. Tu te glisses par un chemin secret hors de la maison, peut-être même pour épargner leur réputation ! Non, ne parlons plus de cela.

— Non, n'en parlons plus, dit K., mais d'autre chose, Frieda. D'ailleurs de cela il n'y a plus rien à dire. Tu sais très bien pourquoi je suis obligé d'y aller. Cela ne m'est pas facile mais je prends sur moi. Tu ne devrais pas me rendre les choses plus difficiles encore qu'elles ne le sont. Aujourd'hui, je pensais n'y aller que pour un instant, pour demander si Barnabas qui aurait déjà dû m'apporter depuis longtemps un message important était enfin venu. Il n'était pas arrivé, mais il n'allait pas tarder à ce qu'on m'assurait et c'était vraisemblable. Je ne voulais pas qu'il vienne me retrouver à l'école pour ne pas t'importuner de sa présence. Les heures passèrent et il ne vint malheureusement pas.

» Mais c'est un autre qui est venu en revanche et qui m'est odieux. Je n'avais nulle envie de me laisser espionner par lui et je suis donc passé par le jardin voisin, mais je ne voulais pas non plus me cacher devant lui et je suis allé à sa rencontre sur la route avec un fouet de saule très souple, je l'avoue. C'est tout et je n'ai rien d'autre à dire là-dessus ; mais j'ai à parler d'autre chose.

» Qu'en est-il des aides que je répugne à mentionner presque autant que te répugne l'évocation de cette famille ? Compare ta relation avec eux à la manière dont je me comporte avec cette famille. Je comprends ta répugnance à l'égard de la famille et je peux la partager. C'est pour cette affaire seulement que je me rends auprès d'eux, parfois il me semble même que je suis injuste à leur égard, que je les exploite. Mais toi et les aides en revanche ! Tu n'as nullement nié qu'ils te poursuivent et tu as avoué que tu es attirée vers eux. Je ne t'en ai pas voulu pour cela, je me suis rendu compte qu'il y avait ici des forces en jeu qui te dépassent et j'étais déjà très heureux que tu te défendes ; je t'ai aidée à te défendre et uniquement parce que quelques heures durant j'ai négligé de le faire, ayant confiance en ta fidélité, dans l'espoir que la maison serait fermée à double tour et que les aides auraient enfin pris la fuite une bonne fois pour toutes — je les sous-estime encore je le crains —, seulement parce que j'ai négligé cela quelques heures et seulement parce que Jeremias, un garçon déjà assez âgé, à bien y regarder, et pas en très bonne santé, a eu le toupet de s'approcher de la fenêtre, pour cette seule raison je dois te perdre, toi, Frieda, et m'entendre dire en guise de salutation : Il n'y aura pas de mariage. Ne serait-ce pas à moi plutôt de faire des reproches ? Et pourtant je ne les fais pas, ici, je ne les fais toujours pas.

Et de nouveau K. crut bon de détourner un peu Frieda de ses pensées et il lui demanda de lui apporter quelque chose à manger parce que, depuis midi, il n'avait rien mangé. Frieda soulagée, visiblement, par cette demande hocha la tête et courut chercher quelque chose à manger, elle ne s'engagea pas dans le couloir au bout duquel K. supposait se trouver la cuisine, mais elle descendit quelques marches latérales. Bientôt elle rapporta une assiette de charcuterie et une bouteille de vin, mais ce n'étaient sûrement que les restes d'un repas : on avait vite redisposé les tranches pour que cela ne se voie pas, des peaux de saucisson avaient même été oubliées et la bouteille était aux trois quarts vide. Pourtant K. ne dit rien et se jeta de bon appétit dessus.

— Tu es allée à la cuisine ? demanda-t-il.

— Non dans ma chambre, dit-elle, j'ai une chambre en bas.

— Si seulement tu m'y avais emmené, dit K. Je vais y descendre pour m'asseoir un peu pour manger.

— Je vais t'apporter une chaise, dit Frieda et déjà elle y allait.

— Merci, dit K., — il la retint —, je ne vais pas descendre et je n'ai pas non plus besoin de chaise. Frieda ne broncha pas, par défi, elle résistait à sa poigne, elle se tenait tête baissée et se mordait les lèvres.

— Eh bien, oui, il est en bas, dit-elle, tu t'attendais à

autre chose ? Il est dans mon lit, il a pris froid dehors, il a la fièvre, il a à peine mangé. Au fond, tout est de ta faute ; si tu n'avais pas chassé les aides et si tu n'avais pas couru derrière cette sorte de gens nous pourrions être tranquillement assis ensemble à l'école. Seulement, tu as détruit ton bonheur. Crois-tu qu'aussi longtemps que Jeremias était de service il aurait osé me séduire ? En ce cas, tu méconnais totalement l'ordre tel qu'il règne ici. Il a voulu se rapprocher de moi, il s'est tourmenté, il m'a épiée, mais ce n'était que par jeu, comme joue un chien affamé qui n'ose pas sauter sur la table. Et moi de même, j'étais attirée vers lui, c'est un camarade de jeu de mon enfance, nous jouions ensemble, sur le versant de la montagne du château, c'était le bon temps, tu ne m'as jamais rien demandé de mon passé. Pourtant tout cela était sans importance, tant que Jeremias était retenu par le service, car je connaissais mes devoirs en tant que ta future épouse. Mais tu as chassé les aides et tu t'en es vanté par-dessus le marché, comme si tu avais fait par là quelque chose pour moi ; en un certain sens c'est vrai. Pour ce qui est d'Arthur tes intentions ont réussi, provisoirement il est vrai, il est délicat, il n'a pas cette passion de Jeremias qui ne craint nulle difficulté, et de plus, par ce coup de poing dans la nuit — ce coup de poing fut aussi donné contre notre bonheur — tu l'as presque détruit, il s'est réfugié au château pour se plaindre et même s'il ne va pas tarder à revenir, il n'est pas là. Toujours est-il, Jeremias, lui, est resté. Pendant le service, il craint jusqu'au cillement du regard de son maître, mais hors du service il ne craint rien. Il est venu et il m'a prise ; abandonnée par toi, dominée par lui, le vieil ami, je ne pus me retenir. Je n'ai pas ouvert le portail de l'école, il a brisé la fenêtre et m'a tirée dehors.

» Nous nous sommes réfugiés ici, l'aubergiste l'estime, de plus, rien ne peut être plus souhaitable pour les clients que d'avoir un pareil garçon de salle, aussi nous a-t-on pris ; il n'habite pas chez moi, mais nous avons une chambre commune.

— Malgré tout, dit K., je ne regrette pas d'avoir chassé les aides. Si les relations sont telles que tu les décris, ta fidélité, donc, déterminée seulement par les obligations de service des aides, il est bon que les choses aient trouvé une fin. Le bonheur du mariage entre deux bêtes de proie qui ne se courbent que sous le fouet n'aurait pas été très grand. Je suis reconnaissant à la famille qui sans le vouloir a contribué à nous séparer.

Ils se turent et de nouveau ils firent les cent pas l'un à côté de l'autre, sans que l'on pût savoir qui s'était mis à marcher le premier. Frieda, près de K., paraissait mécontente qu'il ne lui prît pas le bras.

— Ainsi tout serait en ordre et nous pourrions prendre congé l'un de l'autre, nous pourrions toi aller auprès de ton monsieur Jeremias qui a vraisemblablement pris froid dans le jardin de l'école et que tu as déjà bien trop longtemps laissé seul, et moi me rendre tout seul à l'école, ou bien, puisque je n'ai plus rien à y faire, aller quelque part où on m'accueillera. Si j'hésite, malgré tout, c'est parce que je doute tout de même encore un peu de ce que tu m'as raconté. Jeremias me fait à moi l'impression contraire. Aussi longtemps qu'il était de service, il n'a cessé d'être après toi et je ne crois pas que le service l'aurait à la longue retenu de t'assaillir pour de bon. Mais maintenant qu'il considère son service comme suspendu, il en va autrement. Excuse-moi de m'exprimer de la sorte : depuis que tu n'es plus la fiancée de son maître tu n'es plus aussi attrayante pour lui que naguère. Tu peux bien être une amie d'enfance — je ne le connais au fond que par une courte conversation, cette nuit —, je ne crois pas qu'il attache beaucoup de valeur à des questions sentimentales de cette sorte. Je ne sais pas pourquoi il te paraît être un caractère passionné. Sa façon de penser me semble bien au contraire particulièrement froide. Il a reçu de Galater une mission peu avantageuse en ce qui me concerne et il s'attache à l'exécuter avec un certain zèle, j'en conviens — ce n'est pas tellement rare ici —, détruire nos relations en fait partie ; il l'a peut-être essayé de diverses manières et l'une d'elles c'était de tenter de t'attirer par l'ardeur de son désir, une autre — et en cela l'hôtesse l'a soutenu —, c'était de fabuler à propos de mon infidélité ; son attentat a réussi, le souvenir de

Klamm qui l'entoure peut y avoir contribué, son poste il l'a perdu, certes, mais peut-être, juste à l'instant où il n'en avait plus besoin ; maintenant il récolte les fruits de son travail et te tire par la fenêtre de l'école, mais par là son travail est terminé, et, abandonné par son zèle, il se fatigue ; il aimerait être à la place d'Arthur qui ne se plaint pas du tout, mais est allé pêcher des compliments et recevoir de nouvelles instructions ; mais il faut bien que quelqu'un reste pour suivre l'évolution des choses.

» Prendre soin de toi est pour lui une obligation assez pénible. D'amour pour toi, il n'y a pas la moindre trace, il me l'a avoué ouvertement, en tant que maîtresse de Klamm tu lui inspires du respect et venir se nicher dans ta chambre et se sentir pour une fois un petit Klamm, cela lui fait du bien, mais c'est bien tout, toi-même tu ne signifies rien pour lui, ce n'est qu'une retombée de sa charge principale de t'avoir casée ici ; pour ne pas t'inquiéter il est resté, mais seulement provisoirement, aussi longtemps qu'il n'aura pas de nouvelles du château et que tu n'as pas guéri son refroidissement.

— Comme tu le calomnies ! dit Frieda et elle frappa ses petits poings l'un contre l'autre.

— Le calomnier ? dit K., non je ne veux pas le calomnier. Je suis peut-être injuste avec lui, cela est en effet possible. Ce que j'ai dit de lui n'est peut-être pas apparent, ça ne se voit pas, on peut aussi interpréter cela autrement. Mais calomnier ? Calomnier ne pourrait avoir pour but que de combattre ton amour pour lui. Si cela était nécessaire et si la calomnie était un moyen approprié je n'hésiterais pas à le calomnier. Personne ne pourrait me condamner pour cela, il est, du fait de ses commanditaires, dans une position tellement avantageuse par rapport à moi, que moi, qui dépends uniquement de moi, je pourrais bien aussi calomnier un peu. Ce serait finalement un moyen de défense relativement inoffensif et, au bout du compte, tout à fait inopérant. Laisse donc tes poings tranquilles. — Et K. prit la main de Frieda dans la sienne ; Frieda voulut la lui retirer mais en souriant et sans grands efforts.

— Mais je ne suis pas obligé de calomnier, dit K., car tu ne l'aimes pas, tu le crois seulement et tu me seras reconnaissante de te délivrer de tes illusions. Vois-tu, si quelqu'un voulait t'emmener loin de moi, sans violence, mais en calculant le mieux possible, il devrait le faire par l'intermédiaire des deux aides. En apparence de bons garçons, rigolos, et sans responsabilités, des garçons propulsés de très haut, du château, avec un peu de souvenirs d'enfance en plus, tout cela c'est très digne d'être pris en affection, surtout quand je suis moi le contraire de tout cela et qu'en revanche je suis toujours en train de courir pour des affaires diverses qui ne te sont pas tout à fait compréhensibles et qui t'énervent, qui me font rencontrer des gens qui te paraissent haïssables et qui m'en transmettent quelque chose malgré toute mon innocence.

» Le tout n'est qu'une exploitation, maligne il est vrai, très astucieuse, des points faibles dans nos relations. Toutes les relations ont leurs points faibles, même les nôtres, nous nous sommes réunis, venant chacun d'un tout autre univers et depuis que nous nous connaissons, la vie de chacun de nous a pris un cours tout nouveau, nous nous sentons encore incertains, c'est par trop neuf. Je ne parle pas de moi, ce n'est pas si important ; au fond je n'ai cessé d'être comblé depuis que tu as tourné tes yeux vers moi, pour la première fois, et il n'est pas difficile de s'habituer à être comblé. Mais toi, sans tenir compte de tout le reste, tu as été arrachée à Klamm ; je n'arrive pas à mesurer ce que cela représente, mais j'en ai eu tout de même un aperçu, peu à peu ; on chancelle, on ne parvient pas à s'y retrouver et même quand j'étais prêt, moi aussi, à te reprendre à chaque instant, je n'étais pas toujours là, et quand j'étais là, c'étaient tes rêveries qui te retenaient ou quelque chose de plus vivant encore, comme l'hôtesse ; bref il y avait des moments où tu éloignais ton regard de moi, où tu avais le désir de dire quelque chose de vague et d'indéfini, pauvre enfant, et il suffisait dans de tels intervalles que les gens qu'il fallait soient placés dans la direction de ton regard et te voilà livrée à eux, tu succombais à l'illusion que ces fantômes de vieux souvenirs, tout au fond de la vie d'autrefois de plus en plus lointaine, c'était cela ta vie d'aujourd'hui. C'est une erreur Frieda, c'est le dernier obstacle, dérisoire, il est vrai, qui s'oppose encore à notre union définitive. Reviens à toi, reprends-toi ; même si tu as pensé que les aides ont été envoyés par Klamm — ce n'est pas vrai du tout, ils viennent de la part de Galater —, même si grâce à ce subterfuge ils ont pu t'enchanter à ce point que tu en sois arrivée à trouver, jusque dans leur saleté et leur inconduite, des traces de Klamm — comme quelqu'un qui croit voir dans un tas de fumier une pierre précieuse perdue jadis alors qu'il ne pourrait pas l'y trouver, même si elle y était véritablement —, ce ne sont pourtant que des individus du genre des valets là-bas à l'écurie, sauf qu'ils n'ont pas leur bonne santé, et qu'un peu d'air frais les rend malades et les jette dans un lit qu'ils savent il est vrai se choisir avec une astuce de valets. »

Frieda avait appuyé sa tête à l'épaule de K. et ils allaient et venaient enlacés, sans rien dire.

— Si au moins, se mit à dire Frieda, lentement, tranquillement, comme si elle savait qu'il ne lui était accordé qu'un tout petit instant de repos contre l'épaule de K. mais qu'elle voulait le goûter jusqu'au bout, si au moins nous avions émigré tout de suite, cette nuit-là, nous pourrions être quelque part en sécurité, toujours ensemble, ta main toujours assez proche pour être prise ; comme j'ai besoin de ta présence, comme je suis abandonnée sans elle, depuis que je te connais ! Ta présence est, crois-moi, le seul rêve que je rêve, il n'en est pas d'autre !

On entendit alors appeler du fond du couloir central, c'était Jeremias, il était là, en bas des marches, il était en chemise, mais il s'était enveloppé d'un châle de Frieda. Debout là, les cheveux ébouriffés, la barbe rare comme dégoulinante de pluie, les yeux ouverts à grand-peine, suppliants et pleins de reproches, ses joues mates, rougies mais comme faites d'une chair trop flasque, les jambes nues tremblantes de froid au point que les longues fronces du châle en tremblaient elles aussi, on eût dit un malade qui avait fui l'hôpital et à la vue duquel on n'avait qu'une idée en tête, le ramener dans son lit. C'est bien ainsi que Frieda l'entendit, elle s'arracha à K., tout de suite elle fut en bas auprès de lui.

Sa présence, le soin avec lequel elle l'enveloppa de son châle, la hâte avec laquelle elle voulut le faire rentrer dans la chambre parurent tout de suite rendre Jeremias plus fort ; ce n'est qu'à cet instant qu'il parut reconnaître K.

— Ah ! Monsieur l'Arpenteur, dit-il caressant la joue de Frieda pour l'amadouer car elle ne voulait pas que la conversation continue. — Excusez le dérangement. Mais je ne me sens pas bien du tout, c'est là mon excuse. J'ai la fièvre, je crois, il me faut du thé et il faut que je transpire. Cette maudite clôture du jardin de l'école, je crois que je vais avoir à m'en souvenir, et maintenant, alors que j'ai déjà un refroidissement, me voilà en train de courir en pleine nuit. Sans qu'on s'en rende compte tout de suite, on sacrifie sa santé à des choses qui, vraiment, n'en valent pas la peine. Mais vous, Monsieur l'Arpenteur, il ne faut pas que je vous dérange, descendez avec nous à la chambre, faites votre visite au malade et dites en même temps à Frieda ce que vous avez encore à lui dire. Quand deux personnes habituées l'une à l'autre se séparent, elles ont naturellement encore tant de choses à se dire qu'une tierce personne, surtout si elle est au lit et attend son thé, est tout à fait hors d'état de comprendre. Mais entrez donc, je me tiendrai tout à fait tranquille.

— Assez, assez, dit Frieda et elle lui tiraillait le bras. Il a la fièvre et ne sait pas ce qu'il dit. Mais toi, K., ne viens pas, je t'en prie. C'est ma chambre et celle de Jeremias ou plutôt ce n'est que ma chambre à moi, je t'interdis d'y venir. Tu me poursuis, K., pourquoi donc me poursuis-tu ? Jamais, jamais je ne reviendrai auprès de toi, la pensée que cela puisse être possible me fait frissonner. Va donc avec tes filles ; elles sont assises à tes côtés, seulement vêtues d'une chemise, à ce qu'on m'a raconté, et quand quelqu'un vient te chercher elles sortent leurs griffes. C'est bien là que tu es chez toi, si tu te sens tellement attiré vers elles. Je t'ai toujours retenu d'aller là-bas, avec peu de succès, mais retenu, au moins, cela c'est fini, tu es libre. Une belle vie t'attend ; pour l'une, il va falloir peut-être te battre un peu avec les valets, mais quant à la seconde, il n'est personne au ciel et sur la terre pour vouloir te la refuser. Cette alliance est bénie d'avance. Ne dis rien, certes tu peux tout réfuter, mais à la fin, rien n'est réfuté du tout. Rends-toi compte, Jeremias, il a tout réfuté !

Ils se comprenaient par hochements de tête et sourires entendus.

— Mais, poursuivit Frieda, à supposer qu'il ait tout réfuté, à quoi cela aurait-il avancé, en quoi cela me regarde-t-il ? Comment les choses peuvent se passer chez ces gens-là, c'est leur affaire à eux et la sienne, ce n'est pas la mienne. La mienne, c'est de te soigner, jusqu'à ce que tu sois en aussi bonne santé que tu l'étais jadis avant que K. ne te tourmente à cause de moi.

— Vous ne voulez vraiment pas venir avec nous, Monsieur l'Arpenteur ? demanda Jeremias, mais cette fois il se trouva entraîné pour de bon par Frieda qui ne se retourna pas même vers K. En bas on voyait une petite porte, plus basse encore que celles qui donnaient sur le couloir — Frieda, tout comme Jeremias fut obligée de se baisser pour entrer — ; à l'intérieur il semblait faire clair et chaud ; encore quelques chuchotements, d'affectueux encouragements probablement pour mettre Jeremias au lit, puis on ferma la porte.

C'est alors seulement que K. se rendit compte à quel point le silence s'était fait dans la galerie, non pas seulement dans cette partie où il s'était tenu avec Frieda et qui semblait faire partie des salles de l'auberge mais aussi dans le long couloir où donnaient les pièces tellement animées tout à l'heure. Donc ces messieurs s'étaient tout de même endormis. K. lui aussi était très fatigué et peut-être, étant donné sa fatigue, ne s'était-il pas autant défendu contre Jeremias qu'il aurait dû. Il aurait peut-être été plus intelligent de prendre modèle sur Jeremias lui-même qui exagérait visiblement son refroidissement — sa mauvaise santé ne venait pas de son refroidissement, mais lui était innée et nulle tisane ne l'en débarrasserait —, de prendre modèle donc sur Jeremias, de faire comme lui, étalage de sa vraie et grande fatigue, de s'effondrer ici au milieu du couloir, ce qui en soi déjà devait être très bienfaisant, de sommeiller un peu et d'être ainsi un peu bien traité.

Seulement, cela ne se serait pas aussi bien passé que pour Jeremias qui certainement, et à bon droit d'ailleurs, l'aurait emporté dans cette course à la pitié, comme d'ailleurs dans toute autre forme de combat.

K. était à ce point fatigué qu'il se demandait s'il ne pourrait pas essayer d'entrer dans l'une de ces chambres dont certaines devaient être sûrement vides pour y dormir tout son soûl dans un bon lit. Cela aurait permis de compenser bien des choses. D'ailleurs, il avait même son petit breuvage du soir. Sur le plateau avec la vaisselle que Frieda avait laissé par terre se trouvait une petite carafe de rhum. K. n'hésita pas à faire l'effort de revenir sur ses pas et il vida la petite bouteille.

Maintenant il se sentait au moins assez fort pour se présenter devant Erlanger. Il chercha sa porte, mais comme le serviteur et Gerstäcker avaient disparu et que toutes les portes étaient pareilles il n'arriva pas à la trouver. Pourtant il croyait se souvenir à peu près de l'endroit dans le couloir où se trouvait la porte et il décida d'en ouvrir une qui à son avis devait être celle qu'il cherchait.

Ce ne pouvait pas être une tentative bien dangereuse, si c'était la chambre d'Erlanger, celui-ci le recevrait bien, si c'était la chambre d'un autre, il serait possible de s'excuser et de repartir, et si le client dormait, il n'aurait pas même remarqué la visite de K. ; cela ne pouvait devenir grave que si la chambre était vide car K. ne résisterait guère à la tentation de se coucher et de dormir interminablement. Il regarda une fois encore, à gauche et à droite, pour voir si personne ne venait, susceptible de le renseigner et de rendre le risque superflu, mais le long couloir était silencieux et vide. Puis K. écouta à la porte, il n'y avait personne. Il frappa si doucement que cela n'aurait pas pu réveiller quelqu'un qui dormait et comme rien ne se produisit non plus, il ouvrit la porte avec des précautions extrêmes. C'est alors qu'un cri léger l'accueillit. C'était une petite pièce occupée plus qu'à demi par un vaste lit ; sur la table de nuit la lampe électrique était allumée, à côté d'elle un sac de voyage. Dans le lit, mais complètement recouvert par la couverture, quelqu'un s'agitait et murmurait entre drap et couverture :

— Qui est-ce ?

Maintenant K. ne pouvait plus simplement s'en aller, mécontent il contemplait le lit surchargé de couvertures mais malheureusement occupé ; il se souvint alors de la question et il dit son nom. Cela parut avoir un bon effet, l'homme dégagea un peu la figure de dessous la couverture mais prêt, rempli de crainte, à s'y glisser à nouveau aussitôt qu'il verrait à l'extérieur quelque chose d'anormal. Puis il rabattit tout de même ses couvertures et s'assit tout droit. Ce n'était certainement pas Erlanger. C'était un petit homme de bonne apparence dont le visage recelait une certaine contradiction, les joues étaient rondes comme des joues d'enfant mais le front haut, le nez pointu, la bouche mince dont les lèvres tenaient à peine jointes n'étaient pas du tout enfantins mais trahissaient une pensée supérieure.

Ce qui devait lui avoir conservé un fort reste de bonne santé enfantine, c'était certainement qu'il était satisfait, satisfait par lui-même.

— Connaissez-vous Friedrich ? demanda-t-il.

K. dit que non.

— Mais il vous connaît, dit le monsieur en souriant.

K. hocha la tête, les gens qui le connaissaient ne manquaient pas, c'était même là l'un des principaux obstacles sur sa route.

— Je suis son secrétaire, dit le monsieur, mon nom est Bürgel.

— Excusez-moi, fit K. tendant le bras vers la poignée de la porte, j'ai malheureusement confondu votre porte avec une autre. Je suis en effet appelé chez le secrétaire Erlanger.

— Quel dommage, dit Bürgel, non que vous soyez appelé ailleurs, mais que vous vous soyez trompé de porte. Une fois réveillé, je ne me rendors jamais. Mais ça ne doit pas vous faire de la peine, c'est ma malchance à moi. D'ailleurs, pourquoi ici les portes sont-elles impossibles à fermer ? Il y a une raison à cela. C'est que, selon un vieux dicton, les portes des secrétaires doivent toujours rester ouvertes. Mais, naturellement, ce n'était tout de même pas la peine de prendre la formule, à ce point, à la lettre.

Bürgel regardait K. interrogateur et d'un air heureux qui contrastait avec ses plaintes, il semblait tout à fait reposé ; mais Bürgel n'avait certainement pas été fatigué au point où K. l'était.

— Où voulez-vous aller? demanda Bürgel; il est quatre heures. Vous seriez obligé de réveiller quiconque vous iriez voir et tout le monde n'est pas autant que moi habitué à être dérangé, tout le monde ne l'acceptera pas avec autant de patience, les secrétaires sont gens nerveux. Restez donc un instant. C'est vers cinq heures que les gens commencent à se lever, c'est à ce moment que vous pouvez répondre à votre convocation.

» Donc, laissez s'il vous plaît la poignée tranquille et asseyez-vous quelque part, la place est limitée, le mieux ce serait de vous asseoir sur le bord du lit. Cela vous étonne que je n'aie ni chaise ni table ici? Eh bien! j'avais le choix entre une chambre entièrement meublée mais avec un étroit lit d'hôtel ou bien ce grand lit et la table de toilette. J'ai choisi le grand lit : dans une chambre à coucher, le lit c'est tout de même essentiel! Ah! pour qui arriverait à bien s'y étaler et à bien dormir, ce lit devrait, à la lettre, être délicieux. Mais, même moi qui suis toujours fatigué sans arriver à dormir, il me fait du bien. J'y passe une grande partie de la journée, j'y fais toute ma correspondance et c'est ici que j'entends les plaignants. Cela marche très bien. Les plaignants n'ont pas de place, il est vrai, pour s'asseoir, mais cela leur est égal, c'est d'ailleurs plus agréable pour eux d'être debout et de voir le fonctionnaire qui rédige le procès-verbal se sentir bien, plutôt que d'être bien assis et de se faire engueuler. Ensuite, je n'ai pas d'autre place à attribuer que le bord du lit mais ce n'est pas une place officielle et elle n'est destinée qu'aux entretiens nocturnes. Mais vous ne dites rien, Monsieur l'Arpenteur?

— Je suis très fatigué, dit K. qui, à cette invite, s'était immédiatement, de façon grossière et sans respect, assis sur le lit et adossé au montant.

— Naturellement, dit Bürgel en riant; chacun est

fatigué ici. Ce n'est pas un petit travail, par exemple, celui que j'ai fait hier et aujourd'hui. Il est tout à fait exclu que je m'endorme, mais si cette chose, la plus invraisemblable de toutes, devait se produire, alors s'il vous plaît, restez tranquille et n'ouvrez pas non plus la porte. Mais n'ayez crainte. Je ne m'endormirai certainement pas et ce ne serait le cas échéant que pour quelques minutes. On dirait, dans mon cas, que je suis tellement habitué à la circulation des plaignants que c'est encore en compagnie que je m'endors le plus facilement.

— Dormez donc, Monsieur le Secrétaire, dit K. réjoui par cette nouvelle, moi aussi, si vous le permettez, je dormirai un petit peu.

— Non, non, dit Bürgel en se remettant à rire, je ne peux pas m'endormir, simplement parce qu'on m'y invite, malheureusement, ce n'est qu'au cours de la conversation que l'occasion peut s'en présenter, ce qui m'endort encore le mieux, c'est une conversation. Oui, les nerfs ont à souffrir de nos affaires. Moi, par exemple, je suis secrétaire de liaison. Vous ne savez pas ce que c'est ? Eh bien, c'est moi le lien le plus solide — disant cela il se frotta vivement les mains sous le coup d'une sorte de joie involontaire — entre Friedrich et le village. Je représente la liaison entre les secrétaires du château et ceux du village, je suis la plupart du temps au village mais pas tout le temps ; à chaque instant je dois être prêt à monter au château. Vous voyez, le sac de voyage là, une vie agitée, ce n'est pas ce qui convient à tout le monde.

» Par ailleurs, il est vrai, je ne pourrais pas me passer de ce travail, toute autre forme de travail me paraîtrait fade. Et qu'en est-il de votre arpentage ?

— Je ne fais aucun travail de cette sorte, on ne m'emploie pas comme arpenteur, dit K. Il n'avait pas l'esprit très présent, en fait il brûlait seulement de voir enfin Bürgel s'endormir, et il ne disait cela que parce qu'il se le devait à lui-même, en son for intérieur, il croyait savoir que le moment où Bürgel s'endormirait, était encore infiniment loin.

— Cela c'est étonnant, dit Bürgel avec un vif mouvement de la tête et il tira un carnet de dessous sa couverture pour y montrer quelque chose. Vous êtes arpenteur et n'avez pas de travail d'arpenteur.

K. approuva mécaniquement de la tête, il avait étendu le bras gauche sur le pied du lit et y avait appuyé la tête, il avait déjà essayé plusieurs façons de se mettre bien, mais cette position là était la plus confortable de toutes, il pouvait même un peu mieux prêter attention à ce que disait Bürgel.

— Je suis prêt, continuait Bürgel, à suivre cette affaire. Chez nous, il ne se peut pas que l'on laisse des compétences inemployées. Et vous aussi cela doit vous mortifier ; n'en souffrez-vous pas ?

— J'en souffre, dit K. lentement, en souriant pour lui-même car il n'en souffrait justement pas à ce moment le moins du monde. De plus l'offre de Bürgel l'impressionnait peu. C'était du dilettantisme pur et simple. Sans rien savoir des conditions dans lequelles on avait fait appel à K. ni des difficultés que sa nomination rencontrait, tant au village qu'au château, ni des développements qui en avaient d'ores et déjà résulté depuis que K. était là ou qui s'annonçaient ; sans rien savoir de tout cela, oui, sans même montrer qu'il n'en avait pas la moindre idée, ce que l'on aurait au moins pu attendre d'un secrétaire, il s'offrait de mettre, là-haut, de l'ordre dans cette affaire, rien qu'en secouant la main, à l'aide de son petit calepin.

— Vous semblez déjà avoir éprouvé quelques déceptions, dit Bürgel qui prouvait tout de même par là qu'il avait de la psychologie. K. d'ailleurs, depuis qu'il était entré dans cette pièce, s'encourageait lui-même à ne pas sous-estimer Bürgel mais dans son état, il était difficile de convenablement juger d'autre chose que de sa fatigue.

— Non, dit Bürgel comme s'il répondait à une pensée de K. et que plein d'égards il voulait lui épargner la peine d'une réponse ; il ne faut pas vous laisser intimider par les déceptions. Bien des choses ici semblent faites pour intimider et quand on vient d'arriver les obstacles paraissent totalement infranchissables. Je ne veux pas chercher à savoir ce qu'il en est vraiment, peut-être l'apparence correspond-elle, en effet, vraiment à la réalité, dans ma situation il me manque la bonne distance pour m'en rendre compte, mais remarquez-le bien, il y a tout de même des circonstances où, ne fût-ce que d'un mot, d'un regard, d'un signe de confiance, on peut arriver à bien plus que par les efforts épuisants de toute une vie. C'est ainsi. Bien entendu, ces occasions, en retour, ne coïncident avec la situation d'ensemble que dans la mesure où elles ne sont jamais utilisées. Mais pourquoi ne sont-elles pas utilisées, c'est la question que je pose toujours.

K. ne le savait pas, il remarquait bien que ce dont Bürgel parlait le concernait mais il éprouvait en ce moment une grande répugnance pour tout ce qui le concernait, il glissa un peu la tête sur le côté comme s'il laissait la route libre pour les questions de Bürgel et ne pouvait plus être touché par elles.

— Cela, c'est un sujet de plainte constant, confirma Bürgel, il étira les bras et se mit à bâiller, ce qui faisait un contraste troublant avec le sérieux de ses paroles ; un constant sujet de plainte des secrétaires d'être obligés de mener la plupart des interrogatoires de village en pleine nuit. Mais pourquoi s'en plaignent-ils ? Parce que cela les fatigue trop ? Parce qu'ils préfèrent utiliser la nuit à dormir ? Non, ce n'est sûrement pas de cela qu'ils se plaignent. Bien entendu, parmi les secrétaires, il y en a de plus ou moins assidus à la tâche, comme partout ; mais personne parmi eux ne se plaint d'avoir à fournir de trop grands efforts. Tout simplement, ce n'est pas dans notre manière. A cet égard, nous ne connaissons pas de différence entre le temps habituel et le temps de travail. De telles distinctions nous sont inconnues.

» Qu'est-ce que les secrétaires ont donc contre les interrogatoires de nuit ? Est-ce des égards pour les plaignants ? Non, non, ce n'est pas cela non plus. Les secrétaires n'ont pas d'égards pour les parties, mais ils n'en ont pas moins que pour eux-mêmes, ils en ont exactement aussi peu. En fait, ce manque d'égards n'est rien d'autre que respect et exécution inflexibles du service, c'est-à-dire l'égard le plus grand que les parties puissent désirer. Cela d'ailleurs — un observateur superficiel ne le remarque évidemment pas — est au fond parfaitement reconnu, oui sur ce plan justement, ce sont les interrogatoires de nuit qui sont les bienvenus pour les parties ; il n'y a pas véritablement de plaintes en cours contre les interrogatoires de nuit. Alors pourquoi donc cette répugnance des secrétaires ?

Cela non plus K. ne le savait pas, il ne savait pas grand-chose, il n'arrivait même pas à voir si Bürgel exigeait la réponse pour de bon ou seulement en apparence.

« Si tu me laisses me coucher dans ton lit, pensait-il, demain midi ou mieux encore demain soir je répondrai à toutes tes questions. »

Mais Bürgel ne semblait pas faire attention à lui, la question qu'il s'était soumise à lui-même le préoccupait par trop.

— Pour autant que je sache, et j'en ai fait moi-même l'expérience, les secrétaires ont à l'égard des interrogatoires de nuit à peu près les scrupules que voici : la nuit est moins propice aux négociations avec les parties, parce que la nuit, il est difficile ou pratiquement impossible de pleinement conserver le caractère officiel de ces négociations. Cela ne vient pas de l'extérieur, les formes peuvent naturellement être, à volonté, aussi rigoureusement observées qu'en plein jour. Non, ce n'est pas cela, c'est en revanche l'appréciation officielle qui souffre de la nuit. On est involontairement davantage enclin à juger des choses selon un point de vue privé, les interventions des parties acquièrent plus de poids qu'il ne leur revient, au jugement se mêlent des considérations sur la situation des parties telles qu'elles existent par ailleurs et qui n'ont rien à voir, sur leurs peines et leurs soucis ; la nécessaire barrière entre les justiciables et les fonctionnaires, même si extérieurement elle paraît intacte, se défait en réalité et là où les questions et les réponses ne faisaient qu'aller et venir, comme il se doit, là s'établit un échange entre personnes tout à fait étrange et inadéquat. C'est du moins ce que disent les secrétaires, des gens qui professionnellement sont doués d'un tact exceptionnel pour ce genre de choses. Mais même eux

— il en a souvent été question dans nos milieux — ne remarquent guère ces influences défavorables pendant ces interrogatoires de nuit, au contraire, dès l'abord, ils s'efforcent de les contrarier et croient finalement avoir fait un travail exceptionnellement bon.

Mais quand, plus tard, on lit les procès-verbaux on s'étonne de leurs faiblesses évidentes. Et ce sont là des fautes, c'est-à-dire des gains toujours à demi injustifiés pour les justiciables, et qui, du moins selon nos règlements, ne peuvent plus être réparés selon la procédure habituelle. Bien sûr elles sont réparées ensuite par un office de contrôle, mais cela ne sera utile qu'au droit et ne nuira plus aux parties concernées. Dans de telles conditions les plaintes des secrétaires ne sont-elles pas justifiées ?

K. avait déjà passé un petit moment dans le demi-sommeil et le voilà de nouveau dérangé. « A quoi bon, à quoi bon tout cela ? » se demandait-il et il contemplait Bürgel les paupières baissées, non comme on regarde un fonctionnaire qui discute de questions difficiles, mais comme on regarde quelque chose qui empêche de dormir et dont on ne peut arriver à comprendre la signification. Mais Bürgel livré tout entier au cours de ses pensées souriait comme s'il venait d'arriver à égarer un petit peu K. Mais il était prêt à le ramener tout de suite sur le bon chemin.

— Eh bien ! on ne peut pas non plus dire que ces plaintes soient tout à fait justifiées. Les interrogatoires de nuit ne sont à vrai dire prescrits nulle part, on ne contrevient donc à nul règlement quand on cherche à les éviter, mais les circonstances, la surcharge de travail, la manière dont les fonctionnaires sont occupés au château, leur immobilisme, le règlement qui veut que les interrogatoires des parties ne doivent avoir lieu qu'après que l'instruction préalable est complètement terminée, mais alors tout de suite, tout cela et d'autres choses encore ont fait de ces interrogatoires de nuit une incontournable nécessité. Or s'ils sont devenus une nécessité, c'est également, je l'affirme, de façon au moins relative, un résultat des règlements ; rouspéter contre l'existence même de ces interrogatoires de nuit cela voudrait dire presque — j'exagère naturellement un peu, c'est pourquoi je peux le dire — cela voudrait dire rouspéter contre les règlements.

» En revanche, il faut reconnaître que les fonctionnaires doivent, dans le cadre même des règlements, se protéger le mieux possible contre les interrogatoires de nuit et leurs inconvénients apparents. C'est ce qu'ils font d'ailleurs et à grande échelle. Ils acceptent seulement les sujets de négociation dont il y a le moins à craindre et s'examinent eux-mêmes avant d'entreprendre des négociations, et, lorsque le résultat de cet examen l'exige, ils se répètent à eux-mêmes tous les attendus au dernier moment ; ils se donnent des forces en faisant appeler un justiciable dix fois de suite avant de l'interroger vraiment, se font volontiers remplacer par des collègues, incompétents pour ce cas précis et qui peuvent donc le traiter avec davantage de légèreté, placent les négociations tout au moins au début ou à la fin de la nuit et évitent les heures du milieu de la nuit ; des mesures de cette sorte, il en est d'innombrables, on n'y peut pas grand-chose ; les secrétaires sont presque aussi résistants qu'ils sont vulnérables. »

K. dormait ; ce n'était pas à proprement parler le sommeil, il entendait les mots de Bürgel peut-être mieux qu'à l'état de veille de tout à l'heure où il était mort de fatigue ; les mots frappèrent son oreille l'un après l'autre, mais la conscience importune avait disparu, il se sentait libre ; ce n'était pas Bürgel qui le retenait, il tâtonnait encore de temps à autre dans sa direction, il n'était pas encore au profond du sommeil, mais il y plongeait. Plus personne n'avait le droit de le dépouiller de cela. Et il lui semblait qu'il avait remporté une grande victoire, et que lui-même ou bien quelqu'un d'autre levait le verre de champagne en l'honneur de cette victoire. Et pour que tout le monde sache de quoi il s'agissait, on répétait une fois encore le combat et la victoire, ou peut-être ne le répétait-on pas du tout, c'était maintenant qu'elle avait lieu. On l'avait déjà fêtée tout à l'heure mais on la fêtait encore, on n'arrêtait pas de la fêter puisque l'issue, par bonheur, en était certaine.

K. luttait avec un secrétaire nu très semblable à une statue de dieu grec. C'était très drôle ; tout en dormant K. souriait doucement à regarder le secrétaire que ses attaques contraignaient sans cesse à abandonner ses attitudes dignes et qui cherchait à utiliser le bras tendu ou le poing serré pour tenter de couvrir sa nudité, mais à chaque fois avec des gestes trop lents.

Le combat ne dura pas longtemps ; pas à pas et c'étaient de fort grands pas, K. avançait. Etait-ce d'ailleurs un combat ? Il n'existait pas d'obstacle sérieux, de temps à autre seulement on entendait pépier le secrétaire. Ce dieu grec pépiait comme une fillette que l'on chatouille. Pour finir le voilà disparu et K. se trouva tout seul dans une grande pièce. Prêt au combat il se retourna et chercha l'adversaire ; mais il n'y avait plus personne, tout le monde avait disparu, il n'y avait plus que le verre de champagne brisé sur le sol. K. l'écrasa tout à fait. Mais les éclats de verre piquaient, il se réveilla en tressaillant, il avait mal au cœur comme un petit enfant qu'on réveille. Pourtant à la vue de la poitrine nue de Bürgel l'idée suivante l'effleura : « Le voilà ton dieu grec ! Sors-le donc de son lit ! »

— Mais il existe cependant, dit Bürgel, pensivement, le visage levé vers le plafond, comme s'il cherchait des exemples dans son souvenir, mais sans arriver à les trouver, il existe cependant malgré toutes les mesures de sécurité une possibilité pour les parties d'utiliser à leur profit cette faiblesse nocturne des secrétaires — à supposer évidemment que ce soit une faiblesse — une possibilité très rare ou pour mieux dire qui ne se produit presque jamais. Elle consiste en ceci : la partie arrive en pleine nuit sans avoir été annoncée. Cela vous étonne qu'une chose pareille et qui paraît si naturelle arrive si rarement. Oui, il est vrai que vous n'êtes guère familiarisé avec ce qui se passe ici. Mais même vous, vous avez dû remarquer cette absence de lacunes de l'organisation officielle. Il résulte de cette absence de lacunes que quiconque a une affaire à régler ou doit pour d'autres raisons être interrogé à propos de quelque chose, reçoit la convocation, tout de suite, sans délai, la plupart du temps avant même qu'il ait eu le loisir de penser à régler son affaire, oui, même avant qu'il en sache quelque chose.

» Ce n'est pas cette fois qu'on l'interroge ; la plupart du temps on ne l'entend même pas car son affaire n'est pas assez avancée pour cela, mais la convocation il l'a, il ne peut donc plus venir sans avoir été annoncé, il peut tout au plus venir au mauvais moment, alors on lui fait simplement remarquer la date et l'heure de la convocation et s'il revient alors à l'heure dite, on le renvoie en général, cela ne fait pas de difficultés ; la convocation dans les mains des parties et la notification portée au dossier, ce sont là des armes de défense peut-être pas toujours suffisantes pour les secrétaires mais toujours puissantes.

» Evidemment, cela ne concerne que le fonctionnaire compétent pour cette affaire ; libre à chacun encore de venir surprendre les autres en pleine nuit. Personne pourtant ne le ferait, cela n'a aucun sens. D'abord on irriterait par là très gravement le secrétaire compétent. Nous autres secrétaires ne sommes sûrement pas jaloux les uns des autres pour ce qui est du travail, chacun porte un fardeau par trop élevé, mesuré sans mesquinerie aucune, mais à l'égard des administrés nous ne sommes pas en droit de tolérer des remises en cause des compétences. Il en est qui ont perdu leur affaire parce que ne croyant pas pouvoir avancer auprès du service compétent, ils ont tenté de se faufiler auprès d'un service qui ne l'était pas. De telles tentatives sont vouées à l'échec parce qu'un secrétaire incompétent, même s'il est surpris en pleine nuit et s'il est de bonne volonté et prêt à aider, ne peut guère plus intervenir que n'importe quel avocat, ou au fond même beaucoup moins, — même s'il pouvait faire quelque chose, car bien entendu, il connaît toutes les ressources du droit, mieux que n'importe lequel d'entre messieurs les avocats — il lui manque tout simplement le temps pour tout ce qui n'est pas spécialement de son ressort ; il ne pourrait pas même y consacrer le moindre instant. Qui donc, face à de telles perspectives, passerait ses nuits à mobiliser des secrétaires dont ce n'est pas le ressort ? De plus les parties sont pleinement occupées quand en plus de leur profession elles doivent aussi répondre aux convocations et aux indications de procédure des services compétents ; bien entendu elles sont « pleinement occupées » de leur point de vue, ce qui bien sûr n'est pas encore la même chose que « pleinement occupés » au sens où l'entendent les secrétaires. »

K. approuvait de la tête en souriant, il croyait maintenant tout comprendre exactement ; non parce que cela le préoccupait, mais parce qu'il était convaincu qu'il allait complètement s'endormir l'instant suivant et cette fois sans rêve ni dérangement ; entre les secrétaires compétents d'un côté et ceux dont ce n'est pas le ressort de l'autre et vu la masse des justiciables pleinement occupés, il allait sombrer dans un profond sommeil et échapper à tout. Il s'était déjà tellement habitué à la voix douce et satisfaite dont Bürgel s'efforçait en vain, à l'évidence, de s'endormir lui-même, qu'elle encourageait plutôt son propre sommeil qu'elle ne le troublait. « Tourne moulin, tourne moulin », pensait-il, « tu ne tournes que pour moi. »

— Où donc..., disait Bürgel, jouant de deux doigts avec sa lèvre inférieure, les yeux écarquillés, le cou tendu, comme s'il arrivait après une marche harassante à un point de vue ravissant, où donc est cette possibilité mentionnée, rare, qui pour ainsi dire ne se produit jamais ? Le secret s'en trouve dans les règlements de compétence. En effet, il n'y a pas pour chaque affaire un secrétaire déterminé, seul compétent, cela ne peut pas être dans une grande organisation vivante. Il y en a seulement un qui a une sorte de compétence principale, mais beaucoup d'autres en ont une partielle, même si elle est plus réduite. Qui donc, dût-il être le travailleur le plus acharné, pourrait tenir rassemblés sur son bureau tous les éléments de l'incident le plus minime fût-il ? Et parler de compétence principale, c'est encore trop dire. Dans la moindre compétence n'y a-t-il pas déjà toute compétence ? N'est-ce pas ici la passion avec laquelle on se saisit de l'affaire qui décide de tout ? Et celle-ci n'est-elle pas toujours la même, n'est-elle pas toujours là dans toute sa force ? Il peut y avoir des différences entre les secrétaires, sur tous les plans et il en est d'innombrables, mais non pas dans la passion ; aucun d'eux ne pourra se retenir quand on exigera de lui qu'il s'occupe d'un cas pour lequel il n'a pas la moindre compétence. Pour l'extérieur, il est vrai, il faut créer une possibilité de négociation régulière, et c'est ainsi que pour les parties un certain secrétaire, auquel officiellement elles doivent avoir recours, occupe le devant de la scène. Il n'est pas même nécessaire que ce soit celui qui possède pour un cas précis la compétence la plus étendue. C'est l'organisation et ses besoins momentanés qui décident à cet égard. Voilà l'état de la situation.

» Et maintenant, Monsieur l'Arpenteur, pensez à l'éventualité qu'un justiciable, du fait de circonstances quelconques, malgré les obstacles en général tout à fait rédhibitoires et qui vous ont déjà été décrits, en vienne à surprendre au milieu de la nuit un secrétaire qui possède une certaine compétence pour ce cas précis. Vous n'avez probablement pas pensé encore à une possibilité de cette sorte ? Ça je vous crois volontiers. D'ailleurs, ce n'est pas la peine d'y penser, elle ne se produit pour ainsi dire jamais. Quelle étrange petite graine ne faudrait-il pas, et combien ne devrait-elle pas être petite et adroite, cette partie, pour arriver à se faufiler à travers un tamis aussi efficace ? Vous croyez que cela ne peut pas arriver ? Vous avez raison cela ne peut pas arriver. Mais une nuit — qui donc peut se porter garant de tout ? — cela arrive quand même. Parmi mes relations, il est vrai, je ne connais personne à qui cela soit déjà arrivé, cela n'est guère une preuve, mes relations sont, en comparaison des nombres à considérer ici, très limitées et de plus il n'est pas sûr non plus, qu'un secrétaire à qui une telle chose est arrivée veuille l'avouer, c'est finalement une affaire très personnelle et qui touche pour ainsi dire sérieusement à la pudeur administrative. Mais toujours est-il, mon expérience personnelle prouve peut-être qu'il s'agit d'une affaire très rare qui n'existe en réalité que par ouï-dire et qui n'est attestée par rien d'autre, qu'il est donc exagéré de la craindre. Même si elle devait réellement se produire, on peut — il faut le croire — littéralement la rendre inoffensive en lui prouvant, ce qui est très facile, qu'il n'y a pas place pour elle en ce monde. En tout cas, il est maladif de se cacher sous sa couverture par peur qu'elle n'arrive et ne pas oser regarder dehors. Et même si l'absolument invraisemblable avait tout à coup pris corps, tout est-il alors perdu ? Au contraire. Que tout soit perdu est plus invraisemblable encore que l'invraisemblable. Certes, lorsque le justiciable est déjà dans la chambre, c'est très grave. On en a le cœur serré. “ Combien de temps sauras-tu résister ? ” se demanda-t-on. Mais il n'y a pas de résistance, on le sait. Il faut seulement que vous vous représentiez la situation de façon convenable. La partie, jamais vue, toujours attendue, attendue avec une véritable soif et toujours fort raisonnablement considérée comme inaccessible, voici que cette partie est assise là. Rien que par sa présence muette, elle invite à pénétrer sa pauvre vie, à s'y installer comme dans sa propriété et d'y souffrir avec elle de ses exigences vaines. Cette invitation dans le silence de la nuit est tentante. On y répond et on a du coup cessé d'être un personnage officiel. C'est une situation où il est pratiquement impossible de repousser une demande.

» A dire les choses exactement, on est désespéré ; pour être plus exact encore, on est heureux. Désespéré car désarmé, comme on l'est, assis là, attendant la demande de la partie, en sachant qu'une fois formulée, on sera obligé de la satisfaire, même si pour autant qu'on peut en juger, elle doit littéralement déchirer tout le tissu administratif. C'est cela le pire qui puisse arriver en pratique, car surtout — sans parler de tout le reste — il s'agit d'une inconcevable promotion hiérarchique que l'on acquiert ainsi à son propre profit, un instant durant et par la force.

» En fait notre situation ne nous permet pas de satisfaire des demandes comme celles dont il s'agit ici, mais grâce à la proximité du justiciable nocturne, nos forces administratives s'accroissent en quelque sorte, nous nous engageons à des choses qui se trouvent en dehors de notre ressort ; oui, nous allons même les accomplir. La partie nous contraint en pleine nuit, comme les brigands dans la forêt, à des sacrifices dont nous ne serions sinon jamais capables ; bon, c'est comme ça quand la partie est encore là, elle nous donne des forces et nous contraint et nous encourage et tout marche encore de façon à demi consciente ; mais qu'en sera-t-il après coup, quand cela sera passé, que la partie rassasiée et insouciante nous aura quittés et que nous serons là seuls, sans défense face à notre abus administratif ? Ce n'est pas même imaginable ! Et cependant nous sommes heureux. Comme le bonheur peut être suicidaire ! Nous pourrions nous donner la peine de cacher la situation véritable à la partie. Par elle-même, c'est à peine si elle remarque quelque chose. A son avis c'est seulement pour de vagues raisons futiles et fortuites qu'épuisée, déçue, sans égards et devenue indifférente à force de fatigue et de désillusions elle a pénétré dans une chambre autre que celle où elle voulait aller. Elle est assise là, ignorante de tout, et s'occupe en pensées, si toutefois elle s'occupe de quelque chose, de son erreur ou de sa fatigue. Ne pourrait-on la laisser dans cet état ? On ne le peut pas. Dans la loquacité du bonheur, on est obligé de tout lui expliquer. On doit, sans pouvoir se ménager soi-même le moins du monde, lui montrer d'abondance ce qui est arrivé et pour quelles raisons cela est arrivé, à quel point cette occasion est rare, à quel point elle est propice, on doit montrer comment la partie, tout à fait dans le désarroi, un désarroi dont n'est capable aucun être, si ce n'est précisément une partie, à quel point elle est entrée là avec ses gros sabots mais à quel point aussi, Monsieur l'Arpenteur, elle peut tout dominer et pour cette raison, elle n'a rien d'autre à faire qu'à formuler sa prière pour laquelle l'accomplissement est déjà tout prêt, oui, qui s'étend devant elle ; tout cela on est obligé de le montrer : c'est l'heure pénible du fonctionnaire. Mais quand on a fait cela, Monsieur l'Arpenteur, alors l'essentiel est fait, il faut s'en contenter et attendre. »

K. dormait, fermé à tout. Sa tête qui avait d'abord reposé sur son bras gauche, sur le montant du lit avait glissé dans son sommeil et pendait maintenant, s'inclinant doucement de plus en plus profondément ; l'appui du bras en haut ne suffisait plus, involontairement, K. s'en ménagea un nouveau, appuyant la main droite contre la couverture, ce qui par hasard lui fit justement prendre le pied de Bürgel dressé sous la couverture. Bürgel regarda et lui laissa son pied, aussi pénible que cela pût être.

A cet instant on frappa quelques coups vigoureux contre la paroi. K. sursauta et regarda la cloison.

— N'est-ce pas l'arpenteur qui est là ? demanda-t-on.

— Oui, dit Bürgel en dégageant son pied. Il s'allongea tout à coup avec violence et humeur, comme un petit garçon.

— Alors qu'il vienne enfin, dit-on encore une fois, sans le moindre égard pour Bürgel qui pouvait encore avoir besoin de K.

— C'est Erlanger, dit Bürgel en chuchotant, cela ne paraissait pas le surprendre qu'Erlanger fût dans la pièce attenante. — Allez tout de suite le voir, il est déjà fâché, cherchez à l'apaiser. Il a un bon sommeil ; mais nous avons tout de même parlé trop fort ; quand on parle de certaines choses, on ne peut ni se dominer soi-même ni sa voix. Eh ! bien allez donc, vous paraissez ne pas arriver à vous arracher au sommeil. Mais allez donc, qu'est-ce que vous voulez encore ici ? Non, ce n'est pas la peine de vous excuser d'avoir sommeil, pourquoi donc ? Les forces physiques ne vont que jusqu'à une certaine limite ; ce n'est la faute de personne si cette limite, justement, est elle aussi significative. Non, personne n'y peut rien. C'est ainsi que le monde corrige lui-même son cours et conserve l'équilibre. Cela est une institution excellente. Plus qu'on ne peut l'imaginer, même si elle est désespérante sur d'autres plans. Allez donc, maintenant ; je ne sais pas pourquoi vous continuez à me regarder. Si vous hésitez encore longtemps, Erlanger va s'en prendre à moi et cela j'aimerais l'éviter. Allez donc ! Qui sait ce qui vous attend à côté ? Ici les occasions ne manquent pas, trop grandes, pour ainsi dire, pour être utilisées, il y a des choses qui n'échouent que de leur propre fait. Oui, cela est digne d'étonnement. D'ailleurs, j'espère maintenant tout de même pouvoir dormir un peu. Il est déjà cinq heures, il est vrai, et le vacarme va commencer bientôt. Si au moins vous vouliez bien vous en aller !

Etourdi par le réveil soudain, ayant encore un besoin illimité de dormir, K., le corps endolori de partout par suite de sa position inconfortable, ne put longtemps se décider à se lever, il se tenait le front et se regardait les genoux. Même les au revoir répétés de Bürgel n'auraient pas pu le faire s'en aller ; seul le sentiment qu'il était absolument inutile de rester encore l'y amena lentement. Cette chambre lui paraissait indescriptiblement vide. Il ne savait pas si elle était devenue ainsi ou si elle l'avait toujours été. Il n'arriverait pas même à se rendormir ici. Cette certitude l'emporta ; souriant un peu il se dressa, s'appuya partout où il trouvait un appui, au lit, au mur, à la porte, et, comme s'il avait, depuis longtemps, déjà pris congé de Bürgel, il sortit sans saluer.

Chapitre dix-neuvième

Il serait probablement passé avec autant d'indifférence devant la chambre d'Erlanger si celui-ci ne s'était pas tenu devant la porte ouverte et ne lui avait pas fait signe ; Erlanger était déjà tout prêt au départ, il portait une lourde pelisse noire à petit col boutonné très haut. Un domestique lui tendait justement ses gants et tenait une casquette de fourrure.

— Il y a longtemps que vous auriez dû venir, dit Erlanger.

K. voulut s'excuser, Erlanger montra en fermant les yeux avec lassitude qu'il n'y tenait pas.

— Il s'agit de ceci, dit-il. Naguère une certaine Frieda était de service au comptoir ; je ne connais que son nom, elle-même je ne la connais pas, elle ne me concerne pas. Cette Frieda a parfois servi sa bière à Klamm. Il semble maintenant y avoir là-bas une autre fille. Ce changement est naturellement sans importance probablement pour tout le monde et pour Klamm très certainement. Mais plus un travail est grand — et le travail de Klamm est certainement le plus grand — moins il reste de forces pour se défendre du monde extérieur ; par conséquent, le moindre changement insignifiant dans les choses les plus insignifiantes peut déranger gravement. Le moindre changement sur la table de travail, y enlever une tache de crasse qui s'y trouvait depuis toujours, tout cela peut déranger comme peut déranger aussi une nouvelle serveuse. Bien entendu, même si cela devait déranger tout autre, quel que soit son travail, Klamm, lui, cela ne le dérange pas ; il ne saurait en être question. Pourtant, il est de notre devoir de veiller à ce point aux aises de Klamm que même des dérangements qui n'en sont pas pour lui — et il est vraisemblable qu'il n'en existe pas pour lui — il nous faut les éliminer, si nous constatons qu'ils peuvent être des dérangements possibles. Ce n'est pas pour son travail que nous les éliminons, mais pour nous et notre tranquillité. C'est pourquoi cette Frieda doit immédiatement retourner au comptoir ; peut-être dérangera-t-elle du seul fait qu'elle revient ; eh, bien ! à ce moment-là, nous la renverrons, mais provisoirement, il faut qu'elle revienne. Vous vivez avec elle, comme on me l'a dit, vous allez donc faire en sorte qu'elle revienne immédiatement. Les sentiments personnels ne peuvent, bien sûr, pas être pris en compte, c'est évident, c'est pourquoi je ne consentirai pas à m'engager dans la moindre considération sur cette affaire. J'en fais déjà bien plus qu'il n'est nécessaire en mentionnant le fait que si vous faites vos preuves dans cette petite circonstance cela pourra, à l'occasion, servir à votre avancement. C'est tout ce que j'ai à vous dire.

Il fit un signe de tête pour prendre congé de K., mit le bonnet de fourrure que le domestique lui tendait et prit, claudiquant un peu, rapidement le couloir, suivi du domestique.

Parfois on donnait ici des ordres qu'il était très facile d'exécuter, mais cette facilité ne réjouissait guère K., non seulement parce que l'ordre concernait Frieda et cet ordre, même conçu comme tel, n'en atteignait pas moins K., comme si on se moquait de lui, mais surtout parce qu'il s'en dégageait pour K. l'inanité de toutes ses démarches. Les ordres passaient au-dessus de lui, défavorables ou favorables, même ceux qui étaient favorables avaient certainement un ultime noyau défavorable, en tout cas tous passaient au-dessus de lui et il était placé bien trop bas pour pouvoir intervenir ou les contraindre au silence et faire entendre sa voix. « Si Erlanger t'envoie promener que veux-tu faire ? et s'il ne t'envoie pas promener que pourrais-tu lui dire ? » Certes K. restait conscient que sa fatigue lui avait aujourd'hui nui davantage que toutes ces circonstances défavorables ; mais pourquoi donc, lui qui avait cru pouvoir se fier à son corps et qui sans cette conviction ne se serait pas même mis en route, pourquoi ne pouvait-il pas supporter quelques mauvaises nuits et une nuit sans sommeil, pourquoi avait-il été fatigué à ce point, ici justement, ici où personne n'était fatigué, où chacun, plutôt, était continuellement fatigué sans que cela nuisît à son travail ; oui, où cela semblait même le favoriser ? Il fallait en conclure que c'était une tout autre fatigue que celle de K. Ici cela devrait être la fatigue liée à un travail heureux ; quelque chose qui de l'extérieur pouvait paraître de la fatigue et qui était en réalité calme indestructible, paix indestructible. Quant à midi on est un peu fatigué, cela fait partie de l'heureux déroulement naturel de la journée. « Pour ces messieurs ici, c'est toujours midi », se disait K.

La vie qui, maintenant, à cinq heures du matin, régnait tout au long du couloir était tout à fait en accord avec cela. Ce brouillamini de voix dans les chambres avait quelque chose d'extrêmement joyeux. Là, on eût dit les cris de joie d'enfants se préparant à partir en excursion, ailleurs le réveil du poulailler, la joie d'être en plein accord avec le jour levant ; quelque part même un monsieur imitait le cri du coq. Le couloir lui-même était encore désert mais les portes étaient déjà en mouvement, il y en avait toujours une qu'on ouvrait un peu pour la refermer aussitôt, le couloir bruissait littéralement de ces ouvertures et fermetures de portes ; çà et là K. voyait apparaître à la jointure des cloisons qui n'allaient pas jusqu'au plafond, des têtes ébouriffées qui redisparaissaient tout aussitôt. Dans le lointain, une voiturette contenant des dossiers faisait son apparition poussée par un serviteur. Un second serviteur marchait à côté du premier qui tenait un registre à la main et comparait visiblement les numéros des portes et ceux des dossiers.

La voiturette s'arrêtait devant la plupart des portes, généralement l'une d'elles s'ouvrait alors et les domestiques tendaient les dossiers correspondants, parfois simplement une petite feuille de papier. En de tels cas une petite conversation s'instaurait de la chambre en direction du couloir : on adressait probablement des reproches au domestique. Si la porte restait fermée on empilait soigneusement les dossiers sur le seuil, K. avait l'impression que le mouvement des portes alentour ne s'arrêtait pas, bien que les dossiers y fussent déjà distribués, mais qu'il augmentait au contraire. Peut-être les autres jetaient-ils des regards envieux vers le seuil de ces portes où, ce qui était incompréhensible, les dossiers restaient entassés ; ils ne parvenaient pas à comprendre comment quelqu'un, à qui il suffisait d'ouvrir la porte pour entrer en possession des dossiers, ne le faisait pas ; peut-être était-il même possible que des dossiers restés définitivement en souffrance fussent ensuite répartis entre d'autres messieurs lesquels, dès maintenant, par de fréquents coups d'œil, voulaient s'assurer que les dossiers étaient toujours là, sur le seuil, et qu'il y avait encore de l'espoir pour eux. D'ailleurs, ces dossiers en souffrance formaient généralement des liasses particulièrement épaisses ; K. supposa que c'était par une sorte de vanité ou de méchanceté ou bien par une espèce de fierté, au demeurant justifiée, destinée à encourager les collègues, qu'on les avait laissés là. Ce qui le confortait dans cette façon de voir, c'était que parfois, quand justement il ne regardait pas, on rentrait le sac en toute hâte : il avait été suffisamment exposé aux regards ; la porte ensuite restait immobile comme avant, les portes des voisins se calmaient alors, elles aussi, déçues ou satisfaites de ce que cet objet d'excitation continuelle fût enfin éliminé ; pourtant, peu à peu, elles ne tardaient pas à se remettre en mouvement.

Tout cela, K. ne le contemplait pas seulement avec curiosité mais avec intérêt. Il se sentait presque bien au milieu de ce remue-ménage, tournait la tête de-ci, de-là, suivait — même si c'était à distance convenable — les serviteurs, qui s'étaient, il est vrai, déjà retournés vers lui à plusieurs reprises, le regard sévère, la tête inclinée, les lèvres retroussées et regardait leur travail de répartition. Plus il avançait, moins il se faisait facilement, ou bien c'était le registre qui n'était pas tout à fait juste ou bien les serviteurs ne parvenaient pas très bien à distinguer les dossiers ou bien c'étaient pour d'autres raisons que ces messieurs élevaient des objections ; il arriva en tout cas que certaines répartitions durent être recommencées, la voiturette alors revenait et on négociait à travers la porte entrouverte la restitution des dossiers. Ces négociations représentaient déjà en elles-mêmes une difficulté considérable, mais de plus, il arrivait souvent que lorsqu'il s'agissait de restitution, c'étaient justement les portes les plus agitées tout à l'heure qui restaient le plus impitoyablement fermées, comme si elles ne voulaient plus rien savoir de cette affaire. C'est alors que les véritables difficultés commençaient. Celui qui croyait avoir droit à ces dossiers-là devenait très impatient, menait grand tapage dans sa chambre, frappait des mains et des pieds, ne cessait de crier dans le couloir un certain numéro de dossier par l'entrebâillement de la porte. La petite voiture alors restait tout à fait abandonnée. L'un des serviteurs était occupé à calmer l'impatient, l'autre luttait devant la porte fermée pour la restitution du dossier. Tous les deux avaient bien du mal. L'impatient devenait souvent plus impatient encore, il ne pouvait plus supporter le vain bavardage du serviteur, il n'avait que faire des consolations et exigeait ses dossiers ; un de ces messieurs versa même toute une bassine d'eau sur le serviteur par l'entrebâillement au-dessus de la porte. L'autre serviteur, visiblement plus élevé dans la hiérarchie, avait plus de mal encore. Si le monsieur en question voulait bien consentir à des négociations, c'étaient alors des conversations tout à fait neutres où le serviteur se référait à son registre et le monsieur à ses remarques préliminaires et justement aux dossiers qu'il devait restituer, mais qu'il gardait pour l'instant solidement dans la main, de sorte qu'il n'en restait guère qu'un simple coin exposé à l'œil avide du serviteur. De plus, pour aller chercher de nouvelles preuves, celui-ci devait retourner en courant à la voiturette qui, dans le couloir en légère pente, avait continué de rouler, ou bien il devait se rendre auprès du monsieur qui revendiquait les dossiers et échanger auprès de lui les objections de l'ancien propriétaire contre de nouvelles objections inverses.

De telles négociations duraient très longtemps, parfois on tombait d'accord, le monsieur rendait une partie des dossiers, on lui en donnait d'autres en compensation puisqu'il ne s'était agi que d'une confusion ; mais il arrivait aussi que quelqu'un soit purement et simplement obligé de renoncer aux dossiers, soit qu'il ait été coincé par les arguments du serviteur, soit qu'il en ait eu assez de ces discussions continuelles, ne rendait pas les dossiers mais les jetait sous le coup d'une décision soudaine, loin dans le couloir ; les attaches s'en défaisaient, les feuillets volaient de toutes parts et les serviteurs avaient beaucoup de mal à tout remettre en ordre.

Mais tout cela était encore relativement plus simple que quand le serviteur n'obtenait même pas de réponse à ses demandes de restitution. Alors il se tenait devant la porte fermée, suppliait, citait son registre, invoquait les règlements, tout cela en vain, pas un bruit ne provenait de la chambre et apparemment le serviteur n'avait pas de droit d'y entrer sans autorisation. Alors la maîtrise de soi abandonnait aussi cet excellent serviteur, il allait à sa voiturette, s'asseyait sur les dossiers, essuyant la sueur de son front et, un bon moment, ne faisait rien d'autre que balancer les pieds.

Aux alentours l'intérêt pris à la chose était très grand, on chuchotait partout, c'est à peine s'il y avait une porte qui restât immobile et tout en haut, dans l'espace libre au-dessus des portes, des visages curieusement masqués de draps et de plus constamment agités suivaient tout ce qui se passait. Au milieu de cette agitation, K. vit bien que pendant tout ce temps la porte de Bürgel restait fermée et que les serviteurs avaient déjà dépassé cette partie du couloir, mais qu'on n'avait pas attribué de dossiers à Bürgel. Peut-être dormait-il encore, ce qui dans ce bruit aurait en tout cas signifié un fort bon sommeil, mais pourquoi donc n'avait-il pas reçu de dossiers ? Très peu de chambres, elles étaient probablement inhabitées, avaient été ainsi omises. En revanche dans la chambre d'Erlanger il y avait déjà un nouveau visiteur, particulièrement agité, Erlanger avait dû être littéralement expulsé par lui, en pleine nuit. Cela convenait peu à sa personne froide et souveraine, mais pourtant le fait qu'il ait dû attendre K. sur le seuil de la porte était une indication en ce sens.

Après toutes ces observations secondaires l'attention de K. se porta de nouveau vers le serviteur ; ce qu'on avait coutume de dire des serviteurs, de leur paresse et de leur vie confortable, ne s'appliquait en tout cas pas à ce serviteur-là, il y avait certainement des exceptions ou ce qui était plus vraisemblables, divers groupes parmi eux, car il y avait, comme K. s'en rendait compte, de nombreuses catégories dont il ne s'était pas jusqu'ici le moins du monde aperçu. L'obstination de ce serviteur lui plaisait beaucoup. Dans sa lutte avec ces petites chambres entêtées — K. eut souvent l'impression que c'était un combat avec les chambres car il n'en voyait guère les habitants — le serviteur ne cédait pas. Il s'épuisait certes — qui cela n'aurait-il pas épuisé ? — mais reprenait très vite des forces, se laissait glisser en bas de la voiture et revenait droit, les dents serrées, à la porte à conquérir. Et il arrivait qu'il fût repoussé deux ou trois fois de suite, de manière très simple il est vrai, par ce diabolique silence sans être pourtant vaincu pour autant. Se rendant compte qu'il ne pouvait arriver à rien par des attaques frontales, il essayait d'y arriver d'une autre manière, par exemple, pour autant que K. le comprenait correctement, par la ruse. Il faisait alors semblant de se désintéresser de cette porte et de se tourner vers d'autres ; après un moment, il revenait, criait à l'autre serviteur, de façon à être entendu, tout ce qu'il faisait et commençait à empiler des dossiers sur le seuil, comme s'il avait changé d'opinion, comme si on n'avait pas le droit de reprendre quoi que ce soit à ce monsieur, mais comme s'il fallait, bien au contraire, lui en attribuer toujours plus. Puis il continuait son chemin mais ne quittait pas la porte des yeux et lorsque le monsieur ouvrait prudemment la porte pour tirer à lui la pile de dossiers, le serviteur arrivait en quelques bonds, calait le pied entre la porte et le chambranle et obligeait ainsi le monsieur à négocier avec lui, les yeux dans les yeux, ce qui entraînait au moins un arrangement à demi satisfaisant.

S'il n'y arrivait pas ou si pour cette porte cela ne lui semblait pas être la manière appropriée, il essayait autre chose. Il s'attachait par exemple au monsieur qui réclamait les dossiers. Il repoussait alors l'autre serviteur qui, auxiliaire bien inutile, travaillait de façon toute mécanique et il tentait de convaincre le monsieur, lui-même, il chuchotait, penchait la tête très en avant à l'intérieur de la pièce, lui faisait probablement des promesses et lui assurait qu'à la distribution prochaine l'autre monsieur serait puni comme il le fallait ; souvent en tout cas, il montrait la porte de l'adversaire et se mettait à rire, autant du moins que sa fatigue le lui permettait. Puis il y eut des cas, pas plus d'un ou deux, où il abandonnait toute tentative, mais même alors K. croyait que ce n'était qu'un renoncement apparent ou tout au moins un renoncement pour des raisons justifiées, car il continuait son chemin tranquillement, tolérait, sans se retourner, le vacarme que faisait l'autre monsieur. La seule chose qui montrait qu'il souffrait de ce bruit, c'était que, de temps à autre, il fermait longuement les yeux. Mais le monsieur lui aussi se calmait peu à peu, ses cris devenaient comme ces pleurs d'enfants qui se transforment peu à peu en sanglots ; mais même lorsque tout était redevenu calme on entendait encore éclater çà ou là un cri isolé ou bien quelqu'un ouvrait ou fermait furtivement une porte. En tout cas, le serviteur avait agi de façon judicieuse. Il n'y eut plus à la fin qu'un seul monsieur qui, visiblement, ne voulait pas se calmer, il se tut un certain temps, mais seulement pour reprendre des forces, puis il remit cela, aussi fort qu'auparavant. La raison pour laquelle il criait et se lamentait comme ça n'était pas très claire, peut-être n'était-ce pas du tout à cause de la répartition des dossiers. Le serviteur avait fini son travail ; un seul dossier, en réalité un simple bout de papier, une feuille arrachée à un bloc-notes, était resté sur la voiturette par la faute de l'auxiliaire et on ne savait pas à qui l'attribuer.

« Cela pourrait fort bien être mon dossier à moi ! » Cette idée traversa tout à coup la tête de K. Le maire avait toujours parlé de cette affaire comme étant la plus minuscule de toutes. Et aussi arbitraire et ridicule qu'il trouvât au fond sa supposition, K. chercha à se rapprocher du serviteur qui regardait le bout de papier pensivement ; ce n'était pas très facile, car le serviteur ne rendait pas à K. sa sympathie. Au milieu du travail le plus acharné, il avait encore trouvé le temps de regarder, fâché ou impatient, en direction de K. avec des mouvements de tête pleins de nervosité. C'était seulement maintenant, sa distribution terminée, qu'il semblait avoir un peu oublié K. ; d'ailleurs il paraissait beaucoup plus indifférent qu'avant, sa grande fatigue rendait cela tout à fait compréhensible ; il ne se donnait pas non plus beaucoup de peine pour le bout de papier, peut-être ne le lisait-il même pas, il faisait seulement semblant. Bien qu'il eût sûrement fait plaisir à un quelconque occupant de l'une de ces chambres en le lui attribuant, il en décida autrement ; il en avait assez de cette distribution, le doigt contre les lèvres il fit signe à son accompagnateur de garder le silence et — K. était encore loin d'être arrivé jusqu'à lui — il déchira le bout de papier en petits morceaux qu'il mit dans sa poche.

C'était probablement la première irrégularité que K. avait constatée ici dans le travail administratif, il était d'ailleurs bien possible qu'il l'interprêtât mal. Et même si c'était une irrégularité, elle était pardonnable, il n'était pas possible avec les conditions qui régnaient ici que le serviteur travaillât sans faire d'erreurs, il fallait bien un jour que la colère et l'inquiétude accumulées finissent par éclater et dussent-elles s'exprimer par un petit bout de papier déchiré, c'était bien innocent, de toute façon. La voix du monsieur que rien ne pouvait apaiser retentissait encore dans le couloir et ses collègues qui, en général, ne se comportaient guère de manière amicale, paraissaient être de son avis et approuver tout à fait le tapage qu'il faisait ; on eût dit que le monsieur s'était chargé de faire du vacarme pour tous les autres qui par leurs appels et leurs signes de tête l'invitaient à continuer.

Mais le serviteur ne s'en occupait plus du tout, il avait fini son travail, il montra la poignée de la voiturette pour que l'autre serviteur la prenne et ils repartirent comme ils étaient venus, plus satisfaits et si vite que la voiturette bondissait devant eux. Ils tressaillirent une fois encore lorsque ce monsieur qui ne cessait de crier et devant la porte duquel traînait K., qui aurait bien voulu découvrir ce qu'il réclamait au juste, se mit à sonner sans s'arrêter car il avait trouvé un bouton électrique et était visiblement ravi de sa découverte qui le dispensait de crier. Du coup, un grand murmure s'éleva des autres pièces, cela semblait être une approbation, le monsieur paraissait faire quelque chose que les autres auraient certainement déjà fait volontiers et à quoi ils avaient dû renoncer pour des raisons inconnues. Était-ce le service, était-ce Frieda peut-être que le monsieur voulait faire venir en appuyant sur la sonnette ? Il pouvait sonner longtemps. Frieda était occupée à envelopper Jeremias de draps mouillés et même s'il était guéri, elle n'aurait pas le temps, car alors elle était dans ses bras. Mais la sonnette eut pourtant un effet immédiat. Déjà l'aubergiste de l'Auberge des Messieurs en personne apparaissait au loin, vêtu de noir et boutonné comme toujours ; mais il semblait oublier sa dignité, tellement il courait ; il écartait les bras comme si on l'avait appelé pour un grand malheur et comme s'il venait le prendre et l'étouffer contre sa poitrine ; chaque petite irrégularité de la sonnerie le faisait, eût-on dit, bondir en l'air et se dépêcher encore plus. Loin derrière lui, sa femme fit son apparition, elle aussi courait les bras écartés, mais ses pas étaient courts et affectés et K. se dit qu'elle allait arriver trop tard, que l'aubergiste aurait fait dans l'intervalle tout ce qu'il faudrait. Et pour que l'aubergiste ait de la place K. se plaqua contre le mur. Mais l'aubergiste s'arrêta juste à sa hauteur, comme si c'était là son but et tout de suite sa femme arriva, tous deux l'accablèrent de reproches qu'il ne comprit pas à cause de la précipitation et de la surprise ; il s'y mêlait de plus le bruit de la sonnette du monsieur à laquelle maintenant s'ajoutaient d'autres sonnettes qui ne sonnaient plus par nécessité mais par jeu, dans le trop-plein de la joie.

K. parce qu'il lui importait beaucoup de savoir quelle pouvait bien être sa faute admit que l'aubergiste le prît par le bras et sortît avec lui de ce vacarme qui ne cessait d'augmenter ; derrière eux — K. ne se retourna même pas, parce que l'aubergiste et plus encore de l'autre côté sa femme ne cessaient de lui parler — les portes s'ouvraient toutes grandes, le couloir s'animait, une circulation semblait s'y développer comme dans une ruelle étroite et animée, les portes devant eux, c'était visible, attendaient avec impatience que K. passe, pour pouvoir laisser sortir les messieurs. Au milieu de tout cela les sonnettes ne cessaient de retentir comme pour fêter une victoire. Maintenant enfin — ils étaient déjà revenus dans la cour silencieuse et blanche où attendaient quelques traîneaux — K. apprit peu à peu de quoi il s'agissait. Ni l'aubergiste ni sa femme n'arrivaient à comprendre comment K. avait pu oser faire une chose pareille. Mais qu'avait-il donc fait ? C'est ce que K. ne cessait de demander, mais il lui fallut longtemps pour arriver à le savoir. Cette faute leur paraissait à tous deux tellement flagrante qu'ils ne parvenaient pas à croire qu'il puisse être de bonne foi. K. ne comprit tout que très lentement. Il n'avait pas à se trouver dans le couloir, en principe seul le comptoir lui était accessible et seulement par faveur et de façon révocable. S'il était convoqué par un monsieur, il devait bien entendu venir à l'endroit où il avait été convoqué, mais toujours rester conscient — il était tout de même au moins doué de bon sens ? — qu'il se trouvait en un lieu où il n'avait que faire, où un monsieur l'avait appelé, contre son gré seulement et cela parce qu'une affaire officielle l'exigeait et le justifiait. C'est pourquoi il devait être rapidement sur les lieux, se soumettre à l'interrogatoire et disparaître si possible plus vite encore qu'il n'était venu. N'avait-il donc pas éprouvé dans le couloir le sentiment pénible de n'être pas du tout à sa place ? Mais s'il l'avait éprouvé, comment avait-il pu rester là comme du bétail dans un pré ? N'avait-il pas été convoqué à un interrogatoire de nuit et ne savait-il donc pas pourquoi on avait institué les interrogatoires de nuit ?

Les interrogatoires de nuit — et ici K. se vit donner une nouvelle explication — avaient pour seule raison l'audition en pleine nuit, le plus vite possible et sous la lumière artificielle, de ces administrés dont la vue en plein jour serait insupportable à ces messieurs qui avaient de plus la possibilité d'oublier toute cette laideur dans le sommeil. Mais le comportement de K. avait été un défi à toutes les mesures de sécurité. Même les fantômes disparaissent aux approches du matin ; or K., lui, était resté là, les mains dans les poches, comme s'il avait attendu, étant donné qu'il ne s'en allait pas, que ce soit le couloir tout entier avec toutes les chambres et ces messieurs qui s'en aille. Et c'est ce qui se serait sûrement passé — il pouvait en être certain aussi — s'il y en avait eu la moindre possibilité, car la sensibilité de ces messieurs était sans bornes. Personne, par exemple, n'aurait chassé K., personne ne lui aurait dit de partir, ce qui pourtant allait de soi ; personne ne ferait une chose pareille encore que la présence de K. les ait fait probablement trembler d'énervement et que le matin, leur moment préféré, leur eût été gâché. Plutôt que d'entreprendre quoi que ce fût contre K., ils préfèrent souffrir avec l'espoir, bien entendu, que K. va enfin se rendre compte de ce qui crève les yeux et qu'il va souffrir comme eux, de façon insupportable, d'être là debout dans ce couloir, inconvenant, exposé à la vue de tous. Vain espoir, ils ne savent pas ou ne veulent pas savoir, à force d'amabilité et de condescendance, qu'il existe aussi des cœurs insensibles, durs, qu'aucun respect ne saurait attendrir.

La mite elle-même, la pauvre bête, ne cherche-t-elle pas quand vient le jour un coin tranquille, ne s'aplatit-elle pas, toute désolée de ce qu'elle ne peut disparaître complètement ? K. lui en revanche se plante là où il est le plus visible et s'il pouvait par là empêcher le jour de se lever, il le ferait bien. Il ne peut l'empêcher, mais le retarder ; le rendre plus difficile, cela, malheureusement, il le peut. N'a-t-il pas assisté à la distribution des dossiers ? Quelque chose que personne ne doit voir, à l'exception de ceux que cela concerne directement. Quelque chose que ni l'aubergiste ni sa femme n'ont jamais eu le droit de voir. Quelque chose dont ils n'ont entendu parler que par allusions. N'avait-il donc pas remarqué avec quelles difficultés s'était déroulée la distribution des dossiers, chose incompréhensible en soi, car chacun des messieurs ne sert que la cause, ne pense jamais à son avantage particulier et ne peut donc que s'attacher de toutes ses forces à ce que la distribution des dossiers, ce travail important, fondamental même, s'effectue vite, facilement et sans erreurs ? Et vraiment il n'était pas le moins du monde venu à l'esprit de K. que la cause principale de toutes les difficultés était celle-ci : la distribution devait avoir lieu derrière des portes fermées, sans possibilité de relations directes entre ces messieurs, qui naturellement sont capables de s'entendre à l'instant même, alors que la médiation des serviteurs demande des heures, ne peut jamais se passer sans réclamations et représente une torture continuelle pour ces messieurs et les serviteurs et qu'elle a vraisemblablement des conséquences nocives pour le reste du travail. Et pourquoi ces messieurs ne pouvaient-ils donc avoir de relations ? K. ne le comprenait donc toujours pas ? Quelque chose de pareil ne lui était encore jamais arrivé, à elle, l'aubergiste — et son mari le confirma pour sa part — et pourtant, ils avaient déjà eu à faire à bien des gens rétifs.

Des choses qu'on n'osait pas dire, lui, il fallait les lui dire ouvertement, sinon il ne comprenait pas l'indispensable. Puisqu'il fallait parler nettement, à cause de lui et uniquement à cause de lui, ces messieurs n'avaient pas pu sortir de leur chambre, car le matin, peu après leur sommeil, ils sont trop pudiques, trop vulnérables pour pouvoir s'exposer à des regards étrangers ; et dussent-ils être aussi vêtus qu'il est possible, ils se sentent littéralement trop nus pour se montrer. Il est difficile de dire pourquoi ils ont honte, peut-être ont-ils honte, ces éternels travailleurs, uniquement parce qu'ils ont dormi.

Mais plus encore que de se montrer, ils répugnent à voir des inconnus ; ce qu'ils ont heureusement surmonté grâce aux interrogatoires nocturnes, cette vue des administrés qu'ils ont tant de mal à supporter, ils ne veulent évidemment pas qu'elle vienne, le matin, les assaillir au naturel, de manière tout à fait imprévue. Cela, c'est au-dessus de leurs forces. Quel homme faut-il être pour ne pas respecter cela, eh ! bien, cela ne peut être qu'un homme comme K., un homme qui se met au-dessus de tout, au-dessus de la loi et même au-dessus des égards les plus habituels entre êtres humains et qui le fait avec cette indifférence atone et ce côté endormi de qui ne se préoccupe nullement de rendre la distribution des dossiers presque impossible, ni de nuire à la réputation de la maison, quelqu'un qui arrive à ce qui n'est encore jamais arrivé : réduits au désespoir ces messieurs sont contraints de se défendre tout seuls, après un effort sur eux-mêmes, inconcevable à un être humain ordinaire, ils s'emparent de la sonnette et appellent à l'aide pour qu'on chasse K. dont on ne peut pas se débarrasser d'une autre manière ! Eux, ces messieurs, appeler à l'aide !

L'aubergiste, sa femme, le personnel tout entier ne seraient-ils pas accourus depuis longtemps, s'ils avaient seulement osé paraître, sans avoir été appelés, le matin devant ces messieurs ne fût-ce que pour apporter leur aide et redisparaître tout aussitôt. Tremblants d'indignation à cause de leur impuissance, ils avaient attendu à l'entrée du couloir et la sonnerie inespérée avait été une délivrance pour eux.

Eh bien ! le pire était passé ! Si, au moins, il pouvait leur être donné de jeter un regard sur la joyeuse activité de ces messieurs enfin délivrés de K. ! Pour K. les choses, certes, n'étaient pas terminées ; il aurait sûrement des comptes à rendre.

Sur ces entrefaites, ils étaient arrivés au comptoir. On ne voyait pas très bien pourquoi l'aubergiste, malgré sa colère, avait conduit K. jusqu'ici, peut-être avait-il tout de même reconnu que l'état de fatigue où il se trouvait lui interdisait pour le moment de quitter la maison. Sans attendre qu'on l'invite à s'asseoir, K. s'écroula littéralement sur l'un des tonneaux qui étaient là. Dans l'obscurité, il se sentit bien. Dans la grande pièce une faible ampoule électrique brûlait, au-dessus des robinets à bière. Dehors l'obscurité était encore profonde, il semblait y avoir une tempête de neige. Il fallait être reconnaissant de pouvoir être ici au chaud et prendre garde de ne pas se faire chasser. L'aubergiste et sa femme étaient debout devant lui, comme s'il représentait encore un certain danger, comme s'il n'était pas du tout exclu, étant donné qu'on ne pouvait en rien se fier à lui, qu'il se lève tout à coup et essaie encore de pénétrer dans le couloir. Eux aussi étaient fatigués de l'effroi nocturne, de s'être levés avant l'heure, la femme de l'aubergiste surtout qui portait une ample robe de couleur brune qui bruissait comme de la soie, boutonnée et agrafée avec quelque désordre — où était-elle donc allée chercher tout cela, alors qu'elle était si pressée ? —, elle appuyait la tête contre l'épaule de son mari, se tapotait les yeux avec un petit mouchoir et dirigeait des regards courroucés vers K.

Pour calmer le couple, K. dit que tout ce qu'ils lui racontaient était tout à fait nouveau pour lui, que malgré son ignorance de tout cela, il ne serait pas resté dans le couloir où, en effet, il n'avait rien à faire et qu'il n'avait voulu déranger personne, mais que tout était dû à l'excès de fatigue. Il les remerciait d'avoir donné une conclusion à cette scène pénible. Si on devait lui en demander des comptes, il en serait très content, car ce n'est que de cette façon qu'il pouvait éviter une mauvaise interprétation de son comportement. Seule la fatigue et rien d'autre en était la cause. Mais cette fatigue avait pour origine l'effort que représentaient les interrogatoires, effort auquel il n'était pas encore habitué. Ça ne faisait pas bien longtemps qu'il était ici. Quand il aurait un peu d'expérience dans ce genre de choses, cela ne pourrait plus se produire. Peut-être prenait-il ces interrogatoires trop au sérieux mais cela ne pouvait être un désavantage en soi. Il avait eu, disait-il, à subir deux interrogatoires, l'un après l'autre, l'un chez Bürgel et l'autre chez Erlanger, le premier l'avait épuisé, le second il est vrai n'avait pas duré longtemps, Erlanger lui avait simplement demandé un service, mais les deux d'un coup c'était plus qu'il n'en pouvait supporter, peut-être cela serait-il même trop pour n'importe qui d'autre, par exemple, pour Monsieur l'Aubergiste. Il était sorti du second interrogatoire en chancelant, comme dans une sorte d'ivresse ; c'était la première fois qu'il voyait et entendait ces messieurs et il avait bien fallu leur répondre. Tout, pour autant qu'il le savait, avait très bien marché. Ensuite il y avait eu ce malheur, mais après tout ce qui s'était passé, on ne pouvait pas l'en rendre responsable. Malheureusement seuls Bürgel et Erlanger s'étaient rendu compte de son état, ils se seraient sûrement occupés de lui et ils auraient empêché tout le reste, mais après l'interrogatoire Erlanger avait été obligé de s'en aller tout de suite, de toute évidence pour se rendre au château et Bürgel — fatigué probablement par cet interrogatoire, et comment alors K. aurait-il pu continuer à veiller sans faiblir ? — Bürgel, donc, s'était endormi et il avait même dormi pendant toute la distribution des dossiers. Si K. avait eu une possibilité similaire, il en aurait profité avec joie et renoncé bien volontiers à tous les coups d'œil interdits, d'autant plus facilement qu'en réalité il avait été hors d'état de voir quoi que ce soit et qu'ainsi même les plus vulnérables de ces messieurs auraient pu, sans se gêner, se montrer devant lui.

La mention des deux interrogatoires — surtout celui d'Erlanger — et le respect avec lequel K. parlait de ces messieurs mirent l'aubergiste de son côté. Déjà il semblait vouloir répondre à son souhait de placer une planche sur les tonneaux et de l'y laisser dormir au moins jusqu'à l'aube ; mais sa femme était nettement contre, elle ne cessait de secouer la tête, tout en tâchant, mais en vain, d'arranger sa robe dont le désordre ne lui était venu à l'esprit que maintenant ; visiblement une vieille querelle qui concernait la propreté de la maison était sur le point d'éclater.

La conversation du couple prenait pour K., dans sa fatigue, une importance démesurée. Etre de nouveau chassé d'ici lui paraissait un malheur qui dépassait tout ce qu'il avait enduré jusque-là. Cela ne devait pas arriver, l'aubergiste et sa femme dussent-ils s'unir contre lui. Il les épiait tous les deux, recroquevillé sur son tonneau, jusqu'à ce que la femme de l'aubergiste, dont K. avait depuis longtemps remarqué la vulnérabilité excessive, fît tout à coup un pas de côté — probablement avait-elle déjà parlé d'autre chose avec l'aubergiste — et s'écria :

— Comme il me regarde ! Mais renvoie-le donc,

enfin ! — Mais K., profitant de l'occasion, persuadé, presque jusqu'à l'indifférence, qu'il allait rester, lui dit :

— Ce n'est pas toi que je regarde, ce n'est que ta robe.

— Pourquoi ma robe ? demanda-t-elle, énervée. — K. haussa les épaules.

— Viens ! dit-elle à l'aubergiste. Il est soûl le dégoûtant. Laisse-le cuver son vin ici ! et elle ordonna à Pepi qui à son appel déboucha de l'obscurité, ébouriffée, fatiguée, tenant négligemment un balai, de lui jeter un coussin.

Chapitre vingtième

LORSQUE K. se réveilla il crut avoir à peine dormi ; la pièce était vide et chaude, les murs dans l'obscurité ; l'ampoule au-dessus des tonneaux était éteinte et la nuit régnait dehors devant les fenêtres. Mais lorsqu'il s'étira, que le coussin tomba et que le lit et les tonneaux se mirent à grincer, Pepi arriva aussitôt et il apprit que c'était déjà le soir et qu'il avait dormi largement plus de douze heures. Pendant la journée la femme de l'aubergiste s'était à plusieurs reprises enquise de lui, et Gerstäcker aussi qui, le matin lorsque K. avait parlé avec la femme de l'aubergiste, avait attendu ici dans l'obscurité devant un verre de bière ; il n'avait pas osé déranger K. et il était revenu pour voir ce qu'il devenait. Frieda était, paraît-il, venue elle aussi et était restée quelques instants à regarder K. ; pourtant ce n'était pas pour lui qu'elle était venue mais parce qu'elle avait diverses choses à préparer étant donné qu'elle allait reprendre son service le soir même.

— Elle ne t'aime plus guère ? interrogea Pepi tout en apportant du café et des gâteaux. Mais elle ne le demandait plus méchamment comme avant, mais tristement, comme si entre-temps elle avait appris à connaître la méchanceté du monde, face à laquelle toute méchanceté personnelle devient vaine, et perd tout sens ; elle parlait à K. comme à un compagnon de souffrance et lorsqu'il goûta le café et qu'elle crut remarquer qu'il ne le trouvait pas assez sucré, elle courut lui apporter le sucrier plein. Sa tristesse, il est vrai, ne l'avait pas empêchée de se faire aujourd'hui plus belle encore que la dernière fois ; elle avait une foule de barrettes et de rubans qui maintenaient ses cheveux soigneusement passés au fer. Autour du cou, elle portait une chaînette qui descendait jusqu'au fond du décolleté de sa blouse. Lorsque K., satisfait d'avoir enfin pu dormir tout son soûl et de pouvoir boire un bon café passa la main sous une barrette en tentant de l'ouvrir, Pepi dit avec lassitude :

— Laisse-moi donc, et elle s'assit à côté de lui sur un tonneau. K. n'eut pas même à lui demander ce dont elle souffrait, elle se mit tout de suite à tout raconter d'elle-même, le regard fixé sur la cafetière, comme si elle avait besoin de quelque chose pour la distraire, comme si en s'occupant de sa souffrance, elle pouvait ne pas s'y abandonner tout entière, car c'était au-dessus de ses forces. K. apprit tout d'abord que c'était lui la vraie cause de ses malheurs, mais qu'elle ne lui en voulait pas. Tout en racontant, elle hochait la tête pour ne pas laisser de place aux éventuelles objections de K. D'abord il avait sorti Frieda de derrière le comptoir et rendu par là possible l'ascension de Pepi. Cela n'était pas imaginable autrement. Qu'est-ce donc qui aurait pu inciter Frieda à abandonner son poste ? Elle était installée à son comptoir comme l'araignée dans sa toile et tenait tous les fils qu'elle était la seule à connaître ; la faire partir contre sa volonté aurait été tout à fait impossible, seul l'amour pour quelqu'un d'inférieur, quelque chose donc qui était incompatible avec la situation qu'elle occupait, pouvait la chasser de sa place.

Et Pepi ? Avait-elle jamais pensé à obtenir cette place pour elle ? Elle était femme de chambre, elle avait une place insignifiante, sans grand avenir, elle avait comme toute jeune fille des rêves ambitieux, on ne peut s'empêcher de rêver, mais elle ne pensait pas sérieusement à son avancement, elle se contentait, disait-elle, de la situation acquise. Et voilà que Frieda disparaissait soudain du comptoir, c'était arrivé si vite que l'aubergiste n'avait trouvé personne pour la remplacer au pied levé, il avait cherché des yeux et son regard était tombé sur Pepi qui s'était à cette fin faufilée au premier rang.

A cette époque elle aimait K. comme elle n'avait encore jamais aimé personne ; elle était restée des mois entiers dans sa minuscule chambre en bas, tout obscure, prête à y passer, ignorée, des années et même, si les choses étaient défavorables, sa vie entière et voici que tout à coup K. avait fait son apparition, un héros, un libérateur de jeunes filles et lui avait ouvert la voie vers le haut. Il est vrai qu'il ne savait rien d'elle, il ne l'avait pas fait pour elle, mais cela n'enlevait rien à sa gratitude, pendant la nuit qui avait précédé son engagement — l'engagement était encore incertain mais cependant très vraisemblable —, elle avait passé des heures à parler avec lui, à lui murmurer sa reconnaissance à l'oreille.

Et à ses yeux, s'être chargé d'un fardeau tel que Frieda, grandissait encore son action ; c'était un acte d'inconcevable abnégation d'avoir fait de Frieda sa maîtresse pour sortir Pepi de l'ombre, Frieda, cette fille laide, maigre, déjà d'un certain âge, aux cheveux courts et rares, retorse de plus, qui avait toujours un secret quelconque, ce qui allait bien avec son allure ; car s'il n'y avait pas plus lamentable qu'elle tant de corps que de visage, il fallait bien qu'elle ait au moins des secrets, des secrets que personne ne pouvait vérifier ; ses prétendues relations avec Klamm.

Il était venu à Pepi des idées du genre de celles-ci : Est-il possible que K. aime vraiment Frieda ? Ne se trompe-t-il pas lui-même, ne trompe-t-il pas la seule Frieda et le résultat de tout cela ne sera-t-il pas la promotion de Pepi ? K. remarquera son erreur ou du moins il ne voudra plus la cacher et ce n'est plus Frieda mais la seule Pepi qu'il verra. Ce n'était pas là le produit de la seule imagination déréglée de Pepi. En tant que jeune fille, en effet, elle souffrait largement d'être comparée à Frieda, personne ne s'aviserait de le nier. En somme c'était seulement la situation de Frieda et l'éclat qu'elle s'entendait à lui donner qui avaient, sur l'instant, ébloui K. Or Pepi avait rêvé qu'une fois qu'elle aurait cette place, K. viendrait la voir tout suppliant et elle aurait alors le choix entre écouter K. et perdre sa place ou le repousser et continuer son ascension. Elle s'était dit qu'elle allait renoncer à tout et se tourner vers lui, là en bas, et lui enseigner l'amour véritable qu'il n'apprendrait jamais auprès de Frieda, un amour indépendant de tous les honneurs du monde.

Mais les choses se sont passées tout à fait autrement et par la faute de qui ? Par la faute de K., de Frieda et de sa rouerie, mais par la faute de K. surtout ; que veut-il donc, cet homme étrange ? Que vise-t-il ? Quelles sont donc ces choses importantes qui le préoccupent et qui lui font oublier ce qu'il y a de plus proche, de meilleur et de plus beau ? C'est Pepi la victime et tout est bête et tout est perdu. Celui qui aurait le courage de mettre le feu à l'Auberge des Messieurs et de l'incendier de fond en comble, sans qu'il en reste la moindre trace, de la brûler comme du papier dans un poêle, celui-là serait aujourd'hui l'élu de Pepi.

Oui, Pepi est venue ici au bar voilà quatre jours, peu avant le repas de midi. Le travail n'est pas facile, c'est un travail à vous tuer son homme, mais le but à atteindre n'est pas rien non plus. Auparavant, elle n'était pas non plus restée sans rien faire, même si en pensée elle n'avait pas osé se voir occuper cette place, elle avait assez observé de choses pour ne pas avoir été prise au dépourvu. Cette place-là, on ne peut pas la prendre si on n'y est pas préparé, sinon on la perd dès les premières heures. Et surtout si on veut se comporter à la manière des femmes de chambre ! Femme de chambre, on finit, à la longue, par se sentir complètement perdue et oubliée, on travaille comme dans une mine, du moins ici dans la galerie des secrétaires, et c'est comme ça, des jours durant on ne voit jamais personne hormis les justiciables convoqués de jour qui passent comme des ombres et n'osent lever la tête, ou bien deux ou trois femmes de chambre et qui elles aussi sont pleines d'amertume. Le matin on n'a pas le droit de sortir de sa chambre, ces messieurs veulent rester seuls, entre eux ; leurs repas, ce sont les valets qui les leur apportent de la cuisine ; les femmes de chambre, d'habitude, n'ont pas à s'en mêler ; même pendant l'heure des repas, on n'a pas le droit de se montrer dans les galeries. C'est seulement quand ces messieurs travaillent que les femmes de ménage ont le droit de ranger un peu les chambres, naturellement pas celles qui sont occupées, mais celles qui justement ne le sont pas et il faut que ce soit fait sans bruit pour que le travail de ces messieurs ne soit pas dérangé. Mais comment est-il possible de ranger sans bruit quand ces messieurs habitent plusieurs jours de suite dans les chambres et que de plus, les valets, cette sale racaille, y vaquent à leurs besognes ? La chambre ainsi libérée pour les femmes de chambre est dans un tel état que même le déluge ne pourrait pas la nettoyer. Ce sont, il est vrai, de hauts personnages, mais il faut avoir de la force pour surmonter sa nausée et ranger derrière eux.

Et jamais une bonne parole, rien que des reproches et surtout le plus fréquent et celui qui les tourmente le plus : des dossiers se seraient perdus pendant le rangement. En réalité rien ne se perd, on livre le moindre bout de papier entre les mains de l'aubergiste, or, des dossiers se perdent tout de même, mais non du fait des servantes. Des commissions arrivent et il faut que les filles s'en aillent de leur chambre et la commission fouille les lits ; les servantes, on le sait, n'ont rien à elles, leurs rares affaires peuvent trouver place dans un baluchon et pourtant la commission cherche des heures durant. Naturellement, elle ne trouve rien ; comment des dossiers pourraient-ils aboutir là ? Qu'est-ce que les filles en ont à faire des dossiers ? Et le résultat de tout cela : des injures et des menaces de la part de la commission déçue et c'est l'aubergiste qui les transmet.

Et jamais de tranquillité, ni le jour ni la nuit ; du vacarme la moitié de la nuit et du vacarme dès le matin de bonne heure. Si au moins on n'était pas forcé d'y habiter ! Mais on y est forcé, car il faut apporter à la commande telle ou telle petite chose de la cuisine. C'est le rôle des femmes de chambre, la nuit surtout. Toujours ce coup de poing contre leur porte, cette commande qu'on vous dicte. Il faut courir à la cuisine, secouer le marmiton qui dort, mettre l'assiette avec les mets commandés devant la porte des femmes de chambre où les valets viennent la chercher. Comme tout cela est triste ! Mais ce n'est pas le pire. Le pire c'est quand il ne vient aucune commande, quand en pleine nuit alors que tout devrait dormir et que la plupart dorment, en effet, quelqu'un se met à passer silencieusement devant la porte des femmes de chambre. Alors les filles sortent de leurs lits — les lits sont superposés, il y a très peu de place, la chambre des bonnes n'est en réalité rien d'autre qu'une grande armoire à trois étagères —, elles écoutent à la porte, s'étreignent les unes les autres à force de peur. Et on ne cesse d'entendre cet homme traînant devant la porte.

Elles seraient soulagées s'il se décidait à entrer mais rien ne se passe, personne n'entre. Et on est bien obligé de se dire que ce n'est pas forcément un danger qui menace, peut-être est-ce seulement quelqu'un qui va et vient devant la porte et se demande s'il doit passer commande, et n'arrive pas à se décider. Peut-être n'est-ce que cela, mais peut-être est-ce tout à fait autre chose. Au fond, ces messieurs, on ne les connaît pas du tout. C'est à peine si on les a vus. Toujours est-il que les filles à l'intérieur crèvent de peur et quand enfin dehors tout est redevenu tranquille, elles s'appuient contre le mur et n'ont pas même la force de grimper dans leurs lits. C'est cela la vie qui attend Pepi, ce soir même, elle doit reprendre sa place dans la chambre des servantes. Et pourquoi ? A cause de K. et de Frieda. Il lui faut revenir à cette vie à laquelle elle avait à peine échappé, avec l'aide de K. mais aussi au prix de ses efforts les plus grands. Là-bas les filles même les plus soigneuses se négligent. Pour qui devraient-elles se faire belles ? Personne ne les voit, si ce n'est au mieux le personnel de cuisine. Libre à celle qui s'en contente de se faire belle. Elles sont toujours dans leur chambrette ou dans les chambres de ces messieurs, et y entrer avec des vêtements propres c'est de la légèreté pure ou du gâchis. Et avec cela il faut toujours vivre sous l'éclairage artificiel et dans une atmosphère moite — le chauffage marche toujours — et on est toujours fatigué. Le seul après-midi libre de la semaine, le mieux c'est de le passer à dormir tranquille et sans angoisse dans quelque réduit de la cuisine. Pourquoi donc se faire belle ? Oui, c'est à peine si on s'habille.

Or, voici que Pepi se trouva soudain mutée au

comptoir, où, à supposer qu'on veuille s'y affirmer, c'est l'inverse qui est justement nécessaire ; exposé qu'on y est aux yeux des gens et surtout à ceux de ces messieurs exigeants et attentifs, pour qui il faut donc toujours avoir l'air aussi fin et agréable que possible. En voilà, un changement ! Et Pepi peut dire qu'elle n'a rien omis. Elle ne s'est guère souciée de l'issue. Elle avait les qualités qu'il fallait pour cette situation, elle le savait, elle en était certaine, cette conviction, c'est encore la sienne à cette heure : personne ne peut la lui enlever, pas même aujourd'hui, au jour de sa défaite.

La seule difficulté avait été de savoir comment faire ses preuves dès les premiers jours car elle n'était qu'une pauvre femme de chambre, sans robes ni bijoux. Ces messieurs n'avaient pas la patience d'attendre une éventuelle évolution, ils voulaient avoir à l'instant même une serveuse comme il faut, sinon ils s'en allaient. On peut considérer que leurs exigences ne sont pas bien grandes puisque Frieda peut les satisfaire. Mais ce n'est pas exact. Pepi y a souvent réfléchi, elle a souvent d'ailleurs rencontré Frieda et elle a même dormi un certain temps avec elle. Il n'est pas facile de la suivre et qui ne fait pas très attention — et quel monsieur donc fait un peu attention ? — se fait tout de suite piéger par elle.

Personne ne sait mieux que Frieda à quel point elle a l'air pitoyable, quand par exemple on la voit pour la première fois dénouer ses cheveux ; on joint les mains de pitié ; une telle fille, si les choses étaient normales, ne devrait pas même être femme de chambre ; elle le sait d'ailleurs et cela l'a fait pleurer bien des nuits, elle s'est serrée contre Pepi et a enroulé ses cheveux autour de sa tête. Mais quand elle est de service, tous les doutes ont disparu, elle se prend pour la plus belle et elle sait en convaincre chacun de la manière adéquate. Elle connaît les gens et c'est cela son art véritable. Et vite, elle ment et trompe, pour que les gens n'aient pas le temps de l'examiner plus en détail. Naturellement, à la longue cela ne suffit pas, les gens ont des yeux et c'est eux qui finiraient par avoir raison. Mais à l'instant où elle remarque un danger de ce genre, elle tient déjà prêt un autre moyen, ces derniers temps par exemple, ses relations avec Klamm.

Ses relations avec Klamm ! Si tu n'y crois pas, tu n'as qu'à vérifier ; va voir Klamm et demande-lui ! Malin, malin ! Et si tu devais ne pas oser aller voir Klamm pour lui poser une pareille question ou même des questions infiniment plus graves pour lesquelles tu pourrais très bien ne pas être introduit auprès de lui, si même Klamm devait te rester complètement inaccessible — mais rien qu'à toi et à tes pareils, car Frieda par exemple, entre chez lui, en sautillant, quand elle le veut —, s'il devait donc en être ainsi, tu pourrais très bien vérifier par toi-même, il te suffit d'attendre ! Klamm ne pourra pas longtemps tolérer de fausses rumeurs de cette sorte ; il a certainement très envie de savoir ce qu'on raconte à son sujet au comptoir et dans les chambres. Tout cela est très important pour lui et si c'est faux, il rétablira les faits immédiatement. Mais il ne rétablit rien ; c'est donc qu'il n'y a rien à rétablir et que c'est la vérité pure. Ce que l'on voit, c'est que Frieda apporte la bière dans la chambre de Klamm et en revient avec la monnaie, c'est tout ; mais ce qu'on ne voit pas, c'est Frieda qui le raconte et on est bien obligé de la croire. Et elle ne le raconte même pas, elle ne va tout de même pas divulguer des secrets pareils ! Non, autour d'elle les secrets se répandent d'eux-mêmes et une fois répandus, elle ne craint plus d'en parler elle-même, mais avec modestie, sans rien affirmer, en se contentant de faire référence à ce qui est connu de tout le monde.

Elle ne mentionne d'ailleurs pas tout, par exemple, elle ne dit pas que depuis qu'elle est au comptoir, Klamm boit moins de bière qu'avant, pas beaucoup moins, mais nettement moins ; cela peut avoir différentes raisons, il est venu un temps, simplement, où Klamm trouve la bière moins bonne, ou bien, à cause de Frieda, il en oublie sa bière. Aussi étonnant que cela puisse paraître, Frieda est sa maîtresse. Comment les autres n'admireraient-ils pas ce qui suffit à Klamm ? Frieda ainsi, avant même qu'on y prenne garde, est devenue une grande beauté, une fille faite exactement comme il le faut pour le comptoir ; oui, trop belle presque, trop puissante. C'est à peine, déjà, si le comptoir lui suffit.

Et en effet, les gens trouvent curieux qu'elle soit encore au comptoir ; être serveuse, c'est beaucoup. La relation avec Klamm semble tout à fait crédible, mais si la serveuse est la maîtresse de Klamm, pourquoi la laisse-t-il au comptoir et surtout si longtemps ? Pourquoi ne la fait-il pas aller plus haut ? On peut le répéter aux gens pour la millième fois : il n'y a là aucune contradiction, Klamm a des raisons précises pour agir ainsi, l'ascension de Frieda viendra d'un coup, très prochainement, peut-être ; les gens ont des idées bien précises et quel que soit l'art que l'on y emploie, ils ne s'en laissent pas détourner.

Personne ne doutait plus que Frieda était la maîtresse de Klamm ; même ceux qui savaient mieux que tout le monde étaient fatigués de douter. « Sois la maîtresse de Klamm et que le diable t'emporte », pensaient-ils, « mais si déjà tu l'es, on va bien le voir à ton ascension ». Mais on ne voyait rien venir et Frieda restait au comptoir comme avant, secrètement bien contente d'y être. Auprès des gens, elle perdit de son crédit, naturellement, elle ne put pas ne pas s'en apercevoir. Elle remarque bien les choses tout à fait ordinaires avant même qu'elles ne soient là. Une fille vraiment belle et aimable, une fois qu'elle s'est habituée au comptoir, n'a plus besoin d'employer d'artifices ; aussi longtemps qu'elle sera véritablement belle, à moins de quelque circonstance particulièrement malheureuse, elle restera fille de comptoir. Mais une fille comme Frieda doit constamment être soucieuse de sa place ; naturellement, et c'est compréhensible, elle n'en laisse rien paraître, elle fait plutôt mine de se plaindre et de maudire sa place. Mais en secret, elle ne cesse d'observer l'atmosphère. Et c'est ainsi qu'elle a vu les gens devenir indifférents. Frieda n'était plus rien qui vaille la peine de lever les yeux, même les valets ne se souciaient plus d'elle, ils se préoccupaient plus, c'était compréhensible, d'Olga ou d'autres filles de cette sorte. Même le comportement de l'aubergiste montrait qu'elle était de moins en moins indispensable, de plus on ne pouvait pas toujours inventer de nouvelles histoires sur Klamm ; tout a ses limites et c'est ainsi que cette bonne Frieda se décida à quelque chose de nouveau. Si seulement il y avait eu quelqu'un pour la percer à jour tout de suite ! Pepi s'est bien doutée de quelque chose mais elle n'a pas su la percer à jour tout de suite. Frieda était décidée à faire du scandale ; elle, la maîtresse de Klamm, se jette au cou du premier venu, du plus insignifiant si possible ! Voilà qui va faire du bruit, on en parlera longtemps et enfin, enfin on se rappellera ce que cela signifie, être la maîtresse de Klamm et ce que rejeter cet honneur dans l'ivresse d'un nouvel amour veut dire. La seule chose difficile, c'était de trouver l'homme qu'il fallait pour jouer avec lui ce jeu subtil. Il ne fallait pas quelqu'un que Frieda connaisse, pas même l'un des valets, un valet l'aurait probablement regardée, les yeux écarquillés, et aurait continué son chemin ; surtout, il n'aurait pas pu garder son sérieux et aucune éloquence n'aurait suffi à faire croire que Frieda ait été assaillie par lui sans pouvoir se défendre ou même qu'elle ait succombé pendant un moment d'inconscience.

Et si cela devait être quelqu'un dénué de toute importance, encore fallait-il qu'on puisse le regarder comme n'ayant pas d'autre désir, d'autre aspiration que Frieda malgré toute sa grossièreté et son côté rustaud, et comme n'ayant pas d'autre ambition — dieux du ciel ! — que d'épouser Frieda. Mais même si cela devait être un homme du commun, inférieur encore si possible à un valet, il fallait que cela en soit tout de même un à cause de qui on ne devienne pas la risée de toutes les filles, oui, auquel une fille capable de jugement pourrait même trouver quelque chose d'attirant. Où trouver un tel homme ? Une autre fille l'aurait probablement cherché en vain toute sa vie. La chance de Frieda lui amène l'arpenteur à la salle d'auberge, le soir même, peut-être, où pour la première fois son plan lui vient à l'esprit.

L'arpenteur, oui, à quoi donc K. pense-t-il ? Qu'est-ce qu'il a donc dans la tête ? Arrivera-t-il à quelque chose d'exceptionnel ? Aura-t-il une bonne place, une distinction ? Est-ce qu'il désire quelque chose de ce genre ? Eh bien, dès le début, il aurait fallu qu'il s'y prenne autrement. Il n'est rien du tout, sa situation fait pitié à voir. Il est l'arpenteur, c'est peut-être quelque chose, il a donc appris quelque chose, mais quand on ne sait pas se servir de ce qu'on sait ce n'est finalement rien. Or, il formule des exigences sans avoir rien derrière lui, des exigences, à vrai dire, qui n'en sont pas vraiment, mais on remarque qu'il formule tout de même certaines exigences, c'est irritant à la fin. Sait-il même qu'une simple femme de chambre se galvaude un peu en parlant avec lui ? Et le voilà dès le premier soir à tomber là, en plein dans le piège avec toutes ses exigences. N'a-t-il donc pas honte ?

Mais qu'est-ce donc qui l'a tant séduit en Frieda ? Maintenant il peut bien l'avouer. Vraiment, a-t-elle pu lui plaire, cette espèce de carcasse maigre et jaunâtre ? Mais non, il ne l'a pas même regardée, elle lui a seulement dit être la maîtresse de Klamm. Chez lui, ça pouvait encore prendre, parce que c'était une nouveauté, mais dès lors il était perdu ! Mais elle, elle a dû déménager, il n'y avait naturellement plus de place pour elle à l'Auberge des Messieurs. Pepi l'avait vue le matin même, avant le déménagement, tout le personnel était accouru ; chacun, bien sûr, était curieux de voir. Et si grand était encore son pouvoir qu'on la plaignait ; tous, même ses ennemis, la plaignaient ; à ce point, son calcul était juste et ce dès le début ; s'être rabattue sur un homme pareil, cela paraissait incompréhensible à tout le monde, un coup du sort ; les petites aides de cuisine, qui, bien entendu, admirent toutes les serveuses du comptoir quelles qu'elles soient, étaient inconsolables. Même Pepi en était touchée, elle-même ne pouvait pas se défendre tout à fait quoique son attention, pendant ce temps, fût attirée vers tout autre chose. Elle fut frappée par l'absence de tristesse chez Frieda. Au fond c'était un malheur épouvantable qui l'avait frappée, elle faisait d'ailleurs comme si elle était très malheureuse, mais ce n'était pas suffisant, Pepi ne s'y laissait pas tromper. Qu'est-ce donc qui la soutenait ? Etait-ce le bonheur d'un nouvel amour ? Cette considération était à éliminer. Alors quoi d'autre ? Qu'est-ce qui lui donnait la force d'être d'une froide amabilité, comme toujours, même à l'égard de Pepi qui déjà à ce moment-là passait pour devoir lui succéder ? Pepi manquait de temps pour y réfléchir, elle avait trop de préparatifs à faire en vue de sa nouvelle place. Elle allait vraisemblablement l'occuper dans quelques heures et elle n'était pas encore bien coiffée, elle n'avait pas de robe élégante, pas de linge fin, pas de chaussures mettables. Tout cela il fallait se le procurer en quelques heures ; si on ne pouvait pas s'équiper convenablement, mieux valait renoncer à la place, car alors on la perdait certainement dès la première demi-heure.

Or elle réussit en partie. Elle avait des dons particuliers pour la coiffure, l'aubergiste l'avait même fait venir un jour pour la recoiffer, elle était douée d'une main particulièrement légère, de plus, son abondante chevelure se disposait très facilement. Il y avait aussi une solution pour la robe. Ses deux collègues lui étaient tout à fait fidèles, et c'était même un honneur pour elles qu'une fille de leur groupe devienne serveuse de comptoir. Pepi parvenue au pouvoir leur procurerait certains avantages. L'une des filles possédait depuis longtemps une pièce d'étoffe précieuse. C'était son trésor, souvent elle l'avait fait admirer aux autres, elle rêvait d'en faire un usage exceptionnel et — c'était une belle action de sa part — maintenant où Pepi en avait besoin, elle le lui a sacrifié. Toutes deux se sont offertes à l'aider à coudre, et elles n'auraient pas cousu avec plus d'ardeur si ç'avait été pour elles. Ce fut même un travail très joyeux et qui les rendit heureuses. Elles étaient assises chacune sur leur lit, l'une au-dessus de l'autre, elles chantaient et cousaient, et elles faisaient monter et descendre d'un lit à l'autre les pièces prêtes et les fournitures. Quand Pepi y songe, son cœur se fait de plus en plus lourd : tout cela a été vain et elle retourne les mains vides auprès de ses amies. Quel malheur ! La présomption, celle de K. surtout, en a été la cause. Tout le monde avait été tellement content de sa robe ! Elle semblait la garantie du succès, les derniers doutes s'effaçaient quand on trouvait encore de la place pour un ruban. Et n'est-elle pas belle cette robe ? C'est vrai, elle est maintenant un peu froissée et tachée. Pepi n'en avait pas d'autre, jour et nuit elle avait dû la porter, mais on voit encore combien elle est belle. Cette maudite Barnabas elle-même n'arriverait pas à en faire une plus belle. On pouvait à volonté la resserrer ou l'élargir, en haut comme en bas, c'était son invention à elle, ce n'était qu'une simple robe mais elle était transformable et c'était son avantage.

D'ailleurs, il n'était pas difficile de coudre quelque chose pour elle. Pepi ne s'en vantait pas, tout va à des jeunes filles en bonne santé. Il fut beaucoup plus difficile de lui procurer linge et souliers et ce fut le début de l'échec. Les amies là aussi aidèrent tant qu'elles purent mais sans arriver à grand-chose. Elle dut se contenter de linge grossier et au lieu de chaussures à talon, de ces pantoufles qu'on cache plutôt qu'on ne les montre. On consola Pepi : Frieda n'était pas très bien habillée non plus, parfois elle se promenait dans une tenue tellement négligée que les clients préféraient se faire servir par les garçons de salle, plutôt que par elle.

C'était vrai mais Frieda pouvait se le permettre, elle était déjà considérée et favorite ; une dame qui se montre pour une fois habillée de manière négligée et sale n'en est que plus attirante, mais une novice comme Pepi ? De plus Frieda ne savait pas s'habiller, puisqu'elle n'avait aucun goût. Quelqu'un qui a la peau jaunâtre est bien forcé de la garder, mais il n'est pas obligé, en plus, de mettre une blouse crème très décolletée pour qu'on ait les yeux qui vous sortent de la tête à force de voir du jaune.

Même si cela n'avait pas été le cas, elle était trop avare pour bien s'habiller ; tout ce qu'elle gagnait, elle le gardait, personne ne savait pourquoi. Elle n'avait pas besoin d'argent pour son service, elle s'en tirait à force de mensonges et de bourrades. C'était un exemple que Pepi ne pouvait ni ne voulait suivre. C'est pourquoi il était juste qu'elle se fasse belle dès le début pour se mettre en valeur. Si elle n'avait pu le faire qu'en employant des moyens plus radicaux elle aurait gagné la partie malgré toute l'astuce de Frieda et toute la folie de K. D'ailleurs cela commença très bien. Les quelques coups de main et connaissances qu'il fallait, elle les avait déjà mis en pratique auparavant. A peine au comptoir, elle s'y était déjà adaptée. Personne ne regrettait Frieda. Ce n'est que le second jour que certains clients demandèrent où Frieda pouvait bien être. Elle ne commettait aucune faute. L'aubergiste était satisfait. Le premier jour il avait eu tellement peur qu'il était resté tout le temps au comptoir, ensuite, il n'était plus venu que de temps à autre. Finalement, comme les comptes étaient justes — les recettes étaient même un petit peu supérieures à ce qu'elles étaient du temps de Frieda — il avait abandonné le tout à Pepi. Elle apporta des changements. Frieda, non par zèle, mais par cupidité, par volonté de domination et par peur de céder un peu de ses droits à quelqu'un avait passé son temps à surveiller tout le monde et même les valets et surtout quand on la regardait. Pepi en revanche laissa ce travail-là aux cavistes qui d'ailleurs y sont beaucoup plus aptes. Cela lui donnait plus de temps pour le salon de ces messieurs; les clients étaient rapidement servis. Elle arrivait même à échanger quelques mots avec chacun, à la différence de Frieda, qui se réservait entièrement à Klamm, à ce qu'elle prétendait, et considérait toute tentative de rapprochement comme une offense faite à ce dernier. C'était d'ailleurs fort astucieux, car lorsqu'elle laissait quelqu'un approcher d'elle, c'était une faveur extraordinaire. Pepi avait les artifices de ce genre en horreur. D'ailleurs on ne peut guère les utiliser au début. Pepi était aimable avec chacun et chacun le lui rendait. Tous étaient visiblement satisfaits du changement. Quand ces messieurs, épuisés par le travail, venaient enfin s'asseoir devant un verre de bière on pouvait littéralement les transformer d'un regard, d'un mot, d'un haussement d'épaules.

Les mains passaient avec tant d'ardeur sur ses boucles qu'il lui fallait refaire sa coiffure dix fois par jour. Personne ne résiste à ces boucles, à ces barrettes, pas même K. qui pourtant ne pense jamais à rien. Ainsi s'écoulèrent des jours passionnants, consacrés au travail et que le succès couronnait. Si au moins ils ne s'étaient pas écoulés si vite ! Quatre jours c'est trop peu.

En quatre jours Pepi s'était déjà fait des bienfaiteurs et des amis. Quand elle arrivait avec ses cruches de bière, elle flottait dans une mer d'amitié. Un secrétaire du nom de Bartmeier s'entiche d'elle, il lui fait cadeau de cette petite chaînette et de ce petit médaillon et met son portrait dans le médaillon, ce qui est une effronterie de sa part. Il était arrivé un certain nombre de choses pendant ces quatre jours. En quatre jours, si Pepi s'en donne la peine on peut presque oublier Frieda, mais, tout de même, pas complètement ; elle aurait été oubliée si elle n'avait pas pris la précaution de rester présente dans les conversations grâce à ce scandale qu'elle avait causé. Par là, elle avait renouvelé l'intérêt des gens. Ils auraient bien aimé la revoir, ne fût-ce que par curiosité. Ce qui les avait ennuyés jusqu'au dégoût avait retrouvé un charme nouveau grâce à K. dont pourtant ils se souciaient fort peu. Naturellement, ils n'auraient pas voulu céder Pepi en échange, puisqu'elle était là et faisait de l'effet de par sa seule présence ; mais pour la plupart ce sont de vieux messieurs, un peu lourds dans leurs habitudes, il faut du temps avant qu'ils ne s'habituent à une nouvelle serveuse, aussi avantageux que le changement puisse être ; il faut quelques jours, cinq jours, peut-être, mais quatre jours ne suffisent pas. L'emploi de Pepi n'était considéré que comme provisoire.

Et voici le pire : pendant ces quatre jours, Klamm, bien qu'il fût au village les deux premiers jours, ne descendit pas à la salle d'auberge. S'il était venu, c'eût été la mise à l'épreuve décisive pour Pepi, une mise à l'épreuve, d'ailleurs, qu'elle ne craignait pas du tout, dont elle se réjouissait même.

Elle n'aurait pas été — il est préférable de ne pas toucher à de telles choses avec des mots — la maîtresse de Klamm et ne se serait pas mensongèrement promue jusque-là, mais elle aurait su au moins poser le verre de bière sur la table avec autant d'amabilité que Frieda ; elle aurait fait un joli salut sans en rajouter, comme Frieda, elle aurait pris congé avec grâce et si Klamm cherchait quelque chose dans les yeux d'une fille il l'aurait trouvé à satiété dans les yeux de Pepi.

Mais pourquoi n'était-il pas venu ? Est-ce par hasard ? Pepi l'avait cru alors, elle aussi. Pendant les deux jours elle l'avait attendu à chaque instant, même la nuit. « Maintenant Klamm va venir », pensait-elle sans cesse, elle allait et venait sans autre raison que l'agitation de l'attente et le désir d'être la première à le voir, tout de suite, dès son entrée. Cette déception continuelle la fatigua beaucoup ; c'est peut-être la raison pour laquelle elle n'a pas fait tout ce qu'elle aurait dû faire.

Quand elle en avait le temps, elle se glissait dans le corridor, qu'il était strictement interdit au personnel d'emprunter, s'y aplatissait dans une niche et attendait. « Si Klamm venait maintenant », pensait-elle, « si j'avais le droit d'aller prendre ce monsieur dans sa chambre et de le descendre sur mes bras à la salle d'auberge, je ne m'écroulerais pas sous cette charge aussi lourde qu'elle pût être ».

Mais il ne vint pas. En haut, dans le couloir, le silence est tel qu'on ne peut se l'imaginer, si l'on n'y est pas allé. Le silence y est si grand qu'on ne peut y tenir longtemps, le silence vous chasse. Refoulée dix fois, dix fois Pepi remonte. Cela n'avait pas de sens. Si Klamm voulait venir, il viendrait. S'il ne le voulait pas, ce n'était pas Pepi qui le ferait venir, dût-elle à demi étouffer à force de palpitations, là dans sa niche. Certes, cela n'avait pas de sens, mais s'il ne venait pas, presque rien n'avait de sens. Et il ne vint pas. Aujourd'hui Pepi sait pourquoi Klamm n'est pas venu. Frieda aurait eu un merveilleux sujet de distraction, si elle avait pu voir Pepi, en haut, dans le couloir, dans sa niche, les deux mains sur son cœur, Klamm n'est pas descendu parce que Frieda n'y a pas consenti. Ce n'est pas par ses prières qu'elle y est parvenue, ses prières ne pénètrent pas jusqu'à Klamm. Mais elle a, cette araignée, des relations que personne ne connaît.

Quand Pepi dit quelque chose à un client, elle le lui dit ouvertement, la table voisine peut aussi l'entendre. Frieda, elle, n'a rien à dire, elle pose la bière sur la table et elle s'en va ; on n'entend que le bruit de sa combinaison de soie, la seule chose pour quoi elle dépense de l'argent. S'il lui arrive de dire quelque chose, elle ne le dit pas ouvertement, elle le chuchote au client, se penche vers lui, de sorte qu'à la table voisine, on dresse l'oreille. Ce qu'elle dit est probablement sans importance, mais pas toujours. Des relations, elle en a, elle étaie les unes par les autres et si la plupart échouent — qui donc va sans arrêt s'occuper de Frieda ? — elle en attrape tout de même une par-ci par-là. Ces relations elle se met alors à les utiliser. K. lui en donna la possibilité, au lieu de rester auprès d'elle et de veiller sur elle, il n'est presque jamais à la maison, se promène partout, a des entrevues ici ou là, est attentif à tout excepté à Frieda, et pour finalement lui donner plus de liberté encore, il déménage de l'Auberge du Pont et s'installe dans l'école vide. Beau début pour une lune de miel ! Or Pepi est sûrement la dernière à faire à K. le reproche de n'avoir pu y tenir auprès de Frieda ; on ne peut y tenir auprès d'elle. Mais pourquoi ne l'a-t-il pas abandonnée tout à fait, pourquoi est-il toujours revenu auprès d'elle, pourquoi dans ses allées et venues a-t-il donné l'impression de se battre pour elle ?

On aurait dit qu'il n'avait découvert sa propre nullité qu'au contact de Frieda, qu'il voulait se rendre digne d'elle, se hisser à son niveau et qu'à cette fin il renonçait provisoirement à être avec elle pour prendre plus tard, tranquillement, sa revanche sur ces privations. Frieda, elle, ne perd pas son temps, elle est établie à l'école où elle a vraisemblablement attiré K. Elle a d'excellents messagers sous la main : les aides de K. que K. lui laisse — c'est incompréhensible, même quand on connaît K., tout simplement incompréhensible, qu'il les lui laisse. Elle les envoie chez ses anciens amis, se rappelle à leur souvenir, se plaint d'être maintenue prisonnière par un homme tel que K., excite les gens contre Pepi, annonce son arrivée prochaine, demande de l'aide, les conjure de ne rien révéler à Klamm, fait comme s'il fallait ménager Klamm et comme s'il ne fallait en aucun cas le laisser descendre au comptoir.

Ce qu'elle fait passer aux yeux des gens pour un

devoir : ménager Klamm, elle en fait un succès auprès de l'aubergiste auquel elle fait remarquer que Klamm ne vient plus. Comment pourrait-il venir, alors que ce n'est qu'une Pepi qui fait le service au comptoir ? Bien sûr, ce n'est pas la faute de l'aubergiste, cette Pepi, c'était en tout état de cause la meilleure remplaçante que l'on pût trouver, mais seulement, ça ne suffit pas, même pour quelques jours. K. ignore tout de cette activité que Frieda déploie. Quand il n'est pas en train de déambuler, il est étendu à ses pieds, sans se douter de rien, alors qu'elle compte les heures qui la séparent encore de son retour au comptoir. Mais les aides ne servent pas seulement de messagers, ils ont aussi pour rôle de le rendre jaloux, de le faire bouillir ! Frieda connaît les aides depuis l'enfance, ils n'ont plus de secret les uns pour les autres, mais en l'honneur de K. ils se mettent à avoir la nostalgie les uns des autres et K. court le danger que cela ne devienne le grand amour. Et K. fait tout pour faire plaisir à Frieda, même ce qu'il y a de plus contradictoire, il se laisse rendre jaloux par les aides et tolère pourtant qu'ils restent ensemble tous les trois pendant qu'il va, tout seul, faire ses déambulations. On dirait presque qu'il est le troisième aide de Frieda.

C'est alors que Frieda décide, ses observations étant faites, de frapper un grand coup : elle décide de revenir. Et il est grand temps vraiment et la façon dont Frieda la maligne s'en aperçoit et l'utilise est digne d'admiration. Cet art de l'observation et de la décision c'est l'art inimitable de Frieda ; si Pepi le possédait, comme sa vie serait différente ! Si Frieda était restée un ou deux jours de plus à l'école, il n'aurait plus été possible de chasser Pepi, elle aurait été définitivement serveuse, aimée et soutenue de tous, elle aurait gagné assez d'argent pour brillamment compléter son misérable équipement ; un jour encore ou deux et il n'y avait plus d'intrigues capables de retenir Klamm loin du comptoir. Il vient, il boit, se sent bien et se trouve hautement satisfait du changement, si toutefois même il remarque l'absence de Frieda ; un, deux jours encore et Frieda avec tout son scandale, ses relations et les aides et tout, est totalement oubliée et ne réapparaît jamais.

Elle pourrait alors s'accrocher d'autant plus fermement à K. et pourrait même, à supposer qu'elle en soit capable, apprendre à l'aimer vraiment ? Non pas ! Car il ne faut pas plus d'une journée à K. pour en avoir assez d'elle, pour se rendre compte de quelle honteuse façon elle le trompe par tous les moyens, par sa prétendue beauté, sa prétendue fidélité et surtout par son prétendu amour pour Klamm. Il lui faut un jour encore, pas plus, pour la chasser de la maison avec ces canailles d'aides ; pas même K., quand on y pense, n'a besoin de plus. Et là, au milieu de ces deux dangers, alors que sa tombe est déjà en train de se refermer au-dessus d'elle — K., dans son ingénuité, lui tient encore ouverte la dernière voie étroite —, la voilà qui prend le large. Tout à coup — personne ne s'y attendait plus, ce n'est pas naturel —, c'est elle qui chasse K. lequel l'aime toujours, la poursuit toujours, et sous la pression des amis et des aides elle apparaît à l'aubergiste comme le salut, plus attirante encore pour lui qu'avant à cause du scandale. Les plus humbles la désirent tout comme les plus puissants ; elle n'a succombé qu'un instant au plus inférieur de tous, le repoussant bientôt, comme il se doit, désormais inaccessible comme naguère pour lui et pour tous les autres, à cette différence près qu'alors on avait des raisons d'en douter et qu'on en est maintenant de nouveau convaincu.

La voilà donc qui revient, l'aubergiste tout en jetant un regard de côté vers Pepi hésite — doit-il la sacrifier alors qu'elle a fait ses preuves ? —, mais le voici bientôt convaincu, trop de choses parlent en faveur de Frieda et surtout elle va ramener Klamm à la salle d'auberge. Nous en sommes là. Pepi n'attendra pas que Frieda revienne et fasse de son entrée en fonctions un triomphe. Elle a déjà rendu la caisse à la femme de l'aubergiste, elle peut s'en aller. Le lit d'en bas est prêt pour elle dans la chambre des filles, elle va s'y rendre, accueillie par ses amies en pleurs, elle va arracher sa robe de son corps et les rubans de ses cheveux et tout fourrer dans un coin où cela restera bien caché et ne rappellera pas inutilement des temps qui doivent être oubliés. Puis elle va prendre le grand seau et le balai, serrer les dents et aller au travail. Mais d'abord, il lui fallait encore tout raconter à K. qui, sans aide, ne se serait pas même aperçu de tout cela, pour qu'il voie pour une fois clairement combien il a mal agi à l'égard de Pepi, à quel point il l'a rendue malheureuse. Certes en même temps on a aussi abusé de lui.

Pepi avait terminé. Avec une grande inspiration elle essuya quelques larmes dans ses yeux et sur ses joues et puis regarda K. en hochant la tête, comme si elle voulait donner à entendre qu'au fond il ne s'agissait pas du tout de son malheur, qu'elle allait le supporter et qu'elle n'avait, pour ce faire, besoin ni d'aide ni de consolation de qui que ce soit et surtout pas de K. ; elle connaissait la vie malgré sa jeunesse, et son malheur n'était que la confirmation de ses expériences, mais c'était de K. qu'il s'agissait, elle avait voulu faire illusion, même après que tous ses espoirs se furent écroulés elle avait encore jugé nécessaire de la faire.

— Quelle imagination débordante tu as, dit K., il n'est pas vrai que tu te sois seulement maintenant aperçue de tout cela ; ce ne sont là que rêveries bonnes pour votre chambre de filles, là-bas, en bas, obscure et étroite. Là, en effet, elles sont à leur place, mais ici, à l'air libre de la salle d'auberge, elles font un drôle d'effet. Avec des idées pareilles, tu ne pouvais évidemment pas t'imposer ici. Rien que ta robe et ta coiffure dont tu es si fière sont nées de cette obscurité et de ces lits là-bas dans votre chambre. Elles sont très belles là-bas, sûrement, mais ici, elles font rire tout le monde ouvertement ou en secret. Et qu'est-ce que tu racontes d'autre ? Il paraît que j'ai été trompé et qu'on s'est servi de moi ? Non, chère Pepi, on m'a aussi peu trompé et on s'est aussi peu servi de moi que de toi. C'est vrai, Frieda, présentement m'a abandonné ou, pour reprendre ton expression, elle a pris le large avec l'un des aides. Tu vois là une lueur de vérité, il est en effet très improbable qu'elle devienne ma femme, mais il est tout à fait faux que je sois las d'elle ou que je l'aie même chassée dès le lendemain, ou bien qu'elle m'ait trompé, comme une femme trompe peut-être un mari.

» Vous, les femmes de chambre, vous êtes habituées

à espionner par le trou de la serrure et vous en conservez l'habitude de conclure d'une petite chose dont vous avez une vue aussi erronée qu'exagérée qu'il en va de même pour toute chose. La conséquence en est que dans ce cas précis, par exemple, j'en sais beaucoup moins que toi. Je suis loin de pouvoir expliquer aussi facilement que toi les raisons pour lesquelles Frieda m'a quitté. La plus vraisemblable me semble être celle que tu as effleurée, mais non utilisée, à savoir que je l'ai négligée ; mais à cela il y avait des raisons précises que je n'ai pas à évoquer ici ; je serais heureux qu'elle me revienne, mais je me remettrais aussitôt à la négliger. C'est comme ça. Tant qu'elle était auprès de moi, je n'ai cessé de me livrer à ces déambulations dont tu te moques ; maintenant qu'elle est partie, je suis presque inoccupé, fatigué et je désire une oisiveté de plus en plus totale. Tu n'as pas de conseil à me donner, Pepi ?

— Si ! dit Pepi s'animant tout à coup et prenant K. par les épaules, nous sommes tous les deux trompés, restons ensemble, descends avec moi, à la chambre des filles !

— Aussi longtemps que tu te plains d'être trompée, dit K., je ne puis m'entendre avec toi. Tu veux sans cesse être trompée parce que cela te flatte et te touche. Mais la vérité est que tu n'es pas faite pour cette place. Faut-il que cette inaptitude soit visible pour que même moi, le plus ignorant de tous, je m'en aperçoive ! Tu es une bonne fille, Pepi, mais il n'est pas toujours facile de s'en rendre compte, moi je t'ai d'abord trouvée cruelle et orgueilleuse, mais tu ne l'es pas, c'est seulement ta place qui te trouble, parce que tu n'es pas faite pour elle. Je ne veux pas dire que cette place est trop élevée pour toi ; ce n'est pas une place extraordinaire, peut-être est-elle, si on regarde bien, un peu plus honorable que ta situation antérieure, mais dans l'ensemble la différence n'est pas bien grande, elles se ressemblent à s'y méprendre ; oui, on pourrait presque dire que l'existence d'une femme de chambre est préférable à celle de serveuse, car dans le premier cas on vit au milieu des secrétaires, mais ici, même si on est en droit de servir à la salle d'auberge les supérieurs hiérarchiques des secrétaires, on est obligé d'avoir affaire au bas peuple, à moi par exemple, il m'est interdit, légalement, de me tenir ailleurs qu'ici à la salle d'auberge et ma fréquentation serait dans ces conditions un honneur exceptionnel ? Eh bien, c'est pourtant ce qu'il te semble et peut-être as-tu de bonnes raisons pour cela. Mais c'est bien pourquoi tu n'es pas faite pour cette place.

» C'est une place comme toutes les autres, mais pour toi, c'est le royaume céleste et c'est pourquoi tu t'attelles à tout avec un zèle exagéré ; tu te fais belle, comme se font beaux les anges, à ce que tu crois — en réalité ils sont tout à fait différents —, tu trembles pour ta place, tu te sens constamment poursuivie, tu cherches à gagner, par une trop grande amabilité, tous ceux qui pourraient t'appuyer, mais tu les déranges et les repousses par là même car à l'auberge ils veulent avoir la paix et ne pas ajouter encore à leurs soucis les soucis de la serveuse. Il est bien possible qu'après le départ de Frieda, aucun de ces grands personnages n'ait remarqué l'événement, mais aujourd'hui, ils sont au courant et ont vraiment la nostalgie de Frieda car Frieda faisait certainement les choses tout autrement.

» Quelle qu'elle puisse être par ailleurs et quel que soit le jugement qu'elle porte elle-même sur sa place, elle avait une grande expérience du service, elle était froide et maîtresse d'elle-même, tu le soulignes toi-même, sans, il est vrai, profiter de cette leçon. As-tu déjà fait attention à son regard ? Ce n'était déjà plus le regard d'une serveuse, c'était le regard d'une patronne d'auberge. Elle voyait tout et chacun en particulier et le regard qui restait pour chacun en particulier suffisait à le soumettre.

» Il importait peu qu'elle fût peut-être un peu maigre, un peu vieille, qu'on puisse s'imaginer une chevelure plus propre, ce sont là des petits détails quand on les compare avec ce qu'elle avait vraiment. Celui que ces défauts auraient dérangé n'aurait fait que montrer par là qu'il lui manquait le sens des choses les plus grandes. Cela, on ne peut sûrement pas le reprocher à Klamm et c'est seulement le point de vue faux d'une jeune fille sans expérience qui te fait croire à l'amour de

Klamm pour Frieda. Klamm te semble — et ceci à bon droit — inaccessible et c'est pourquoi tu crois que Frieda, même, n'aurait pas pu accéder jusqu'à Klamm. Tu te trompes. Sur ce plan je ne me fierais qu'aux dires de Frieda elle-même, dussé-je ne pas avoir de preuves irréfutables.

» Aussi incroyable et aussi peu conciliable que cela puisse te paraître avec ta vision du monde, des fonctionnaires, de l'élégance ou de l'efficacité de la beauté féminine, il n'en est pas moins vrai — aussi vrai que nous sommes assis ici ensemble et que je prends ta main entre les miennes —, il n'en est pas moins vrai que Klamm et Frieda étaient assis ensemble, il descendait même à la salle d'auberge, oui il courait même, il n'y avait personne dans le couloir à l'attendre et à délaisser son ouvrage habituel, il se donnait la peine de descendre lui-même et les négligences dans les vêtements de Frieda qui t'auraient horrifiée ne le gênaient nullement.

» Tu ne veux pas la croire ! or, tu ne sais pas à quel point tu te ridiculises, à quel point tu montres précisément par là ton inexpérience ? Même quelqu'un qui ne saurait rien de sa relation avec Klamm serait obligé de se rendre compte, à la voir, qu'elle a été formée par quelqu'un qui était plus que toi et moi et tout le monde au village remarquerait forcément que leurs conversations dépassaient les plaisanteries habituelles entre les clients et les garçons qui semblent être le but de ta vie. Tu remarques fort bien toi-même les avantages de Frieda, tu remarques son don d'observation, sa force de résolution, son influence sur les gens, tout cela tu l'interprètes de travers, tu crois qu'elle utilise tout cela de façon égoïste à son propre avantage et pour faire du mal ou qu'elle s'en sert comme arme contre toi. Non, Pepi, même si elle avait de telles flèches, elle ne pourrait pas les tirer à si courte distance. Egoïste ? On pourrait plutôt dire qu'en faisant le sacrifice de ce qu'elle avait et de ce qu'elle était en droit d'attendre, elle nous donne, à tous deux, l'occasion de nous maintenir à un poste plus élevé et que nous l'avons tous deux déçue et la forçons littéralement à revenir ici.

» Je ne sais s'il en est ainsi et d'ailleurs je ne vois pas

très bien quelle est ma faute, ce n'est que quand je me compare à toi qu'une semblable idée me vient à l'esprit, comme si tous deux nous nous étions comportés de manière trop bruyante, trop infantile, comme si nous nous étions efforcés d'obtenir de manière trop inexpérimentée quelque chose qu'il eût été facile d'acquérir insensiblement avec la tranquillité et l'objectivité de Frieda, comme si nous espérions l'obtenir par des pleurs en tirant dessus ou à coups de griffes — tout comme un enfant tire sur la nappe sans rien gagner, en détruit toute la splendeur et se la rend inaccessible pour toujours ; je ne sais s'il en est ainsi, mais c'est en tout cas plus conforme à la vérité que ce que tu racontes, cela je le sais avec certitude.

— Eh oui, dit Pepi, tu es amoureux de Frieda, il n'est pas difficile d'être amoureux d'elle une fois qu'on a été plaqué. Mais il se peut que les choses soient comme tu le veux et que tu aies raison en toute chose et même de me rendre ridicule, mais maintenant, que veux-tu faire ? Frieda t'a quitté et ni selon mon explication ni selon la tienne il n'y a de chances qu'elle te revienne. Et dût-elle revenir, il faut bien que tu passes le temps qui reste quelque part, il fait froid et tu n'as ni travail ni lit, viens chez nous ! Mes amies te plairont, nous allons te rendre ta situation confortable, tu nous aideras dans notre travail, qui est vraiment trop dur pour des filles seules, et nous, les filles, nous ne dépendrons plus de nous seules et ne souffrirons plus de la peur pendant la nuit. Viens avec nous ! Mes amies, elles aussi, connaissent Frieda. Nous allons te raconter des histoires sur elle. Jusqu'à ce que tu n'en puisses plus de les entendre. Viens donc !

Nous avons aussi des portraits de Frieda et nous te les montrerons. En ce temps-là Frieda était plus modeste qu'aujourd'hui, c'est à peine si tu vas la reconnaître, tout au plus à ses yeux aux aguets, déjà en ce temps-là. Bon alors tu viens ?

— C'est donc permis ? Hier il y a eu ce grand scandale parce qu'on m'a surpris dans le couloir ?

— Parce que tu as été surpris, mais chez nous tu ne seras pas surpris. Personne ne le saura, nous trois exceptées. Ça va être drôle. Déjà la vie me paraît bien plus supportable qu'il y a encore un instant. Peut-être ce ne sera pas tellement une perte pour moi d'être obligée de m'en aller d'ici. Tu sais, même à trois nous ne nous sommes pas ennuyées, il faut bien s'adoucir l'amertume de la vie, dès notre jeunesse, on nous rend les choses amères ; nous trois, nous sommes solidaires, nous sommes aussi bien logées qu'il est possible, c'est Henriette surtout qui va te plaire, mais Emilie aussi, je leur ai déjà parlé de toi, on écoute ces histoires-là sans y croire, comme si hors de la chambre il ne pouvait au fond rien se passer. Il fait chaud. C'est étroit et nous nous serrons encore davantage l'une contre l'autre ; non, bien que nous dépendions les unes des autres, nous ne sommes pas encore dégoûtées mutuellement les unes des autres, tout au contraire quand je pense aux amies, ça me va de revenir ; pourquoi devrais-je arriver à plus haut qu'elles ? Ce qui nous liait, c'était justement que l'avenir était pareillement bouché pour toutes les trois ; et voilà que j'ai tout de même fait ma percée et que j'étais séparée d'elles. Certes, je ne les ai pas oubliées et mon plus vif souci était de savoir comment je pourrais faire quelque chose pour elles ; ma propre situation était encore incertaine — à quel point elle était incertaine je ne le savais pas —, et me voilà déjà en train de parler d'Henriette et d'Emilie avec l'aubergiste.

» Pour ce qui était d'Henriette, l'aubergiste n'était pas absolument inflexible, pour ce qui est d'Emilie qui est bien plus âgée que nous — elle a à peu près l'âge de Frieda —, il ne me laissa aucun espoir. Mais figure-toi, elles ne veulent pas du tout s'en aller, elles savent qu'elles ont une vie misérable, mais elles se sont déjà adaptées, je crois, les bonnes âmes. Leurs larmes, lors des adieux, elles les versaient plutôt parce que je quittais la chambre bien chaude et que je m'en allais dans le froid — tout ce qui est, là-bas, hors de la chambre nous paraît froid — et parce qu'il me fallait, dans de grandes pièces inconnues, me débattre avec de grandes personnes inconnues, cela pour mille autres raisons que de gagner ma vie, ce que j'avais pourtant tout aussi bien réussi à faire jusqu'ici avec elles.

Elles ne vont probablement pas même être étonnées de me voir revenir et c'est seulement pour faire comme moi qu'elles vont pleurer un peu et se lamenter sur mon sort. Mais alors elles vont te voir toi et se rendre compte qu'il était bon que je m'en aille. Elles vont être reconnaissantes d'avoir un homme comme aide et protecteur et elles vont être littéralement ravies que cela doive rester un secret et que ce secret nous lie encore plus l'une à l'autre qu'auparavant. Viens, oh viens chez nous ! Cela ne te créera aucune obligation, tu ne seras pas attaché à notre chambre pour toujours, comme nous.

» Quand le printemps viendra et que tu trouveras à te caser ailleurs et que tu ne te plairas plus chez nous, tu pourras très bien t'en aller ; seulement, il te faudra garder le secret et ne pas nous trahir, car ce serait alors notre dernière heure à l'Auberge des Messieurs ; d'ailleurs de toute façon, il faut naturellement que tu sois prudent quand tu seras chez nous, il te faudra ne te montrer nulle part où nous estimons que ce n'est pas sans danger et il te faudra suivre nos conseils en tous points ; c'est la seule obligation que tu as et elle t'importe certainement autant qu'à nous, à part cela, tu es totalement libre, le travail que nous te donnerons ne sera pas trop dur, n'aie pas peur. Alors tu viens ?

— C'est encore long jusqu'au printemps ? demanda K.

— Jusqu'au printemps ? répéta Pepi. L'hiver est long chez nous, un hiver très long et très monotone. Mais de cela, en bas, nous ne nous plaignons pas, nous sommes protégées contre l'hiver. Le printemps finit bien par arriver et l'été et chaque chose en son temps ; mais dans le souvenir le printemps et l'été paraissent si courts qu'on a l'impression qu'ils n'ont pas duré plus de deux jours et même ces jours-là, même le jour le plus beau, sont parfois encore traversés de neige.

La porte s'ouvrit, Pepi tressaillit en pensée, elle s'était par trop éloignée du comptoir, ce n'était pas Frieda, c'était la femme de l'aubergiste. Elle fit l'étonnée de trouver K. encore là. K. s'excusa en disant qu'il l'attendait justement et qu'il voulait remercier de ce qu'on lui ait permis de passer la nuit ici. La femme de l'aubergiste ne comprit pas pourquoi K. avait voulu l'attendre. K. dit avoir eu l'impression qu'elle avait encore quelque chose à lui dire, il demandait qu'on l'excuse si cela avait été une erreur ; d'ailleurs, ajouta-t-il, il lui fallait s'en aller maintenant, il avait déjà trop longtemps abandonné à son sort l'école où il était l'homme à tout faire, mais tout cela, c'était la faute de la convocation d'hier, il avait encore trop peu d'expérience en ce domaine, sûrement cela n'arriverait plus, il ne créerait plus de tels embarras à Madame l'Aubergiste. Et il s'inclina pour prendre congé.

L'aubergiste le regarda comme si elle rêvait. Son regard retint K. plus longtemps qu'il ne l'aurait voulu. En plus la voilà qui se mettait aussi à sourire et c'est seulement le visage étonné de K. qui pour ainsi dire la réveilla ; on eût dit qu'elle attendait que l'on répondît à son sourire et qu'elle ne se réveillait que maintenant, puisque la réponse ne venait pas.

— Hier, me semble-t-il, tu as eu le toupet de dire quelque chose à propos de ma robe.

K. ne parvint pas à se le rappeler.

— Tu n'arrives pas à te rappeler ? Au toupet s'ajoute la lâcheté.

K. s'excusa en évoquant sa fatigue d'hier, il était bien possible qu'il ait jacassé hier, dit ceci ou cela, en tout cas, il n'arrivait plus à se souvenir. D'ailleurs qu'aurait-il bien pu dire des robes de Madame l'Aubergiste ? Qu'elles étaient les plus belles qu'il ait jamais vues. Du moins, n'avait-il encore jamais vu d'aubergiste travailler avec des robes pareilles.

— Laisse tomber ces remarques, dit l'aubergiste rapidement. Je ne veux plus entendre un mot sur mes robes. Tu n'as pas à t'occuper de mes robes. Je te l'interdis une fois pour toutes.

K. s'inclina une fois encore et alla vers la porte.

— Qu'est-ce que cela veut dire ? le héla l'hôtesse, tu n'as encore jamais vu une aubergiste travailler avec des robes comme ça ? Ça veut dire quoi ces remarques insensées ? C'est tout à fait stupide. Que veux-tu dire ?

K. se retourna et demanda à l'aubergiste de ne pas

s'énerver. Naturellement, sa remarque n'avait pas de sens. D'ailleurs, il n'y entendait rien aux robes. Dans sa situation, toute robe qui n'était pas rapiécée lui paraissait déjà précieuse. Il s'était simplement étonné de voir là, dans le couloir, en pleine nuit, l'aubergiste apparaître parmi tous ces hommes à peine vêtus, en robe du soir, voilà tout.

— Enfin dit l'aubergiste, tu sembles te souvenir de ta remarque d'hier. Et tu la complètes par d'autres sottises. Tu ne comprends rien aux robes, ça c'est juste. Mais alors dispense-toi — je te le demande très sérieusement — de porter des jugements sur ce qui est des robes qui vont ou ne vont pas... d'ailleurs — et en disant cela c'était comme si un frisson glacé la parcourait —, tu n'as rien à faire avec mes robes, tu m'entends ?

Et lorsque K. voulut se détourner encore une fois sans répondre, elle demanda :

— Où as-tu acquis ta connaissance des robes ?

K. haussa les épaules, il n'avait pas de connaissance dans ce domaine.

— Tu n'en as pas, en effet, et tu ne devrais pas prétendre en avoir. Viens donc avec moi au comptoir privé et je vais te montrer quelque chose qui te fera, je l'espère, oublier tes effronteries pour toujours.

Elle passa la porte la première ; Pepi bondit vers K. sous le prétexte de le faire payer ; ils se mirent très vite d'accord ; c'était très facile puisque K. connaissait la cour dont le portail donnait sur la rue latérale ; à côté du portail il y avait une petite porte derrière laquelle Pepi se tiendrait dans une heure et qu'elle ouvrirait quand on y frapperait trois coups.

Le comptoir privé était en face de la salle d'auberge ; il n'y avait que le couloir à traverser, l'hôtesse se tenait dans le bureau éclairé et regardait avec impatience K. venir. Mais il y eut encore un contretemps. Gerstäcker avait attendu dans le couloir et voulait parler à K. Il n'était pas facile de s'en débarrasser, l'aubergiste dut s'en mêler et faire remarquer à Gerstäcker à quel point il était importun : « Mais pour où, pour où donc ? » entendit-on encore crier Gerstäcker alors que la porte était déjà fermée, ses paroles se mêlaient de vilaine manière à ses soupirs et à sa toux.

C'était une petite pièce surchauffée. Le long du côté étroit se trouvaient un pupitre et un coffre-fort et sur le grand côté une ottomane et une armoire. C'était l'armoire qui prenait le plus de place ; non seulement elle occupait entièrement le mur sur son grand côté mais elle rétrécissait aussi beaucoup la pièce en profondeur, il fallait trois portes coulissantes pour l'ouvrir complètement. L'aubergiste fit signe à K. de s'asseoir sur l'ottomane, elle-même s'assit sur le tabouret tournant près du pupitre.

— Tu n'as pas appris la couture, un jour ? demanda l'aubergiste.

— Non, jamais, dit K.

— Mais qu'es-tu donc ?

— Arpenteur.

— C'est quoi ?

K. expliqua ce que c'était, l'explication la fit bâiller.

— Tu ne dis pas la vérité. Pourquoi ne dis-tu pas la vérité ?

— Toi non plus tu ne la dis pas.

— Moi ? Tu recommences donc tes insolences ? Et ne la dirais-je point, ai-je à me justifier devant toi ? Et en quoi ne dis-je pas la vérité ?

— Tu n'es pas seulement patronne d'auberge comme tu le prétends.

— Allons bon ! Tu en fais des découvertes ! Alors que suis-je donc encore ? Tes insolences commencent, littéralement, à ne plus avoir de limites.

— Je ne sais pas ce que tu es d'autre. Je vois seulement que tu es une patronne d'auberge et qu'en outre tu portes des vêtements qui ne conviennent pas à une patronne d'auberge et comme, à ce que je sais, personne d'autre au village n'en porte.

— Alors nous voici arrivés à l'essentiel, tu n'arrives pas à ne pas en parler, peut-être n'es-tu pas culotté du tout, tu n'es que comme un enfant au courant de quelque bêtise et que rien ne peut empêcher d'en parler. Alors parle donc ! Qu'est-ce que ces vêtements ont de particulier ?

— Tu vas te fâcher si je le dis.

— Non, cela me fera seulement rire, ce ne sera d'ailleurs que du bavardage enfantin. Alors comment elles sont ces robes ?

— Tu veux le savoir ? L'étoffe en est belle, très chère, mais elles sont démodées, surchargées, souvent fatiguées, usées et ne conviennent ni à ton âge ni à ta silhouette, pas plus qu'à ta situation. Tes vêtements m'ont frappé dès la première fois que je te vis, c'était il y a une semaine à peu près, ici même dans le couloir.

— Alors c'est ça. Elles sont démodées, surchargées, mes robes, et quoi encore. Et d'où sais-tu tout cela ?

— Je le vois, ça n'a pas besoin d'être appris.

— Tu vois ça comme ça. Tu n'as pas besoin de demander et tu sais tout de suite ce que la mode réclame. Mais tu vas me devenir indispensable, car pour les beaux vêtements, j'ai un faible, c'est vrai. Et qu'est-ce que tu vas dire en apprenant que cette armoire-là est pleine de vêtements ?

Elle repoussa les portes coulissantes, on voyait les robes pressées les unes contre les autres, c'étaient pour la plupart des robes sombres, grises, brunes, noires, tout cela suspendu ou étendu avec soin.

— Ce sont mes robes, là, toutes démodées et surchargées comme tu le dis. Mais ce ne sont là que les robes pour lesquelles je n'ai pas de place, en haut, dans ma chambre, j'y ai encore deux armoires pleines, deux armoires, presque aussi grandes que celle-ci, ça t'étonne hein ?

— Non, je m'attendais à quelque chose de ce genre, je le disais bien que tu n'es pas seulement patronne d'auberge, tu vises autre chose.

— Je ne vise qu'une chose, bien m'habiller et tu es ou bien un sot ou un enfant ou quelqu'un de très méchant et de très dangereux. Allez, va, va donc !

K. déjà était dans le couloir et Gerstäcker le tenait de nouveau par le bras lorsque la patronne d'auberge lui cria :

— Demain, on m'apporte une nouvelle robe, peut-être je t'enverrai chercher.

VARIANTE DU DÉBUT

L'AUBERGISTE salua le client. Une chambre était prête au premier étage. « La chambre des princes » dit l'aubergiste. C'était une grande pièce d'une grandeur obsédante, avec deux fenêtres et entre elles une porte vitrée. Les quelques meubles qui s'y trouvaient avaient les pieds curieusement étroits, on aurait pu croire qu'ils étaient en fer, mais ils étaient en bois.

— Veuillez ne pas aller sur le balcon, dit l'aubergiste, lorsque le client après avoir regardé la nuit par l'une des fenêtres, s'approcha de la porte vitrée, « la poutre portante est devenue un peu fragile ».

La femme de chambre entra, s'occupa de la table de toilette et demanda en même temps si la chambre était assez chauffée. Le client fit signe que oui. Mais bien qu'il n'ait rien eu à objecter contre la chambre jusqu'ici, il allait et venait encore entièrement habillé en manteau, chapeau et canne à la main, comme s'il n'était pas certain encore de rester. L'aubergiste se tenait auprès de la femme de chambre. Tout à coup le client s'approcha d'eux par derrière et s'écria :

— Pourquoi chuchotez-vous ?

L'aubergiste dit effrayé :

— Je donnais seulement des consignes à la jeune fille pour la literie. La chambre, je ne le vois malheureusement que maintenant, n'a pas été préparée aussi soigneusement que je l'avais souhaité. Mais cela va être fait tout de suite.

— Il n'en est pas question, dit le client. Je n'attendais

rien d'autre qu'un trou infect et un lit répugnant. Ne cherche pas à détourner mon attention. Je ne veux savoir que cette seule chose : qui t'a annoncé mon arrivée ?

— Personne, monsieur, dit l'aubergiste.

— Tu m'as attendu ?

— Je suis aubergiste et j'attends les clients.

— La chambre était préparée ?

— Comme toujours.

— Bien, donc tu ne savais rien, mais moi je ne reste pas ici. Et il ouvrit une fenêtre avec force et cria vers l'extérieur :

— Ne pas dételer, nous continuons.

Mais lorsqu'il se précipita vers la porte, la femme de chambre lui barra le chemin, une faible jeune fille, vraiment trop jeune, trop délicate qui dit tête baissée :

— Ne t'en va pas, nous t'attendions, ce n'est pas parce que nous étions maladroits dans nos réponses, ni pour certains de tes désirs que nous te l'avons caché.

L'apparition de la jeune fille toucha le client ; ses paroles lui étaient suspectes.

— Laisse-moi seul avec la jeune fille, dit-il à l'aubergiste.

L'aubergiste hésita puis finit par s'en aller.

— Viens, dit le client à la jeune fille et ils s'assirent à la table.

— Comment t'appelles-tu ? demanda le client et prit par-dessus la table la main de la jeune fille.

— Elisabeth, dit-elle.

— Elisabeth, dit-il, écoute-moi bien. J'ai une lourde tâche devant moi et je lui consacre toute ma vie. Je le fais joyeusement et je ne demande la pitié de personne. Mais étant donné que ce devoir est tout ce que j'ai, je refoule tout ce qui pourrait en déranger l'exécution, sans aucun égard. Tu sais, je peux devenir fou à force de manquer d'égards.

Il lui pressa la main, elle le regarda et hocha la tête.

— Ça, tu l'as donc compris, dit-il, et maintenant explique-moi comment vous avez appris mon arrivée. Je ne veux savoir que cela, ce que vous en pensez m'importe peu. C'est pour me battre que je suis ici, mais je ne veux pas être attaqué avant mon arrivée. Qu'est-ce qu'il y a donc eu avant que j'arrive ?

— Tout le village est au courant de ton arrivée, je ne peux pas l'expliquer ; depuis des semaines déjà, tout le monde le sait, cela vient sûrement du château ; je n'en sais pas plus.

— Quelqu'un du château était ici et m'a annoncé ?

— Non, personne n'est venu, ces messieurs du château ne nous fréquentent pas, mais la domesticité là-haut peut en avoir parlé, des gens du village peuvent l'avoir entendu, c'est ainsi peut-être que cela s'est répandu. Il y a si peu d'étrangers qui viennent par ici ; un étranger on en parle beaucoup.

— Peu d'étrangers ! dit le client.

— Ah ! dit la jeune fille et elle se mit à sourire — elle avait l'air à la fois confiante et lointaine — personne ne vient, c'est comme si le monde nous avait oubliés.

— Pourquoi viendrait-on d'ailleurs, dit le client. Y a-t-il donc quelque chose à voir ici ?

La jeune fille lui retira doucement sa main et dit : Tu n'as toujours pas confiance en moi ?

— A juste titre, dit le client : Vous êtes tous de la racaille mais toi tu es plus dangereuse que l'aubergiste. On t'a envoyée exprès du château pour me servir.

— Envoyée par le château ? dit la jeune fille : Combien tu connais peu ce qui se passe ici ! Et par défiance, tu t'en vas, car tu vas sûrement t'en aller.

— Non, dit le client et il se débarrassa de son manteau et le jeta sur une chaise : Je ne pars pas, tu n'es pas même parvenue à cela ; me chasser.

Tout à coup, il chancela, il fit quelques pas encore puis il tomba de tout son long sur le lit. La jeune fille se précipita vers lui.

— Qu'as-tu ? chuchota-t-elle et déjà elle courut à la table de toilette, alla chercher de l'eau, s'agenouilla près de lui et lui lava le visage.

— Pourquoi me tourmentez-vous ainsi ? dit-il à grand-peine.

— Mais nous ne te tourmentons pas, dit la jeune fille : tu attends quelque chose de nous et nous ne savons pas ce que c'est. Parle-moi ouvertement et je te répondrai ouvertement.

FRAGMENTS

HIER K. nous a raconté ce qui lui est arrivé avec Bürgel. C'est trop drôle qu'il ait justement fallu que cela arrive avec Bürgel. Vous savez bien, Bürgel est le secrétaire du fonctionnaire du château, Friedrich et la splendeur de Friedrich a beaucoup pâli ces dernières années. Pourquoi cela, c'est déjà toute une affaire ; moi aussi, j'aurais pas mal de choses à dire à ce propos.

Ce qui est sûr, en tout cas, c'est que la sphère d'influence de Friedrich est une des plus insignifiantes qui soient et tout le monde peut imaginer ce que cela représente pour Bürgel qui n'est pas même le premier secrétaire de Friedrich, tout le monde sauf K. Cela fait déjà assez longtemps tout de même qu'il vit ici avec nous au village et pourtant, il est encore étranger, comme s'il était arrivé hier soir, il est même capable de se perdre dans les trois rues du village. Or, il se donne du mal pour bien faire attention et il court après ses affaires comme un chien de chasse, mais il ne lui est pas donné de parvenir à s'adapter.

Aujourd'hui, par exemple, je lui parle de Bürgel, il écoute attentivement, tout ce qu'on raconte sur ces fonctionnaires du château le concerne au plus haut point, il pose des questions très intelligentes, saisit tout de façon excellente non pas en apparence mais réellement ; mais, croyez-moi, le lendemain il n'en sait plus rien. Ou plutôt il le sait très bien, il n'oublie rien, mais c'est trop pour lui, la multiplicité du corps de fonctionnaires le trouble, il n'a rien oublié de tout ce qu'il a entendu et il a beaucoup entendu, car il utilise la moindre occasion pour accroître son savoir, et en théorie, il connaît peut-être mieux le corps des fonctionnaires que nous, il est même digne d'admiration sur ce point ; mais dès qu'il doit appliquer son savoir, il prend un faux mouvement, il tourne comme à l'intérieur d'un kaléidoscope dont il ne peut se servir, et qui se moque de lui. Cela vient probablement de ce qu'il n'est pas d'ici. C'est pourquoi il n'arrive pas à avancer dans ses affaires. Vous le savez ; il affirme avoir été appelé par notre comte en tant qu'arpenteur ; c'est là une histoire tout à fait extraordinaire dans ses détails que je ne veux pas évoquer ici, bref, il a été appelé en tant qu'arpenteur et c'est ce qu'il veut être.

Les efforts énormes qu'il a faits jusqu'ici, totalement en vain, pour une chose d'aussi peu d'importance, vous les connaissez certainement par ouï-dire. Un autre, pendant ce temps, aurait déjà fait l'arpentage d'une dizaine de contrées, lui, il va encore ici au village d'un secrétaire à l'autre, il n'ose même pas s'approcher des fonctionnaires et il n'a sûrement pas même espéré qu'on le laisse un jour pénétrer dans les bureaux du château. Il se contente des secrétaires quand ils reviennent du château à l'Auberge des Messieurs, tantôt il est soumis à des interrogatoires de jour, tantôt à des interrogatoires de nuit et il ne cesse de rôder autour de l'Auberge des Messieurs comme le renard autour du poulailler, à cette différence près que les secrétaires sont les renards et lui la poule.

Cela soit dit en passant, en réalité, je voulais parler de Bürgel. Donc, hier une fois encore K. a été convoqué auprès d'Erlanger auquel il a principalement affaire pour ce qui le concerne. Il est toujours ravi d'une telle convocation, à cet égard les déceptions ne lui font rien, si au moins on pouvait apprendre cela de lui. Chaque convocation le renforce non dans ses vieilles déceptions mais dans son vieil espoir. Donc animé par cette convocation il se précipite à l'Auberge des Messieurs. Il n'est pas, il est vrai, très bien, il ne s'est pas attendu à la convocation, il s'est par conséquent occupé de divers points concernant son affaire au village, il a plus de relations que bien des familles établies ici depuis des centaines d'années et toutes ces relations ne concernent que son histoire d'arpentage et étant donné qu'elles ont été conquises de haute lutte et doivent être gardées secrètes, il ne faut pas qu'il les perde des yeux.

Il faut bien vous mettre dans la tête ce que cela peut être ; toutes ces relations, à la lettre, sont à l'affût de la moindre occasion pour lui échapper. Il est donc totalement occupé par elles. Et pourtant il trouve le temps d'avoir avec moi ou quelqu'un d'autre de longues conversations sur des choses tout à fait éloignées, mais ceci uniquement parce qu'il n'est rien d'assez éloigné pour ne pas être, à son avis, en rapport avec son affaire. Aussi travaille-t-il toujours ; il ne m'est jamais venu à l'idée qu'il puisse dormir. Mais c'est pourtant bien le cas, et c'est même le sommeil qui joue le rôle principal dans cette histoire avec Bürgel. Lorsqu'il a couru voir Erlanger à l'Auberge des Messieurs, il était déjà fatigué au-delà de toute limite, il ne s'était pas attendu à cette convocation et avait, avec beaucoup de légèreté, abusé de ses forces ; la nuit d'avant, il n'avait pas dormi du tout, et les deux nuits précédentes seulement deux ou trois heures. C'est pourquoi la convocation d'Erlanger, fixée à minuit, l'avait rendu heureux comme c'est le cas pour tout billet de cette sorte, mais il s'était aussi fait beaucoup de soucis à cause de son état qui allait peut-être l'empêcher d'être suffisamment à la hauteur de ce qu'exigeait une telle conversation.

Il arrive donc à l'Auberge des Messieurs, cherche le couloir où habitent les secrétaires et y rencontre, pour son malheur, une femme de chambre qu'il connaît. Les histoires de femmes, toujours d'ailleurs au service de son affaire, ne lui manquent pas. Cette jeune fille a quelque chose à lui raconter au sujet d'une autre fille qu'il connaît aussi, elle l'entraîne dans sa chambrette, il la suit — il n'est pas encore minuit — son principe c'est de ne manquer aucune occasion où il pourrait apprendre quelque chose de nouveau. A côté des avantages cela entraîne souvent peut-être de très gros désavantages, c'est le cas cette fois, par exemple, car lorsque à demi-fou de fatigue il sort de chez cette fille bavarde et se retrouve dans le couloir, il est quatre heures.

Il n'a qu'une seule idée en tête, ne pas manquer la convocation d'Erlanger. Il cherche quelques forces en prenant une carafe de rhum qu'il trouve sur un plateau abandonné dans un coin, peut-être même un peu trop, il se glisse à travers le couloir tellement animé d'habitude, à cette heure aussi désert qu'une allée de cimetière, jusqu'à la porte qu'il prend pour la porte d'Erlanger, ne frappe pas pour ne pas le réveiller au cas où il dormirait, mais ouvre aussitôt, mais avec la plus extrême prudence.

Et maintenant je voudrais vous raconter, aussi bien que possible, l'histoire telle que K. me l'a racontée hier avec tous les signes d'un mortel désespoir. Espérons qu'une nouvelle convocation l'a consolé depuis.

L'histoire elle-même est vraiment trop drôle, écoutez : ce qu'il y a de franchement comique c'est le côté minutieux, et c'est pourquoi mon récit va perdre beaucoup. Si j'y arrivais, vous auriez K. tout entier, mais pour ainsi dire vous n'auriez rien de Bürgel. Si j'y arrivais — c'est cela la condition préalable — car l'histoire peut aussi être très ennuyeuse, il y a aussi cela en elle. Mais osons-le...

... Poignée de main d'adieu. Mais il m'a été très agréable de parler avec vous, cela soulage littéralement la conscience. Peut-être vous reverrai-je bientôt.

— Ce ne sera pas nécessaire que je vienne, dit K. et il s'inclina au-dessus de la main de Mizzi, il voulait se dominer et l'embrasser, mais Mizzi se déroba à lui avec un petit cri d'effroi et se coucha sous les coussins.

— Mizzerl, Mizzerl, dit le maire compréhensif et affectueux et il lui caressait le dos.

— Vous êtes toujours le bienvenu, dit-il, peut-être pour faire passer le comportement de Mizzi, mais il ajouta : Surtout maintenant où je suis malade. Mais dès que je pourrai de nouveau aller à mon bureau, le travail officiel m'absorbera entièrement.

— Voulez-vous dire par là, demanda K. que ce n'est

pas de façon officielle que vous avez parlé avec moi, aujourd'hui ?

— Certes, dit le maire, je n'ai pas officiellement parlé avec vous, on peut dire que c'est à moitié officiel. Vous sous-estimez ce qui n'est pas officiel, comme je l'ai déjà dit, mais vous sous-estimez aussi les choses officielles. Une décision officielle n'est pas là sur la table comme ce flacon de médicaments que voici. On tend la main et on le tient. Une véritable décision officielle est précédée d'innombrables petites enquêtes et d'innombrables réflexions, il faut pour cela le travail des meilleurs fonctionnaires, des années durant et cela même si ces fonctionnaires savaient dès le début quelle décision prendre. Et d'ailleurs existe-t-il des décisions définitives ? Les offices de contrôle sont là pour ne pas les laisser survenir.

— Eh bien, oui, dit K. Tout est excellemment organisé, qui en douterait encore ? Mais vous m'avez dans l'ensemble fait une description trop alléchante pour que je ne tâche pas d'en connaître tous les détails dans toute la mesure de mes forces.

Des courbettes suivirent et K. s'en alla. Les aides prirent leur congé à eux avec chuchotements et rires, mais ne tardèrent pas à suivre.

A l'auberge K. retrouva sa chambre embellie au point d'en être méconnaissable, tellement Frieda s'était donné de peine. Elle l'accueillit sur le seuil avec un baiser. La chambre avait été aérée, le poêle abondamment chauffé, le plancher lavé, le lit arrangé, les affaires des bonnes et même leurs images avaient disparu, il n'y avait qu'une photographie nouvelle accrochée au mur au-dessus du lit. K. s'approcha des images.

... où je voulais plutôt et ceci de plus avec le côté passionné des enfants. Lors d'une de ces allées et venues qui se passaient toujours dans la hâte, je me trouvais justement auprès d'Amalia, je lui retirai doucement le bas qu'elle tricotait et le jetai sur la table où tout le reste de la famille était déjà assis.

— Que fais-tu ? s'écria Olga.

— Oui, vous m'embêtez tous, dis-je mi-fâché mi-souriant et je m'assis sur le banc devant le poêle, je pris sur mes genoux un petit chat noir qui dormait là. Comme à la fois je me sentais à l'étranger et chez moi ; je n'avais pas même encore tendu la main aux deux vieux, à peine encore parlé avec les filles, et tout aussi peu avec le nouveau Barnabas tel qu'il m'était apparu, et pourtant me voilà assis au chaud, remarqué de personne, parce que je m'étais disputé un peu avec la jeune fille ; le chat familier me grimpait sur la poitrine et l'épaule. Et même si j'avais été déçu, il n'en existait pas moins des espérances. Barnabas n'était pas allé au château mais il irait de bonne heure et si ce n'était pas cette jeune fille du château qui viendrait cela en serait une autre.

Frieda elle aussi attend mais ce n'est pas K. qu'elle attend ; elle observe l'Auberge des Messieurs et elle observe K., elle peut être tranquille, sa situation est plus favorable qu'elle ne s'y est attendue elle-même, elle peut sans jalousie voir Pepi s'esquinter, la réputation de Pepi croître ; elle y mettra fin en temps voulu ; elle peut aussi tranquillement regarder K. s'agiter loin d'elle, mais elle ne laissera pas les choses aller au point qu'il l'abandonne.

Achevé d'imprimer en octobre 1984
sur les presses de l'Imprimerie Bussière
à Saint-Amand (Cher)

PRESSES POCKET - 8 rue Garancière - 75006 - Paris
Tél. : 634-12-80

— N° d'édit. 2133. — N° d'imp. 2170. —
Dépôt légal : Novembre 1984.

Imprimé en France

FRANZ KAFKA

Presses Pocket

LE PROCÈS

Traduction nouvelle de G. A. Goldschmidt

Pour évoquer un monde bureaucratique absurde où l'individu n'a pas sa place on dit volontiers : « C'est du Kafka ». L'auteur du *Procès* eut-il pour souci majeur de dénoncer de façon prophétique et prémonitoire l'inhumanité de certains grands systèmes administratifs modernes ? A en juger d'après le destin posthume de son œuvre dans sa patrie même, on pourrait en effet privilégier cette interprétation d'une critique sociale radicale de la barbarie contemporaine. Dans la nuit tombée sur Prague on a recommencé, en 1968, à « brûler Kafka ».

Pour justifiée qu'elle est, cette interprétation n'est pas exclusive et n'est peut-être pas dominante. La présente traduction, établie par l'un des meilleurs connaisseurs de l'œuvre de Kafka, nous invite a redécouvrir, au-delà de l'interprétation traditionnelle du monde kafkaïen, la résonance individuelle et universelle de cette œuvre majeure.